QUIZÁS ME QUEDE MAÑANA

Lorenzo Marone

QUIZÁS ME QUEDE MAÑANA

Editado por HarperCollins Ibérica, S.A.
Núñez de Balboa, 56
28001 Madrid

Quizás me quede mañana
Título original: Magari domani resto
© 2017, Lorenzo Marone
Published & translated by arrangement with Meucci Agency - Milan
© 2017, para esta edición HarperCollins Ibérica, S.A.
Traductora del italiano: Ana Romeral

Diseño de cubierta: Mediabureau Di Stefano, Berlin.
Imágenes de cubierta: © Robin Macmillan/Trevillion Images y sorendls/iStockphoto

ISBN: 978-84-9139-160-9
Depósito legal: M-12529-2017

A los que resisten.
Y siguen adelante.

No estás obligado a venerar a tu familia, no estás obligado a venerar a tu país, no estás obligado a venerar el lugar donde vives; pero debes saber que los tienes, debes saber que formas parte de ellos.

PHILIP ROTH
Pastoral americana

YO VIVO AQUÍ

No sé si será verdad, pero he leído que en Vermont las mujeres necesitan una autorización por escrito del marido para ponerse implantes dentales, y que en Suazilandia las mujeres núbiles no pueden dar la mano a los hombres. En Montana, en cambio, no se les permite ir a pescar solas el domingo (?). En Florida las pueden arrestar si se lanzan en paracaídas el domingo (?). En Utah no pueden jurar. En Indonesia no deben sentarse a horcajadas en una moto; en Arabia Saudí no pueden conducir; en Arkansas un hombre puede pegar a su mujer, pero no más de una vez al mes. En Carolina del Sur está permitido por ley golpear a la mujer, pero solo el domingo y solo en las escaleras del tribunal, y antes de las ocho de la mañana (así que hay que organizarse bien).

En nuestro país, por suerte, las mujeres hacen lo que quieren (al menos en la mayoría de los casos), porque, por suerte, no existen leyes tan retrógradas, estúpidas y machistas. Y si existieran, en mi barrio, por suerte, ninguna mujer las respetaría. Aquí las prohibiciones no están demasiado bien vistas. Como mucho, se aceptan las sugerencias.

Estamos en Nápoles, en los Quartieri Spagnoli.

Yo vivo aquí.

Mi nombre es Luce.

Y soy mujer.

11

GANAS DE GRITAR

Alleria, el perro despeluchado que me protege desde hace ya un tiempo, endereza las orejas y suelta un ladrido mientras la cadena difunde las notas de Pino Daniele por los treinta y cinco metros cuadrados (incluido el baño y el balcón que da a un callejón oscuro y húmedo) en los cuales paso mis días.

Termino de maquillarme y respondo al telefonillo.

—Luce, ¿bajas? Soy yo…

—¡Sí, ya, ahora voy!

El abogado Arminio Geronimo tiene setenta años, es un hombrecillo corpulento, con dos penachos de pelo a ambos lados de la cabeza que desafían a la gravedad, un par de arbustos hirsutos en lugar de cejas, la barba al límite del descuido, la camisa siempre desabotonada por la que asoma una camiseta interior (además de algún que otro *pelángano* blanco y un crucifijo de oro con incrustaciones, grande como un iPhone) y unos dientes torcidos y amarillos que se le salen de la boca. Vamos, que no es precisamente un bellezón. El problema es que este hombre que brinca a mi alrededor es mi jefe desde hace más de un año, es decir, quien me paga el sueldo, aunque sea una miseria. Durante mucho tiempo fue un reputado abogado matrimonialista. Prácticamente, en los últimos cuarenta años, en Nápoles, no ha habido pareja que no se haya insultado delante y mediante el abogado Geronimo. Luego, como a

13

mediados de los años noventa, comenzó el bum de los timos a las aseguradoras, y el bueno de Arminio, que siempre fue un lince en lo que a intrigas extraconyugales y relaciones extramatrimoniales se refiere, olió el negocio y se lanzó a él, dejando la rama de los divorcios a su más estrecho colaborador, el tal Manuel Pozzi.

En pocos años, Geronimo construyó un imperio gracias a sus influyentes amistades y a su total falta de escrúpulos, poniendo en marcha un sistema que funciona a la perfección, donde todos los engranajes giran al unísono para permitirle a él y a todos sus compadres meterse en el bolsillo importantes sumas de las aseguradoras, que nada pueden hacer al respecto. Arminio Geronimo está al mando de una amplia red de personas que se esmeran cada día en ocasionar falsos siniestros y sablear miles de euros de indemnización a las compañías —las cuales se resarcen siempre con los más débiles—, que se ven en la obligación de pagar cifras astronómicas por una simple motocicleta. Pero esta, que además es el motivo por el que voy en una Vespa naranja del ochenta y dos sin casco, es otra historia, y aquí estamos para hablar de Geronimo. Su grupo cuenta con múltiples tipos chungos de los Quartieri, de Vergini y de Forcella. Algunos son solo chavales que aprovechan para llevar algo a casa a final de mes, mano de obra a bajo precio; mientras que otros, como Manita (llamado así por sus dos manitas que se deslizan como serpientes en los bolsos de las señoras en el autobús) o como Peppe, el Gallina (por esas piernas diminutas que sostienen un busto imponente) son total y absolutos expertos en el sector, que periódicamente aparecen involucrados en los accidentes, unas veces como afectados, otras como responsables, y en algunos casos también en calidad de testigos. Además, Manita ni siquiera tiene carné de conducir, y aun así aparece implicado en más de ochenta siniestros de carretera. En cualquier caso, Geronimo, en su posición de líder, coordina y aúna a todos los participantes en la actividad criminal.

La pregunta que surge de manera inmediata es: ¿por qué mi vida de mujer honesta y un poco tiquismiquis, que paga las multas el día después del aviso, se cruzó en determinado momento con la de Geronimo? Pues muy sencillo. Cuando terminé la universidad, comencé el largo procedimiento de mandadera entre los diferentes bufetes de abogados de Nápoles y provincia. «Antes de aprender a ser abogada, debes aprender a hacer cumplimientos». Eso decía todo el mundo.

Durante meses fui de acá para allá en mi Vespa entre tribunales, bufetes de abogados, notarías y demás, bajo la lluvia o bajo un sol de justicia; hasta que un día dije «basta». Me había convertido en la reina de los cumplimientos, conocía todos los tribunales de Campania, me movía como una persona importante por los pasillos de los palacios de justicia y sabía ganarme la simpatía de los secretarios judiciales. Pero no estaba preparada para escribir ni una carta de emplazamiento ni un precepto. Por eso, cuando mi madre me habló del bufete Geronimo, en el cual se aprendía pronto y se cobraba de inmediato, no lo dudé un instante.

En fin, mi licenciatura en Derecho con sobresaliente (la matrícula de honor habría sido la guinda del pastel, pero en mi vida, por desgracia, nunca he visto el dichoso pastel con guinda) solo me ha servido, hasta el momento, para desenvolverme con soltura en un mundo turbio de timadores y listillos. Con el agravante de que yo, al contrario que Arminio Geronimo, ni siquiera me he hecho rica.

No obstante, el abogado es un hombre respetado en los callejones de la ciudad, aunque no goce de la misma estima entre sus colaboradores y sus colegas, algunos de los cuales, con razón, lo consideran como lo que es: ¡un buitre! Sin embargo, ninguno ha tenido nunca el valor de soltarle a la cara lo que piensa, ninguno se ha molestado nunca en enfrentarse directamente a él, y mucho menos las mujeres, con las que se toma casi siempre unas confianzas que nadie le ha dado. En resumen, todos callados delante de él. Todos, salvo yo.

Una tarde, hace unos meses, estaba un tanto acelerada –por no decir que echaba chispas– por culpa de mi novio, el cual me había comunicado por un breve SMS que no estaba muy seguro de querer una historia seria y que por ello necesitaba un poco de tiempo para reflexionar. Me había encerrado en el baño del bufete y le había llamado para gritarle que nunca le había pedido que fuera serio, que no necesitaba para nada la seriedad, que, es más, ya había tenido suficiente en mi infancia y que ahora me iba de maravilla esta vida descuidada e irónica que, al menos, sabía cómo arrancarme una sonrisa. La cuestión es que el muy miserable quería pasar esta vida tan poco seria él solo, así que hizo las maletas y dijo que me llamaría pronto. Dos días después me enteré de que se había marchado con unos amigos a Tailandia, y le escribí un mensaje, que recé para que pasase la aduana, del tipo: *¡Cuánto me gustaría que hicieras una de tus gilipolleces para que la policía tailandesa te retuviera allí para siempre!* Y después añadí un bonito *Que te jodan*, que en esos casos siempre queda bien.

En el fondo no fue una gran pérdida. Aunque al principio intentara convencerme de lo contrario, ni siquiera eché un poco de menos a aquel capullo. Solo tuve un verdadero momento de crisis la primera noche que pasé sin él, plantada delante del ordenador con un yogur con cereales. No, miento, no era un yogur. Ese era mi plan de la tarde, lo que me había dicho a mí misma, es decir, que este inesperado giro no arruinaría mi vida, la cual debía —y subrayo «debía»— seguir adelante como si nada. Y entre las cosas que fluían, aunque con esfuerzo, estaba mi dieta.

Llevo a dieta desde que tenía quince años, desde el día en que un compañero de clase con las facciones de un hombre de Neandertal gastó una broma sobre mi almohadillado trasero y después se echó a reír junto a los otros australopitecos que lo rodeaban. Como ya tengo treinta y cinco años, puedo afirmar con cierto orgullo que mi batalla personal contra las susodichas almohadillas continúa infatigable, con altibajos, desde hace veintitantos años. En la época en la que vivía con aquel capullo, le sacaba una clara ventaja a la celulitis, así que me prometí a mí misma que no me dejaría destronar por mis acérrimas enemigas, las almohadillas, por una simple decepción amorosa. Sin embargo, cuando llegué a casa, la única compañía que encontré fue el zumbido del frigorífico, y todos mis buenos propósitos se hicieron añicos al instante. Me senté delante del PC y me ventilé una botella de cerveza, acompañada de una bolsa de ganchitos de queso tamaño familiar que había comprado aquel capullo tres días antes (lo que por un instante me hizo pensar que también los ganchitos formaban parte de su astuto plan, como si hubiera querido prevenir mi reacción histérica diseminando por la casa una serie de sedantes naturales). Al final terminé chupándome los dedos hasta dejarlos brillantes y me levanté para rebuscar en la despensa, donde encontré al enemigo número uno: un tarro de kilo de Nutella todavía precintado.

—Maldito seas, donde quiera que estés —susurré a la habitación vacía, y hundí la cucharilla en aquella bendición divina.

No hace falta decir que conseguí no llorar durante toda la noche, a pesar de que, de pronto, aquella habitacioncilla de la cuarta planta de un edificio ruinoso de los Quartieri me pareciera más miserable que el miserable que acababa de hacer las maletas. Y eso que cuando vi el estudio por primera vez me había parecido un hotel de lujo. Quizá porque me permitía alejarme de la presencia atosigadora de mi madre, o quizá porque en mi inconsciente (con el cual me sigo relacionando poco) estaba escondida una parte de mí que deseaba creer en los cuentos románticos. Vamos, que veía esta caca de habitación mohosa como si fuera un nido de amor.

El peor momento llegó después de la cena, cuando me di cuenta de que había que tirar la basura del día anterior, tarea que siempre había considerado de hombres, como decía mi padre. Lo único es que esa noche, por suerte o por desgracia, no había hombres cerca de mí, así que agarré con dos dedos la bolsa pestilente y bajé a los callejones silenciosos de un lunes por la noche de principios de primavera. Cuando llegué a los contenedores, lancé la bolsa y di media vuelta, pero un aullido hizo que instintivamente parara en seco y me volviera. No había nadie por allí. No había hecho más que empezar a andar cuando llegó el segundo lamento, que parecía provenir justo del contenedor de basura. Me acerqué y asomé la cabeza: dentro, en una caja de cartón de la que solo asomaba un hociquito, había un cachorro que me miraba con ojos brillantes.

«¿Y tú qué haces ahí?», fue mi primera reacción.

Inmediatamente después me puse a inspeccionar la calle, pero tampoco en esta ocasión encontré ni un alma, así que por un momento pensé hacer como si nada e irme. Pero solo por un momento, lo juro, porque al siguiente cogí al perro y lo llevé a casa, despotricando contra los gusanos que lo habían abandonado.

—¿Y quién es esta ratilla? —preguntó Patrizia, que fumaba apoyada en la puerta del portal de nuestro edificio.

Patrizia es una chica muy maja que vive en un bajo húmedo con una sola habitación, que en otro tiempo tuvo que ser el cuarto destinado a la portería. En realidad, su verdadero nombre es Patrizio, porque es un hombre con nariz aguileña y mandíbula cuadrada; aunque en determinado momento decidiera que ser mujer iba más con él. Por eso ahora va por ahí acicalado como una corista, con el pelo cardado con laca a lo Marilyn, para entendernos; dos rayas de ojo que ni Cleopatra; las uñas larguísimas y pintadas cada una de un color diferente; el perpetuo sujetador *push-up*, del cual asoman unas tetas disecadas, y una minifalda a la que le cuesta cubrirle unas nalgas, esas sí, realmente femeninas. Vamos, que Patrizia es un mariquita, como se dice por aquí, un travesti que, según cuentan las malas lenguas, se gana la vida haciendo la calle. Yo, a decir verdad, nunca la he visto acompañada; pero eso no cambia nada.

—Acabo de encontrarlo en un contenedor —respondí.

Ella abrió los ojos como platos.

—Mira que hay gente mala —comentó acercándose con su típico paso de vampiresa, mientras inundaba el aire con su perfume dulzón.

De la habitación que había a su espalda provenía una música pop de ínfimo nivel, seguida de una lastimera voz en dialecto. Patrizia también es una fan apasionada de los cantantes melódicos, a los que escucha a todo volumen y a todas horas.

—¿Lo quieres? —pregunté.

—¿Yo? —dijo asustada, llevándose las manos al tórax.

—Sí…

—¿Y cómo lo hago, Lulù? No puedo… ¡Tengo mil cosas que hacer!

No sé por qué, a Patrizia le encanta llamarme Lulù. Seguro que le gustan los diminutivos. De hecho, se hace llamar Patty, con i griega, como le gusta precisar.

—Está bien —respondí—, entonces, por ahora, me lo llevo a casa.

Y me metí en el ascensor.

—Qué grande, Lulù, tienes un gran corazón —dijo gesticulando más que de costumbre y volviendo a cerrar la puerta.

Así fue como entró Alleria en mi vida, en una triste noche en la que pensaba haber perdido la dignidad femenina, una vida ordinaria y mi batalla de hacía veinte años contra el tocino.

Le di leche y le preparé una camita con la almohada del capullo, lo que me produjo cierta satisfacción. Luego, aún vestida, me lancé sobre el colchón. Pero el perro continuaba lloriqueando junto a los pies de la cama. Acababa de sacarlo de la inmundicia, tenía el pelo enmarañado y una especie de moco en los ojos. En resumen, daba bastante asco. Titubeé, pero finalmente pronuncié un «Venga, vale» y lo acomodé a mi lado. Él empezó a menear la cola y se acurrucó con su hocico bajo mi axila. Al día siguiente lo llevé al veterinario y le di ese nombre. Porque, como en la canción de Pino, también a mí aquella noche me habían surgido en el pecho unas extrañas ganas de gritar[1]. Y, sobre todo, porque fue cuando este pequeño ser me chupaba el codo cuando decidí que mi vida,

---

[1] La letra de la popular canción del cantautor napolitano Pino Daniele dice: «Alegría, por un momento quisiera olvidar / que necesitas alegría, / cuánto has sufrido solo Dios lo sabe. / Y te dan ganas de gritar / que no ha sido por tu culpa, / que solo querías dar… / la alegría se va». (N. de la E.)

ciertamente, no la cambiaría ni un capullo a mi lado ni un nido de amor ruinoso en el que refugiarme. No, mi vida la transformaría la alegría o, mejor dicho, la ironía, que desde entonces me acompaña todos los días y se burla de mí y de ella.

Lo que viene a ser la vida, vamos.

CULO INQUIETO

Pero estábamos hablando de mi encontronazo con Arminio Geronimo que, a pesar de todo, es mi jefe. Pues eso, que estaba tan enfadada, que me olvidé de los falsos buenos modales que de tanto en tanto adopto en mi lugar de trabajo y decidí soltarle a la cara la verdad. Para ser sincera, el pobre tuvo la mala suerte de llamarme justo después de mi bronca telefónica con el capullo. Me presenté ante él con las mejillas más rojas que Heidi, la camisa por fuera del pantalón (no sé cómo ni cuándo se había salido, si a la primera blasfemia que no puedo recordar o cuando el capullo había empezado a balbucear frases sin sentido), toda despeinada y con el pulso acelerado. Geronimo levantó la cabeza, me analizó y dijo:

—Pero bueno, Luce, ¿qué ha pasado? —No respondí, y fue entonces cuando el abogado pronunció la frase que cambiaría para siempre nuestra relación—: Parece que acabaras de salir de una noche de sexo salvaje.

Y se echó a reír como loco. En ese punto, el rebote (que es un enfado normal pero que si no se arregla pronto lleva a elevados picos de *cazzimma*[2]) se apoderó de mí: mi cara y mi pecho se pu-

---

[2] *Cazzimma*: expresión napolitana que, según el *Diccionario histórico de la jerga italiana*, designa mezquindad, avaricia, maldad y escrupulosidad absurda. (N. de la T.)

21

sieron aún más rojos (cuando se me enciende la sangre, no sé por qué, el tórax se me pone del color del carbón listo para acoger a doce salchichas), me acerqué a su escritorio con tres zancadas y le contesté:

—Disculpe, abogado, pero ¿quién le ha dado a usted estas confianzas? Qué sabrá usted cómo practico yo el sexo. Y sobre todo, mírese, que si en la cama es tan desastroso como en la oficina, ¡pobrecita su mujer!

Él abrió los ojos como platos, de un brinco empujó el sillón hacia la pared rayada y me miró fijamente. Después volvió a apoyar las manos en el escritorio y, tras un interminable minuto de silencio, me clavó la mirada y dijo:

—Luce Di Notte, te despediría por lo que acabas de decir, ¿lo sabes?

Luce Di Notte es mi nombre completo. Lo sé, no es un nombre, es una putada, pero ¿qué puedo hacer si en aquella época mi padre fumaba demasiados porros? En realidad, se podría hablar horas y horas de la historia de mi nombre, porque a día de hoy sigo sin saber cómo fue. Mamá sostiene que ella quería llamarme simplemente Maria, mientras que papá se empeñaba en Stella. Por lo que cuenta mi abuela, fue ahí donde empezaron las primeras escaramuzas entre los míos. Todavía no había nacido y ya era un problema para mi familia.

—Stella Di Notte da risa —repetía mamá.

Y él la miraba como diciendo: «¿Pero por qué no pones un poco de ironía a la vida?».

Vamos, que durante meses discutieron sobre si Maria, Stella, Luna o Rosaria.

—Llamémosla como tu madre: Rosaria —dijo un día ella, convencida de que con aquella astuta jugada ganaría la batalla.

—Tú estás loca —fue la inmediata respuesta de papá.

Por lo menos, esto es lo que aún a día de hoy sostiene mi madre.

—El loco siempre fue él, aunque tampoco yo tenía que estar

22

muy bien cuando no lo dejaba —me confesó una noche, hace muchos años.

—¿Qué te gustaba de él? —le pregunté entonces mientras mirábamos viejas fotografías.

Mamá no se lo pensó ni un instante y respondió:

—No le daba miedo nada.

«No le daba miedo nada», me repetí por la noche en la cama, en el enésimo intento de disculpar a ese padre desatento. El hombre que una mañana de diciembre del noventa me acompañó al colegio y pronunció su frase de siempre:

—Mi niña, pórtate bien…

—¡No estropees el día! Sí, lo sé, me lo dices cada…

—Qué lista, dame un beso. Te vengo a recoger luego.

Pero no vino, ni por la tarde ni nunca. Se escapó de casa aquella mañana y poco después se marchó al extranjero. Durante muchos meses no supimos nada más de él. Luego, exactamente dos Navidades después, alguien llamó a mamá para decirle que habían encontrado muerto a su marido en Venezuela, en circunstancias todavía por aclarar. Después supimos que se lo habían cargado en un callejón de Caracas, junto a un romano, pero ni nadie nos dijo nada sobre el móvil del crimen ni entendimos si los culpables habían sido detenidos. No sé por qué se encontraba en Sudamérica, y no sé qué había podido liar para que lo mataran; pero estoy segura de que no estaba haciendo nada malo, solo llevando a cabo alguno de sus muchos proyectos extraños y ambiciosos, y que tuvo que toparse con algún pez gordo sin darse cuenta. Papá era así, para él todo era un juego y nada era merecedor de nuestra atención, y mucho menos de nuestra preocupación. Tendría que odiarlo, como todavía intenta hacer mi madre, pero no lo consigo, y cuando pienso en él me entran ganas de reír, porque papá hacía reír de verdad.

Nadie en mi barrio, en el colegio o en las tiendas me ha preguntado nunca nada al respecto, pero sé que muchos se han formado su propia idea, que también es la más fácil, y esta es que Pasquale Di Notte estaba allí haciendo algo turbio. Nunca sabré la verdad, y tampoco me interesa saberla. Me basta con seguir pensando de él lo que siempre he pensado, que era una persona demasiado sencilla e ingenua para este mundo, pero con una tremenda fuerza que posiblemente ni siquiera sabía que tenía. Debería odiarlo por todo lo que hizo, por todo lo que no me ha dado. Sin embargo, le agradezco la única verdadera lección que me enseñó: no tener miedo de nada.

En cualquier caso, la historia del nombre para nada termina ahí. Aquel bribón dejó que las aguas se calmaran y dijo que estaba dispuesto a llamarme Rosaria, como su madre. Así que debería haberme llamado Rosaria Di Notte, que es un nombre común. Pero él tenía planes muy diferentes para mí, y solo los desveló después de haberla liado, mientras mamá gritaba como un cerdo degollado (en palabras, obviamente, de la abuela).

—Mi hija no tendrá nada de común, ¡que te entre en la cabeza! —replicó él poniendo punto final a la discusión para siempre.

En pocas palabras, que a la mañana siguiente Pasquale fue al registro e hizo lo que le dio la gana, como siempre. Después volvió al hospital, donde ya todos —abuela, tíos, vecinos y parientes lejanos— me llamaban Rosaria, y soltó la histórica frase:

—La he puesto Luce, porque Stella Di Notte es algo normal, mientras que nuestra hija es algo extraordinario, ¡como la luz de la noche!

Y se echó a reír.

Siempre en palabras de la abuela Giuseppina (la mamá de mamá), en la habitación se hizo un inquietante silencio antes de que una vieja tía estallara en carcajadas exclamando:

—¡Este marido tuyo siempre de cachondeo!

El problema es que sobre ese tema Pasquale no estaba de cachondeo. Me llamaba realmente Luce Di Notte. El balance de lo que sucedió después sigue oculto bajo la niebla, y sobre ello surgieron diversas leyendas a lo largo de los años. Una de ellas la contaba el tío Mimì, el hermano de mi madre, que ya no está entre nosotros, al que parece ser que en las cenas de Navidad y Pascua le encantaba ser el centro de atención, ya que se ponía a beber como un dromedario hasta que se emborrachaba y se dedicaba el resto de la comida a contar sus extrañas historias, entre las cuales era un clásico el nacimiento de mi nombre. Según el tío Mimì, mamá, a pesar del agotamiento y de que en ese momento me estuviera dando el pecho, se levantó de la cama con un salto felino y aferró a su marido por el pelo para darle un tirón en toda regla, mientras las enfermeras intentaban por todos los medios restablecer la calma en el pasillo. La versión de la abuela me parece un poquito más creíble: según ella, los dos no se hablaron durante semanas. Tanto es así, que papá, para que le perdonara, se vio en la obligación de comprarle un regalo caro, un colgante de oro con forma de ele.

—Así siempre llevarás a tu hija contigo para que te ilumine la cara —dijo mientras se lo abrochaba al cuello.

La frase, y el momento romántico que la siguió, es fruto de mi fantasía. En realidad, no sé si fue exactamente así, pero me gusta pensar que sí. El hecho es que, desde entonces, mamá no se ha separado nunca de la joya, que todavía lleva consigo. A quien durante estos años le ha pedido explicaciones sobre el origen del colgante, siempre le ha respondido apartando la mirada incómoda y susurrando:

—Ha pasado tanto tiempo que a ver quién se acuerda...

Que no le haya gustado nunca celebrar ese gesto de amor, como cualquier otra cosa buena que haya hecho papá, creo que es porque teme que, de no ser sí, pueda hacerse añicos el odio que todavía siente hacia él, odio que, de alguna forma, le ha permitido mantenerse en pie.

Por suerte, estaba la abuela Giuseppina —que aunque fuera muy vieja, no tenía nada de tonta— para restablecer la verdad:

—Nena —me dijo una tarde, hace mucho tiempo—, no escuches a mamá. Las cosas que no merecen la pena nos acompañan siempre por un breve periodo de tiempo, después las perdemos o las olvidamos a saber dónde. Sin embargo, lo que amamos lo guardamos con cuidado, nos lo colgamos al cuello y lo llevamos con nosotros. Las cosas buenas de nuestra vida, escúchame bien, casi siempre nos sobreviven.

Pero volvamos a la diatriba con mi jefe. Nos habíamos quedado en su frase:

—Luce Di Notte, te despediría por lo que acabas de decirme, ¿lo sabes?

Arminio Geronimo forma parte de esa categoría de personas que cuando quiere poner distancia te llama por tu nombre y apellido. En mi mundo, sin embargo, no basta, claro está, un nombre y un apellido para mantener a la gente en su sitio. En mi mundo, mantener a la gente a distancia es mi día a día. Por eso le rebatí de inmediato, antes de que él pudiera añadir algo más:

—Explíqueme, abogado, ¿usted pude tomarse esas confianzas y yo no? ¿Y por qué, porque soy mujer y usted es mi jefe? ¿Pero esto qué es, acoso laboral? ¿O quizá usted es uno de esos machistas inseguros a los que les gusta fingir que tienen un par de pelotas porque mandan sobre una mujer?

Abrió aún más los ojos, mostrándome un simpático entramando de venitas rojas diseminadas por la parte blanca: debía de tener la tensión a mil y estaba a punto de que le diera un telele. Pero ni aunque le hubiera explotado el corazón habría parado. Por suerte, fue él quien dio marcha atrás y decidió tomárselo a broma, ¡que siempre es mejor que enfrentarse a una chica neurótica a la que le gusta jugar a hacerse la chabacana! Estalló en carcajadas y me salió con esta frase:

—¡Madre mía, abogada Di Notte, qué pesada eres! ¡Estaba de broma!

Y alzó las manos en señal de derrota.

Fue una pena, lo admito. Si en aquella ocasión hubiera tenido el valor de machacarle un poquito más, hoy no me encontraría con

26

un pavo que se me ha pegado como una lapa. De hecho, unas semanas después se me acercó y me dijo:

—¿Vamos a comer algo abajo?

Resoplé sin que me viera y asentí. De esta forma nos encontramos juntos en la mesa, en una taberna detrás de vía Monteoliveto, y Arminio pasó inmediatamente al ataque:

—¡Qué guapa estás con este nuevo corte de pelo!

En realidad, el nuevo corte de pelo no era fruto de ninguna moda, sino de la necesidad de darme un buen corte.

—¡Genny, corta todo! —había pedido al peluquero de debajo de mi casa.

Él me había mirado fijamente por un momento y me había dicho:

—Luce, ¿estás segura? ¿Todo, todo?

Yo había asentido y cerrado los ojos. Cuando salí de la Boutique de Genny (sí, vale, el negocio de Gennaro), parecía un golfillo, con el pelo rapado como si tuviera que marcharse a Irak, las gafas de sol y la cazadora de piel. Vamos, como salida de *Top Gun*. Y como, por lo que he entendido después, a Arminio Geronimo le gustan las guarradas en la cama, cosas raras de tipo sadomaso, mi nuevo aspecto masculino le atrajo bastante. Por eso me encontré esquivando los babosos cumplidos de un setentón al que no le habría importado nada que una treintaicuatroañera le diera azotes en el culo.

—Oye, ¿por qué no me tuteas? ¡De esta forma me haces sentir viejo!

Consciente del peligro de la frase, me quedé callada. Entonces se armó de valor para dar otro pasito más.

—¿Te he dicho alguna vez que eres realmente seductora?

Al tercer comentario inequívoco, más o menos cuando estaba llegando mi filete empanado a la mesa:

—Y también eres simpática. ¡Tendríamos que vernos más fuera del trabajo!

Lo paré, me limpié la boca y le dije:

—¡Abogado, no puede ser!

Y me quedé mirándolo fijamente para asegurarme de que lo había entendido. Pero él no había entendido un cuerno.

—¿Qué no puede ser? —preguntó, abriendo los ojos como platos como aquel día, volviendo a ofrecerme el espectáculo de aquel estriado rojo que le hacía parecerse a un diablo.

—¡Entre usted y yo no hay nada, no pierda el tiempo! No podría funcionar. Mire, yo soy la típica que nunca se está quieta, tengo el baile de san Vito, el culo inquieto, como decimos nosotros, una especie de nudo aquí, en la boca del estómago. A mí me gustan los chicos jóvenes, pero los que son un poco malotes, siempre en Babia, esos que nunca crecen y que solo piensan en sí mismos, que se ríen de todo y que no se toman nada en serio. Los Peter Pan, los gilipollas, vamos. No soy una de esas mujeres que buscan un padre, aunque nunca haya tenido uno, o lo haya tenido demasiado poco tiempo. O quizá lo soy y no lo sé, porque él era precisamente así, un puñetero e inútil «viva la Virgen»...

El silencio nos dividió por un instante antes de que yo volviera a hablar:

—Pues ya está, hemos dejado las cosas claras. Ahora, como se atreva a despedirme o empiece a hacerme la vida imposible, monto un pitote que ni se imagina, digo que me ha metido la mano entre las piernas y que, además, ha intentado besarme, y se las hago pasar canutas.

Cuando terminé de hablar, el filete había dejado de echar humo y a Arminio Geronimo ya no le quedaba saliva en la boca. Agarró con mano trémula el vaso de vino y se lo bebió de un trago. Solo después me miró directamente a los ojos y rebatió:

—¡Menuda mujer estás hecha, Luce! ¡Si tuviera unos años menos, conseguiría conquistarte! En cualquier caso, ¡tienes lo que hay que tener para ser abogada en esta asquerosa ciudad! Vale, tú ganas, solo amigos.

Y me tendió la mano con una sonrisa. Le devolví el saludo y me centré en la carne, ahora ya fría.

Por desgracia, aquel apretón de manos, que tuvo lugar hará ya casi un año, está empezando a perder fuerza. De hecho, desde hará un par de meses, el abogado Arminio Geronimo, el único ser de sexo masculino con el que mantengo una relación cotidiana (aparte de Manuel, del que todavía no he hablado), el que desde hace un año me pasa un sueldo y me permite hacer lo que siempre he deseado —la mujer libre e inconformista—, ha vuelto a la carga con un coqueteo más o menos disimulado.

Me da que ha llegado el momento de volver a cabrearme.

AL SEÑOR SE LA TRAEN AL FRESCO LOS ADORNOS

Lo único que, apenas bajo a la calle y me lo encuentro de pie esperándome fuera del coche, con los brazos cruzados en el pecho, el sol que le ilumina su rostro arisco y el viento que le despeina el poco pelo que le queda, todos mis buenos propósitos se van a tomar viento. Y es que el ambiente de principios de verano me hace sentir bien, con el cielo límpido, el aire penetrante, el caos de los callejones, el olor de salsa genovesa que escapa por una ventana abierta, la risa de los chicos... Todo esta mañana parece estar en su sitio, hasta el viejo Seiscientos encajonado desde hace tres años entre los bolardos de esa iglesia secularizada. Hasta Arminio Geronimo, que si no estuviera aquí abajo con su bonito Mercedes descapotable, su traje de raya diplomática y sus Ray-Ban, no me quedaría otra que coger el autobús, y eso sí que podría estropear la magia del momento. Por eso sonrío y me acerco. Él abre la puerta y hace una especie de besamanos que me desconcierta, ya que a mí nunca me ha abierto nadie ni siquiera la puerta del baño.

Cuando ayer me dijo que pasaría a buscarme, no me dio tiempo a disimular un gesto de fastidio y, por un instante, se me pasó por la cabeza dejarlo en evidencia delante de un cliente, recordándole la charla de hace unos meses. Él se tuvo que dar cuenta de mis cavilaciones, porque se apresuró a añadir:

—Tengo un causa para ti.

Y aquí estoy, en el coche superpijo de un viejo verde insatisfecho, mirando fijamente su sonrisa y preguntándome cuál será este maldito trabajo, que después de que casi dos años en el bufete de abogados Geronimo & Partners (corramos un tupido velo sobre los *partners*) Arminio no me ha dado todavía nada serio, con el pretexto de que primero debía aprender con la práctica.

—Se empieza con los cumplimientos —dijo también él el primer día—. Todos empezamos así.

—Abogado —respondí—, me he pasado meses haciendo cumplimientos, ¡y ya no hago más!

Él se paró en medio del pasillo, se dio la vuelta y preguntó:

—¿En qué sentido?

—En el sentido de que ya no hago más cumplimientos. Me saqué la licenciatura para trabajar de abogada, no de secretaria —rebatí con cara de malas pulgas, mientras en la cabeza me repetía la típica frase que desde siempre me ayuda a darme ánimo: «¡No tengo miedo de nada!».

Él se quedó mirándome un rato. Después se echó a reír y respondió:

—Venga, vale, ¡entonces ponte con Manuel!

Si aquella noche me hubiera mandado a freír espárragos, obligándome a seguir con los cumplimientos, puede que todo hubiera ido mejor. En lugar de eso, puso al fatídico Manuel Pozzi a cargo de mí, el abogado más *cool* del bufete Geronimo, un cuarentón que se fríe a rayos uva, con el peinado a lo Action Man, siempre de punta en blanco, perfumado como una puta, con los bíceps reventones y las manos cuidadas. El típico que a la hora de la comida se va al gimnasio, y cuando vuelve abre un yogur y además te mira con cara de asco porque te estás zampando el cruasán con crema que te ha quedado por la mañana. El típico con el chiste siempre preparado (normalmente de contenido sexual o machista) y con seguridad en sí mismo para dar y tomar. Vamos, el típico que gusta, que en los tribunales siempre está rodeado de un corrillo de colegas que lo idolatran y se ríen de sus gracias estúpidas. El típico que folla mucho. Y esto, más que cualquier otra cosa, sobre todo más que su preparación, lo convierte en un vencedor. Alguien a quien hay que imitar, seguir, hacerse amigo de él. Si tienes el número personal de Manuel Pozzi, entonces eres alguien importante.

—La primavera te vuelve aún más atractiva —suelta Geronimo una vez que arranca el coche.

De verdad que no entiendo qué puede encontrar tan atrayente en mí este hombre. Sí, tengo unas facciones finas, quizá una boca carnosa y la naricilla un poco respingona; pero, por lo demás, tengo el tipo, el culo y el carácter de un perro salchicha. Y, justo como el perro, en cuanto alguien no deseado se me acerca demasiado, me pongo a gruñir. Pero con Geronimo incluso enseñar los dientes parece no producir ningún efecto, porque él sigue impertérrito por su camino, convencido de que al final terminaré cayendo. Y a mí, por si todavía no ha quedado claro, los hombres que están convencidos de poder conquistarte gracias a su posición me ponen de los nervios; al igual que los que están muy seguros de sí mismos, los que nunca titubean y no saben reírse de sí mismos. Por eso estoy lista para contestar adecuadamente, pero el abogado decide permanecer en silencio, así que paso de él y aprovecho para disfrutar el soplo del viento que me trae un poco de sol a la cara.

—¿Hay un aparcamiento por aquí? —pregunta en el primer cruce.

—¿Un aparcamiento? ¿Para qué quiere un aparcamiento?

—¿Cómo que para qué quiero un aparcamiento? Para aparcar, ¿no?

—Había hablado de un trabajo para mí —rebato, dedicándole una mirada acusatoria, la misma que utilizo cuando me hacen sospechar de algo o cuando me cabrean, y entonces me afeo bastante, porque, sin darme cuenta, ensancho los agujeros de la nariz y poco falta para que empiece a soltar humo por la nariz, como los toros furiosos en los cómics.

—Tu trabajo está aquí, a la vuelta de la esquina —responde satisfecho.

—¿Aquí?

—Eso es.

—¿Y por qué ha venido en coche?

El abogado se vuelve para mirarme y, con aire perplejo, suelta:

—Porque, perdona, ¿cómo iba a venir?

—¿En metro? ¿En autobús? ¿A pie?

—Entonces no podría haber hecho el papel del galán que te abre la puerta del coche. Esperaba, al menos, un besito inocente… —responde mientras aparca junto a un bar y se sube con las ruedas a la acera.

No hay nada que hacer, con más de setenta años, con una vida a sus espaldas carente de decepciones o de heridas en particular, y con una acomodada posición económica, Arminio Geronimo puede considerarse de los pocos elegidos a los que la vida ha decidido no darles lecciones. Por ello me siento casi en el deber de intervenir con una buena patada en sus partes bajas, para borrarle la sonrisa de la cara y un poco de seguridad en sí mismo. A veces es necesario sentarse a la mesa con un poco de dolor, al menos una vez en la vida, si uno quiere pasar a formar parte del estrecho círculo de seres «humanos». Pero, en el fondo de todo esto, ¿qué pueden saber Arminio Geronimo y los paletos de los amigotes de los que se rodea?

La culpa de mi relación con Geronimo la tiene mi madre, la cual, desde hace unos años, está un poco obsesionada con la religión y con la Iglesia; hasta el punto de conquistar, no sin sacrificios, el ambicioso doble título de catequista y sacristana, gracias a don Biagio, el párroco de la zona, al cual le gusta mucho despachar consejos y cargas más o menos inútiles. En fin, que mamá, además de enseñar a los niños la catequesis, también tiene el gravoso e importante empeño de mantener en orden el altar. Y para ello, cada día compra centenares de flores, que después deberán ser podadas y recogidas en ramos, para dar vida a siempre nuevas decoraciones. Una tarea para nada fácil, si se tiene en cuenta que cada semana hay que adornar por lo menos seis rincones de la parroquia, además del altar, obviamente. Si dedicara todo ese tiempo a ayudar a quien de verdad lo necesita, en lugar de estar allí perdiendo el tiempo con la historia de las flores y de cambiar el agua a los floreros, su vida tendría más sentido y, sobre todo, la de otras personas podría ser un poquito mejor.

Una vez intenté hacerla entrar en razón, pero me respondió que es importante que la casa del Señor tenga siempre nuevas decoraciones y flores frescas. Entonces resoplé y pasé a otra cosa.

«Que yo sepa, el Señor siempre ha hablado de caridad, no de flores. Al Señor se la traen al fresco los adornos», habría tenido que responderle, pero la conversación nos habría llevado a caminos inexplorados y no tenía tiempo ni ganas de discutir. Desde entonces, cada vez que mi madre empieza a alabar las grandezas de don Biagio, me pongo a canturrear para mis adentros una canción. Es la única manera que tengo comprobada para que no me salga una úlcera.

En cualquier caso, fue ella la que preguntó al párroco si conocía algún bufete de abogados donde pudiera hacer prácticas. Y entre las poderosas amistades de don Biagio se encontraba también Arminio Geronimo; el cual al principio dijo que no, que ya tenía muchos colaboradores; después respondió un «ya veremos»; y finalmente, a la tercera, se vio en la obligación de aceptar una entrevista.

El factor decisivo que hizo que sintiera simpatía por mí no fue tanto mi grado de preparación (no me hizo ninguna pregunta al respecto), sino más bien el hecho de que en la famosa charla en su bufete de vía Monteoliveto me presentara con unos vaqueros y una chaqueta bajo la cual llevaba un top un poco escotado. «Elegante, pero deportiva», había comentado mamá al acompañarme a la puerta. Elegante, pero deportiva. Y sin embargo, como decía, no fue la elegancia la que convenció al abogado, como tampoco fue mi labia lo que le deslumbró, ni siquiera mi desparpajo ni mi preparación. Fue solo un detalle, tan pequeño como decisivo.

Se dice que la vida se desenvuelve de manera impredecible; y que las bifurcaciones que nos llevan a cambiar de camino suelen presentarse sin motivo, por una circunstancia accidental, un poco por suerte o por desgracia. En mi caso, fueron un par de tetas las que cambiaron el rumbo de los acontecimientos.

Una barahúnda de chiquillos gritones invade la calle como un enjambre de abejas enloquecidas, y corre hacia la manada de padres plantados un poco más allá. Arminio y yo nos hemos sentado al otro lado de la calle y yo me acabo de encender un cigarro. El sol está alto y estoy segura de que desde aquellos árboles en flor se podría escuchar el trino de los gorriones que nos recuerdan que la primavera está, por fin, dando paso al verano, si no fuera por este pelotón infinito de motos que van disparadas arriba y abajo, haciendo sonar el claxon como locas.

Armino me mira fijamente con su típica mirada de pescado cocido que se cree irresistible, y sonríe con su conjunto elegante totalmente fuera de lugar en este contexto. Como de costumbre, parece desenvuelto, me atrevería a decir que feliz, como si estuviéramos tomando un café que preludia el polvo del siglo. Yo, en cambio, fumo nerviosa y de vez en cuando me mordisqueo los padrastros de los índices para aplacar un poco la curiosidad que siento por conocer cuál será mi primera causa.

—¿Ves esa mujer? —suelta de improviso, apuntando con sus ojillos de roedor hacia el colegio de enfrente.

Emito un gruñido y arqueo las cejas para centrarme en la escena.

—¿Qué mujer? ¡Casi todas son mujeres! —comento.

—Esa con la cola de caballo y los tacones que parecen zancos, maquillada como una matrona romana, que ahora está abrazando al hijo…

—Vale, la tengo.

—Ella es tu causa —responde el abogado terminando de sorber su café.

—¿Mi causa? ¿Qué quiere decir? —pregunto desorientada.

Apago el cigarro y presto atención. Él, con la mirada todavía fija en la mujer, añade:

—La situación es delicada, Luce. La señora se ha separado del marido y este querría obtener la custodia del hijo porque sostiene que la mujer es irresponsable, se podría decir que «abierta», incluso que bebe.

Le echo un vistazo a la mamá que acaba de quitar la mochila de la espalda de su hijo y que se la pone en la suya.

—¿Esa? A primera vista no lo parece...

—¿Cómo puedes decirlo? ¿Qué tienes, superpoderes? Luce, por favor te lo pido, se trata de un caso delicado, pero me fío de ti. Debes encontrarme algo, lo que sea que demuestre que esa mujer no es una buena madre.

El abogado Geronimo siempre tiene un tono de voz ronco, y mientras habla se le suele escapar algún escupitajo de saliva en varias direcciones. Conociéndolo, he tomado la precaución de sentarme a una distancia de seguridad.

—¿En qué sentido?

—En el sentido de que necesitamos pruebas.

—¿Entonces no es ella nuestro cliente?

El abogado sonríe y me mira con aire compasivo.

—No, es el marido.

Parpadeo y echo para atrás el cuello, para luego volver a mirar a la mujer. Solo después me dirijo a Geronimo.

—Explíqueme, porque a lo mejor soy un poco tonta. ¿Tenemos que espiar a la contraparte? ¿Es lo que me está pidiendo? ¿Jugar sucio?

Él se pone las gafas de sol y me escruta con paciencia antes de responder:

—Luce, no empieces a armar jaleo o a ponerte de parte de quien no debes. Esa mujer es una mala madre y nosotros solo queremos el bien del niño.

Será por solidaridad femenina o porque en esa figura veo a mi madre, obligada a criarme a mí y a mi hermano sola, pero siento un arrebato revolucionario.

—¿Por qué, estamos seguros de que nuestro cliente es un buen padre?

Geronimo aprieta los dientes, ahora visiblemente alterado, y replica:

—Nuestro cliente está forrado y nos paga mucho, y esto es lo único que nos debe interesar. Pero quiere resultados seguros. Y nosotros le daremos esos resultados. ¿No es así? Te recuerdo que trabajamos de abogados, no de asistentes sociales. Si nuestro cliente dice estar seguro de que aquella no es una buena madre, nosotros le creemos. O al menos hacemos nuestra valoración. Y es esto lo que te estoy pidiendo, que mires y juzgues.

—¿Me está pidiendo que espíe? —rebato con dureza.

—No es el término exacto. Las cosas pueden verse de distinta forma dependiendo del ángulo desde el que se miren —dice él, acercando el cuerpo. Después, añade—: Hagámoslo así: ¿y si gracias a nuestra pequeña investigación conseguimos salvar a un niño? ¿Y si realmente esa mujer fuese una inepta? ¿No sería lo correcto quitarle el niño y entregárselo al padre?

Querría replicar algo, pero no sé qué decir, así que continúo mirando la cara de este ser feo y por fin entiendo a quien me recuerda: Gargamel, el malo de *Los Pitufos*. Sí, es justo él, solo que un poco más viejo.

—¡Es el trabajo perfecto para ti! —retoma.

—Pensaba que era abogada, no detective.

—Jopé, Luce, qué gruñona eres. Ocúpate de esta causa y cierra un poco esa bocota, por favor. Es un trabajo importante, y te lo doy a ti porque me fío y porque la señora vive en el callejón paralelo al tuyo. Te será fácil saber lo que está haciendo, es de tu zona. Seguro que conoces a todos en los Quartieri, sabes cómo reacciona la gente por aquí, cómo se comporta…

—Aparte de que no sé qué piensa la gente y tampoco me interesa saberlo, que antes o después me marcharé, esto en mi país se llama espiar.

—¡Qué exageración! Intenta ver cómo se comporta con el hijo, si acaso pregunta por ahí. —Frente a mi silencio, se pone serio y pregunta—: ¿Prefieres que le dé el trabajo a Manuel?

—No —respondo de inmediato—, ya me apaño yo.

La idea de espiar a gente no me gusta nada, pero tengo que pagar un alquiler y cuidar de un perro; y tengo una madre que todos los días me pregunta que por qué no vuelvo a vivir con ella, que las dos estamos solas y podríamos hacernos compañía. Yo podría terminar como una solterona, de hecho podría decirse que empiezo a hacerme a la idea. Pero como una solterona que se ocupa de su pobre madre, eso ya es demasiado. Por eso fumo y hago que me guste esta especie de trabajo que me encuentro entre manos, y esta especie de Gargamel que coquetea conmigo sin disimulo.

—La dirección de la señora —prosigue con premura y me tiende un expediente—, justo a dos pasos de tu casa. Se llama Carmen Bonavita, treinta y siete años, sin oficio ni beneficio. El alquiler de la casa lo paga el marido, que también le pasa la pensión, como es obvio.

En ese «como es obvio» se encuentra todo el pensamiento de la Camorra-machista-fascistoide de mi jefe, pero como estoy cansada y quiero librarme de él cuanto antes, agarro los papeles y amén, mientras la mujer se aleja con su hijo de la mano.

Geronimo deja cinco euros en la mesa y me invita a levantarme para dirigirnos al coche, que se abre con un *bip*. Antes de subir, vuelvo a mirar al niño que brinca mientras cuenta algo a la madre: tiene una bonita mata de pelo castaño y lleva un par de zapatillas de deporte amarillas fluorescentes. Y, lo más importante, tiene la mirada serena.

—¿Cómo se llama el hijo? —pregunto.

—El hijo tiene siete años y se llama Kevin.

—¿Kevin?

Y pongo cara de asco.

—Kevin —responde el abogado, metiéndose sonriente en el habitáculo.

El arrebato de solidaridad con la joven madre es ya un recuerdo lejano.

LA *FREVA*

Se llama *freva*, y es ese sentimiento particular tan napolitano con el que se describe una sensación de malestar que no se trata simplemente de fiebre, como se suele traducir, sino de algo más violento y visceral. Como todos los sentimientos, también la *freva* es difícil de explicar, hay que probarla en el propio pellejo. Así que he pensado hacer lo siguiente: ilustro el motivo desencadenante que ha provocado en mí el sobrevenir de esta maldita sensación, con la cual suelo convivir, que de por sí soy bastante *frevaiola*. Resumiendo, al volver a casa después de mi encuentro con Geronimo, le puse la correa a Alleria y bajamos a dar una vuelta por los callejones. A lo mejor es porque a su dueña le gusta holgazanear por la mañana hasta tarde (cuando tengo la posibilidad), la cuestión es que mi perro es un poco atípico, vago a más no poder y, sobre todo, intratable en las primeras horas del día.

En esto me recuerda mucho a mi hermano. Cuando ambos vivíamos todavía bajo el mismo techo, durante un periodo empezó a despertarse casi a la hora de comer y, solo después de innumerables reclamos por parte de nuestra madre, se sentaba a la mesa con la cabeza encima del plato y sin decir una palabra durante toda la comida. Y si intentabas iniciar una discusión (cosa que, en realidad, solo hacía mamá, la cual tiene el don, porque tiene que ser un don, de no aprender nunca del pasado), Antonio refunfuñaba algo

41

y se cabreaba cada vez más, hasta que o se veía obligado a levantarse y volver a la cama, o tú (y con «tú» quiero decir «yo») simplemente le tenías que hundir la cara en el plato de pasta con patatas.

Pues eso, Alleria se parece mucho a Antonio: si le pones la correa antes de las once, se cierra en banda y se niega a bajar. «Tengo sueño y fuera hace frío», parecen decir sus ojos. Por suerte, el resbaladizo suelo de baldosas me echa una buena mano, así puedo arrastrarlo a la fuerza hasta las escaleras. En cambio, a veces se obceca de verdad y entonces, después de unos diez minutos de lucha, lo mando a freír espárragos, bajo nerviosa y después, si acaso, respondo mal a Manuel, que casi nunca suele tener nada que ver. «La verdad es que la vida de un pobre perro es ya de por sí breve y no demasiado emocionante (por lo menos la del mío), así que por lo menos que haga lo que le salga de las narices», pienso después de un rato, y me calmo, justo el tiempo para volver a comer y encontrarme con una meadita en el rincón de al lado de la puerta de entrada.

En cualquier caso, no, no me refería a esto cuando hablaba de *freva*, aunque los ataques de nervios con Alleria suelan llevarme a sentir algo parecido. En realidad, el sentimiento que intento ilustrar es algo mucho más potente, que te corroe y te lacera por dentro. Por eso es mejor que vuelva a narrar, en lugar de intentar explicar.

Pues eso, que una vez en la calle, he paseado a Alleria unos veinte minutos por los callejones de debajo de casa, y después me he metido en el bar de siempre para tomarme el café de siempre. En él, visto que era la hora de la comida, solo estaba Sasà detrás del mostrador, un chico flaco flaco, un poco más bajo que yo, con el pelo a cepillo, brillantes en los lóbulos y un tatuaje en el cuello. Nada más verme ha soltado:

—Ey, mi niña, ¿dónde te habías metido?

Solo hay dos personas a las que permito que me apostrofen con el término «mi niña»: al propio Sasà y a mi hermano Antonio. Antonio me llama así porque lo hacía papá, y Sasà porque lo hace Antonio, que es su mejor amigo.

—Estoy bastante *enmarronada* últimamente —he contestado.

Sin pedirle nada, me ha preparado un café cortado, despúes ha salido de detrás del mostrador y se ha puesto a jugar con Alleria, que cuando se trata de estar de cachondeo es el número uno.

—¿Sabes quién se pasó por aquí el otro día? —ha dicho despúes Sasà, todavía en cuclillas al lado del Perro Superior.

Sí, también lo llamo Perro Superior, porque será todo lo vago y consentido que quieras, pero tiene una inteligencia mucho más desarrollada que muchos de los seres humanos con los que me relaciono durante el día.

He mirado intrigada a mi interlocutor, que se ha puesto de pie y ha añadido:

—Tu ex.

—¿Mi ex? —he preguntado con voz chillona, arrugando la nariz.

Sasà se ha echado a reír y ha respondido:

—Sí, el mismo. Al principio no lo reconocí, pero despúes me saludó y caí.

—¿Y qué quería?

—Está buscando casa por esta zona.

—¿Casa?

—Casa. Me dijo que se sintió a gusto en la zona y que los alquileres eran buenos.

—¿Y tú qué le dijiste?

—Pues le dije que dentro de poco mi hermana dejará su piso porque ha tenido un crío... que el alquiler era bueno, que podía intentar hablar con ella. Así que le di su número de móvil.

—¿Eso le dijiste?

—Ajá.

—Sasà, ¿pero es que de pronto te has vuelto tonto? ¿Tú de qué vas, el cabrón quiere venirse a vivir a dos pasos de mí y tú le tiendes la alfombra roja?

Él se ha echado otra vez a reír y ha respondido:

—Luce, pero qué quieres que haga, ¡pensaba que ya no te importaba!

—Disculpa, pero ¿eres gilipollas? —he alzado la voz—. ¿Es mi ex? —Sasà me ha mirado sin saber qué responder—. ¿Es mi ex, sí o no?

—Sí —ha respondido, acompañándose con un movimiento de cabeza.

—¿Y la palabra «ex» no te dice nada? —Y he acercado la mano a la oreja—. Un ex es algo que se ha ido, algo marchito, que forma parte del pasado, que ha muerto. —Él ha seguido mirándome como si estuviera loca—. Y a mí el pasado no me gusta, no soy igual que la mayoría de las personas, que idealiza los tiempos pasados, como si en el pasado todo hubiera sido perfecto. Es una estupidez, Sasà, una ilusión. Nos resulta más fácil recordar solo las cosas buenas, ¡por eso lo que hemos vivido nos parece perfecto! Pero según tú, ¿en el pasado no hacíamos también gilipolleces?

—Sí, Luce, lo he entendido, pero... —ha intentado interrumpirme.

Pero yo ya me había lanzado.

—Pues eso, que a mí no me gusta demasiado echar la vista atrás, porque después me da reuma, tortícolis.

Luego, por fin, me he callado, porque necesitaba tomar aliento y porque, de golpe, me he encontrado sin nada más que decir. Entonces me he dado cuenta de que Alleria se había sentado en el suelo y que se estaba lamiendo una pata, como hace siempre que se aburre; y que Sasà, en cambio, había retrocedido casi un metro hacia el mostrador.

Para ser sincera, lo primero que se me ha pasado por la cabeza ha sido el aliento, y poco ha faltado para que me llevara la mano a la boca para comprobarlo. Estaba en ayunas, acababa de beberme el café, así que había muchas probabilidades de que hubiera marcado a fuego a mi amigo con mi apasionado sermón. Pero no he tenido tiempo ni forma de reflexionar sobre el tema, porque Sasà ha echado la vista detrás de mí y ha dicho:

—Dígame.

Me he vuelto de golpe y he visto un hombre de unos cincuenta años, de cara oscura y esculpida de arrugas, barba blanca y desaliñada, con toda seguridad un obrero (llevaba puesta una sencilla camiseta azul y un pantalón gris manchado de cal), con cinco euros en la mano, listo para pedir. Me he apartado, tomándola con el pobre Alleria, que se había plantado en el suelo y no se movía ni medio milímetro. El hombre ya se había pegado al mostrador para pedir una Peroni. Solo después se ha dado la vuelta hacia mí y ha comentado:

—Señora, tiene toda la razón, ¡los recuerdos son peligrosos! Los malos —y ha alzado un pulgar gordo y calloso al aire— hacen daño, y los buenos... ¡pues hacen daño igualmente!

Después ha aferrado la cerveza helada con una mano y la vuelta con la otra, me ha sonreído, ha hecho un gesto con la cabeza a Sasà y se ha escabullido.

He mirado pasmada al camarero unos segundos y, finalmente, he preguntado:

—¿Tú también lo has visto?

—¿Qué?

—Ese hombre, el obrero.

—Sí.

—¿No me lo he imaginado?

—¿Pero qué dices, Luce?

—No, perdona, es que por un momento he pensado que se tratara de una alucinación: ¡un albañil que en los Quartieri Spagnoli pide una Peroni y da lecciones de filosofía!

Sasà se ha reído, yo me he acercado (importándome un bledo el problema del aliento) y he dicho:

—En cualquier caso, volviendo al tema de antes, te perdono. Eres joven y no sabes lo que haces...

—Eh, mi niña, ¡que solo tengo dos años menos que tú! —ha dicho sacando pecho.

—Si quieres seguir teniendo el privilegio de llamarme «mi niña», llama a tu hermana y dile que no le dé la casa a ese capullo —he contestado apuntándolo con el índice.

Después lo he agarrado por la nuca y he clavado mis ojos en los suyos. Él me ha parecido impresionado, quizá también un poco incómodo, así que he aprovechado—: En cualquier caso, mocoso, recuerda: solo tengo dos años más que tú, pero esos dos años fueron un auténtico asco. Y haber tenido que lidiar con el asco te permite tutear a la vida. ¿Tú la tuteas?

Sasà no ha respondido (creo que no estaba entendiendo nada de nuestra conversación), así que le he dado un beso en la nariz, he hecho un gesto a Alleria y he salido sin darme la vuelta.

Pensar que el capullo está buscando casa por las inmediaciones me revuelve el estómago, hace que me sienta tan llena de rabia y rencor, que casi me entran ganas de darle de palos. Es como si lo hiciera aposta, como si quisiera joderme; y solo de pensarlo, la presión alta me sube a doscientos, me entra extrasístole, y siento la necesidad de mover continuamente los músculos de las piernas y de los brazos para expulsar la adrenalina acumulada.

Pues eso, esto es la *freva*.

EL SOLDADITO DE MAZAPÁN

Como Alleria no quiere saber nada de volver a casa, y como no tengo ninguna intención de intoxicarme el día por alguien que ni siquiera sigue a mi lado, decido bajar hacia vía Toledo, una de las principales arterias comerciales napolitanas en la que desembocan uno tras otros los callejones de los Quartieri, como los afluentes de un gran río en el valle.

Pasear por vía Toledo no es nada fácil, tienes que estar atento y saber esquivar la masa de gente que camina como atontada mirando los escaparates. A Alleria no le gusta demasiado ir de tiendas, con toda esa gente apiñada que se cruza en su camino y que apenas se aparta en el último momento para no pisarle una pata. De hecho, en cuanto desembocamos en el caos, se cierra en banda y me veo en la obligación de poner una vocecita dulce para que se mueva. Es nuestra guerra psicológica del día a día. Porque sí, será un perro inteligente, pero le falta la *cazzima*, que es algo solo humano. A mí no me falta y la uso según me viene en gana, cuando me viene bien, como en este caso. Vamos, que para hacer que ande tengo que señalar un punto impreciso delante de nosotros y después susurrarle al oído:

—¡Mira quién está ahí!

En ese momento, como fulminado, alza la cabeza, endereza las orejas y acelera el paso en busca del fantasmal personaje que en

47

poco encontraremos en nuestro camino y que, en su cabeza, lo llenará de caricias y cosquillas. Con semejante truco consigo recorrer algún centenar de metros en paz, dedicándome a los escaparates y a la gente que pasea, y me sorprendo al ver cómo me divierte comprobar la estupidez del género masculino. De hecho, durante mi breve trayecto cruzo la mirada con tres hombres de distintas edades, aunque el movimiento ocular de cada uno de ellos es siempre el mismo: ojos en mis ojos, rápido desplazamiento hacia mis tetas, vuelta a los ojos.

Constatar que todos los hombres están hechos con el mismo molde está claro que no ayuda a restablecer el karma, aunque su forma de actuar, siempre la misma, suscita en mí cierta admiración. Es necesaria una buena dosis de habilidad y un quirúrgico aprovechamiento del tiempo disponible para captar en ese instante mágico un movimiento ocular digno de un halcón. Porque todo nace y muere en lo que dura un bostezo. Después, inevitablemente, el movimiento contrario de los cuerpos alejan los ojos de la susodicha tipa y, sobre todo, su atención (que por un intervalo infinitesimal ha sido toda tuya, sí, solo tuya), para siempre jamás. Por eso existe el riesgo de que si no calculas bien el tiempo y la distancia, cuando de vuelta de las tetas levantas la mirada hacia sus ojos, ella ya no esté, que haya desaparecido a tus espaldas. Y es por eso que la naturaleza, a lo largo de milenios, ha pensado en ayudar al hombre a resolver su problema permitiéndole desarrollar una capacidad extraordinaria que ni siquiera sabe que posee. En estos breves y poéticos cruces de miradas que desde siempre se repiten sin cesar a lo largo de las calles del mundo entero, como el *flash* de las fotos en un concierto o como el destello de mil luciérnagas en la oscuridad, se encierra la gran capacidad del hombre de evolucionar para sobrevivir.

De ahí mi sorpresa, que no me pone de mala leche, sino que casi me hace reír, cuando el enésimo viejo verde cumple el ritual en mí. Porque en él no vislumbro toda la miseria del género masculino, sino más bien la grandeza de la humanidad, que para reproducirse hasta ha aprendido a volverse experta en nociones de la física.

De golpe, una estatua viviente atrae mi atención: es un soldadito, sí, uno de esos clásicos soldaditos de plástico que hace tiempo se compraban en los quioscos. A mi hermano le gustaban tantísimo que, a veces, para fastidiarlo, me esforzaba en jugar con ellos para que se viera en la obligación de dejármelos, porque si no mamá se cabreaba y decía:

—Antonio, no seas envidioso, no hay nada peor que ser posesivo. Son objetos, nada más que plástico, juguetes carentes de valor. ¿Lo quieres comparar con la alegría de hacer feliz a tu hermana?

Yo no es que me sintiera especialmente feliz inventándome historias estúpidas con aquellas cosas de plástico, pero me encantaba la mirada de frustración de Antonio a mis espaldas, que de tanto en tanto intentaba intervenir porque, según él, me estaba equivocando en la disposición de cada soldado en el campo. En efecto, los que estaban de rodillas debían estar delante de los que estaban de pie o, como mucho, apostados en un saliente rocoso (venga, vale, el aparador también valía) para hacer de centinelas. A mí, en cambio, me la traían al fresco aquellas disposiciones tan difíciles y hacía lo que me parecía; también porque yo no los obligaba a batallar, porque a mí nunca me ha gustado la guerra, ni tampoco las películas llenas de sangre. Yo, al contrario, me inventaba historias de traiciones, pasiones, historias sentimentales, en una palabra; aunque a él no se lo decía, porque si no se lo habría chivado todo a mamá, la cual, injustamente, me habría mandado a jugar con las Barbies. En lugar de eso, ella me miraba sonriendo y comentaba:

—¡Mi marimacho!

No se debería decir una frase así a una chica, se corre el riesgo de confundirla. De hecho, sí que me he sentido un poco confusa desde el punto de vista sexual, al menos los primeros años de mi adolescencia. Me gustaban poquísimos chicos, y también era bastante creída, ni que tuviera el físico de Madonna en lugar de mis famosas almohadillas. Recuerdo que en primero de Secundaria atravesé una primavera hormonal que me alteró e hizo surgir las dos minúsculas hermanas que todavía llevo en el pecho. De pronto, solo tenía ojos para un chico, uno de segundo, y cada vez que me topaba con él el corazón empezaba a bombear como loco y los mofletes se me ponían del color de las cerezas. Hasta el punto de que una mañana, al entrar en clase, la profesora se preocupó, temiendo que me hubiera dado una insolación. El hecho es que aquel chico era como un dios para mí, un Apolo con las facciones perfectas, la boquita en forma de corazón, la nariz pequeña y proporcionada, el cabello largo y rubio que le caía por los hombros, la piel dorada y sin una hilacha de barba. En efecto, tardé poco en sumar dos más dos y comprender que mi dios más que a Apolo, se parecía a Atenea. De ahí al ataque de pánico fue cuestión de un segundo.

Mis compañeras estaban todas locamente enamoradas de un tal Gaetano, un energúmeno oscuro oscuro, con la cabeza rapada a lo marine, la mirada atroz y luto bajo las uñas, que se pasaba las cinco horas fumando en el baño. Y aun así ellas sostenían que era guapísimo, y competían para llamar la atención de aquel auténtico ejemplar de macho. Muy pronto empecé a hacerme preguntas: ¿me gustaban las mujeres y aún no me había enterado? ¿Era lesbiana? No me sentía atraída por mis amigas, pero no podía negar que me fascinaban los hombres afeminados. Para mí, el bíceps reventón y la mirada segura no eran tan seductores como los muslos de una bailarina por televisión. Por suerte, los últimos años de instituto vinieron a aclararme las ideas y, sobre todo, Raffaele, mi primer gran amor. Fue él el que me hizo comprender definitivamente que no eran las mujeres las que me gustaban, sino la amabilidad. Algo que nunca había conocido.

Pero estábamos hablando de la estatua viviente, que no es otra cosa que un artista callejero. Me acerco para echar un vistazo más detenidamente: el soldadito es idéntico al de plástico, de rodillas, en la clásica postura de quien está apuntando, con el fusil apoyado en el pecho y el ojo en la mira. Lleva uniforme, pero va de verde de la cabeza a los pies, un verde tan brillante que en el casco reverberan los edificios del centro y una pizca de cielo. Además, como remate final, tiene también una base (sin ella, ¿qué tipo de soldadito sería?). Alleria da dos pasos, se lanza tan contento a olfatear la estatua y después comienza a mover el rabo con interés.

—Pero ¿qué haces? —digo tirando de él hacia atrás, pero él vuelve a tirar hacia el soldadito.

Estúpido perro, se ha creído de cabo a rabo mi engaño y ahora piensa que el maniquí sea su premio, el hombre de las mil y una caricias.

—Cálmate —digo, y me meto una mano en el bolsillo para coger una moneda.

Después me acerco con una sonrisa y lanzo el euro a un casco puesto boca arriba a los pies de la estatua. Esta última, por toda respuesta, entre el estupor y los grititos emocionados de los niños, carga el fusil y dispara una salva. Después se gira y me guiña el ojo. Ante este gesto, y como se le hubiera mordido una víbora, Alleria empieza a ladrar, con un salto se zafa de mi control y se lanza sobre el soldado. El pobre hombre se bambolea, pero no se cae. Entonces, Perro Superior (que en esta ocasión demuestra muy poco de superior), viendo que de cosquillas y caricias nada de nada, pasa a lamer la bota del pobre desgraciado, quizá tomando aquel verde brillante por una enorme tarta de mazapán[3]. El pobre soldado continúa sin mover ni un músculo, aunque noto cómo su pupila se mueve rápidamente. Debería hacer algo, a fin de cuentas el hombre está trabajando, pero la escena es tan cómica que no puedo por menos que echarme a reír, ya que ahora Alleria tiene la lengua como la de un marciano y el artista callejero se ve en la obligación de seguir quieto y mudo a pesar del jaleo que se está montando a su lado.

---

[3] En Italia, la *torta di marzapane* es una tarta recubierta de mazapán que, normalmente, se tiñe de algún color. (N. de la T.)

—Disculpa —digo tirando una vez más del perro hacia mí—, es que la situación es realmente cómica.

Él no responde y Alleria, ya harto, decide quedarse quietecito a su lado, con la lengua, que recuerda a un jardín inglés, colgante y meneando la cola de derecha a izquierda.

—Y por qué no —digo después de haber reflexionado por un instante, arrodillándome también yo entre los dos.

Si me viese mi madre, empezaría a maldecirse por haber criado una mujer sin sentido de la vergüenza, que a su edad se tira al suelo junto a un artista callejero, con un perro sucio de pintura en brazos, y que juega a hacer de mendiga. Solo de pensarlo me vuelven a entrar ganas de reír. Y sigo sonriendo cuando la mirada del soldado se posa en mí. No veo bien su cara, no sé cuántos años puede tener, si es italiano o extranjero, mudo o hablador, no sé nada de su vida; y aun así me gusta su mirada y la de los peatones que se paran a curiosear divertidos cuando la estatua dispara una salva.

«Mérito de mi Alleria», pienso, y le acaricio la cabeza. Estará loco, pero siempre será mi superperro especial sin *cazzimma*, el único ser vivo capaz de hacerme reír sin pedirme luego nada a cambio.

NADIE PUEDE HACER NADA POR NADIE

Cuando le dije a mi madre que quería ser penalista, ella soltó:

—Ay, Virgen santísima, ¿y cómo se te ocurre? ¿Ahora vas a hacer que esté angustiada todo el día? ¡Esta no es la mejor ciudad para estudiar penal! ¿Por qué no te dedicas a civil? O si no, podrías especializarte en divorcios. ¡A las mujeres se les da muy bien esta rama!

—¿Pero qué sabrás tu de ramas? —pregunté divertida.

—Tú siempre haciéndote la graciosa —respondió mientras limpiaba el fregadero.

Me daba la espalada y, de vez en cuando, meneaba la cabeza para darme a entender que no aprobaba mi elección.

Me acerqué, le apoyé una mano en el hombro y dije:

—¿Por qué piensas siempre en nosotros? ¿Por qué no piensas un poco más en ti y en tu felicidad?

Ella, como si ni siquiera le hubiera hablado, se dio la vuelta y respondió:

—Podrías hablar con don Biagio…

—¿Otra vez el dichoso don Biagio? —solté alejándome— A ver, ¿y qué le tengo que decir?

—Le explicas la situación, que eres licenciada y que buscas un trabajo…

—Pero es cura, ¡no la agencia de empleo!

—Sí, pero conoce a todo el mundo...

—¿Y entonces?

—Y entonces podría pedir un favor a alguien. A Carmine, el hijo de Nunzia, le ha encontrado un buen trabajo.

—¿El hijo de Nunzia? ¿Pero no es enterrador?

—Qué enterrador ni qué enterrador. Trabaja en una funeraria, que le debe mucho al párroco...

La miré con los ojos fuera de las órbitas y respondí:

—Entonces, a ver si me entero, ¿preferirías verme trabajando en una funeraria?

—Qué va, estúpida, era para ponerte un ejemplo. A mí me gustaría verte colocada, con un trabajo normal y una familia normal, y con hijos a los que criar. Antes de morir me gustaría hacer de abuela, ¿sabes?

—Ahora no intentes dar pena...

Pero ella se quedó en silencio, un silencio demasiado pesado para mi gusto.

—Bueno, me voy... —dije resoplando.

—No te preocupes —se apresuró en contestar—, ya no te molesto más. Total, ya he entendido que será el Señor el que se ocupará de ti cuando yo ya no esté. ¡Qué puedo hacer!

En ese momento supe qué contestar:

—Eso es, perfecto, al final lo has pillado. Nadie puede hacer nada por nadie, y tú como los demás. No puedes hacer nada por mí. —Y me dirigí a la entrada. Después me lo pensé mejor, volví atrás y añadí—: Mejor dicho, sí, una cosa sí que podrías hacer: preocuparte por cómo estoy y no por lo que hago, podrías preguntar por mí y no siempre por mi trabajo. Regalarme una sonrisa y decirme que todo irá bien. Pero entiendo que estoy pidiendo demasiado.

Tampoco esta vez contestó y volvió a aclarar el fregadero. Me quedé un rato más en aquella cocina que olía a vinagre, con los puños cerrados y los dientes apretados, esperando a que mi madre se diera la vuelta y sonriera, que dijera que sí, que tenía razón. Pero no lo hizo, nunca lo hace.

—Fíjate tú… —dije finalmente, y salí de la habitación.

Ya había abierto la puerta de casa cuando ella apareció en el umbral.

—Lo sé, mi vida te parece monótona e inútil. Tú aspiras a algo más, ¿no es así? Tú quieres una vida llena de aventuras, un trabajo apasionante, quieres que nadie te diga nunca lo que tienes que hacer.

Después se quedó allí, mirándome, con las manos cruzadas sobre el delantal y la mandíbula contraída. Y, de repente, me vi reflejada en ella, en su figura firme y sincera; pero que, sin embargo, no tenía la fuerza suficiente para ocultar la inseguridad subyacente. Éramos dos mujeres que se querían, pero que no se entendían; una enfrente de la otra, cada una con sus ideas y con su manera de entender la vida.

—Sí, eso es justo lo que quiero, ¿qué tiene de malo?

Ella suspiró y respondió:

—Nada, cariño mío, no hay nada de malo en luchar por ser feliz. Es solo que tengo miedo de que mientras estés luchando contra todo y contra todos, la vida se te escape de las manos.

Ante aquellas palabras no conseguí esconder la rabia que estalló tímidamente, casi pidiendo permiso, gracias a una única lagrimita que dañó mi coraza. Cuando me di cuenta, era demasiado tarde. Agaché la cabeza y me lancé escaleras abajo. La última frase de mi madre me pilló a traición y me envistió como una avalancha:

—La felicidad es silenciosa, Luce, recuérdalo. Si armas demasiado jaleo, te pasa por encima y ni la oyes.

Y ahora estoy aquí, plantada desde hace dos días como un sabueso bajo la casa de Carmen Bonavita, con una cámara de fotos en la mochila y un chicle en la boca, jugando a los detectives privados. Yo, que nunca he soportado que un novio me hiciera una pregunta de más.

Son las once de la mañana cuando sale del edificio. Igual que ayer. Da unos pasos y se detiene de sopetón, nada más salir del portal, para sacar de su bolso de serpiente el paquete de cigarros del que nunca se desprende. Disto de mi presa una decena de metros e incluso así su perfume almibarado llega hasta aquí. Lleva un par de vaqueros ajustados sobre unos zapatos morados de plataforma, una cazadora fucsia de piel y en las orejas dos aros con los que se podría jugar sin problema al *hula hoop*. Por no hablar del maquillaje: su cara parece de cera, de la cantidad de base que lleva, y el pintalabios rosa ilumina toda la calle.

No hay nada que hacer, cuanto más tiempo paso con esta chabacana más disminuye mi inicial solidaridad femenina. «Es una hortera con denominación de origen», pienso mientras la sigo con la mirada y veo cómo se mete en Nando, la charcutería del barrio, de la cual sale poco después hablando por el móvil y riendo de manera grosera. Resoplo y voy tras ella. Da la vuelta a la esquina y se mete en la Boutique de Genny. ¿Y ahora? Cojo el teléfono y llamo al abogado Geronimo.

—Estoy en el tribunal. ¿Qué quieres? —suelta él con su habitual gracia.

«Yo también debería estar en el tribunal, puesto que soy abogada, no sé si te habrás dado cuenta». Eso es lo que debería responderle, pero sin embargo digo:

—Estoy siguiendo a la señora Bonavita en su paseo matutino. Ahora se está peinando en la peluquería y después a saber a qué frenesí consumista me arrastrará. ¿Cuándo puedo cerrar el chiringuito?

—Un poco de paciencia, Luce, verás como tarde o temprano sale algo. Solo hace dos días que la sigues.

—¿Solo dos días? Ya van dos días, diría yo…

—Venga, Di Notte, me tengo que ir, hablamos por la tarde.

Cuelgo y me siento en un escúter atado a un palo. Me enciendo un cigarro e intento pasar el rato mirando a tres africanos que suelen vender gafas de sol de imitación y CD piratas en vía Toledo, y que ahora, después de recoger todos los bártulos, suben por la calle escopetados por la llegada de un coche de la policía municipal.

La señora Bonavita sale a la media hora con un nuevo peinado y se cuela en el bar de al lado. Entro también yo y pido un café. Está bebiendo un zumo y cotorrea con el camarero de turno. En estos dos días no la he visto tomar otra cosa que no sea agua o zumos, y nunca la he visto entrar en otro sitio que no sea una tienda. Me parece una mujer vulgar, acomodada, retocada hasta la saciedad, aburrida y, quizá, también infeliz, como todas las personas que se esconden siempre tras una carcajada. Recuerdo una mañana, mientras jugaba con una amiga, que mi abuela me vio hacer como que reía, como a veces hacen los niños, e intervino:

—Nena, no derroches tus carcajadas, ¡que algún día te servirán!

Pues eso, a mí me parece que esta dichosa señora Bonavita malgasta un montón de carcajadas.

A primera hora de la tarde paso por la peluquería de Genny para pedir información.

—Ey, Luce —dice nada más verme—, ¿qué pasa, quieres que te vuelva a crecer el pelo?

Y se echa a reír.

—No, sabes que nunca me echo atrás. Más bien, sal un segundo, que tengo que hablar contigo.

—¿Qué sucede?

Y sale escopetado con un cigarro en la boca.

—Escucha, necesito saber una cosa… —digo titubeante.

Él me mira de arriba abajo y espera. Llevo una cazadora ajustada, unos vaqueros y unas Converse. Con el pelo corto y las gafas de sol parezco un cantante de rock. O un cantante melódico.

—Escucha, esa señora que ha venido esta mañana…

—¿Qué señora?

—Esa rubia, con la cazadora morada…

—Carmen.

—Eso, Carmen. Pues bueno, quería saber… Vamos que…

Genny me mira sin entender nada.

—¿Qué tipo de persona es? —consigo susurrar por fin, comiéndome las palabras, como si al pronunciarlas deprisa pudiera de alguna forma justificarme.

Me siento culpable y no me llevo bien con el sentimiento de culpa, porque siempre intenta abrirse paso dentro de mí a empellones; pero yo continúo por mi camino, hasta que llega la tarde en compañía de mamá, que sobre sentimientos de culpa podría dar un curso trienal en la universidad, y es entonces cuando el muy miserable vuelve a aparecer. Basta con una simple frase suya del tipo «Ayer estuve todo el día sola…», o «Quería preparar boloñesa el domingo, ¡pero, total, como nunca vienes!», para asestarme una puñalada trapera. Por suerte, con el tiempo he perfeccionado una técnica de comprobada eficacia que me ayuda a sentirme mejor: siempre respondo con un «sí» o con un gesto de cabeza. Como, por otra parte, hace mi hermano desde hace siglos. Es a él a quien pertenecen los derechos de autor de la invención del «asiento aunque no haya entendido ni papa». Era capaz de pasarse una tarde asintiendo y, cuando luego me acercaba a él para preguntarle qué le pasaba a mamá, respondía:

—Ah, bah, ni la estaba escuchando.

Pero volvamos a Genny, que de todo esto no sabe nada y que se la trae al fresco mi sentimiento de culpa. De hecho, me devuelve el mechero que le he prestado y responde:

—Carmen es una buena chica, ¡una tipa fetén! Tiene un niño de siete u ocho años y vive sola. A pesar de ello, siempre está alegre. Además, está obsesionada con su hijo.

—¿Lo quiere mucho?

Genny me mira perplejo y responde:

—¿Quién no quiere a su hijo?

—Ya —balbuceo cambiando de tema—. ¿Y el marido?

—Se fue. Siempre discutían.

—¿Y cómo es?

—¿En qué sentido?

—El marido de esta Carmen, quiero decir, ¿cómo es?

Él se mosquea:

—Pero ¿a qué vienen todas estas preguntas?

Aparto la mirada y respondo:

—Sin más… por hablar de algo.

—Luce, todo el mundo te quiere, eres una buena chica, siempre has sabido estar donde te correspondía, tienes tu vida, ¿por qué tienes que ponerte a hacer preguntas raras? Escúchame, sigue tu camino, ¡que es grande!

Lanza la colilla lejos, me agarra la mejilla entre el índice y el corazón, se lleva los dedos a los labios para besarlos y vuelve dentro. Me quedo sola en la calle, y en el silencio de esta primera hora de la tarde le hago a la calle la pregunta que no me ha dado tiempo a hacerle a él y que se me ha quedado en la punta de la lengua: «¿Ah, sí? ¿Me quiere todo el mundo? ¿Y dónde está este "todo el mundo", Genny, dime? ¡Porque yo a mi lado no veo precisamente a nadie!».

NUNCA NADA ES COMO HABÍAMOS IMAGINADO

—Y bien, ¿qué me cuentas?

—Nada, don Vittò, me han asignado mi primera causa ¡y me da asco!

—¿Te da asco?

—Es que no es una causa, sino espiar a una señora…

—Y no está bien espiar a la gente, nena…

Hago una breve pausa. La abuela me llamaba así, pero no digo nada y respondo:

—Lo sé, explíqueselo a mi jefe.

Él sonríe y da una calada a su pipa, de manera que sus mejillas cubiertas de algodón de azúcar parecen hundirse en el hueco de sus pómulos. Don Vittorio es mi vecino, un hombre de unos setenta años que vive solo y va en silla de ruedas. Lo conocí justo al día siguiente de que el capullo se fuera a Tailandia y de que encontrara a Alleria en el contenedor de basura. Por la tarde llamó a mi puerta Agata, la polaca que lo atiende. Me dedicó una amplia sonrisa y me rogó que la siguiera a casa del viejo.

—Muy buenas, señora, soy su vecino, Vittorio Guanella —soltó él—, ¿tiene un momento?

Continué de pie mirándolo y el prosiguió:

—Nada, quería pedirle un favor. Si lo desea, puedo hablar con su marido —dijo menos seguro.

Mi actitud arisca le había impactado. En realidad, no tenía nada contra él, es solo que no me gusta que me llamen señora.

—No estoy casada —precisé finalmente.

El viejo sonrió incómodo y cambió de tema:

—Escuche, tengo un problema. Agata —dijo levantando la barbilla para señalar a la cuidadora que estaba junto a la mesa— antes de las cuatro de la tarde no puede venir a ocuparse de mí…

Y dejó el resto en suspense, como si quisiera una respuesta o un comentario.

—¿Y? —pregunté solo para contentarlo.

—Y necesitaría a alguien que me hiciera la comida. Ya sabe, soy viejo y estoy en esta cosa —y aferró los reposabrazos de la silla—, y además no sé cocinar.

Volvió a levantar la barbilla y clavó de nuevo sus brillantes ojos en los míos.

«Ya lo que me faltaba», recuerdo que pensé un segundo antes de que él volviera a hablar.

—Pues eso, a lo mejor podríamos llegar a un acuerdo… Yo pensión tengo, pero si pudiera prepararme alguna cosilla también para mí, pues le estaría muy agradecido.

Me llevé la mano a los ojos para frotármelos y después respondí en tono duro:

—¿Pero me ha visto? —Vittorio Guanella se quedó con la boca abierta—. Míreme bien, ¿le parezco el tipo de persona que se pone a preparar una buena comilona para la familia?

Él se rascó la cabeza y me miró brevemente antes de dejarse llevar con una sonrisa.

—Pues, en efecto, no lo parece, no.

—Soy bastante rarita, créame. No cocino, no plancho, no lavo los platos y no voy a misa los domingos. Vamos, que no soy una buena chica y, por si le interesa saberlo, hago que mi madre me prepare la comida todos los días. Si no fuera así, me quedaría en ayunas.

—Ah —dijo él.

Y esta vez se rascó la barba.

—Pues eso —respondí.

—¿Y entonces cómo hacemos?

Resoplé y di dos pasos para sentarme en el reposabrazos del sillón que había a su lado.

—¿Y cómo vamos a hacer? —repetí, aunque en mi interior ya se me hubiera ocurrido algo—. Escuche, yo puedo pedir a mamá si puede preparar también algo para usted. Seguro que no le pedirá dinero. Imagínese, es sacristana y catequista...

—¿Qué es sacristana? —me interrumpió.

—¿Sacristana? Todavía no lo he entendido, algo de tipo florista, pero más meapilas...

Esta vez fue don Vittorio el que se echó a reír.

—En cualquier caso —proseguí cuando volvió a ponerse serio—, bastará con que le explique la situación y estoy segura de que le preparará también el postre todos los días. Pero si decidimos seguir adelante con esto, usted tiene que devolverme tres favores...

—¿Tres favores? —preguntó con cara preocupada.

—¿Le gustan los perros?

—¿Los perros?

—Sí, los perros. Ayer por la noche me encontré uno. ¿Podría quedarse con usted durante el día, que yo tengo que ir a trabajar?

—Pero ¿qué perro es?

—Y yo qué sé, es un perro, un chucho, flaco y con las patas largas largas, parece Giamburrasca[4]. ¿Por qué, cambia algo que sea de alguna raza?

—No, no... —se apresuró en responder.

—¿Y entonces?

—¿Y el segundo favor?

---

[4] Gianburrasca: Gian Burrasca es el protagonista de la novela cómica y de aventuras *Il giornalino di Gian Burrasca*, escrita en 1907 por Vamba. La obra fue adaptada en varias ocasiones al cine y televisión. (N. de la T.)

—El segundo favor es si puedo comer con usted a la hora de la comida.

—¿Conmigo? ¿Y su marido?

—¡Otra vez! Le he dicho que no es mi marido. Y, además, ya no forma parte de mi vida.

Él no contestó, así que me vi en la obligación de añadir:

—¿Entonces? ¿Trato hecho? ¿Yo traigo la comida y usted pone la casa?

Y le tendí la mano.

—¿Y el tercer favor? —preguntó de inmediato.

—No me debe preguntar el porqué.

—¿De qué?

—Por qué prefiero comer con usted, por qué ya no está ese al que usted llama mi marido, por qué hago que mi madre me prepare la comida. Es triste estar en silencio en la mesa, pero me tiene que prometer que no me hará preguntas personales. No quiero gente que meta el morro en mi vida.

Vittorio Guanella volvió a echarse a reír y tendió su mano huesuda hacia la mía.

—¡Trato hecho! —dijo entonces con entusiasmo—. Eso quiere decir que hablaremos de mi vida. ¡Y le aseguro que anda que no hay cosas que contar!

—Pero ¿tu madre sabe que comes conmigo?

—Don Vittò, ¿se acuerda de nuestra promesa? Nada de preguntas personales —respondo, hincando el diente al bocadillo.

Él pringa el pan en la salsa de la carne y acerca el busto a la mesa para no mancharse. Solo después comenta:

—En cualquier caso, la señora es una gran cocinera. Más tarde o más temprano, me gustaría conocerla.

—Mejor más tarde —digo sirviéndome un vaso de vino.

Cada día, Vittorio Guanella me tiene puesta la mesa en su pequeña cocina: un mantel de cuadritos rojos y blancos que acoge dos vasos de cristal parecidos a los que tenía también la abuela Giuseppina, estrechos en la parte de bajo y anchos en la de arriba; cuatro cubiertos; dos rosetas de pan (que el charcutero entrega todas las mañanas a las once en punto), y una botella de Aglianico con un pañuelo anudado en el cuello, para evitar que caigan gotas. Cada día abro la puerta (me ha entregado una copia de la llave) y lo encuentro ya a la mesa, en su silla de ruedas, concentrado en alguna de sus extrañas lecturas; mientras que Alleria, que hasta poco antes, imagino, estaba tumbado a su lado, me viene al encuentro meneando la cola.

Termino de beber y cojo el paquete de tabaco del bolso.

—Nena, hoy te veo un poco harta…

—Mi abuela me llamaba así…

—¿Así cómo?

—Nena…

—¿Ah, sí?

—Sí. Ella me llamaba «nena». Mi padre, en cambio, «mi niña», como aún me llama mi hermano…

—Estas faltando al acuerdo —dice sonriendo.

—¿En qué sentido?

—Estás hablando de ti… y así me pinchas, me dan ganas de preguntarte cosas…

—Es que hoy tengo una especie de bola en la garganta que no quiere subir ni bajar.

—Me gustan los apodos, los diminutivos —dice entonces él—, me parece que son un atajo fácil para decirle a alguien que le queremos. Pues eso, nena, ¿qué te ha pasado?

Doy la primera calada y contesto titubeante:

—¿Ha tenido alguna vez la sensación de que estuviera arrastrando su vida a alguna parte donde ella no quiere ir?

Él parece reflexionar, se echa un poco más de vino y responde:

—Sí, entiendo lo que quieres decir.

—Pues eso, yo soy la típica que intenta no venirse abajo, no me gustan los quejicas como mi madre, para entendernos. Pero, bueno, si me paro a pensar, no es que mi vida sea gran cosa.

—¿Ya no te gusta tu trabajo?

—Pues no sé, quizá nunca me haya gustado y hacía como que sí. Es que yo me imaginaba convirtiéndome en uno de esos abogados de las películas americanas, estilo Tom Cruise en *Algunos hombres buenos*. ¿Sabe cuál le digo? ¿La ha visto?

Don Vittorio dice que no con la cabeza.

—Bueno, en cualquier caso pensaba convertirme en algo así, alguien que lucha contra los grandes poderes por los derechos de los más débiles. Y en lugar de eso, me encuentro rompiéndome los cuernos para un viejo verde que me pide que espíe a una madre.

—La verdad es que nunca nada es como habíamos imaginado.

—Eso es, muy bien, tiene razón, nada es como había imaginado. El trabajo y, quizá, también mi vida en general.

Él se rasca la barba y responde:

—Todavía estás a tiempo de cambiar las cosas.

Doy otra calada al cigarro y dejo que Alleria me lama la mano.

—Quizá tenga que casarme y tener un hijo, como decía mi madre.

—Los padres deberían enseñar a perseguir las pasiones, no los proyectos.

Este viejecito pequeño pequeño que está solo en el mundo, de ojos hundidos y pocos mechoncillos de pelo en la cabeza, siempre es capaz de darme un poco de alegría. Es licenciado en Filosofía, pero nunca ha enseñado, porque justo al terminar sus estudios se embarcó en un crucero con su trompeta.

Tocó durante toda su vida en barcos y recorrió Europa sin casarse nunca ni tener hijos.

—Las pasiones también te pueden regalar de vez en cuando una pizca de felicidad. Los proyectos nunca. Al contrario, con frecuencia te la quitan. La felicidad, quiero decir. Porque te inducen a desplazar tu objetivo cada vez un poco más lejos.

Y se queda mirándome con expresión dulce.

—Entonces, quizá debería irme de aquí, como hizo mi hermano. Construir algo lejos, para dejar atrás esta peste a humedad que parece seguirme a todas partes...

—¿Peste a humedad?

—Sí, es el moho, se nota también en esta casa y en el portal. —Y tiro hacia arriba con la nariz—. En realidad se nota en todas los callejones de los Quartieri. Y en mi ropa.

—Yo no la noto —comenta divertido.

—Normal, con la edad los sentidos se van perdiendo...

Y le guiño el ojo.

Él sonríe y responde:

—Nena, tú misma lo has dicho, la peste te sigue a todas partes. ¿Quién te dice que en el norte te librarás de ella? ¿Sabes qué decía Séneca a su amigo Lucilio? —Sacudo la cabeza—. Tienes que cambiar de ánimo, no de cielo.

Y esta vez es él el que me guiña el ojo.

—¿Justamente tenía que tocarme por vecino un filósofo?

—En mi vida he sido más músico que filósofo.

—¿Por qué no me toca algo con su trompeta? Nunca la he escuchado —le pido.

—Ya no tengo fuerza, se necesita resuello —responde sin titubeos, poniendo punto final a la conversación.

—Tampoco a mí me parece tener fuerza en este periodo —añado después de otro silencio—. ¿Quiere saber la verdad? —Asiente—. Creo no estar honrando el nombre que porto. En estos momentos soy más sombra que luz.

Don Vittorio suelta un breve golpe de tos y me apoya la mano en el brazo antes de comentar:

—Y qué pasa, de vez en cuando también necesitamos sombra, ayuda a mirar mejor las cosas. ¡Demasiada luz puede cegarnos! Además, si no existiera la oscuridad, no podríamos apreciar la luz. Hay un proverbio africano que dice: Donde hace demasiado sol, hay desierto...

Le dedico un mirada entre admirada y curiosa. Don Vittorio vuelve a llenar los vasos y me invita a hacer un brindis. Le complazco, aunque no sepa qué hay que celebrar. Él aclara:

—Te estoy diciendo que la vida es esto: altibajos, luces y sombras. Es más, cuanto más se avanza, peor se vuelve la relación. Hazme caso, que ya tengo una cierta edad: no pienses demasiado y sigue tu camino que, total, ella siempre te lleva por donde quiere y tú ni te das cuenta. Hablo siempre de ella, de la vida.

Finalmente, se pimpla el vino de un trago, se limpia la boca con la manga de la bata, vuelve a encender la pipa con dos bocanadas que le inflan los mofletes y concluye:

—¿Sabes qué hay que hacer cuando llegan estos momentos en los cuales nos sentimos llenos de dudas, inseguros e indecisos, donde todo parece negro? —No respondo—. Cerrar los ojos y meterse entre pecho y espalda un buen vaso de vino tinto.

Sonrío. Sí, ahora me queda más claro el mensaje.

LAS MONJAS Y LOS ANGELITOS

También esta mañana estoy sentada en la barra del bar de Sasà, con una Peroni en mano (aunque sean las once), esperando que la señora Bonavita decida hacer su ronda cotidiana de tiendas. Iré tras ella por última vez y después tiraré hacia el estudio Geronimo para decirle al abogado que renuncio al caso y que incluso puede despedirme. No es esta la vida que quería. Que el capullo sea un capullo puedo incluso aceptarlo, el mundo está lleno de personas y puede que te toque la manzana podrida. Pero que de pronto me encuentre mis días repletos de cosas que me dan asco y que no van conmigo, eso sí que no.

Tengo la sensación de volver a ser niña, obligada a tener que tragar a la fuerza. He dedicado más de treinta años a apreciar la cocina en sus mil facetas. De pequeña no me gustaba nada, salvo el filete empanado con patatas fritas. No comía verdura, nada de fruta y poquísimos primeros platos. A determinada edad, mi madre me obligó todas las tardes a ingurgitar batidos que contenían no sé cuánta fruta y verdura. Como al principio me negaba a secundar su locura, llegó a amenazarme afirmando que si no me bebía de un trago aquella mezcla infernal, pediría a las hermanas del convento de detrás de casa que vinieran a por mí y me llevaran para siempre con ellas. No cuesta demasiado imaginar el efecto de semejante amenaza en una niña de diez años. Durante meses me tiré las noches en vela en la cama, atenta al más mínimo ruido proveniente del cuarto de estar. Me imaginaba a las monjas viejas y arrugadas que entraban en mi habitación riendo maléficamente y me raptaban. En cambio, otras veces me despertaba de golpe gritando siempre por el mismo sueño, es decir, que de debajo de la cama aparecía la bruja de Blancanieves, con la capa negra y la enorme verruga en su nariz aguileña.

Por suerte, algunos años después el convento fue cerrado y las monjas se fueron a arruinar la infancia a alguna otra pobre niña. Nunca se lo he dicho a mamá, pero su amenaza fue uno de los motivos por los cuales, ya adulta, decidí romper mi relación con la religión. Más que la constatación de que, a veces, Dios no puede hacer nada (me pasé la infancia rogándole que hiciera volver a mi padre), fueron aquellas viejas brujas plantadas detrás de casa las que me convencieron de que no puede salir nada bueno de alguien que decide renunciar a la vida para segregarse entre cuatro muros.

En cualquier caso, volviendo a mi dieta poco saludable, después de que se fueran las maléficas hermanas vestidas de negro, llegó la edad del estirón. Me empezaron a cambiar el cuerpo y las costumbres, y también mi alimentación se fue ampliando poco a poco; hasta el día en que, bastante tiempo después, me topé con el capullo que, fíjate tú por dónde, estaba obsesionado con la cocina oriental. En dos años probamos todo tipo de restaurantes: chinos, japoneses, cingaleses, indonesios. Nos hartamos de cuscús, de *sushi*, de porquerías que se comen con las manos, de extrañas albóndigas afrodisíacas, de salsas con tanta cayena que mi desaparecido ex se pasó un fin de semana pegado al váter jurando que nunca más comería nada que no proviniera de la comunidad europea.

Y aun así, quizá por mis ganas de estar a su lado, por el deseo de abrirme cada vez más a la vida y de conocer algo que no conocía, o simplemente por el hecho de que cuando tienes a alguien a tu lado con el que compartes una experiencia te parece que también el miedo (que normalmente te viene a tocar las pelotas en el silencio de la noche, como un niño llorón) se aparta respetuoso de tu breve momento de felicidad, el caso es que en aquellos dos años aprendí a comer de todo. Aprendí, sobre todo, a decir algún que otro sí.

Y si tuviera realmente que encontrar algo bueno a nuestra relación, diría que fue gracias al capullo por lo que ahora me encuentro riéndome de aquella adolescente que tiraba a base de patatas fritas y filetes empanados, y que solo sabía decir que no.

¿Y qué tiene que ver todo esto con mi trabajo? Pues tiene que ver, porque últimamente me parece que he vuelto a ser esa jovencita miedosa, obligada a ingurgitar los batidos por miedo a que se la lleven las monjas. No, la época de los brebajes terminó hace tiempo y ahora soy yo la que decide qué bocado tragar. Y a qué decir que sí.

Estoy sumida en mis extraños pensamientos cuando Carmen Bonavita entra en el bar con su típica expresión desvaída en la cara, emperifollada como un árbol de Navidad, y dirige su mirada hacia Sasà, que está secando un vaso.

—Ey —dice.

Él se vuelve y responde:

—Ey, Carmen, ¡buenos días!

—Hola, Sasà. Oye, esta tarde tengo que salir, ¿puedes llamar a Claudia para ver si puede venir a cuidar a Kevin?

—No, Carmen, Claudia ha recibido la llamada esa que estaba esperando, pensaba que te lo había dicho…

—Ay, mecachis… O sea, que me alegro por ella, cómo no, pero ¿qué hago ahora?

Y se lleva la mano a las caderas.

—Puedo ir yo —declaro instintivamente, dejando caer con desenvoltura la botella de Peroni en el fregadero de detrás del mostrador.

Carmen Bonavita se vuelve como si acabara de percatarse de mi presencia y comienza a escrutarme. «Suerte que hoy llevo puesta una sencilla camisa con los vaqueros», pienso, mientras con el rabillo del ojo noto cómo Sasà arquea las cejas y estira el cuello hacia mí.

—¿Y tú quién eres?

—¿Está buscando niñera? Yo lo soy.

Carmen me vuelve a mirar un instante antes de girarse hacia Sasà, que sigue boquiabierto.

—¿Os conocéis?

—Cómo no —se recupera él—, es Luce, la hija de la señora Di Notte, la catequista...

En la cara de la señora Bonavita aparece una sonrisa.

—Ah, ¿eres la hija de la sastra? Qué mujer más buena, madre mía, siempre tan amable con todo el mundo. ¡Kevin la adora!

—¿Conoce a mi madre?

—¿Y quién no la conoce? Alguna vez, incluso le he llevado algún pantalón de mi marido para que le metiera el bajo.

—Ya —respondo—, quién no la conoce...

—¿Entonces puedes venir esta tarde?

—Pero, por qué, Luce, desde cuándo... —intenta intervenir Sasà.

Pero yo me levanto y le doy la mano a la mujer, para después responder:

—Ningún problema, termino de trabajar y voy.

—Perfecto, vivo en el primer edificio de la calle. Tienes que llamar al telefonillo de Bonavita.

—Vale.

—Entonces, hasta luego.

Y hace ademán de salir del bar. Después, se da la vuelta y añade:

—¡Qué nombre más bonito Luce, da alegría! Encantada de conocerte... ¡y saluda de mi parte a tu madre!

Y desaparece, tragada por la sombra de los callejones. Tendría que ir tras ella, pero no puedo. Sasà todavía me mira boquiabierto.

—¿Qué pasa?

—¿Y desde cuándo eres niñera?

—Desde hoy, ¿por qué? Necesito dinero.

—¿Pero no eras abogada?

—Sasà, ¿a qué vienen todas estas preguntas, quién eres, mi padre? Más bien, ¿has hablado con tu hermana?

Él empieza a balbucear algo.

—Se me ha olvidado...

—Sasà —digo, poniéndome las gafas de sol—, mi vida ya es complicada, no me la compliques más tú. Habla con tu hermana, ¡si no, vengo y te arranco las pelotas! Eso suponiendo que tengas. —Él continúa con la boca abierta de par en par—. Y cierra esa boca, que esto está lleno de moscas —digo antes de esfumarme.

Me presento puntual a las ocho bajo la casa de Carmen. Nada más llamar al telefonillo, responde su voz aguda.

—Tercero.

El patio interior del edificio da cobijo a una decena de motos, un gato que duerme tumbado en el sillín de una Vespa, y el cuchitril del portero en el que luce una foto del padre Pío y un póster de Hamšik. Llamo al ascensor y, mientras tanto, intento no pensar en el lío en que me he metido. Me había prometido que iría al abogado Geronimo para renunciar al caso, y en lugar de eso me encuentro haciéndome pasar por niñera.

Pero el problema ni siquiera es este, sino más bien el hecho de que nunca me he llevado bien con los niños. ¡Qué le voy a hacer si las criaturitas no me gustan! Veo a esas madres que se los comen a besos, que ríen, que juegan y que solo hablan de sus hijos, que qué guapos son, que qué caprichosos pero inteligentes, el mío habló al año, el mío a los nueve meses, el mío estudia química desde que tenía tres meses. No creo en quien dice que los niños salvarán el mundo. Por favor, yo de pequeña era malísima, arrancaba la cola a las lagartijas, aplastaba a los caracoles, daba patadas a escondidas a los perros. ¡Y los niños eran todavía peores! Mi hermano era un brillante asesino en serie de insectos. Y aun así, las tías nos llamaban angelitos.

Por eso, cuando veo una madre que se extasía demasiado con su creación, no me lo trago. Porque se necesita muy poco para fabricar un nuevo angelito cruel y agresivo: una caricia de más, por ejemplo, o un grito no dado a tiempo. Y hace falta todavía menos para crear un angelito miedoso e inseguro que de mayor se transformará en un adulto infeliz: un fallido gesto de amor, una explicación no dada, una petición no escuchada o la mirada ausente de un padre.

Y esos angelitos somos todos creadores de monstruos.

Salgo del ascensor y me encuentro justo delante de él, Kevin, siete años, pelo castaño y ojos avellana ligeramente almendrados que me dirige su mirada escudriñadora.

—¿Eres Luce?

—Sí —respondo seca.

—¿Eres mi niñera?

—Sí.

Me analiza un poco más y añade:

—Me gusta el nombre de Luce, me hace pensar en el amarillo, ¡mi color preferido!

No me da tiempo a responder, porque en el descansillo aparece la señora Bonavita, sonriente como nunca y maquillada como nunca, que me invita a entrar. Estará por debajo de los cuarenta, pero va vestida como una jovencita, con una minifalda negra ajustada que resalta un culo marmóreo que parece apoyarse en sus omóplatos (y que yo ni siquiera con diez años soñaba tener), botas hasta la rodilla y una camiseta escotada que deja ver un *push-up* que resalta una talla noventa y cinco que, si fuese de verdad, habría que llamar a la NASA para averiguar cómo hace para desafiar la gravedad.

Carmen me abre camino por su casa y con prisa me enseña las diferentes habitaciones, aunque estoy demasiado enfrascada envidiándole el trasero para concentrarme en otra cosa. Al final se gira y pregunta:

—¿Está todo claro?

—Sí —respondo rápidamente, aunque no haya entendido ni papa.

—De todas formas, Kevin ya ha comido. No llegaré tarde —precisa—, y, para cualquier cosa, puedes llamarme. Ahí te he apuntado el número.

Kevin está a mi lado, me mira y dice:

—¿Vamos a jugar?

—¿A jugar?

—Ajá —responde agarrándome la mano.

Será una larga y dura tarde.

EL DEPÓSITO DE MONEDAS DE TÍO GILITO

Por suerte, Kevin se cansa pronto de jugar, ya que en la tele ponen sus dibujos animados favoritos. Corre hacia el salón, se lanza al sofá y empieza a darse un chute de televisión. Así me da tiempo a deambular un poco por el piso, que consta de tres habitaciones, una cocina comedor, un amplio salón y dos baños. Ciento cincuenta metros cuadrados de explosión barroca que condensan toda su chabacanería en el cabecero de la cama, taraceado de oro y con dos cabezas de león que sostienen la estructura. En realidad, cada habitación es un canto a los oropeles, garabatos y baratijas que resaltan el estilo rococó de la vivienda, y no me extrañaría demasiado si de pronto viera pasar una dama del *Ottocento* con vestido de cola y peluca, abanicándose. Pensándolo bien, el salón parece arrancado con una grúa de alguna tienda de muebles de Caserta, y me extraña que todavía no me haya topado con la escultura de un animal exótico. A la señora no le va mal para estar desempleada y sin un duro. No cabe duda de que el marido es alguien con dinero. Y la asociación adinerado-chabacano por nuestros lares nunca es buena, me hace pensar mal.

Kevin está tan absorto que ni siquiera se da cuenta de mis movimientos a sus espaldas y, mientras mira la tele con la boca abierta, se frota entre los dedos de los pies con el índice. Paso a su lado sin hacer ruido y me cuelo en su habitación, la única de la casa con una decoración normal. Es la típica habitación de un niño consentido, a rebosar de juegos, muñecos, Legos, una alfombra de mil colores, dibujos en las paredes, soldaditos por todas partes, un álbum de cromos en el suelo, una consola de videojuegos bajo la televisión, un par de robots en la cama, un pijama hecho un churro y un *Topolino* en la cómoda. Abro los ojos maravillada, me acerco para comprobar si de verdad se trata del famoso tebeo, y me doy cuenta de que las baldas rebosan de todo tipo de revistas infantiles. ¿Será posible? No creía que esta casa pudiera sorprenderme. Hasta ahora había encontrado en ella todo lo que pensaba encontrar. Pero que Kevin leyera, eso sí que no me lo esperaba.

Me llama.

—¿Qué ocurre? —pregunto una vez allí.

—Son las nueve y media, y a esta hora mamá me dice que me ponga el pijama.

—¿Y bien?

—¿Me lo puedes coger tú, por favor?

—¿Dónde está?

—En la cama.

—¿Te refieres a esa especie de pingo hecho un churro entre las sábanas?

Él sonríe divertido y yo voy a coger el dichoso pijama.

—¿Me ayudas? —dice.

—¿Por qué, no puedes hacerlo tú solo? ¿Eres parapléjico?

—¿Qué significa «parapléjico»?

—Nada, olvídalo —respondo, acercándome para quitarle la camiseta y los pantalones.

Levanta los brazos automáticamente sin dejar de mirar la pantalla. Se entiende rápido que se trata de una operación que siempre se desarrolla igual, cada noche. Solo que en mi puesto está su mamá. Le cojo por las muñecas, pero no consigo meterle la cabeza. Empujo un brazo y se me escapa otro. Repito la operación resoplando, pero no hay nada que hacer, el busto me parece demasiado grande. Al cabo de un rato, Kevin se da cuenta de mis dificultades y dice:

—Dame.

Agarra el pijama y, con un solo movimiento, se lo pone.

De improviso me entran unas ganas locas de fumar. ¿Será porque me he dado cuenta de mi total ineptitud a la hora de interpretar el papel de madre? ¿Y si fuera así? Hay mujeres que nacen con el instinto materno; otras que aprenden poco a poco; y, finalmente, otras que piensan que venimos al mundo para evolucionar, mejorar y dejar algo bueno a quien viene detrás y a quien nos recordará. ¡Y no solo por meter la teta en la boca a una criaturita!

Por suerte, Kevin me saca de tan inútiles pensamientos.

—¿Luce?

—¿Qué pasa?

—A esta hora siempre tomo leche.

—¿Leche?

—Sí, mamá me trae una taza de leche caliente al sofá y se queda conmigo hasta que me la termino. Después me voy a la cama.

Entorno los ojos y me dirijo a la cocina sin decir palabra. ¿Cómo se hace para hacer de madre? A lo mejor, en esos nueve meses el niño te instala algo en la barriga, una especie de microchip conectado a un transceptor con el que puede mangonearte una vez fuera. Sin duda, en mi tiempo no existían aún estas tecnologías diabólicas. Mi madre nunca me trajo nada al sofá, y si le pedía que me ayudara a estudiar, respondía: «Lulù, aprende a apañártelas tú sola, ¡que de mayor nadie te tapará con la manta!».

¿Cómo podía creer yo en los cuentos de hadas, si la mujer que estaba ahí aposta para contármelos se tomó siempre la molestia de desmontar todas aquellas mentiras un instante antes de que empezara a creer en ellas?

—¿Te pones a mi lado? —pregunta Kevin cuando vuelvo con la leche caliente.

Me siento a su lado y no consigo ocultar un suspiro de fastidio.

Se da la vuelta y me mira perplejo antes de volver a la televisión. Después se vuelve a dar la vuelta y pregunta:

—¿Tú tienes hijos?

—No.

—Qué pena, si no podrías haberlos traído aquí y jugábamos juntos.

—Ya, qué pena.

—¿Y marido?

—Tampoco.

—¿Estás sola?

¿Pero qué quiere de mí este monigote? ¿Y cómo hace para ser tan cumplido y educado con una madre así? Todavía no le he oído decir una palabra en dialecto.

—Sí.

Pasan un par de minutos antes de que el angelito vuelva al ataque:

—Yo en tu lugar cogería un niño, así ya no estarías sola. Como yo y mamá.

—¿Lo cogerías? —repito, intentando mantenerme seria.

—Claro.

Claro, no estaría mal si se pudieran elegir los niños de un estante, como en el súper. Yo cogería el más caro y de marca, los productos baratos son una porquería y se estropean rápido.

—¿Y papá tienes? —Esta vez tengo que poner una cara un poco rara, porque arruga la nariz y añade—: ¿Qué he dicho?

—No, tampoco tengo padre. Murió cuando era jovencita.

Abre los ojos como platos y me mira un poco más de la cuenta, lo que me obliga a apartar la mirada. ¡Lo que me faltaba, sentirme incómoda delante de un niño!

—Pues mi padre se fue —responde esta vez obligándome a darme la vuelta.

He dedicado años a construirme la coraza de indiferencia que llevo puesta y ahora llega este crío para hacerme dudar de mis convicciones. ¡No está bien que llegue alguien para pisotear el bonito castillo de arena que con tanta pasión y cuidado habías construido!

—¿Sí? —pregunto, en vista de que no sé qué decir.

Él asiente, se limpia la nariz con la manga del pijama y continúa:

—Mamá dice que se fue porque tiene que trabajar lejos, pero yo no me lo creo, porque muchas veces viene a recogerme al colegio. ¿Y cómo lo hace, si trabaja lejos?

—Podría viajar para ir donde estás tú…

—No, yo creo que ya no quería estar aquí, que se había hartado…

Me siento mejor en el sofá y presto atención.

—¿De qué?

—De discutir con mamá.

—¿Discutían mucho? —Kevin asiente—. Que ya no viva aquí no significa que no te quiera. ¿Sabes?, a veces los mayores hacen un montón de tonterías… —oigo decir a mi boca.

—Sí, lo había entendido —comenta sorbiendo un poco más de leche. Después añade—: ¿Querías a tu papá?

—¿Yo? Claro —respondo de sopetón, alzándome. No sé qué quiere de mí este pequeño genio, pero no tengo ninguna intención de hacer terapia con él—. ¿Has terminado la leche? ¡Venga, que se está haciendo tarde!

Kevin da un último trago y me tiende la taza. Después, todavía con el bigotillo blanco bajo la nariz, dice:

—No te preocupes, si nos hacemos amigos, ¡yo te haré compañía de mayor!

Me echo a reír y respondo:

—Vale, tú te ocuparás de mí, pero ahora a la cama.

—Cinco minutitos más, por favor. Terminan los dibujos y vamos.

—Vale.

Y llevo la taza a la cocina, un poco sorprendida por haber cedido sin oponer resistencia.

Salgo al balcón y, por fin, me enciendo un cigarro. El callejón que se extiende diez metros más abajo parece plácido y silencioso, con una única pareja de novios que cuchichea animadamente delante de un majestuoso portón de madera dominado por un arco de piperno. Él gesticula como si fuera una marioneta y ella lo mira sin contestar. Yo, en su lugar, ya le habría dado una patada en las pelotas. Levanto la vista y me topo con una anciana en el edificio de enfrente: la saludo, pero ella no me lo devuelve y se esconde tras la cortina.

Me llega un mensaje de Manuel Pozzi: *¿Qué estás haciendo con la mami?*, dice, y termina con un simpático (según él) emoticono sonriente. Manuel tomándose la molestia de mandarme un SMS a las diez de la noche, sospechoso. Tecleo la respuesta: *¿Qué pasa, Manuel, necesitas algo?*

En lo que me dura el cigarro, responde: *Madre mía, Luce, ¿eso es lo que piensas de mí? Solo quería saber cómo estás, hace tres días que no vienes al bufete. Te echamos de menos.*

¿Que me echáis de menos? ¿Quién?

Yo, por ejemplo. Y esta vez añade unas caritas divertidas.

Me quedo mirando el mensaje, convencida de que pronto llegará otro para aclarar la situación, pero no vuelve a pasar nada. Entro de nuevo en la casa, más confundida que antes, me meto el teléfono en el bolsillo de atrás de los vaqueros y me dirijo al salón para llevarme a Kevin del sillón. Lo encuentro dormido, acurrucado y con la cabeza en el reposabrazos, mientras los personajes animados de la televisión continúan dándose de lo lindo. ¿Y ahora? ¿Lo despierto? Me acerco y le apoyo la mano en el hombro, pero él nada. Entonces hago un poco de presión, pero incluso así nada. Lo sacudo con más fuerza y Kevin suelta un quejido, pero no se mueve ni un milímetro. Me paso una mano por la cara y suspiro, justo cuando llega el tercer mensaje de Manuel: *¿Qué haces, ya no respondes?*

Manuel, venga, dime qué quieres, ¡que ya estoy bastante enmarronada!, tecleo sin pensarlo demasiado. Después me arrodillo e intento coger en brazos al angelito, el cual, nada más sentir el abrazo, se aprieta contra mi pecho y mete la cabeza en el hueco de mi hombro. Menos mal que está flaco como una anchoa, porque si no, en lo que a mí respecta, se podría tirar toda la noche en el sofá. Un mechón de su pelo me hace cosquillas en la nariz, mientras el teléfono me avisa de la llegada de un nuevo mensaje con un *bip* y una ligera vibración en la nalga. Apoyo a Kevin en la cama y saco el móvil del bolsillo con un resoplido. *Siempre tan simpática, ¿eh? Nada, solo quería decirte que ahora también estoy yo en la causa Bonavita...*

Mi primer impulso es llamar al abogado Geronimo; después responder a Manuel; pero finalmente mi mirada se posa en Kevin, que duerme retorcido sobre las mantas. Así que susurro un rápido «que te jodan» y vuelvo al niño, el cual sigue sin mover un músculo a pesar de mis esfuerzos.

—Venga, Kevin, ayúdame —digo agarrándole las piernas para meterlas bajo las sábanas.

Él emite un gruñido y se cubre. Estoy toda sudada, y cabreada como una mona con el abogado Geronimo y con Manuel. Y aun así, escondido en alguna parte dentro de mí, siento cómo borbotea un vagido de satisfacción. Es que no pensaba que sabría cómo meter en la cama a un niño, no pensaba que nunca tendría que remeter las sábanas a alguien que no fuera mi madre cuando ella ya no fuera capaz de hacerlo. No pensaba que el olor de la piel de Kevin pudiera robarme una sonrisa; ni que una habitacioncita en penumbra, iluminada únicamente por una lamparita en forma del depósito de monedas del Tío Gilito, llena de muñecos con caras simpáticas, de tebeos y de piezas de Lego, tuviera la capacidad de hacerme sentir tan bien. No pensaba que en la infancia de los otros se pudiera ver reflejada algo de la nuestra; y que una pequeña habitación adornada pudiera transmitirme la misma sensación de seguridad que sentía de niña, cuando me quedaba en la cama leyendo con la lamparita encendida y el sonido de la televisión del salón se colaba por debajo de la puerta.

Quizá sea por eso por lo que en determinado momento llegan los hijos: porque decorar su habitación con todos esos estúpidos animalitos sirve para que olvides por un instante, solo por un instante, que el tiempo de los juegos ya se ha acabado.

LOS CATÓLICOS DE LOS DOMINGOS

Carmen Bonavita llega antes de las once y me encuentra sentada en el sofá haciendo *zapping*. En cuanto oigo las llaves en la cerradura, me siento correctamente y espero. Entra despacio, me sonríe, se quita el abrigo ligero que llevaba sobre los hombros, cuelga el bolso en el perchero, se quita los zapatos que deja en el suelo, y se deja caer a mi lado en el sofá.

Solo ahora me doy cuenta de que tiene el rímel corrido y los ojos brillantes. Ha llorado, y no hace nada para esconderlo. Y desde que ha entrado no ha dicho una palabra. Me mira y sonríe, pero es una sonrisa diferente a la que ya conocía. En esta entreveo un destello de dolor que la hace más humana, quizá incluso más simpática. Esta noche no parece una estatua de cera, como el soldadito de vía Toledo, sino una persona con todas las de la ley. Y aun así, frente a su sufrimiento mudo, no sé qué hacer, qué decir, cómo comportarme.

Mi madre se apresuró a enseñarme el padrenuestro, el avemaría, el credo y el eterno reposo; pero no me explicó cómo corresponder a un gesto de afecto, cómo no apartar la mirada de una persona que te muestra su dolor, cómo ayudar a quien te tiende la mano. Del resto se ha encargado papá o, mejor dicho, su ausencia, que me empujó a construirme este extraño personaje franco, fuerte, que no necesita a nadie y que cree no conocer el dolor. Por último, el toque

85

final a mi caracterización lo ha puesto Nápoles, mi ciudad. O, mejor dicho, los Quartieri Spagnoli, el lugar donde he nacido y crecido, que me ha obligado a volverme también desconfiada, curiosa y moralmente incorruptible. Porque la verdad es que en un lugar sin reglas, no bastan las de la Iglesia para mantenerte lejos de los líos. Hace falta algo más profundo, un modelo, por ejemplo. Y modelos a seguir mi hermano y yo, a pesar de todo, hemos tenido dos: el de nuestra madre, que con su rigor, su severidad y su honestidad nos enseñó a no joder al prójimo; y el de la abuela Giuseppina, que con su ignorancia, su sencillez y su experiencia nos enseñó a que no nos joda el prójimo. El resultado final es una especie de hembra de perro salchicha encabronada, que no hay forma de que acepte que alguien le pase por encima y que el más fuerte venza siempre al más débil.

Así que más que la palabra de Nuestro Señor, ha sido la vida misma la que me ha forjado, y lo ha hecho de la manera más sencilla: mirándome de lejos, como la madre que mira a su hijito jugar a algo peligroso desde lejos y no interviene. Porque en el mundo uno aprende, también y sobre todo, a base de caerse, despellejarse una rodilla y sangrar.

Nunca nadie ha sacado nada en claro de un día de paz.

—Kevin es un niño realmente bueno —suelto para romper el incómodo silencio.

Me cuesta poco entender que es la frase equivocada en el momento equivocado. Carmen, sin apartar la mirada de mi cara, y sin dejar de sonreír, empieza a llorar. Al principio, solo una lágrima que corre veloz a lo largo de su mejilla y se zambulle en el sofá. Pero a esa le siguen otras, que quizá esperaban un gesto de valentía por parte de la primera.

Aparto la mirada y ella recoge las piernas y se vuelve para mirar la pared antes de decir:

—Disculpa.

—No se preocupe —respondo.

Ella vuelve a mirarme y dice:

—Tutéame, por favor.

Asiento y pregunto:

—¿He dicho algo que no debía?

—No, para nada —responde con la cara ahora totalmente embadurnada—. Es más, has dicho la frase justa…

Voy a la cocina a coger servilletas y cuando vuelvo me la encuentro mirando la televisión sin verla realmente. Tiene dos líneas de rímel que le caen de los ojos y la nariz roja e irritada por el llanto. Coge una servilleta y se limpia.

Espero un poco más y digo:

—Yo me voy…

—No, espera, por favor. —Casi creo sentir compasión por ella, una mujer que hasta ayer me producía cierto prurito molesto—. ¿Puedes quedarte un poco más?

No sé qué decir, así que continúa:

—Kevin es mi vida, lo único bueno que he hecho.

Me vuelvo a sentar. Saca el paquete de cigarros y automáticamente me ofrece uno.

Digo que no con la cabeza y ella añade:

—¿Se ha portado bien?

—Un angelito.

En la cara de Carmen se extiende una sonrisa de orgullo:

—Sí, lo has dicho muy bien, un angelito.

Entonces da una calada y vuelve a llorar en silencio. Y yo me quedo ahí, aunque en realidad me gustaría marcharme, largarme, pedirle perdón por haberme colado en su casa y en su vida con un engaño. Me gustaría poder ir y despertar a Arminio Geronimo y escupirle a la cara, a él y a ese cliente suyo que se cree el padre perfecto. Pero no puedo, y me toca quedarme aquí haciendo lo que no sé hacer y nunca he hecho: consolar.

—Es que ya no sé qué hacer. —No respondo y ella se apresura a precisar—: Esta noche he salido con un chico, un buen muchacho, uno alejado de estos ambientes de mierda…

—Ah —digo, pero ella no ha terminado de hablar.

—Pero en determinado momento han llegado dos gilipollas en una moto.

—¿Y qué ha pasado? —pregunto con un hilo de voz.

—¡Ha pasado que ese mierda había hecho que me siguieran unos compañeros suyos!

—¿Quién?

—¿Quién? ¡Mi marido, siempre él! —Me quedo sin palabras y ella aprovecha para continuar—: ¡Los dos le han dado una paliza al pobre, me han metido en un taxi y me han traído hasta aquí!

—¿Cómo? —intento balbucear.

Pero ella ni siquiera me escucha y pregunta:

—¿Te apetece una copa?

—¿De qué?

—De lo que quieras: ron, *grappa*, vino…

—Es tarde… —digo.

—Sin embargo yo necesito beber algo.

Y se levanta con el cigarro aún en mano.

Oigo cómo abre un armario en la cocina y me vienen a la cabeza las palabras de Geronimo sobre el hecho de que Carmen Bonavita no sea una buena madre. Que beba me parece evidente. Que no sea una buena madre, pues todo es cuestión de demostrarlo. Vuelve con una botella de *scotch*.

—Lo siento, ni siquiera nos conocemos, me estarás tomando por loca —dice.

—Qué va…

Me interrumpe y añade con un tono más alegre:

—Perdona, no es asunto mío, pero ¿por qué no te dejas el pelo largo? Así pareces un chico, ¡y eres una muchacha muy guapa!

Ya está, ahora empezamos también con las preguntas personales, esas que no permito que nadie me haga. Y sin embargo esta vez, a saber por qué, respondo espontáneamente:

—Es un periodo en el que me apetece jugar a batallar, ¡me he hartado del amor!

La respuesta tiene un efecto devastador en la señora Bonavita, que se queda mirándome por un instante, antes de echarse a reír:

—¿Sabes que tienes razón? Chica lista, nos hemos cansado del amor. ¡Yo también me declaro en guerra!

Sonrío por amabilidad mientras pienso en cómo salir de esta, pero ella vuelve a ponerse seria y prosigue con su interrogatorio:

—¿Qué pasa, Luce, también en tu vida hay un cabrón?

Estoy por decirle que no, que en mi vida no hay ningún hombre, pero ella continúa como una locomotora, sin esperar la respuesta y trayéndosela al fresco mi evidente incomodidad.

—Las mujeres somos demasiado estúpidas, todavía creemos en todas esas tonterías del amor. Yo, por ejemplo, quise de verdad a mi marido, por lo menos al principio, y te puedo asegurar que era realmente un cabrón, ¿eh? Pero qué quieres que le haga, yo no lo veía.

Me doy la vuelta instintivamente para comprobar si la cabeza de Kevin se asoma por detrás de la puerta de la habitación, pero por suerte duerme. Carmen se da cuenta de mi movimiento y aclara:

—No te preocupes, Kevin tiene el sueño profundo. Si no fuera así, no hablaría. Intento protegerlo de este asco. Él no tiene que ser uno de ellos.

—¿De quiénes?

—De ellos, de ellos —replica Carmen, dando otro largo trago de *scotch* —de esos como su padre, ¡gente de mierda!

Llegados a este punto me gustaría averiguar algo más del padre de Kevin, pero no sé hasta dónde puedo llegar. El problema es que realmente no consigo quedarme callada y quieta en mi esquina, en mi porción de mundo. Hace dos meses, era de noche, en determinado momento se oyeron disparos provenientes de la calle. Alleria se puso de pie y empezó a ladrar como loco. Seis disparos contra la persiana metálica de un supermercado en el callejón de detrás de mi casa. Miré el reloj, eran las tres y cuarenta y cinco. Me levanté y abrí la ventana. La calle estaba oscura y silenciosa, no se veía ni un gato. Seis disparos y no había ni un alma asomada. Quizá hubiera alguien espiando tras las persianas, pero ni uno tuvo el valor de asomarse.

Algo parecido pasó cuando todavía vivía con mi madre y mi hermano. Una noche se oyeron disparos, y a la mañana siguiente se encontraron cinco gatos abatidos a tiros. «¡Bah, son gatos!», oí decir a la gente, incluida mi madre, la cual se encargó de ocultarse la verdad a sí misma y a nosotros por medio de una serie de mentiras inventadas en el momento. «¡Tenían la rabia, estaban enfermos!».

Pero la verdad es que nunca se ha oído hablar de un gato con rabia en los Quartieri Spagnoli, así que, ¿cómo hacía la gente para saber que los gatos tenían la rabia? Alguien debería haberse tomado la molestia de analizar las heces de los felinos para comprobar la existencia del virus. ¡Aquí no se controla a los humanos, con que imagínate a los animales! Aquí nadie tiene tiempo ni ganas de preocuparse por la muerte, y los problemas se afrontan cuando llegan, no antes. Aquí la vida es como un grifo que gotea, no merece la pena intervenir hasta que la fuga te obliga a pasarte la noche despierto.

Por eso fui la única, como siempre, en empeñarme en conocer la verdad. Frente a la reacción descompuesta de mamá, que continuó gritando durante días que ella había hecho todo lo posible para protegernos de la inmundicia que nos rodeaba y que yo ahora quería meterme, y meterlos también a ellos, en problemas con preguntas que no se hacen, decidí ir a los *carabinieri*. Fue mi hermano Antonio quien me detuvo, me agarró por la muñeca y me llevó a casa a rastras. Durante una semana no le dirigí la palabra, y el sábado siguiente me presenté ante el párroco de aquel entonces, un tal don Carmine, para pedirle hablar con el Padre Eterno, para que hiciera él algo para castigar a los culpables.

—Luce, el Señor no conoce la venganza —fue su pacata respuesta.

—Entonces a ver si usted, don Carmine —dije—, en la homilía de mañana le dice a esta gentuza que se presente para pedir perdón.

—Eran gatos enfermos... —replicó con un hilo de voz.

Y comprendí de dónde había sacado mi madre aquella historia de la rabia.

—Sí, solo eran gatos, y tampoco es que los gatos me caigan muy bien. Pero, qué le voy a hacer, la prepotencia y la violencia me levantan un dolor aquí. —Apoyé la mano en la boca del estómago—. Solo eran gatos enfermos, como usted dice, don Carmine, que es un hombre de iglesia y sin duda sabe más que yo, muertes sin importancia. Y, sin embargo, son justo estas muertes sin importancia las que más me encabronan. ¿Y sabe por qué? —El cura no dijo nada de la palabrota y agachó la mirada hasta el suelo. Parecía un colegial que no se había preparado la lección—. Porque me hacen sentir impotente.

No se atrevió a levantar la cabeza, así que añadí:

—Por eso, hágame el favor, dé usted ejemplo mañana...

Don Carmine se frotó sus sudorosas manos, tosió incómodo ante una jovencita de quince años que lo ponía contra la pared e intentó encontrar fuerza para responder.

—¿Y quiénes somos nosotros para juzgar, querida Luce? No tengo la presunción de ser el Padre Eterno. Él lo sabe todo y, si fuera necesario, sabrá también qué hacer —sentenció con una sonrisa forzada.

Arqueé las cejas y lo miré a la cara, a punto de escupirle en un ojo. Entonces recuperé la cordura y, levantándome, comenté:

—Luego se preguntará por qué la gente no viene a la iglesia.

Mi madre me perdonó pasados muchos meses. Yo, en cambio, a don Carmine y los que son como él, a los católicos de los domingos, los que se arrodillan atentos frente a los altares y luego, fuera de la parroquia, les molesta y tiran recto si se les acerca un chico de color para pedirles ayuda, aún no los he perdonado.

Y no lo haré nunca.

En cualquier caso, el recuerdo me da la fuerza necesaria para decirle a Carmen lo que pienso.

—Deberías denunciarlo, no puede hacer lo que ha hecho, ¡es acoso!

Ella se da la vuelta para mirarme con expresión extrañada, una mezcla de estupor y diversión. A lo mejor no sabe lo que quiere decir «acoso».

—A tu marido, quiero decir —añado menos segura que antes.

La señora Bonavita se ventila el último dedo de *scotch* que queda en su vaso, se enciende otro cigarro y dice:

—Luce, ¿pero tú sabes quién es mi marido?

CUIDADOS

Estoy tan acelerada, que subo de dos en dos las escaleras de mi edificio y llego al descansillo jadeando. Si tuviese a mano a Arminio Geronimo me lo comería de tres bocados, a él y a su cliente de la Camorra. Entiendo que cuando se habla de dinero nadie se casa con nadie, pero joder a una madre me parece demasiado.

Saco las llaves de la cazadora y oigo un gemido proveniente del piso de don Vittorio. Levanto la mirada y me doy cuenta de que hay una hoja pegada a la puerta de mi casa: *Alleria sigue conmigo. Por si no has cenado (nunca lo haces), te he dejado un plato de pasta con patatas en mi cocina. Tienes las llaves, entra y come. La señora Agata sabe cocinar pocas cosas, ¡pero te aseguro que hace una pasta con patatas para chuparse los dedos! Me voy a dormir. Buenas noches.*

Aunque no tenga hambre, cojo las llaves de casa de mi vecino y entro intentando no hacer demasiado ruido. Perro Superior me salta encima e intenta lamerme detrás de las orejas, así que el malestar inicial desaparece gracias a la acogida (en este caso, esperada) de mi amigo. No he pasado una buena velada y no me siento orgullosa de lo que he hecho, pero sé lo que haré mañana: ¡iré al abogado y le escupiré la verdad a la cara!

Mientras tanto, Alleria continúa intentando meter su hocico por detrás del hombro para pasar a lamerme también el cuello. Lo alejo con firmeza y le susurro la pregunta de siempre: si me ha echado de menos. Él me mira e inclina un poco la cabeza a un lado. Sonrío y le doy un beso entre los ojos, antes de dirigirme despacito hacia la única luz encendida en la casa, la de la cocina.

La mesa está puesta para una persona: un vaso, una servilleta, un plato cubierto con otro plato, la botella de siempre y un pan roseta. Se me vuelve a escapar otra sonrisa, cosa que me sorprende bastante, teniendo en cuenta mi humor hasta hace nada. Después me giro instintivamente para comprobar el pasillo oscuro, como si Vittorio Guanella estuviera esperándome allí. Solo entonces levanto el plato que cubre y admiro la obra maestra de Agata. La visión de esta pasta dura y compacta, como a mi me gusta, como la hacía la abuela Giuseppina, me despierta el apetito.

—¡A la porra todos los cabrones que pueblan la Tierra! —murmuro a la habitación vacía alzando el vaso de vino.

Inmediatamente después me lanzo de cabeza al plato, con Alleria acurrucado bajo mis piernas y con mil pensamientos que me oprimen el pecho como una gran roca. «Menos mal que tengo un viejo a mi lado que sabe hacerme sentir bien», pienso mientras mastico con la boca abierta un bocado demasiado grande, y me pierdo en los detalles de aquella habitación que habré mirado un centenar de veces: una hilera de vasitos de licor en la repisa de encima del frigo, por ejemplo; o el calendario de un laboratorio de análisis anclado en la hoja de hace dos meses junto al aparador; una jaulita para pájaros vacía y colgada torcida de un clavo oxidado, como si fuera un trapo sucio; el reloj de pared que aún señala la hora solar; una decena de cajas de medicinas apiladas junto al fogón y una foto en la campana a la que siempre he dedicado una mirada distraída. Cuando he terminado de saborear la pasta, cojo el vaso de vino y me levanto para mirar de cerca la imagen: es don Vittorio de joven, en compañía de una hermosa y sonriente rubia que baila junto a él. Sin duda se encuentran en el salón de baile de un barco (al fondo se ven los ojos de buey) y parecen en actitud íntima, incluso se podría decir que felices. Me acerco un poco más y casi consigo oír el sonido de aquel instante, el baile que ha unido sus cuerpos. Casi me dan ganas de ir corriendo al salón para escuchar el 45 RPM que siempre está en el tocadiscos, el que don Vittorio pone una y otra vez, con su conmovedora melodía que consigue atravesar la piedra volcánica e incluso llegar a acariciarme a mí. Pero los colores son opacos y la fotografía, a pesar de la sonrisa de los dos impresa en el papel, no parece tener la fuerza para contagiar a quien mira la alegría de aquel breve instante tantos años atrás. Abro la ventana y me enciendo un cigarro. Una arañita suspendida cabeza abajo del mármol del alféizar, molesta por mi presencia, empieza a mover las patas como loca.

Hacía días que no cenaba sentada a la mesa, hace semanas que no me preparo algo decente. El silencio de la cocina, la luz amarillenta proveniente de la lamparita del techo, el zumbido del viejo frigo Siemens y la vista de la mesa puesta para una persona me han transportado a mi adolescencia, cuando durante un tiempo trabajé de camarera en un bar en vía Toledo y por la noche volvía siempre tarde a casa. También entonces me esperaba un mantelito con una taza de leche caliente y galletas en la cocina. Sabía que a mamá le hubiera gustado verme únicamente concentrada en mis estudios, pero ya entonces sentía la necesidad de ser independiente, y pedirle dinero para tabaco me hacía sentir mal. Aunque ella no dijo nunca nada sobre mi trabajo, todas las noches aquella taza estaba allí, esperándome; y por la mañana estaba de nuevo en la mesa, limpia y llena con más leche.

La vida es un continuo cambio de costumbres, amistades, formas de actuar y de pensar, ideales, amores, incluso de fe. Y sin embargo, es solo cuando te encuentras por casualidad delante de una vieja costumbre, cuando entiendes cuánto la has echado de menos, cuánto se te ha arrugado la piel sin que te dieras cuenta. No digo que tengan que quedarse contigo para siempre, sobre todo porque a la larga pueden transformarse en un pesado lastre que acarrear. Solo digo que este mantel puesto con esmero y el plato de pasta con patatas me han hecho comprender que siempre habrá un lugar para mí en el mundo mientras alguien me tenga preparado algo en la mesa.

Alleria se incorpora y me lame la mano. A veces me pregunto cómo es posible sentirse solo en este dichoso planeta que alberga millones de especies, tan lleno de vida, de animales y plantas, insectos y personas. Y en cambio es así, todos seguimos en busca de alguien que nos acompañe en nuestro camino, empujados por el deseo de encontrar el amor eterno, bien sea el de un hijo, una pareja o una madre; y ni siquiera nos damos cuenta de que, a veces, basta con un amigo que te tenga puesta la mesa, un mensaje en la puerta de casa o los ojos brillantes de tu perro que te miran sin un porqué.

No hablaré de amor, una palabra de la que se abusa. Hablaré mejor de «cuidados».

Aquello que nos falta, todo lo que puede hacernos sentir mejor, se encuentra en esta palabrita que un perro conoce mucho mejor que nosotros: cuidados.

HIJA DE PUTA

Llego al bufete a las nueve y cuarto de la mañana, con unos vaqueros y una camiseta de seda. Me he maquillado un poco mientras esperaba al autobús (a la Vespa no le ha dado la gana arrancar) y otro poco en el ascensor, y ahora llevo el bolso colgado del hombro. Cuando estoy en la oficina me gusta marcar territorio, mostrar a mis compañeros que yo también soy mujer, con eme mayúscula. Porque aquí dentro, aparte de Giovanna, la secretaria del jefe, son cuatro hombres y la aquí presente. Por eso mis queridos compañeros suelen olvidarse del pequeño detalle de que en el piso hay una mujer, y empiezan a intercambiar chistes entre coleguitas, normalmente relacionados con el sexo, (tema principal del bufete Geronimo, inmediatamente después del fútbol y el Derecho, en este estricto orden). Y todo para sentirse graciosos y para aumentar, según su enfermo cerebro, el sentimiento de equipo. Al menos, la presencia en su campo visual de un hilo de rímel, de una pizca de pintalabios y de unas uñas pintadas sirve para mantener la conversación en los límites de la decencia. Y aun así, en el último año he aprendido mucho más sobre fútbol y sobre el Nápoles que sobre Derecho.

Afortunadamente, siempre me ha gustado el fútbol. Cuando éramos pequeños, Antonio comía deprisa y corría a prepararse para irse a jugar, mientras yo lo miraba en silencio desde el umbral. Una vez se quedó castigado en el colegio por no sé qué motivo, así que

97

llamó a casa y me rogó que le preparara la bolsa de deporte y se la llevara a la parada del autobús.

—¿La bolsa del fútbol? —pregunté sorprendida.

—Sí. Tienes que meter...

—Lo sé —le interrumpí emocionada.

Lo había visto llenar aquella bolsa tantas veces, que en pocos minutos había terminado la operación, a pesar del tiempo perdido oliendo el perfume de ropa limpia que provenía de la camiseta amarilla con el número ocho. Tenía más o menos once años, comía poco y era flacucha. La bolsa parecía más grande que yo, y a pesar de ello conseguí llegar puntual, y me gané una sonrisa y una palmada en la espalda de mi hermano (la siguiente sonrisa me la ganaría años después, cuando me hice pasar por teléfono por nuestra madre).

Cuando volví a casa, ya lo tenía decidido: yo también jugaría al fútbol. Lo único es que no había contado con mi madre. Le expuse mi deseo y ella pensó que estaba bromeando. Solo después de mi insistencia se puso seria y dijo:

—Luce, pero tú eres mujer, ¿para qué quieres el fútbol? ¿Por qué no haces natación? O gimnasia. Podrías correr, eres delgada, bajita y rápida. ¿Qué me dices?

—Quiero jugar al fútbol —respondí sin ceder ni un milímetro.

Ella resopló y se refugió en la otra habitación para darme a entender que daba por terminada la discusión. Di un portazo a la puerta de casa y corrí a la de la abuela Giuseppina, que vivía sola en una habitacioncita en un bajo del edificio de enfrente. En aquella época no debía de tener ni setenta años, aunque a mis ojos parecía viejísima, siempre con su moño blanco en la cabeza, vestida con ropa oscura y con solo tres dientes en la boca. Se agachó para darme un pellizco bajo la barbilla, como hacía siempre, después abrió la despensa y me ofreció las típicas galletas calientes que preparaba con sus estropeadas manos.

Cuando murió, encontré su diario en una caja de latón. A pesar de su escritura temblorosa e imprecisa, reconocí también, entre otras, la receta de las famosas «galletas de la abuela Giuseppina», como las llamaba yo. La caja con el diario todavía se encuentra en el cajón de mi mesilla, debajo de las bragas y las medias. Pero las galletas, por desgracia, dejaron de existir con ella. Al menos la versión original. Durante años he intentado aprender a cocinar para hacerlas, pero sin resultados dignos de mención. Un día se acercó mi madre y, con aire severo, comentó:

—¡Luce, hoy también me has ensuciado todo el fregadero, caray! Además, ¿qué tienen de tan especial esas galletas? ¿No te basta con las Galletti?

Me di la vuelta de sopetón y le clavé las pupilas en sus ojos antes de responder con voz glacial:

—Estaban buenísimas y repletas de un ingrediente especial que no consigo reproducir: el amor. ¿Sabes de qué te hablo?

Ella apretó la mandíbula y no contestó, se colocó el chal en los hombros y se marchó como cada tarde a la parroquia. Me arrepentí casi inmediatamente de la frase, a pesar de que su comentario había estado del todo fuera de lugar. La verdad es que no conseguía aceptar que todavía odiase a su madre, incluso ahora que ya no estaba entre nosotros. Me preguntaba dónde había acabado todo el amor que aquella anciana había sabido dar. Estaba claro que en el corazón de mamá no.

En cualquier caso, me quedé con un nudo en el estómago y la palabra en la punta de la lengua. Si en aquella época hubiera sido un poco más rápida, le habría dicho que de nada sirve quedarse ahí a recriminar; que a mí también me habría encantado el amor y la presencia de un padre; y que en lugar de eso, la vida sabe ser una canalla, dura y rebelde, a la que le importan un bledo tus plegarias y lo que esperes: el amor te lo regala si le apetece. Y cuando él lo dice.

La abuela escuchó en silencio mi desahogo sobre el deseo de convertirme en futbolista, con el codo apoyado en la mesa (todavía recuerdo el hule beis con florecitas azules) y la mano sosteniendo su mejilla, hasta que estuvo segura de que había terminado de lloriquear.

—Nena, yo creo que mamá tiene razón. Ya eres mayor, deberías empezar a vestirte un poco más delicada, más femenina…

—¿Por qué? —pregunté a la defensiva.

Ella sonrió y respondió:

—¿Por qué no?

—Mis compañeras son todas unas estúpidas, unas estiradas, y solo hablan de hombres.

—¿Y a ti no te interesan los hombres?

—No me gustan las mujeres, si es lo que quieres saber…

—Me importa un bledo si te gustan los hombres o las mujeres. ¡Lo que me interesa es que te quieras a ti misma! —Me quedé mirándola sin entender y prosiguió—: Por mí puedes jugar al fútbol, hacer lucha, lo que quieras. Pero siempre debes quererte, respetarte, cuidarte. ¿Te cuidas, Luce?

Alcé los hombros y cogí otra galleta. La abuela prosiguió:

—Si jugar a la pelota te hace sentir bien, entonces hazlo. Pero creo que a ti el fútbol te da igual.

—Pues no, es una de mis pasiones —precisé a regañadientes.

—Quien busca demasiado una pasión, se arriesga a encontrarla de golpe.

—No te entiendo.

Me acarició la mano.

—Nada, nena, nada. Pero… piénsalo un poco, hazme caso.

Sus dulces ojos tenían el poder de calmarme, por eso no dije nada y a los pocos días la idea descabellada se fue como había venido.

Aquella historia me enseñó dos cosas: la primera es que un «no» tiene mucha menos fuerza que un «piénsalo»; y la segunda es que, quizá, el mundo sería un poco mejor si perdiéramos un poco más de tiempo escuchando las peticiones de los jóvenes, en lugar de balbucear frente a las ahora irresolubles de los adultos.

Lo que en verdad no podía confesar a nadie es que a mí el fútbol me gustaba porque me recordaba a mi padre. No es que él fuera un gran aficionado, pero le gustaba armar jaleo y celebrarlo, como habrá quedado claro; y en la segunda mitad de los ochenta, en Nápoles, era el único motivo que permitía a la gente salir a la calle a liarla parda, como decía siempre él con una sonrisa.

La mañana del 10 de mayo de 1987, el día en que ganó la Liga, me vino a despertar a las siete.

—¡Mi niña, despierta, tenemos que salir a hacer fotos!

Llevaba colgada del cuello una cámara fotográfica profesional que no sé de dónde había sacado y sonreía feliz, con su típica gorra beisbolera que le tapaba la cara y el pelo que le cepillaba los hombros. Mamá estaba ya en la cocina preparándome la leche, pero él dijo que era un día especial, que desayunaríamos en el bar, y que para comer compraría también pastas en Scaturchio[5]. Ella hizo una mueca, pero no dijo nada, quizá porque imaginaba que la intención del marido se quedaría justo en eso, en una intención. La cuestión es que bajamos con su Vespino Special abollado (sí, también él tenía una Vespa) y nos adentramos por los Quartieri. En cada esquina él apoyaba los pies en el suelo y fotografiaba las banderas de los balcones, las fachadas de los edificios pintadas de tricolor, los peldaños de la iglesia pintados de azul. Nápoles era una explosión de colores y de sonrisas en aquel domingo especial, un triunfo de estandartes y banderas. Cada calle y cada callejón estaban decorados como si fuera fiesta. Los monumentos, las fuentes, todo se pintó del color del cielo, y la gente iba por ahí con la cara alegre, amable como nunca. Eran tan solo las ocho de la mañana y en el aire ya se podía sentir el olor de las *graffe*[6] que acababan de salir del horno, y de la esperanza que desfilaba bajo las ventanas y se mezclaba con el viento primaveral. Aquel día la felicidad estaba al alcance de la mano de cualquiera, y por primera vez la ciudad

---

[5] Scaturchio: pastelería histórica del centro de Nápoles. (N. de la T.)

[6] *Graffe*: bollos típicos napolitanos, parecidos a las rosquillas, que se suelen preparar en Carnaval. (N. de la T.)

podía sentir una satisfacción tan grande sin tener que dar las gracias a nadie.

Pasamos la mañana dando vueltas por los callejones, donde a duras penas conseguía pasar la Vespa, subiéndonos por las aceras para llegar hasta la pared de un edificio al fondo de una callecita taponada por coches, o subiéndonos con las ruedas por las rampas que llevaban a los callejones de más arriba para disfrutar del espectáculo que a cada cruce se volvía más sorprendente. Cuando volvimos a casa, era la hora de la comida y papá no había comprado las pastas, ya que había preferido comprarle dos bocinas a un amigo ambulante. Por suerte, mamá, que conocía a su marido, había preparado un estupendo tiramisú con bizcochos, como me gustaba a mí. Cuando ella preguntó por qué nos habíamos pasado la mañana fotografiando la ciudad, fui yo la que respondió de inmediato:

—¡Porque está llena de color!

—¡Esa es mi niña! —respondió él—. ¡Porque está llena de color! Y me chocó los cinco.

En realidad, el amigo de papá al que habíamos comprado las bocinas tenía un puesto en vía Toledo donde vendía bufandas, banderas, las susodichas bocinas y unas fotografías del estadio y de los jugadores que en la época estaban muy de moda. A papá, lo supe después, se le había ocurrido inmortalizar los callejones adornados de fiesta para después vender las fotos al amigo ambulante; hasta el punto de que, como también nos contó la abuela, en aquellos días iba por ahí presumiendo de su gran vena emprendedora. Sin embargo, el amigo le dijo que le pagaría solo sobre las ventas, si la mercancía gustaba. Las fotos se vendieron como churros, pero papá no vio ni una lira. Su gran amigo, cuando terminó la fiesta, cerró el chiringuito y desapareció.

A la porra la vena emprendedora de Pasquale Di Notte.

En realidad, no es esta la anécdota que me hizo enamorarme del fútbol. Dos años después, una noche papá volvió a casa eufórico, abanicando ante nuestros impresionados ojos dos entradas.

—¡Venga, preparaos —dijo—, que esta noche os llevo al estadio!

Antonio soltó un grito de alegría. Yo, en cambio, miré a mamá, que miraba fijamente a su marido desde umbral de la cocina con aire interrogante.

—¿De dónde has sacado esas entradas? —preguntó por fin, siempre con sus dudas cuando se trataba de él.

—De un amigo… —respondió papá, subiéndose a Antonio a hombros.

—¿Y cómo vais, si estamos sin coche?

—Lo he arreglado.

—¿Lo has arreglado?

—Ajá…

—¿Tú?

—Lo he llevado a un amigo…

—Tienes los mejores amigos del mundo… —comentó ácida, antes de volver a los fogones.

Diez minutos después estábamos en nuestro viejo y destartalado Seiscientos amaranto, que necesitó no sé cuánto tiempo para ponerse en marcha con un tirón. Antonio estaba loco de alegría, papá canturreaba *Quel ragazzo della curva B*, de Nino D'Angelo, y yo me deleitaba pensando en la noche que iba a pasar con él, que nunca estaba y siempre llegaba tarde por la noche. Pero a la altura de *corso* Europa, el coche soltó un par de toses, un rugido y se quedó tirado en medio de la carretera.

—Joder —comentó papá, bajando y obligándonos a empujar el coche desde la acera, mientras la gente que iba detrás de nosotros tocaba impaciente el claxon.

—¿Y ahora?— preguntó mi hermano desilusionado.

—Ahora hacemos autostop —respondió él sin perder el ánimo.

Mientras nosotros estábamos allí con el pulgar en alto esperando que algún alma caritativa nos subiera, él se liaba lo que por aquel entonces nosotros pensábamos que era un cigarro.

—Huele a té —comenté una vez.

Papá respondió:

—Eso es, el té está dentro.

Cuando llegamos, el segundo tiempo había empezado hacía diez minutos y el Nápoles ganaba ya tres cero. La cara larga tras la que Antonio se había resguardado hasta ese momento desapareció rápidamente, en cuanto puso los pies en el San Paolo y se dejó llevar por la explosión de colores y luces, de los coros de las gradas, de la gente que bailaba y reía.

Y luego llegó también el gol, que para los demás era el cuarto, pero para nosotros era el primero; y entonces nos encontramos los tres abrazados, con papá que nos llenaba de besos y repetía:

—¡Mis dos ángeles se han vuelto aficionados!

Aquel día seguro que nos volvimos amantes del fútbol. Ángeles, en cambio, lo fuimos por poco tiempo. Y con escasos resultados.

Los verdaderos ángeles consiguen proteger a las personas que quieren.

Pero es mejor volver al presente y a mí, que acabo de llegar a la oficina. Apoyo el bolso en mi puesto de trabajo y me dirijo inmediatamente al despacho de Geronimo. Giovanna me para.

—No está —dice sin ni siquiera levantar la mirada de la pantalla.

Giovanna Forino es una macizorra de metro ochenta, de pecho enorme, pero también con un culo tan grande como un campo de golf. Vamos, que es una mujer entrada en carnes, sin caderas, con la cara angulosa y la nariz ganchuda, los pómulos altos, los ojos pequeños cubiertos por dos gruesas lentes y algún que otro grano por aquí y por allá. Pero es inteligente, porque, consciente de sus límites, pronto decidió jugar sus mejores cartas y no hay día que no se presente en la oficina con tres cuartos de teta fuera. Y a pesar del volumen de sus mamas, usa *push-up* y camisetas escotadas, consiguiendo de esa manera atraer alguna mirada maliciosa (sus tetas, no ella) a lo largo del día.

Cuarenta y cinco años, casada y con un hijo, Giovanna Forino es la fantasía sexual inalcanzada e inalcanzable de Pasquale Acanfora (apodado por mí Ciengramos, porque está de un flaco que da asco y tiene dos hombruchos de raquítico), abogado por debajo de los cincuenta, sin un pelo en la cocorota y con un aliento traicionero. Pasquale trabaja en el bufete Geronimo desde hace más de quince años, y desde hace diez, más o menos desde la llegada de Forino, intenta cortejarla sin éxito. Pues sí, porque el corazón de Giovanna, por desgracia para Ciengramos, pertenece a otra persona: está perdidamente enamorada de Manuel Pozzi, el cual, obviamente, no corresponde a su pasión.

Todo esto repercute también en mi vida. Ni haciéndolo aposta, Pasquale Acanfora está en mi mismo despacho, en el escritorio de enfrente. Por eso el triángulo amoroso también afecta a la aquí presente, porque por la mañana se instaura un círculo vicioso que me lleva a recibir un saludo afectuoso y una sonrisa de parte de Pasquale solo si a su vez Giovanna le ha saludado con una sonrisa. Pero esto sucede exclusivamente si, antes incluso, Manuel ha hecho lo mismo con ella. En resumen, la educación, la amabilidad y el buen humor del bufete Geronimo dependen de nuestro mítico Manuel Pozzi y de sus ganas de tontear de vez en cuando con Forino, quien alguna vez, delante de mí, en los cuartos secretos del abogado Arminio, ha sido definida, al más puro estilo *british*, como «un callo malayo».

Esta mañana me parece fácil entender que la tan ansiada sonrisa de su amado todavía no ha llegado. De hecho, Giovanna tiene la cabeza delante de la pantalla y ni me dirige la mirada.

—¿Y dónde está?

—En Roma.

—¿En Roma?

—Tenía que hablar de una causa…

—¿Cuándo vuelve?

—Mañana.

—¿Mañana?

Silencio. Maldita sea.

—¿Y Manuel está?

A la palabra «Manuel», Giovanna levanta la cabeza y se me queda mirando.

—Está en su oficina, ¿por qué?

El tono hostil de su voz me recuerda que Forino sigue celosísima de nuestro Manuel. Al principio me declaró la guerra porque era la primera mujer que cruzaba el umbral del bufete Geronimo desde hacía no sé cuánto, y se imaginó que yo también pudiera enamorarme de su hombre y envolverlo en mi tela de mujer seductora. Pero el odio duró poco, justo el tiempo que me llevó darme cuenta de cómo estaba el patio. Una mañana llegué antes que nadie y me la encontré ya en su puesto, apoyé mi culo gordo en su escritorio y acerqué mi cara a la suya. Ella me dedicó una mirada temerosa y sorprendida.

—Escucha, Giovà —empecé—, dejemos las cosas claras, ¡porque ya me estás tocando los cojones! —Ella retrocedió—. A mí Manuel no me gusta, no me dice nada. Es más, por si lo quieres saber, me cae mal, con esa sonrisa tan perfecta. A ti, en cambio, te pone y hace que se te suba la sangre a la cabeza, se daría cuenta hasta mi madre, que es una católica meapilas y no se lleva demasiado bien con el sexo. Y a mí me parece bien, Dios me libre, me alegro por ti y te deseo una larga historia de amor con él. Así que, de ahora en adelante, no me toques los huevos e intenta ser un poco más amable, solo un poco, porque a fin de cuentas no sabes nada de mi vida. Nadie tiene ni pajolera idea de la vida de los demás…

Ella abrió los ojos de par en par y, con expresión de arrepentimiento, contestó:

—¿Y qué quieres?

—Bueno —proseguí—, me gustaría que lanzaras menos miraditas a ese idiota emperifollado, que ya se lo tiene bastante creído sin tu contribución, pero eso es asunto tuyo y yo no me meto, aunque te querría decir algo... —Y me acerqué aún más—, yo estoy de tu parte. Siempre estoy de parte de las mujeres. Quizá porque fueron dos de ellas las que me criaron, no sé. O quizá porque, si me pusiera de parte de los hombres, debería arreglar cuentas con la figura paterna y, si acaso, también identificarme con él. Por Dios, es todo mucho más fácil si tienes a alguien invisible al que echar la culpa de cada equivocación o fracaso.

Entonces me bajé del escritorio y volví a mi puesto. Nunca hemos vuelto a hablar de lo sucedido, ni ella ha vuelto a hacer alusión a nuestra charla. Pero cuando diez minutos después pasé por delante de ella, me dedicó una bonita sonrisa. «Qué hija de puta que soy», pensé satisfecha, y para celebrarlo me alejé meneando el culo como una oca.

¿NO SERÁS LESBIANA?

Manuel está en su escritorio con la cara pegada a la pantalla del ordenador, así que me recibe levantando únicamente el índice, como diciendo que espere.

Me llevo las manos a las caderas y resoplo. Él sonríe divertido (no sé por qué le gusta tanto mi carácter de mierda) y finalmente me encuadra:

—Ey, Luce, buenos días, ¿cómo estás?

—Explícame una cosa —comienzo sin devolverle el saludo—, ¿tú sabías que el marido de Carmen Bonavita, además de nuestro cliente, es de la Camorra?

Por fin capto su atención. Manuel me mira durante largo instante y dice:

—¿Quién te lo ha dicho?

—Nadie, la voz del pueblo... ¡Lo sabe todo el mundo!

—Bueno, te aseguro que al principio Arminio no lo había entendido... si no, no lo habría aceptado.

—¿Quién, Arminio? ¡Anda ya, ese vendería hasta a su madre!

—Baja la voz...

—Entonces, ¿qué tienes pensado hacer?

—¿En qué sentido?

—¿Seguiremos defendiéndolo contra ella?

—Es Arminio el que decide, ya lo sabes...

—Pero mira tú por dónde, el abogado no está y eres tú el que ha recibido la orden de ocuparse de la causa…

Manuel no responde.

—¿Por qué?

—¿Por qué qué?

—¿Por qué el abogado te ha puesto conmigo?

Se levanta, se arregla el nudo de la corbata que le aprieta el gaznate, se pasa la mano por el pelo (si estuviera Giovanna en la habitación se pondría cachonda), esboza su mejor sonrisa y, finalmente, responde:

—Luce, eres una «tocapelotas» de primera, ¿lo sabes? Son las nueve de la mañana, ¿por qué no me acompañas a tomar un café y hablamos?

—¡No pienses que me vas a camelar con un café y una sonrisa!

—Tranquila —replica él, metiendo su brazo bajo el mío—, sé que mi encanto no tiene poder sobre ti.

Me arrastra a la entrada y abre la puerta. Antes de salir, se dirige a Giovanna:

—Volvemos pronto.

Evito darme la vuelta para no toparme con los ojos rabiosos de Forino y me abandono a la guía de Manuel. En el ascensor, él se admira en el espejo y yo medito.

—¿Qué pasa, Di Notte? ¿A qué vienen esos morros?

—Reflexiono.

—¿Sobre qué?

—Nada, olvídalo.

—Ah, es verdad, soy demasiado estúpido para comprender los pensamientos de una mujer como tú…

Y vuelve a sonreír.

Nos sentamos en una mesita del bar de debajo de la oficina, él se pide un café y yo un zumo.

—Y bien —insisto—, ¿qué piensas hacer?

—¿Qué debería hacer?

—Quizá deberíamos convencer al abogado para que renuncie al mandato...

—Es mucho dinerito...

—Escucha, Manuel, no aguanto a la gente que llama «dinerito» al dinero, como tampoco a la que llama «pedetes» a los pedos. Sea como sea, he conocido a esa mujer y te puedo asegurar que no es verdad que sea una mala madre. Sí, bebe un poco de más y es ignorante, pero para nada me parece mala. El niño es extremadamente educado, todo un personaje, ¡incluso me atrevería a decir que simpático, si no fuera porque los niños me caen como el culo!

Él me escucha en silencio, con las piernas cruzadas y la mano en la mejilla. Parece pensar. Mientras tanto, sus bíceps reventones laten bajo la camisa. Por fin pregunta:

—Pero ¿tú eres así de verdad o te lo haces?

—¿Qué quieres decir?

—Quiero decir, ¿de verdad estás siempre encabronada y no soportas a nadie? ¿O más bien te divierte hacerlo creer?

—No estoy siempre encabronada —contesto de sopetón.

—Bueno, pero tampoco alegre...

—En cualquier caso, estábamos hablando de trabajo.

Manuel entorna los ojos y sonríe. De nuevo. Por un instante, me entran ganas de tirarle el zumo de arándanos a su bonita camisa blanca. Esto sí que haría que me tronchara de risa. Solo que él se acerca y planta su bonita cara bronceada a un palmo de la mía, con sus ojos de color mar del Caribe traspasándome. Entonces va y suelta la frase:

—¿Puedo hacerte una pregunta muy personal?

Me quedo mirándolo, incapaz de reaccionar. Y es que me pregunto por qué motivo la naturaleza decidió pintarme las pupilas de un marronzucho desvaído color caca de búfalo, y a él le engarzó dos turquesas que reverberan al sol. Después nos preguntamos por qué existe la envidia. ¡Empezad los de ahí arriba a tratar a todo el mundo por igual y ya veréis como todo irá de amor y lujo por aquí abajo!

—¿No serás lesbiana? —pregunta Manuel a bocajarro.

111

Y acto seguido se dejar caer en la silla.

Noto cómo un subidón de energía me enciende las venas y cómo un hormigueo empieza a recorrer mis brazos. Ahora me levanto y le estampo el vaso en la cabeza, o le doy un arañazo en la mejilla, una patada en las pelotas, un…

—No, ¡porque la verdad es que sería una pena!

Intento recobrar la calma.

—Manuel, ¿qué quieres?

—¿Qué quiero?

—Te estás comportando como un gilipollas conmigo, por si no te has dado cuenta.

—¿Y qué? —contesta tan pancho.

Su seguridad en sí mismo es insoportable.

—Pues que estoy segura de que tienes segundas intenciones.

—¿Por qué, no podría coquetear contigo por el simple gusto de hacerlo?

—¿Tú?

—Yo —replica serio.

Me bebo la última gota de zumo e intento responder, a pesar del fulano que se ha quedado pegado al claxon en el semáforo.

—Escucha, Manuel, tengo las tetas pequeñas y el culo gordo, alguna que otra estría en la barriga y un poco de celulitis. Tú solo sales con nalgas marmóreas y ojos dulces. Así que, ¿qué quieres?

Él no se rinde.

—Pero tienes una carita preciosa. Además, eres intrigante, ¡con este carácter tuyo! ¡Uno no puede estar siempre mirando culos!

Abro bien los ojos para observarlo mejor, mientras noto cómo mis mejillas se encienden como las castañas asadas en octubre. Maldito sistema nervioso simpático, que dilata los vasos sanguíneos sin importarle un bledo lo que quiero, y que me pone del color de los pimientos que freía mi madre cada vez que tenía oportunidad. Tendría que estar furiosa, a fin de cuentas Manuel ha reconocido que mi trasero no es de los mejores, y sin embargo el comentario sobre mi cara me hace sentir de cierta forma halagada. ¿Será posible que yo

112

también sea una de esas cabronas que montan un escándalo tremendo para sentirse emancipadas, libres e inteligentes, y después caen del árbol como un albaricoque maduro al primer cumplido del Action Man de turno? No puedo permitirlo, a no ser que quiera sufrir un inesperado bajón de esa autoestima a la que intento prestar atención y cuidados desde que vine al mundo.

—No soy lesbiana, Manuel. Me gustan los hombres, pero no los que son como tú, lo siento.

—¿Como yo cómo?

Espero unos segundos antes de contestar:

—¡Te gustas demasiado, mi querido Manuel, rebosas seguridad!

—Bueno, ¿y no es eso lo que buscan las mujeres, la seguridad?

—Quizá algunas, pero yo te puedo asegurar que no. La seguridad es lo que nos hace sentir muertos mientras perdemos el tiempo reflexionando sobre por qué no somos felices.

Él vuelve a reír y se pasa la mano por el pelo. Una vez más.

—Una taza de leche caliente en la mesa es toda la seguridad que necesito. La única —oigo repetir a mi voz fría.

Es verdad que desde fuera no debo resultar muy simpática. No obstante, Manuel Pozzi parece divertirse. Con esos aires suyos de cabrón, se acomoda mejor en la silla:

—No te entiendo, ¿podrías responder de manera menos grandilocuente? Ya sabes, ¡no dejo de ser un hombre con músculos y sin cerebro!

Esta vez se me escapa la risa. No será un intelectual ni tampoco una persona demasiado sensible, pero tiene sentido del humor y también cierta sana autoironía. Que, por otro lado, caray, tampoco sé si realmente me gustaría pasarme la vida al lado de una persona culta, pero que no suelta una sonrisa. También porque a mí se me da mucho mejor devolver que dar. Por eso, si a partir de ahora nadie me volviese a regalar una sonrisa, correría el riesgo de morir sin que mis labios volvieran a probar su ebriedad.

—¿Estás ahí?

Manuel está otra vez con su busto a pocos centímetros de mi

113

cara embobada. Me veo en la obligación de parpadear y sacudir la cabeza para disipar la vocecita que desde hace unos minutos me taladra los tímpanos susurrándome que, a fin de cuentas, una noche con el adonis que tengo delante no sería ninguna ofensa a mi dignidad. Porque, de hecho, una vida es digna de llamarse así cuando se disfruta, y por ello la susodicha vocecita continúa repitiéndome que un polvo con el modelo buenorro podría resultar un negocio estupendo. Por suerte, él decide ir al grano.

—Escucha, la verdad es que el abogado me ha pedido que te acompañe porque teme que no cumplieras por una especie de solidaridad femenina… Además de porque la gente involucrada en la causa no es precisamente de altísimo nivel, para entendernos…

—No necesito protectores —me defiendo con voz gélida.

—No soy tu protector. De hecho, por si te interesa, pienso como tú. Y se lo he dicho a Arminio.

—¿El qué?

—Que deberíamos renunciar al encargo.

Este maldito Manuel Pozzi está tirando por tierra todas mis certezas. Otra frase más bien dicha y casi casi cedo a sus lisonjas.

—Por lo que a mí respecta, ¡puedes estar seguro de que no pienso fastidiar a esa mujer y a su hijo!

—He preguntado un poco por ahí: a la enésima traición, la señora se rebeló y llegaron a las manos. Entonces el marido hizo las maletas y se marchó. Al día siguiente, la señora Bonavita corrió al abogado para pedir el divorcio. ¿Entiendes? El divorcio, en ese contexto… en una familia de la Camorra, donde los hombres suelen tener pleno poder sobre las mujeres, va ella y solicita la separación. Ha sido una ofensa imperdonable al cabeza de familia.

—No lo sabía…

—Ya, solo que los dos abogados a los que se dirigió, en cuanto supieron con quién se las tenían que ver, renunciaron al mandato. Y ahora a él, para castigarla, se le ha metido en a cabeza quedarse con el hijo.

—¿Y Geronimo qué dice?

—Arminio, ya sabes, conoce todo y a todos, y si ha llegado a ser quien es, es gracias a todas sus amistades. Antes de cagarla con alguien importante, se lo piensa dos veces. La situación es delicada...

—Que se lo piense las veces que quiera, yo, desde luego, renuncio. Y mañana se lo comunico...

Me levanto y saco la cartera. Él me detiene con un gesto amable pero autoritario y deja diez euros en la mesa. Después me vuelve a coger del brazo y comenta:

—En mi opinión, haces bien. Es una cuestión delicada, no es para una mujer.

Estoy a punto de contestarle que si hay algo que me fastidie del género masculino es que se cree en el derecho de saber lo que es o no es para una mujer, pero él añade rápidamente:

—En cualquier caso, si tuvieras que cambiar de opinión y te apeteciera una cena romántica, aquí estoy.

—No te rindes, ¿eh? Pero mejor ¿por qué no haces feliz a Giovanna?

—¿Qué Giovanna?

—¿Cómo que qué Giovanna? Nuestra secretaria...

—¡Luce, que todavía no estoy tan desesperado!

—Venga ya, es una buena chica.

—Sí, y a mí no me gustan las buenas chicas —y me guiña el ojo—, ¡me gustan las que tiene la *cazzimma*!

No hay nada que hacer. El tiempo que estuve con el capullo, cuando tenía el pelo largo y algodonoso, el bolso al hombro, la mirada dulce y la sonrisa fácil, nadie me dedicó ni una mirada. Y cuando he decidido dejar de ser amable con la vida, que ella conmigo nunca lo ha sido, entonces han empezado a surgirme galanes y pretendientes de toda clase.

A lo mejor es porque los demás se dan cuenta de que has conseguido dar fuerza a tus ojos, y entonces se acercan para comprender si hay también una pizca para ellos.

ESTA NOCHE TENGO LA SENSACIÓN DE SER FELIZ

Al ponerme el albornoz que había dejado apoyado en el váter, suelto una pequeña palabrota por no haber comprado aún el cinturón. Cada vez que salgo de la ducha pienso que tengo que comprar el cinturón o, más fácil aún, otro albornoz. Después se me olvida y me veo obligada a andar por casa con esta cosa que revolotea y deja entrever todo. Afortunadamente, en el edificio de enfrente no parece haber nadie en la ventana, así que me la trae al fresco y entro en el salón con los pies descalzos, el pelo mojado y miles de gotitas de agua que se encuentran y se unen como amantes en mi piel. Agarro el paquete de Lucky Strike y enciendo un cigarro. Después pulso el *play* de la cadena y la música recomienza donde paró hace unos días.

A che serve st'a accussì, sempre 'ncazzato, ma po' pe chi? Fora fa freddo... Nun me scuccia'...[7]

Subo el volumen, doy una calada y me dejo envolver por el humo denso mientras bailo por el salón. Después suena el móvil. ¡Anda que...! Respondo sin mirar la pantalla:

—¿Diga?

—¿Luce?

---

[7] «¿De qué sirve estar así, siempre encabronado? ¿Y por quién? Fuera hace frío... Déjame...». (N. de la T.)

—¿Quién es?

—Antonio...

—¿Antonio? ¿Mi hermano Antonio? ¿El mismo que no da señales de vida desde hace tres meses y que no baja a Nápoles desde hace dos años? ¿Ese Antonio?

—¿Has terminado?

Mi hermano es una de esas personas, como hay tantas, que consigue que se me hierva la sangre sin pronunciar una palabra. Abro la ventana y me lanzo al balconcito de la cocina para tomar una bocanada de aire.

—¿Cómo estás? —pregunto entonces.

—Bien. ¿Y tú?

—Todo bien. Se dice así, ¿no?

Silencio incómodo. Son las once de la noche y en el callejón solo hay un gato limpiándose el culo.

—Te llamo para decirte algo importante... Acabo de hablar con mamá —dice.

Entorno los ojos e intento hacer una rápida lista de los posibles líos en los que se ha podido meter Antonio: ha perdido el trabajo, ha tenido un accidente, ha decidido marcharse a Australia, ha dejado embarazada a alguna.

—¿Qué ha pasado?

—Bueno, pues... eso... ¡que eres tía!

¡Bingo, he dado en el blanco!

—¿Tía?

—¡Tía!

Silencio.

—Luce, ¿estás ahí?

—Claro, ¿dónde quieres que vaya?

—Bueno, ¿no dices nada? ¿No estás contenta?

—Que yo sepa, para hacer un niño hace falta una mujer. ¿Tú tienes mujer, Antonio?

—Siempre tan simpática, ¿eh? Se llama Raffaella, ¡y es guapísima!

118

—Como mi primer amor... —Silencio—. Mi primer amor se llamaba Raffaelle. ¿Te acuerdas?

—Mmm, sí, puede...

Un señor con una bolsa en la mano y un toscano[8] en la boca se para delante de una persiana metálica echada y mira el reloj. Parece estar esperando a alguien, pero de vez en cuando echa un vistazo hacia mí.

—Bueno, como si no hubiera dicho nada. ¿Y desde cuándo la conoces? ¿Desde cuándo estáis juntos?

—Desde hace más de un año...

—¿Y me lo dices ahora?

—Bueno... ya sabes...

El hombre que fuma sigue claramente con el ojo puesto para ver si se me abre un poco más el albornoz. Debería entrar o mandarlo a freír espárragos, pero estoy demasiado metida en la conversación.

—¿La quieres?

Antonio responde inmediatamente:

—Mucho.

—Bueno, entonces me alegro por ti. ¿Sabes ya si es niño o niña?

—Niño.

—Menos mal..

—¿Por qué menos mal? —pregunta con voz divertida.

—Bueno, no habría quien aguantara otra mujer en la familia. Además, en este punto de mi vida, necesito un hombre, uno al que poder enseñarle lo cabronas que podemos llegar a ser las mujeres si no conseguimos lo que queremos.

—Efectivamente, eres una gran cabrona —ríe él—, ¡por eso no dejaré que lo eduques!

—Todavía te quedan unos meses para despreciar tu pasado, tu infancia, a tu madre y este lugar. Disfruta, haz un repaso rápido de por qué continúas escapando de nosotros, perdona a quien tengas

---

[8] Toscano: marca toscana de puros, hechos con un tipo de tabaco proveniente de la zona centro-meridional de Italia. (N. de la T.)

que perdonar y después vuelve aquí con tu hijo, que no puede pagar la culpa de tus rencores y de tus agujeros sin rellenar. Así, en todo caso, le enseñaremos a quedarse, en lugar de a huir.

Ninguna reacción de Antonio.

—Eh, ¿sigues ahí?

—Sí...

—Venga, vale, bromeaba, no te cabrees... —digo mientras apago el cigarro en la barandilla.

—Sí, lo sé, es solo que... no te he dicho algo...

Otro repaso rápido a los posibles líos de los cuales Antonio no me ha puesto al tanto: no quiere este hijo, no está seguro de que sea suyo y no tiene ninguna intención de reconocerlo. Quiere llevárselo consigo a Australia sin ni siquiera dejar que lo veamos.

—Antò, venga, cuenta, ¡que se me están hinchando las pelotas!

Tiro la colilla y me quedo mirando al hombre, que continúa impertérrito admirando lo que el albornoz sin cinturón permite admirar.

—Nada, es que en realidad el niño ya ha nacido.

Los ojos se me salen de las órbitas y me alejo de la baranda. Si no acabara de terminar de fumar, me encendería otro cigarro.

—¿Ya ha nacido? —grito.

Su voz se aleja y se encoje.

—Hace unos veinte días.

—¿Hace veinte días?

—Luce, ¿tienes que repetir cada frase?

—Tú estás loco, ¿lo sabes?

—No os lo he dicho porque...

—¿Cómo se llama?

—Arturo, como el padre de Raffaella.

—Arturo... —susurro para acostumbrarme al nombre que hasta hace cinco minutos no significaba nada para mí. Ahora, en cambio, me encontraré pronunciándolo no sé cuántas veces.

De improviso, en mitad de mi vida, sin haber hecho nada, sin haberlo elegido, me encuentro con un nombre al que querer y un día para celebrar.

—Por un momento pensé en llamarlo Pasq…

—No quiero saberlo, no me interesa. Y Arturo es un nombre bonito.

—Luce, escucha, no me atrevía de decíroslo, a decírselo a mamá, porque, bueno, Raffaella tiene catorce años más que yo y una hija de trece.

Caray, esta vez mi hermanito se ha propuesto de verdad que a nuestra madre le explote el corazón.

—¿Catorce años más? ¿Cuántos tiene?

—Cuarenta y siete.

—¿Cuarenta y siete? ¿Y se pueden tener todavía hijos a esa edad?

—Bueno, es difícil, pero puede pasar. No era deseado, mi niña, pero es el imprevisto más bonito que jamás me ha ocurrido.

Y no me cuesta creerlo, teniendo en cuenta los otros imprevistos de su vida. Con once años, por perseguir un gato, acabó debajo de una moto. Lo bueno es que a él no le pasó nada, mientras que el piloto se abrió la cabeza. Con trece reaccionó ante el acoso de un compañero del colegio, lo único es que era el compañero equivocado, hijo del *boss* del Pallonetto[9]; así que por la noche nos encontramos debajo de casa a varios energúmenos dispuestos a matarlo, y solo gracias a la intervención de algunos personajes influyentes de la zona conseguimos encauzar la cosa. Con quince le pillaron hachís en el bolsillo y lo llevaron a comisaría. Mi madre se tiró llorando tres días y tres noches en la oscuridad de su habitación; al cuarto se despertó, decidió que todo tenía que ser archivado, se puso la máscara de siempre y nunca más habló de lo sucedido. Con veintidós, Antonio se marchó a Roma para ir a un concierto de Metallica y no tuvimos noticias de él en cinco días. Al segundo, mamá quería ir a los *carabinieri*, pero yo, que conocía bien a mi hermano, le dije que esperara un poco más. Se presentó por la mañana, rapado al cero, sonriente y con dos nuevos tatuajes, y dijo

---

[9] Pallonetto: zona popular del barrio napolitano de Santa Lucia. (N. de la T.)

121

que en el concierto había conocido a una belga de pelo rubio y ojos turquesa y que se había ido con ella a Brujas. «Me he enamorado», iba diciendo por ahí, hasta que mamá le soltó un bofetón a lo Bud Spencer, de arriba a abajo, que le partió en dos el labio inferior.

Resumiendo, en la alocada vida de mi hermano o, mejor aún, en la vida sin sentido de ambos, la mía y la suya, hijos de una madre que siempre ha temido perder el control y dejarse llevar por la felicidad, y de un padre que, al contrario, sacrificó todo y a todos en nombre de esta, la llegada de un niño (deseado o no deseado, igual da) no puede dejar de ser considerada como la reina de los imprevistos, algo tan increíble como para provocar mareos y un poco de extrasístole.

A veces pasa que vuelves a casa aburrida como una ostra; te lavas, odiando la imagen que refleja el espejo; te quitas la ropa maldiciendo en voz baja la enésima jornada malgastada; y después, justo cuando estás en esas, lista para acusar a tu vida, aunque solo sea por un instante, sucede algo inesperado, una burbuja de belleza que explota a un metro de ti, te salpica la cara y te hace creer durante un poco más, hasta el siguiente bostezo, que no bastarán todos los tocamientos de huevos, los dolores y las injusticias del mundo para que dejes de amar tu pequeña y a veces aburrida existencia.

Nunca.

Un día Antonio vino a pedirme cien mil liras. En aquella época trabajaba en el bar de vía Toledo, pero, caray, cien mil liras seguían siendo cien mil liras.

—¿Para qué las quieres?

Él titubeó y finalmente encontró el valor para responder:

—La próxima semana Livia y yo hacemos tres meses juntos, quería comprarle algo.

—¿Y ahora quién es esta Livia?

—Es una...

—¿Y no se los puedes pedir a mamá?

—No.

—¿Por qué?

—No quiero que se entere de mis historias...

—¿Y a la abuela?

—La abuela ya me las ha dado...

—¿Ya te las ha dado? ¿Y entonces?

—No me bastan —continuó él, agachando la cabeza.

—¿Por qué, qué quieres comprar?

—Un anillo, cuesta cuatrocientas mil liras.

—¿Cuatrocientas mil liras? Antò, ¿te has vuelto loco? ¿Cuatrocientas mil liras? —vociferé—. ¿Pero sabes cuánto es eso? Es toda la pensión de la abuela. ¡Para una chica a la que conoces desde hace apenas tres meses!

—Uf, déjalo —dijo haciendo ademán de marcharse.

—Espera, ven aquí —lo llamé.

Pero Antonio no se dio la vuelta.

Unos días después le di el dinero. Él pareció no creérselo y me sonrió, después cogió el cheque y me plantó un beso. Luego salió deprisa y corriendo para volver tres horas después con el anillo en el bolsillo, que me enseñó solo después de asegurarse de que mamá no estuviera por allí cerca.

—Mañana se lo doy a la salida del colegio —declaró satisfecho.

Pero al día siguiente no nos vimos. Volvió tarde por la noche y se metió en la cama. A la mañana siguiente no se levantó para ir al colegio, sosteniendo que tenía fiebre.

Mamá le besó la frente y comentó antes de encerrarse en la cocina para ponerse a remendar:

—¡A mí me parece que no tienes nada!

—¿Qué ha pasado? —le pregunté entonces.

Él no respondió.

—¿Antò?

—¿Sí?

—¿Qué ha pasado?

—Nada...

—Ya, claro.

—Esa chica, Livia...

—Sí...

—Me ha dejado.

—¿Te ha dejado? ¿Pero no era vuestro aniversario?

—Sí, y me ha dejado el día de nuestro aniversario. Le he dado el anillo y ella me ha dicho que estaba loco, que somos jóvenes y que ella todavía tiene que vivir la vida, eso ha dicho. Y eso que su pupitre estaba lleno de mensajitos de colores de los dos con un montón de corazones...

—¿Y el anillo?

—No lo ha aceptado. He ido corriendo a la tienda, pero el vendedor solo quiere darme la mitad de lo que me ha costado. He preguntado también a otros, pero ninguno me da más de doscientas. Estoy desesperado.

Me eché a reír, lo juro. Primero flojito, pero luego cada vez más fuerte. Él me miró como si estuviera loca y preguntó con tono amargo:

—¿Qué tiene de gracioso?

—Nada, perdona —intenté contestar—, ¡es que tu cara de perro apaleado es demasiado divertida!

—Muchas gracias por tu apoyo —respondió ofendido.

Di dos pasos y me senté al borde de su cama.

—Hermanito, bienvenido a la auténtica vida de los adultos, que te da de tortas cuando menos te lo esperas.

Él intentaba ignorarme jugando con el borde de la sábana. Le cogí de la barbilla y levantó la cabeza.

—Ahora te parece un infierno, lo sé, pero después se pasa. Eso dicen, por lo menos. Verás como una mañana, cuando vuelvas a encontrarte con esa Livia tuya que solo quiere vivir la vida, te reirás en su cara.

—Ya —comentó poco convencido—, pero mientras tanto me he fumado doscientas mil liras.

—Hasta que se demuestre lo contrario, somos la abuela y yo las que nos las hemos fumado...

—Te lo devolveré —dijo mirándome a los ojos.

—No te preocupes, son cien mil liras bien gastadas.

—¿Bien gastadas?

—Pues sí, a fin de cuentas te han servido para llevarte tu primera patada en el culo de verdad en nombre del amor.

—Ah, gracias, muy amable…

—Te vendrá bien, aprenderás a no fiarte demasiado de los mensajitos de colores y de los corazoncitos.

—De hecho, no me volveré a fiar de una mujer, ¡sois unas cabronas!

Me levanté y sonreí.

—¿Has visto? De ahora en adelante puede que vayas con más cuidado, al menos hasta el próximo encuentro neurótico, hasta la nueva chispa de amor.

—Pues sí que tienes tú una bonita visión del amor, ¿eh?, una gran confianza…

Arqueé la cejas espontáneamente.

—Antò, ¡la confianza es lo que no te deja ver dónde pones los pies y al siguiente tropezón estás de nuevo en el suelo!

—Luce, ¿sigues ahí?

—¿Y dónde quieres que vaya?

—Entonces, ¿no dices nada? ¿Estás contenta?

—Cómo no, simplemente estoy intentando acostumbrarme a la idea. Y mamá, ¿cómo se lo ha tomado?

—Me ha colgado el teléfono.

—Y no es que no tenga razón…

—Justo de ella quería hablarte. Necesito un favor…

—¡Ojalá por una vez no terminaras una llamada de teléfono con esta frase!

Él ríe y continúa:

—¿Lo hablas con ella? Ya sabes, mamá tiene su forma de pensar…

Alleria viene al balcón y mete el hocico entre los barrotes de la barandilla.

—Antò, ella tendrá su forma de pensar, ¡pero tú no puedes

llamarla cuando su nieto ya ha venido al mundo! Pero ¿qué has estado haciendo en los últimos nueve meses?

—No sabes la de veces que he intentado decírselo, pero en el último momento me bloqueaba porque me imaginaba cómo iba a reaccionar ante la edad de Raffaella, que también está separada. No me veía con ánimo para escucharla.

—Y entonces, a ver si me entero, ¿tengo que aguantarla yo? ¿Es este tu plan?

—Sí, más o menos es ese.

—Maldito cabrón —contesto.

Después resoplo y me froto los ojos. Cuando vuelvo a abrirlos, mi hermano sigue riendo al teléfono y el hombre del callejón ha terminado de fumar y ahora mira fijamente mi entrepierna.

—Escucha, ¿y por qué por una vez, ahora que también eres padre, no te comportas como un hombre, vienes aquí y hablas de ello con mamá? No puedes huir siempre, ya deberías haberlo entendido. Llegados a cierto punto, no queda otro remedio, debes dar media vuelta y mirar de frente a tu pasado. Si no, este continuará siguiéndote como un perrito al que has dado un trozo de pan. A veces, Antò, marcharse no sirve de nada.

—Madre mía, Luce, ¡qué pesada te has vuelto! No te recordaba tan filosófica.

—Yo, en cambio, te recordaba igualito igualito, no has cambiado nada. Pobre Arturo. Y esta Raffaella, ¿cómo hace para soportarte?

—Dice que le hago reír.

—Ya es algo —respondo—. En cualquier caso, yo con mamá no hablo, no puedo pasarme la vida arreglando tus líos.

Él se pone serio.

—Mi niña…

—¡Y ahora no pienses que me vas a camelar con esa vocecita dulce! —lo interrumpo rápidamente.

—Mi niña —vuelve a la carga él, como si yo no hubiera hablado—, tú tienes una relación distinta con ella, sabes llevarla, siempre has sabido llevarla. Y, sobre todo, sabes escucharla. Conmigo acabaría empezando a hacer juicios y a mí me herviría la sangre, y después me arrepentiría de lo dicho.

—Sí, de acuerdo, ¡la excusa es buena!

—Además, hay otro problema…

—¿Otro más?

—¡Quiero casarme con Raffaella!

—¿Casarte?

—Sí, ¿por qué, qué tiene de malo?

—Nada, no tiene nada de malo, si la quieres. Es solo que pensaba que esta palabra había sido derogada en nuestra familia.

—Sí, es raro, siempre he pensado que nunca haría algo así y, sin embargo, aquí estoy.

—¿Y yo qué pinto en la elección?

—Pintas, mi niña, tú siempre pintas en mi vida, sobre todo cuando se trata de tomar decisiones importantes.

—No entiendo.

—Lù, serás todo lo inteligente y estudiosa que quieras, como decía mamá, pero estás empanada. Estoy intentando decirte que me gustaría que fueras testigo, y la madrina de Arturo.

—¿Yo?

—Sí, tú.

—¿Cómo que madrina? ¿Estás seguro? ¡Si ni siquiera consigo cuidar de mí misma!

—No es verdad, yo creo que serías una buena madre. De hecho, ¿por qué no te das un poco de deprisa y tienes uno? Un hijo, quiero decir.

—Es verdad que estoy acostumbrada a apañármelas yo sola, pero esta vez me falta un requisito fundamental.

—Vale, venga, ¿aceptas?

Lo sé, madrina no es madre, pero la derivación es esa, y yo no me veo junto a una palabra tan importante. Será porque todavía sigo intentando rellenar los agujeros de mi infancia. Este es el mayor daño que causa un padre ausente, que luego te pasas toda la vida con la idea de que el amor y la felicidad te los debes ganar cada santo día.

Miro a la cara al viejo verde que está abajo en la calle y levanto el dedo corazón. Él retrocede, aparta la mirada y se mete las manos en los bolsillos. Ante mi silencio, Antonio prosigue:

—Por cierto, querría casarme en Nápoles, obviamente en el ayuntamiento, ya que Raffaella, como te decía, está divorciada. Vamos, que va a haber que hablar con calma con mamá, que es una meapilas, ya sabes.

—¡Y esa calma tiene que ser la mía! Vale, Antò, estás de suerte, esta noche me has pillado romántica. No sabré hacer de madrina, pero me gusta sentirme necesaria, es mi defecto. Y tú lo sabes bien, ¿verdad, hermanito?

De fondo oigo un llanto.

—¿Es él?

—Sí.

—Hablaré con mamá.

—Gracias, Luce, sabía que podía contar contigo.

—Eso, genial. ¿Y yo cuándo podré contar contigo?

—Siempre, mi niña, siempre. Te vuelvo a llamar, que Arturo tiene hambre y tengo que ayudar a Raffaella. Un beso.

Cuelgo y me quedo mirando al vacío, que para nada es vacío, ya que a diez metros hay un edificio un poco menos costroso que el mío del que penden sábanas de colores, calcetines que gotean y bragas que bailan al viento.

Habré escuchado miles de llantos de niños y aun así esta vez me ha parecido sentir un pequeño sobresalto.

—¡Eh, tú! —llamo en voz alta. —El mirón levanta la cabeza—. No suelo decirlo mucho, ¡pero en este momento creo que soy feliz! —grito.

Él me mira con aire asustado y decide alejarse a paso rápido. Acaricio la cabeza de Alleria y comento:

—¿Ves cómo son los hombres, Perro Superior? Capaces de tirarse dos horas mirándote el culo sin ningún tipo de pudor y, en cambio, listos para huir como niños asustados ante una emoción.

APURO

Cada vez que pongo el pie en el piso de mi madre me entra una extraña sensación que no sé explicar, una especie de mezcla de rabia y compasión, por no haber comprendido aún a mi edad cómo enfrentarme a una mujer tan diferente a mí y, al mismo tiempo, tan igual. Y luego está la casa, en la que me he criado, en la que precisamente debería sentirme en casa. Pero sin embargo no es así, porque los lugares que dejamos cambian, igual que cambian las personas; y cuando te los vuelves a encontrar ya no son los mismos, y entonces te mueves en ellos con cautela y melancolía, la misma que sientes cuando te encuentras con un viejo amigo por la calle y te das cuenta de que ya no sabes qué decirle.

El piso ha cambiado bastante desde que yo me fui, basta con pensar en las estampitas de santos que ahora afloran en cada esquina; en las estatuillas religiosas; en los crucifijos, como el de la cocina, que nunca estuvo ahí, o en la figurita del padre Pío que te da la bienvenida en la entrada.

Me la encuentro quitando las cortinas.

—¿Pero no las lavaste el mes pasado?

—Hace dos meses.

—Bueno, ¿y lavas las cortinas cada dos meses?

—Ya están negras.

Resoplo.

—Deberías gastar tus energías en cosas más importantes.

Mi paciencia está a punto de agotarse.

—Luce, ¿qué sucede, qué haces aquí a primera hora de la mañana?

—¿Por qué, no puedo venir a verte nada más despertarme?

—No lo haces nunca.

Es inútil, nuestra relación es un continuo echarse la culpa y justificarse. Si no fuera así, no sabríamos qué contarnos.

—Ayer me llamó Antonio… —intento decir.

Ella baja de la escalera y apoya con cuidado la cortina sobre su regazo. Después coge los bordes y la dobla con movimientos hábiles. Lleva puesto un suéter amaranto de hilo, una falda gris y unas zapatillas azules. Parece una vieja.

—Ayer hablé con Antonio… —repito.

Ella continúa doblando la cortina con la cabeza agachada, sin responder. Son las ocho y media y todavía no he desayunado, así que abro el frigo y echo un vistazo: en un rincón hay un paquete de seis yogures desnatados.

—¿Desde cuándo comes yogur? —pregunto.

—Son para ti —dice, y continúa sin mirarme.

—¿Para mí?

—Para ti, para el desayuno o para la merienda.

—¿Y cómo sabías que pasaría por la mañana temprano?

—No lo sabía, lo esperaba.

Desde siempre, cada vez que tiene que decirte una frase cariñosa, mamá empieza a mirar algún adorno inútil que no tiene nada que ver y después suelta rápidamente lo que tiene que decir, como librándose de un peso. Ahora me parece que su mirada se ha posado en la repisa que tiene al lado. O mejor dicho, para ser precisos, en el tarro de miel. Separo un yogur del paquete y me acerco por la espalda para abrazarla.

—¿Por qué nunca me miras cuando tienes que decirme algo así?

—¿Así cómo?

130

—Bonito.

—¿Y qué quieres? ¡Me da apuro!

E intenta librarse.

Sonrío y le cojo su cara diminuta. Con los años, cada vez se parece más a la abuela Giuseppina. Cómo es la vida, te empeñas con todas tus fuerzas en no parecerte a tu madre, año tras año; y luego, en determinado momento, una mañana cualquiera, te miras al espejo y ves su cara, sus mismas arrugas y sus ojos cansados. Y entonces sonríes a tu imagen reflejada para volver a encontrar la antigua sensación de confianza que sentías ante una de sus sonrisas.

—«Me da apuro» —repito divertida—. Es bonito sentir apuro, mamá, ¡la gente sensible siente apuro!

Ella sonríe y en las comisuras de los labios se le abren grietas.

—Me ha llamado Antonio —vuelvo a repetir al poco, cuando ya he hundido la cuchara en el yogur.

Por toda respuesta, abre un armario y saca una caja de cereales.

—Ten.

—¿También cereales?

—¿No estás a dieta?

—Siempre estoy a dieta…

—Lo sé, por eso te los he cogido.

La miro durante un buen rato para comprender cómo hace para tener tales poderes. Sabía que vendría, no lo esperaba. Echo los cereales en el vasito y retomo la conversación con la boca llena.

—Pues eso, mamá, yo entiendo que estés cabreada, y tienes razón. Lo estoy yo, conque fíjate. Pero al final lo he estado pensando y he llegado a una conclusión…

Mamá deja la cortina doblada en el respaldo de la silla y se apoya en el fregadero con los brazos que se buscan entre sí para entrelazarse como varitas de mimbre delante de su pecho caído, y la espalda ligeramente curvada, en la típica postura de quien se prepara para recibir un puñetazo en el estómago. Entonces presta atención y espera. Lo único es que yo estoy ocupada con el yogur, así que ella se me adelanta:

131

—No te he enseñado a comer con la boca abierta.

—Si es por eso, tampoco me has enseñado a eructar, a meterme el dedo en la nariz y a tirarme pedos. Te lo enseña la vida, mamá, no hay nada que hacer, puedes estar tranquila.

Suspira.

—¿Qué tengo que hacer contigo?

Pero yo no la escucho y sigo hablando de Antonio.

—Decía que he llegado a una conclusión —y mastico los últimos cereales—, y es que una no puede estar siempre enfadada y mosqueada con todo el mundo. Será casualidad, pero Pino Daniele cantaba justo eso cuando llamó Antonio.

—¿Y qué tiene que ver Pino Daniele? —dice ella.

—Nada y todo. Ahora te sientes ofendida y humillada, y tienes razón. ¿Pero qué consigues con ello? Nada. Al contrario, solo sufres más, porque estás ahí dándole vueltas al hecho de que tienes un hijo gilipollas. Sí, tienes un hijo gilipollas, ¿pero sabes cuál es la novedad?

Me parece que una pequeña sonrisa empieza a aflorar bajo su cáscara de austeridad.

—Adelante, ¿cuál sería la novedad?

—Que el hecho de que tengas dos hijos raros, y Antonio lo es más que yo, no depende de ti. Sí, has cometido tus errores, como todos; has sido una madre gruñona, pesada y no demasiado cariñosa; pero nos has enseñado a caminar derechos, incluso cuando damos tumbos. —De golpe, los ojos se le agrandan y se vuelven brillantes—. Y también nos has enseñado a ser buenas personas, a no hacer a los demás lo que no querríamos que nos hicieran a nosotros, como dice Jesús.

—Jesús no dice eso...

—¿Ah, no? ¿Y entonces quién fue? Bueno, no importa, lo importante es que ahora tú perdones a Antonio, que se quiere casar...

—¿Casar? ¿Se quiere casar?

Mamá da un paso hacia mí y ahora sus ojos están llenos de expectación.

—¿No te lo ha dicho?

—Claro que no me lo ha dicho, no le he dado tiempo, he colgado primero.

—¿Lo ves? Eres demasiado orgullosa, esa es la verdad. Ese niño es tu nieto, ¿no te apetece conocerlo?

—Pues claro que me apetece, sobre todo si Antonio decide casarse.

—Ahí, justamente, es donde está el pequeño problemilla...

La sonrisa da paso a una mueca interrogativa.

—¿De qué tipo?

Ya está a la defensiva. Les pasa a los que tienen poca relación con la felicidad. Aprieta aún más los brazos en torno al diafragma, y casi me parece advertir un pequeño crujido en el aire, parecido al lamento que emite el parqué del bufete Geronimo las veces que recorro a grandes zancadas el pasillo que me separa del despacho del abogado para cantarle las cuarenta.

—Pues eso, que su pareja es un poco más mayor que él, solo un poco, ¿eh? Y... pues eso... está divorciada y tiene una hija.

Mamá palidece y hace un ruido extraño con la lengua, una especie de chasquido bajo el paladar. Luego aparta la silla y se larga. Yo, mientras tanto, sigo con la cabeza en el vaso del yogur, ocupada en recoger los últimos residuos con la cuchara, así que en la habitación se hace el silencio. En realidad, estoy intentando aprovechar el momento para pensar algo importante que decir. El problema es que realmente no se me ocurre nada. De hecho, es ella la que retoma la conversación con la voz rota por el disgusto.

—¿Por qué me hace esto?

Está al borde de las lágrimas.

—¿El qué?

—Casarse con una mujer mayor, y divorciada, y con una hija.

—¿Cómo, no estás contenta? Precisamente tú deberías estarlo. ¿No te habría gustado que alguien se hubiera ocupado de ti y de tus hijos? A mí sí, puedes estar segura. —He alzado el tono de voz sin darme cuenta—. Antonio está dispuesto a hacer de padre incluso de quien no es su hijo. Me parece algo bonito, admirable. ¿No sois vosotros los que profesáis el amor al prójimo? ¿Y luego qué hacéis, a la primera complicación os echáis para atrás?

Ella se mira las manos y no responde de inmediato, como si necesitara llenar más de aire sus pulmones para poder pronunciar la frase.

—¡El divorcio es pecado! —sentencia finalmente.

Si no le suelto una torta, es solo por respeto. Pero me encantaría acercarme a ella y gritarle al oído, sacudirle esa ignorancia que la esclaviza y me hace sentir huérfana. El pequeño momento de complicidad ya es un lejano recuerdo y casi me parece imposible haber pronunciado frases de amor dirigidas a ella.

—Te están atontando en esa iglesia, ¿lo sabes? —prorrumpo, arrugando tanto la frente que los ojos se me hacen minúsculos.

Mamá no me mira. Bien, eso quiere decir que se vergüenza de lo que acaba de decir. Pero, por desgracia, es cabezota, y hacerle cambiar de opinión es casi imposible.

—Hablas de pecado, pero ¿qué pecado? Los pecados son otros, mamá, los que cometen todos los días las personas de mierda ahí fuera, esos son pecados. Y, si quieres saberlo, también los que comete don Biagio, que no da de comer a los perros callejeros en el patio de la iglesia. El mayor de los pecados sería no saber amar a los demás, y en cambio tu hijo ama a los demás, y se lo has enseñado tú. Pero la cosa parece no gustarte.

—No es verdad que don Biagio no reciba a los perros callejeros... —rebate ofendida.

—Me la trae al fresco don Biagio, ¡estamos hablando de la vida de tu hijo y tú piensas en defender al párroco! —exclamo al tiempo que me levanto de un salto para expulsar la rabia que se ceba en mis palabras.

Ella continúa mirándome mientras me voy y le da vueltas mientras juega a retorcerse las manos. Parece una niña. Al rato dice:

—Es que yo me imaginaba una familia diferente para vosotros. Además, así ni siquiera podrá casarse por la iglesia.

—¿Y cómo te la imaginabas, a ver? ¿La familia feliz del Mulino Bianco? ¿Nos veías a la mesa, sonrientes, preparando una tonelada de biscotes con mermelada?

—Me habría contentado con una familia normal.

—Esta sí que es buena, nosotros hablando de familia normal. Además, ¿qué es una familia normal? Yo no lo sé. Lo que sí que sé es que las familias se componen de padres que se quedan y de hijos que crecen; y que cuando el padre le dice a la hija «Te vengo a recoger a la salida», realmente se presenta a la salida de aquel jodido colegio. ¡Esto es lo normal, mamá!

Ahora estoy gritando, tanto que ella se vuelve a callar y empieza a llorar de manera sumisa, como hace siempre cuando con las palabras no consigue hacer mella en mi sentimiento de culpa.

—No hay nada por lo que llorar, nunca hemos sido una familia normal; pero lo hemos intentado, lo hemos hecho lo mejor que podíamos y hemos salido adelante, nos hemos hecho mayores y ahora Antonio está buscando construir algo distinto, que seguro que no será normal, pero que será suyo. Y con eso es suficiente.

Apenas termino de hablar, noto la necesidad de beber, así que meto el vaso debajo del grifo y ella aprovecha:

—La niña, la hija de su pareja…

—Sí…

—Nunca será una hija de verdad, no podrá serlo, no es sangre de su sangre. Y el día de mañana, cuando Arturo sea mayor, ¡eso se notará!

Esta vez me siento. Tiene miedo, me doy cuenta por el movimiento de pestañas que acompañan a sus párpados indecisos. En realidad, mi madre sabe que me está tocando las pelotas y que dentro de poco perderé el control. ¡Menos mal que Antonio me ha rogado que hablara yo!

—Mira, no puedo creer que te hayas convertido en esto. Pecados, sangre de tu sangre, ¿pero qué dices? ¿Quién te ha puesto en la boca semejantes palabras? ¿Pero tú te oyes? ¿Dónde han acabado el amor, el respeto, la solidaridad, la caridad? ¿Es esto lo que os enseñan en esa porquería de iglesia todo el santo día? ¿Solo se puede amar a un hijo si es sangre de tu sangre? —Empiezo a andar por la habitación—. Solo puedo amar a alguien si lo he creado yo, si en él hay algo mío. Esto no es amor, es narcisismo. Estas son las mismas personas que se horrorizan ante la idea de adoptar un niño. Quien sabe amar, lo desvincula de los lazos de sangre. Yo amo a mi hijo porque lo he ayudado a crecer, he compartido con él parte de mi vida, porque cada día me regala algo, porque me quiere como soy. ¡He aquí un motivo válido para querer a un hijo!

Ella se lleva las manos a la cara para secarse los ojos y me doy cuenta de que está temblando. Y en ese momento siento una gran pena por ella, una mujer que nunca ha tenido certezas y ahora está haciendo todo lo posible por encontrar alguna. Cada vez que me la encuentro con la cabeza agachada sobre el Evangelio o sobre la Biblia, cada vez que empieza a dar lecciones sobre aquellos tiempos remotos, no puedo dejar de pensar que si usara la misma curiosidad para la historia, el arte, la cultura en general, sería una mujer diferente. Quizá no con tantas respuestas, pero sí con un poco más de ganas de vivir.

—Tu Señor —vuelvo a decir con voz calmada— no enseña esto.

—El Señor quiere que las familias permanezcan unidas. El matrimonio es un vínculo sagrado que no se puede disolver según nos plazca —dice en voz baja.

Suspiro antes de contestar:

—Las personas que siempre saben lo que quieren me tocan los cojones, mamá, ¡conque fíjate las que dicen saber lo que quiere Dios!

—¿Qué forma de hablar es esa, Luce? ¡Pareces un hombre!

—Sí, lo sé, también me lo decías de pequeña…

Pasa un siglo antes de que ella vuelva a hablar y en la cocina oscura se vuelve a escuchar el viejo reloj de pared colgado sobre la campana extractora, el mismo que me quedaba mirando inmóvil de pequeña cuando mamá repetía la típica frase mientras cocinaba:

«Diez minutos y termino». Diez minutos observando cómo corre el tiempo pueden no pasar nunca, sobre todo si tienes trece años y lo único que deseas es bajar a la calle con tus amigas, y en lugar de eso te toca esperar a que tu madre deje libre la única mesa de la casa para poder ponerte a estudiar. Entorno los ojos para intentar defenderme del repiqueteo ensordecedor y del consiguiente *flashback* que me proporciona. A algunas vidas no se les permite ni siquiera refugiarse en los recuerdos de su infancia.

Finalmente, sale con una frase apenas susurrada:

—Esta bien, si mi hijo quiere casarse con esa mujer, se casará, y yo estaré a su lado, como siempre. Si Dios quiere, todo saldrá bien.

—Eso es, muy bien, así me gusta.

Me esfuerzo en besarla en la frente antes de dirigirme a la puerta y cargar con esta caca de cocina y con todo lo que hay dentro de ella. Son las nueve de la mañana y ya me siento vacía y sin fuerzas.

Si Dios quiere, todo saldrá bien.

Y si no quiere, pues viviremos con ello.

«Según venga, lo aceptaremos», que habría dicho la abuela.

BANDOLERISMO

Esta mañana, cuando volvía de mi paseo con Alleria, estaba metiendo la llave en la cerradura del portal cuando he oído un *flop* junto al oído. Me he apartado instintivamente y he mirado al suelo. A mis pies había una mancha negra que se movía.

—Pero qué cojo... —he soltado mientras me agachaba con circunspección.

Era un pajarito, una golondrina, para ser más exactos. Mejor aún, un cachorro de golondrina. ¿Se dice «cachorro»? No lo sé, la cuestión es que la pobrecita (o el pobrecito) estaba bastante malparada por la caída y, de hecho, había comenzado a quejarse. Alleria ha erizado el pelo y ha acercado el hocico para inspeccionar. Entonces se ha dado cuenta de que la criaturita ni aportaría ni quitaría nada a su existencia, así que ha apartado el hocico y se ha olvidado de ella.

Lo dejaba en mis manos.

Que, por otro lado, me gustaría a mí saber por qué las golondrinas no se van al bosque a poner sus nidos. ¿Por qué eligen un desván asqueroso en los Quartieri? Si yo fuera pájaro, daría preferencia a un lugar un poquito más tranquilo para mis hijos. Porque no sabré nada de ornitología, pero en el campo de la humanidad me sé hacer valer; así que he cogido entre mis manos aquella bolita de algodón negro para llevármela a casa. Me ocuparía de ella hasta que estuviera lista para volar.

Cuando Patty (que estaba, como de costumbre, fuera de su puerta fumando) me ha visto con la golondrina, ha alargado entusiasta sus brazos bronceadísimos. Patrizia, en realidad, tiene la piel de color barro, y no podría ser de otro modo teniendo en cuenta que es la mejor clienta de un solárium que se encuentra un par de callejones más abajo. Un día que me sentía especialmente entusiasta y me apetecía bromear con ella (que, en efecto, es una portadora sana de alegría), le pregunté si se metía desnuda en la camilla y, por toda respuesta, Patrizia se dio la vuelta de sopetón para enseñarme sus nalgas (separadas por un tanga de encaje rojo) del color del Orzo Bimbo[10]. «Lulú –dijo entonces–, a los hombres o le gustan las rubias o las mujeres oscuras oscuras como yo», y me guiñó un ojo.

He avanzado hacia el ascensor mientras ella exclamaba:

—¡Qué mono es! ¿Dónde lo has cogido?

—Estaba ahí fuera, se habrá caído del nido.

—Es verdad, Lulù, tú encuentras a todos los necesitados —y ha puesto una pose de modelo, con una mano apoyada en la cadera—, es evidente que tienes una gran energía positiva, eres fuerte y los demás se dan cuenta— ha concluido.

De su casa provenía la voz del cantante melódico de turno, haciendo de música de fondo a nuestra conversación. «Mira tú que tenga que ser Patrizia la que me revele tan incómoda verdad», he pensado mientras respondía:

—Ya, me da que tienes razón, soy un imán para quien no consigue andar con sus propias patas.

Y he entrado corriendo en casa, donde he soltado con cuidado al pájaro en una caja de zapatos, con unos cuantos algodones para hacerle de almohadón y un vasito de agua. Lo único es que la pequeña golondrina no parecía demasiado feliz con su nuevo nido y ha comenzado a gorjear ininterrumpidamente. He cogido una cro-

---

[10] Orzo Bimbo: marca de bebida soluble italiana a base de cebada. Su color es semejante al del café. (N. de la T.)

140

queta de Alleria y se la he puesto bajo el pico, pero nada. He abierto el frigorífico y he cogido leche. Aún nada. Después de media hora, mi intento de salvamento ya había fracasado y la sensación de euforia que se había apoderado de mí al inicio (y que me había hecho sentirme orgullosa de mí misma, a la altura de esos trabajadores de Greenpeace que luchan para salvar a las ballenas, a los perros y a tantas otras especies) se había esfumado, siendo sustituida por un sentimiento de impotencia, una gota de nerviosismo y una pizca de aburrimiento.

Después me he acordado de que hace tiempo don Vittorio tuvo un pajarito y que la jaula, ahora vacía, seguía tirada por su cocina. He ido a su casa y le he explicado el problema. El viejo ha sonreído y me ha quitado de las manos la caja-nido. Se las apañaría él. A partir de ese momento he dado por terminada mi misión y me he sentido aliviada y gratificada por haber realizado un gran gesto para el mundo.

Y ahora me encuentro sentada a la mesa de mi amigo, comiendo distraídamente mientras escucho la historia de una de sus conquistas marineras.

—Resumiendo, al día siguiente atracaríamos en el puerto de Estambul y nunca más volvería a verla —está diciendo don Vittorio—, así que me armé de valor y me acerqué. Era guapísima, con aquellos gruesos tirabuzones rubios, como se llevaba entonces, y un vestido azul brillante que le caía a lo largo de las piernas. No me acuerdo de lo que dije, pero recuerdo sus ojos de hielo. Aquella sí que fue una bonita noche.

Y concluye con un incómodo golpe de tos.

—A veces también a mí me entran ganas de subirme a un barco y no volver más —comento—, de mandar a freír espárragos a Geronimo y a todos los que son como él. Si acaso, marcharme al norte para llevar una vida que sé que no sería la mía pero que quizá me permitiría construir algo, lo que fuera. Porque aquí a veces tengo la sensación de ser un pececito rojo en una pecera, doy vueltas en redondo al tiempo que ensucio la misma agua que respiro.

Don Vittorio da un trago de vino y vuelve a meter el tenedor en el plato de *rigatoni*.

—¿Sabes?, también yo de joven sentía la necesidad de escapar, de dejarlo todo. Pensaba que sería la mejor solución. Después me encontré en mar abierto y comprendí que todo lo que creía haber dejado en tierra seguía conmigo, en mi camarote. —Tiene una mosca de salsa justo debajo del labio inferior, pero no se lo digo—. No hay escapatoria para los que son como yo, quizá también como tú, para aquellos que creen que siempre hay algo mejor al otro lado del horizonte.

—Vaya, no es una visión precisamente optimista —apostillo, antes de decidir ponerlo al corriente de la mancha de tomate, indicándole el punto exacto con el índice.

Se limpia con la servilleta y me mira para saber si ya está todo bien. Solo después de que yo haya asentido vuelve a hablar:

—En realidad, sí que hay una especie de escapatoria para nosotros, incurables soñadores incapaces de crecer y de afrontar las dificultades de la vida.

—Menos mal —declaro divertida—, también hay salvación para mí.

Don Vittorio se da la vuelta y coge la pipa del aparador, se pasa la lengua por los dientes y la enciende con tres caladas. Después me vuelve a mirar.

—Sí, querida Luce —dice entonces—, sí que tenemos una posibilidad de salvación. Podemos elegir el camino más fácil, que es también el más aburrido y alejado de lo que realmente somos, pero que al menos nos mantiene a salvo de nuestros problemas. O podemos hacer otra cosa...

—¿Es decir?

—Bueno, no podemos decidir de dónde partir o dónde pararnos, pero al menos se nos permite elegir el recorrido. Podemos tomar la carretera principal, aquella que todos nos aconsejan, la más transitada, segura y cómoda. O, como decía, doblar en el primer camino de grava e ir por el campo, por el sotobosque, entre la maleza, el barro y los insectos, con la posibilidad de encontrarnos con algún desequilibrado (¿o debería llamarlo iluminado?) y perdernos, y pasar una noche a la intemperie. La elección es nuestra, tuya y mía. En lo que a mí respecta, yo he preferido hacer como los bandoleros.

—¿Los bandoleros?

—Sí, has oído bien. Mi vida ha sido un bandolerismo, como en los tiempos antiguos. He evitado los caminos más frecuentados, los que coge todo el mundo, y me he adentrado en el sotobosque. Y te aseguro que ha sido mucho más divertido.

Me enciendo un cigarro y le dedico una media sonrisita a mi particular interlocutor cotidiano.

Este hombre tiene la capacidad de hablar de las decisiones importantes de la vida (en las que la mayoría de la gente ni siquiera se preocupa en pensar) sin hacerte ver que está tratando temas delicados. Te explica narrando.

—Quizá debería haber sido profesor... —digo.

—Sí, creo que habría sido bueno, pero estoy contento de mis elecciones. En el mundo, querida, existen dos categorías de personas: las que hacen y las que no hacen. La primera categoría se compone de individuos generalmente egoístas, necios, mentirosos y lunáticos; en la segunda, en cambio, están los que todos querríamos tener como amigos o esposos, sobre todo esposos, aquellos que explican a los demás cómo ser felices y vivir la vida al máximo, pero que de la suya no tienen el valor de cambiar ni siquiera el recorrido para llegar al trabajo por la mañana. Estos son los que forman una familia y, a veces, si tienen suerte, se enriquecen; pero después mueren antes, porque toda la vida no vivida y solo explicada se acumula en su organismo día tras día, hasta que explota con un infarto, un ictus, un cáncer. «Y si te he visto no me acuerdo» al hombre que enseñaba a los demás a ser felices.

Él habla y yo juego a modelar la ceniza del cigarro en el borde del cenicero. Don Vittorio, como todas las personas inteligentes y profundas, es también un poco cascarrabias. A veces te lo encuentras que no dice ni una palabra durante toda la comida; y en cambio otras, como hoy, comienza a sentar cátedra sobre la felicidad, las decisiones y la vida. Y estos son los mejores días.

—Entonces, usted es un hombre especial, porque pertenece a las dos categorías, la de los que hacen y la de los que enseñan…

Da alguna calada más a su pipa y observa el humo que sale revoloteando hacia la lamparita que hay sobre nuestras cabezas antes de responder:

—Yo no enseño, cuento mi experiencia, que es diferente. No se puede explicar a los demás cómo vivir, ni se pueden transmitir las ganas de ser feliz. La felicidad es algo pequeño e íntimo que te obliga a cuidarla y respetarla incluso cuando no te apetece, cuando estás cansado y solo te apetecería tirarte en el sillón. Es una mujer gruñona que te habla mientras ves el partido.

Me echo a reír y casi me intoxico con el humo. La felicidad es una mujer gruñona. A saber por qué, la frase me hace pensar en mi madre. Don Vittorio parece haber acabado con su larga divagación, así que me termino el cigarro y empiezo a quitar a mesa.

—Ayer me enteré de que soy tía —digo al rato—, mi hermano tiene un hijo… y se quiere casar, formar una familia.

—Bien, es una buena noticia. Enhorabuena entonces.

—Gracias.

—¿Cuántos años tiene?

—Dos menos que yo.

—Me gustaría conocerlo.

Abro la cartera y saco una fotografía.

—Aquí lo tiene.

Coge la imagen con dos dedos y alarga el cuello.

—¿Cuántos años tienes aquí?

—Pues no sé, diez, quizá doce… Estamos en la playa, en Coroglio. Mamá nos llevaba allí con frecuencia, a casa de una amiga suya.

—Pero es invierno, lleváis jerséis —dice mientras intenta enfocar la imagen acercándosela a la cara.

—Sí, de hecho íbamos en invierno.

—Tú estás muy graciosa —afirma sin darse la vuelta.

Me agacho a su lado para mirar la foto y me veo de niña, en aquella playa lejana descolorida por el tiempo.

—No me gustan las fotografías —digo entonces.

—Quizá porque no te gustan los recuerdos.

—Sí, claro, quizá sea por eso. Es que he comenzado a coleccionarlos demasiado pronto, mientras mis amigas pensaban en acumular Barbies. —Él sigue sin mirarme, con la cabeza agachada sobre la foto—. Y además me cabrea quien vive en el pasado, quien siempre está intentando no perder nada, quien piensa almacenar objetos y recuerdos. Es inútil embalar las cosas, solo sirve para llenarte de trastos viejos que acumulan polvo. Y el polvo, ya se sabe, está hecho de piel, uñas, pelos, y lleno de vida, claro está, pero de una ya arruinada.

Vittorio Guanella alza la cabeza y me observa con estupor, pero yo continúo hablando:

—Como mi madre, que tiene una foto parecida en la comoda. El pasado siempre parece el contenedor perfecto para la felicidad, pero es un error, un engaño. Ella, cuando mira esta foto, a sus niños que sonríen, nos ve felices, la playa, las gaviotas, el mar, la arena.

—¿Erais felices?

—Qué tontería —respondo—, yo siempre tengo una especie de nudo en la boca del estómago que no se me quita, conque imagínate si iban a bastar una playa y un par de gaviotas. Que, por cierto, mira que me tocan los cojones las gaviotas…

Esta vez es él quien ríe. Solo cuando se vuelve a poner serio añado:

—Bah, quizá no sea más que mi problema, que siempre estoy dándole demasiadas vueltas. El resto del mundo no presta atención a semejantes cosas, aunque el resto del mundo no presta atención a un montón de cosas. Con frecuencia suelo pensar cómo es posible que la gente vaya a misa, pida milagros a un dios que no conoce y después se la traiga al fresco alzar de vez en cuando la mirada al cielo para admirar esos puntitos mágicos que aparecen todas las noches; o comprender cómo es posible que en determinado momento un conjunto de células en el interior del útero empiecen a latir.

—En general, el resto del mundo está demasiado ocupado lamentándose porque han quitado una serie de la programación de la televisión —se entromete don Vittorio, cada vez más a gusto con mi repentino desfogue contra la humanidad.

—¡Sí, justo, eso es! —asiento. Luego, después de otro instante de silencio, concluyo—: La verdad es que no somos precisamente unos maestros de la felicidad en mi familia.

—Y quién lo es —dice él, dando otra calada a su pipa—. Pero, perdona, si no te gustan los recuerdos, ¿por qué llevas contigo la foto?

—Pues no lo sé. Quizá porque algunos recuerdos sí que me gustan. Recuerdo perfectamente el olor del mar, por ejemplo. Y el ruido del invierno.

Aspiro con la nariz.

—¿El ruido del invierno?

—Sí...

—Mi niña, esas son cosas para viejos, el ruido del invierno, el olor del mar. Antes lo has dicho bien, a tu edad deberías disfrutar de otro tipo de cosas y flotar más en la superficie. Si te sumerges demasiado en profundidad, te arriesgas a encontrar la oscuridad...

—No me importa, creo que...

Un ladrido repentino de Alleria nos interrumpe. Presto atención y oigo voces provenientes del corredor. Entonces me dirijo a la entrada y pego el ojo a la mirilla: delante de la puerta de mi casa están Carmen Bonavita y su hijo.

—¿Quién es? —pregunta don Vittorio, que acaba de aparecer a mis espaldas.

—La mujer de la que le hablé, la mujer del de la Camorra...

—¿Y qué quiere?

146

—¿Y yo qué sé? Está con el hijo.

—Bueno, ¿qué haces, no abres?

—¿Debo?

Él alza los hombros y me deja a mí tomar la decisión. Carmen, mientras tanto, intenta volver a llamar. Incluso desde aquí detrás, lo primero que me salta a la vista es su vestimenta agresiva: lleva unos pantalones dorados fruncidos en los tobillos, y unos zapatos con un tacón que no sabría definir, una especie de zancos. En la parte de arriba, una cazadora vaquera remangada.

Abro la puerta, ella se vuelve y me mira sorprendida. Después se recupera y suelta:

—Ey, Luce, ¿pero no es aquella tu casa? —e indica mi puerta.

—Sí, he venido a ver a mi tío —respondo rápidamente, y oigo a don Vittorio que susurra algo.

Carmen da dos pasos hacia mí con su hijo de la mano. Tiene un kilo de maquillaje en la cara, unas pestañas enormes y, ahora que la miro tan de cerca y a la luz del sol, alguna que otra peca por aquí y por allá. El pelo, rubísimo, está encrespado en un montón de rizos fluorescentes. El dibujo final que me viene a la mente es bastante basto, pero incluso así es tan guapa que resulta atractiva.

—Perdona, te he traído a Kevin. No sabía tu número de móvil, así que primero he pasado por donde Sasà. Esta tarde tengo que salir forzosamente, tengo algo urgente que hacer. ¿Te puedes quedar con él?

E indica con la cabeza al niño, que me mira silencioso.

Aparto la mirada y muestro un instante de indecisión que resulta fatal. Si creces en la calle, como muchos de este barrio, como la misma Carmen, desarrollas casi inmediatamente un superpoder que la gente común (aquella cuya infancia trascurre de manera más o menos normal) no puede ni siquiera imaginar, y es la capacidad de tener siempre la respuesta lista, casi como si te hubieran instalado dentro un microchip con una serie de respuestas predeterminadas. Un poco como les sucede a los animales, que nacen ya con el instinto depredador, el napolitano de la calle viene al mundo con la respuesta lista. Por eso, frente a mi pequeño titubeo, en cuestión de segundos Carmen toma el control, el tiempo suficiente para colarme la mano de su hijo y decir:

—¡Muchas gracias, Luce, eres una joya, te quiero! Vuelvo esta noche hacia las diez para recogerlo. ¿Le preparas algo? ¡Pero nada de fritos, te lo pido por favor!

Después se besa los dedos y los dirige hacia mí, como hacen los curas con el agua bendita cuando bendicen a la muchedumbre. No creo que haya nada de santo en Carmen, y desde luego nada para bendecir. Es solo su manera de agradecerme, un gesto de afecto, por llamarlo de alguna manera. Un segundo después ya ha desaparecido por las escaleras, y es el eco de sus zancos sobre el mármol el que me recuerda que todo es verdad y que no se trata de una pesadilla.

—¿Sabes hacer crema? —pregunta Kevin con su mano todavía en la mía.

—¿Crema?

—Sí, crema. A mí me gusta mucho, más que el chocolate. ¿Sabes hacerla?

—No —niego—, no creo. Vamos, entra, que te presento a mi tío.

—Si no sabes hacer crema, ¡entonces tenemos que ir a tomar un helado!

Me da la impresión de que en los últimos tiempos están entrando demasiados niños en mi vida. Y sin ni siquiera pedir permiso.

LA CAJITA DE LOS BUENOS RECUERDOS

Kevin camina tranquilo llevando de la correa a Alleria mientras con la otra mano se mantiene firme agarrado a la silla de ruedas de don Vittorio. Pues sí, por primera vez desde que lo conozco, el viejo ha bajado de su casa. El mérito es de este niño con melenita que habla un italiano impecable y define a la madre como «ignorante». Apenas ha entrado en mi piso, se ha puesto a acariciar al Perro Superior, el cual, astuto, no se ha hecho de rogar y ha devuelto los mimos primero meneando la cola y luego tumbándose panza arriba para disfrutar de todas aquellas cosquillas caídas del cielo. Una vez que ha terminado con Alleria, Kevin ha dirigido la mirada a don Vittorio, ha dado dos pasos al frente y ha soltado una ráfaga de preguntas sobre la silla de ruedas: si es fácil conducirla, si es como llevar un coche, si es cómodo hacerse llevar por los demás. Estaba convencida de que Vittorio Guanella se enfurecería, quizá porque una vez, al principio, le pregunté si tenía hijos y me respondió seco que no le gustaban los niños. En cambio, el encuentro entre seres tan distintos ha llevado a algo que en un primer momento parecería improbable: los dos se han gustado.

—Esperad —dice don Vittorio, indicando un carrito que vende algodón de azúcar—. ¿Qué me dices de eso? —pregunta y guiña el ojo a Kevin, que sonríe y responde con un eufórico:

—¡Vale!

Un segundo después están los dos junto al vendedor. Me quedo admirándolos a un par de metros y reflexiono sobre mi condición: son las cuatro de la tarde, debería estar en el bufete Geronimo y en lugar de eso me encuentro en la calle, en compañía de un hombre que podría ser mi abuelo y de un niño que podría ser mi hijo. Por un momento me deleito pensando en la idea. Luego vuelvo en mí y aparto la mirada de todo aquel algodón de azúcar que me trae a la memoria recuerdos no demasiado felices.

Un día, hace mucho tiempo, mi padre volvió a casa radiante porque, según él, acababa de hacer un pedazo de negocio comprando a uno de sus muchos amigos justamente un carrito del algodón de azúcar. Yo tendría siete años; pero aun así veo, como si la tuviera delante, la cara de mamá que, junto al marco de la puerta de la cocina, con un trapo sucio en la mano, se quedó mirando a su marido con aspecto afligido. Entonces él se acercó y la abrazó, como hacía siempre que quería que le perdonaran alguno de sus chanchullos, y después sonrió (aunque él siempre sonreía) antes de comentar:

—¡Era un negocio demasiado bueno, no podía dejarlo escapar!

Mamá se apartó con un empujón y simplemente dijo una breve frase de tres palabras que todavía resuena en mi cabeza:

—¡No nos mereces!

Entonces se refugió en el dormitorio y no volvió a salir. Él se quedó muy sorprendido, ya que por un segundo, solo por un segundo, consiguió captar en sus ojos un velo de tristeza. Pero un segundo después se arrodilló al lado de Antonio y de mí, y dijo:

—Mamá no lo puede entender, ¿verdad? ¿A vosotros os gusta el algodón de azúcar?

Mi hermano lanzó un gritito de alegría parecido al de Kevin. Yo, al contrario, me limité a asentir, mientras con el rabillo del ojo comprobaba si nuestra madre nos estaba espiando. Ya había aprendido a no mostrar demasiado afecto hacia a mi padre si ella estaba cerca. Y es que mi madre, en su guerra diaria contra un hombre irresponsable que nunca estaba y que no traía una lira a casa para sus hijos, creía necesitar un aliado, y ese aliado solo podía ser yo, por ser mujer y por ser la primogénita. Yo que, a pesar de todo, quería a papá, a su sonrisa, a su alegría, hasta a su ausencia, tenía que fingir una velada hostilidad hacia él para no enemistarme con ella que, a fin de cuentas, era la única que se preocupaba realmente de mi existencia. «Si no tienes fuerza para combatir, llega a un acuerdo. Pero una vez que tus hombros se hayan robustecido, entonces aprende a sacar las zarpas». Así me dijo una vez la abuela Giuseppina, aunque no fuera con este italiano impecable.

—¿Tú no quieres? —pregunta Kevin.

—No —y le doy cinco euros—, toma, paga tú.

Agarra los cinco euros satisfecho y vuelve con don Vittorio, que ya está disfrutando de su palito. ¿Será posible que un viejo se ponga a chupar azúcar como si fuese un niño?

Y en cambio, la idea de papá resultó acertada, porque el carrito del algodón de azúcar le permitió ganar un buen dinerillo. Cada mañana bajaba de los Quartieri y se quedaba en vía Toledo. Al cabo de unos días nos preguntó si queríamos ir con él. Mamá, mientras tanto, se había ablandado un poco (teniendo en cuenta que la idea estaba resultando ser buena y al menos papá conseguía traer algo de dinero) y no puso pegas.

Era una tarde por Navidad, y la calle estaba más abarrotada que de costumbre. La gente paseaba y reía, miraba a su alrededor y se paraba a comer. Por todas partes había luces de colores, e incluso los callejones que trepaban por la colina, en las entrañas de los Quartieri, habían sacado el vestido bueno del armario y se habían engalanado de fiesta, adornados de estrellas fugaces que colgaban de un edificio a otro y que hacían la miseria un poco más alegre. De hecho, a saber por qué, en mis recuerdos me parece como si en aquellos años todo el mundo estuviera más contento, el primero mi padre, que no dejaba de sonreír ni un instante mientras hundía el palo de madera en el caldero del azúcar y atendía a las numerosas clientas que se amontonaban delante de él. La cuestión es que él era muy guapo, aparte de un poco irresponsable, así que además de conseguir dinero con el algodón, pronto se metió en líos con mamá, la cual demostró ser bastante celosa. Prueba de ello fue que su actividad como «creador de dulzura», como le gustaba repetir a las compradoras que lo miraban extasiadas, duró poco, el tiempo que tardó en llegar el verano.

Mamá, en cambio, en aquella época ya tenía dos trabajos: por la mañana limpiaba en un pequeño hotel y por la tarde hacía arreglos de ropa. No hay día, en mi infancia, en que no recuerde el ruido de la máquina de coser proveniente de la cocina, o el timbre que sonaba de improviso y nos traía nuevos invitados. Las continuas visitas me permitían hacer una pausa en mi estudio y participar por un momento en los debates de los adultos, mientras metía la cucharilla en el cuenco de crema que nunca faltaba en el frigorífico. Ella charlaba con el cliente de turno o, mejor dicho, el cliente hablaba y ella asentía, porque lo que se dice hablar no podía, en vista de que siempre estaba doblada a sus pies metiendo bajos, con el pelo recogido y una miríada de alfileres despuntando de su boca. Con los años, los alfileres han disminuido, como los clientes; pero su pelo, ahora blanco, sigue recogido, justo como las palabras de su boca, todavía contraída y generalmente cerrada, como si el tiempo hubiera usado aquellos aguijones para coser para siempre sus labios.

Kevin y don Vittorio vuelven sonrientes y satisfechos. El niño muerde con voracidad la nube dulce y el viejo me tiende el palo. Digo que no con la cabeza y él parece intuir que no me gusta particularmente el algodón de azúcar. En cualquier caso, como decía, el trabajo de papá no duró demasiado. Con la llegada del calor disminuyó el negocio, la gente prefería ir a la playa en lugar de pasear por una vía Toledo asada por el sol. Así que tomó la fatídica decisión: había que ir por ferias y festivales. Mamá ni lo escuchó, pero él estaba convencido de su idea. Alquiló una pequeña y destartalada furgoneta a un amigo (mira tú) y se tiró estudiando el recorrido días. A mí me hacía gracia observarlo sentado a la mesa de la cocina, con Antonio en una de sus piernas, calculando en un viejo mapa que olía a moho el itinerario apropiado que había que seguir, mientras mamá freía berenjenas y le daba la espalda. Lo recuerdo todo como si fuera ayer: eran días de mucho bochorno, y la gente se echaba a la calle para charlar de lo que fuera con vecinos y transeúntes. Todas las casas del barrio estaban abiertas y los sonidos y olores de una se mezclaban con los de la otra, como las voces de las radios, en un alboroto que, sin embargo, convertía nuestros días en algo parecido a una fiesta. Antonio era demasiado pequeño, pero en cambio a mí se me permitía bajar de vez en cuando, sobre todo para ir ver a la abuela. Corría a su casa y me la encontraba sentada a la puerta de aquel bajo que tanto me gustaba, porque se parecía a las cuevas de los gnomos. Y siempre estaba inmersa en una conversación con la vecina, el chico del charcutero, el viejo del piso de arriba asomado al balcón, un chico montado a horcajadas sobre una moto. Me sonreía y me daba su típico pellizquito bajo la barbilla, después metía las manos en su enorme pecho y sacaba un monedero lleno de calderilla. Rebuscaba con sus dedos oxidados y siempre conseguía sacar una moneda de quinientas liras. «¡Vamos, nena, pero rápido!».

Yo agarraba el pequeño tesoro y corría a casa de Carmine, que tenía una especie de bar dentro, en el bajo al fondo del callejón. Carmine era un viejo centenario, al menos eso me parecía a mí por aquel entonces, hasta que la abuela me explicó que en realidad el bueno de Carmine era mucho más joven que ella. Y es que en la boca solo tenía dos dientes y un cigarro, ese lo tenía siempre; tanto es así que la abuela Giuseppina decía que sería más fácil encontrarlo sin ninguno de aquellos dos dientes que sin el pitillo. Su casa adaptada a bar era oscura y apestaba a humedad en verano y a brócoli en invierno. En las paredes había un papel amarillo sucio hecho jirones y el suelo estaba todo mellado. Y aun así, me gustaba mucho aquel lugar tan misterioso, donde en un rincón, al abrigo de lo gris de los pocos muebles y de la miseria, brotaban olores y colores: *snack*, caramelos, chicles, cigarros de chocolate, barritas de fruta, Baci Perugina, Tic Tac de naranja y limón, y, por último pero no menos importante, catervas de Big Babol, mis preferidos. Yo cogía justamente aquellos, se los enseñaba a Carmine, que normalmente estaba ocupado hablando de fútbol con alguien, y dejaba caer la moneda en su mano negra y callosa. A veces él me sonreía y me alborotaba el pelo, pero otras veces, sobre todo si estaba enfrascado en una conversación con don Vicienzo, que era un viejo que cortaba el pelo en su casa, justo al lado de Carmine, ni siquiera me veía.

Mi hermano Antonio iba con frecuencia donde don Vicienzo, porque cobraba dos mil liras por cortarte el pelo y encima tenía la butaca con forma de caballito. Sí, una auténtica butaca de barbería, como las de vía Toledo o vía Chiaia, pero allí te pedían siete mil liras por subirte en ellas mientras tijereteaban. Por eso mi madre llevaba a mi hermano a don Vicienzo, el cual, me enteré después, no es que fuera barbero, es que de joven había trabajado dos años en una barbería, pero barriendo y punto. Y yo lo miraba, con aquella cara afilada y angulosa, y me imaginaba su extraña infancia, dedicada a recoger aquello que ya no servía, los excedentes de la gente. En cualquier caso, en determinado momento, no sé cómo, don Vicienzo había entrado en posesión de una vieja butaca con forma de caballito, recordando así su pasado: había plantado el taburete en medio de su pequeño cuarto de estar y se había puesto a cortar el pelo a los críos de la zona, los cuales, la verdad sea dicha, al poco empezaron a presentarse cada día, no tanto por el corte como para subir en el bello corcel. Don Vicienzo, que tenía aquella cara tan larga y cuando hablaba no se le entendía ni papa, era sin embargo un buen hombre y le gustaban mucho los niños, y por ello no decía nunca que no. Por eso todos le querían tanto; como también a Carmine, el del bar, que a veces, cuando la abuela no tenía calderilla, me regalaba un caramelo y me pellizcaba los mofletes con sus dedos empapados.

Pues eso, que tenía que hablar de papá y de su extravagante idea de ir por las ferias vendiendo algodón de azúcar, y me encuentro recordando mi malograda infancia, que se resiste a quedarse al margen. Porque será verdad que me he criado sin padre y con una madre rígida y de pocas palabras, pero durante muchos años pude disfrutar de la presencia de la abuela, que cuando no tenía dinero me cogía de la mano y me metía en casa para freír sus famosas *crocchè*[11] (aunque fuera estuviéramos a treinta grados), invitándome después a llevarlas todavía humeantes fuera, donde los vecinos esperaban en respetuoso silencio; y cuando llegaban se ponían a aplaudir, y entonces yo levantaba el plato casi a la altura de mi cara asumiendo una expresión seria, como si estuviera portando una corona real. La cuestión es que a mi abuela se le había metido en la cabeza ocupar en parte el puesto de mi madre para regalarme un poco de amor y, sobre todo, algún que otro buen recuerdo. La abuela Giuseppina sería ignorante, pero comprendía la vida mucho mejor que mis maestras, y en algún lugar de su corazón enmohecido por la humedad de su casa y de su vida, sabía que sin una buena madre no se puede tener una buena infancia. Por eso le debo a aquellas tardes pasadas fuera en su callejón, mascando Big Babol e intentando hacer globos cada vez más grandes mientras ella se divertía mirándome y reía con ganas, el haber conseguido poner a buen recaudo, en una pequeña cajita que todavía guardo bajo la cama, algún bonito recuerdo. De vez en cuando, sobre todo por la noche, cuando no consigo dormir, alargo la mano en la oscuridad para buscar la cajita y me la imagino llena de aquellos lacitos de colores con los que me trenzaba el pelo, llena de Big Babol sueltos, de Tic Tac de naranja, de monedistas todavía con el calor de su pecho, de *crocchè* humeantes y de galletas; y casi tengo la sensación de que los recuer-

---

[11] *Crocchè*: plato típico de la cocina napolitana, presente también en Sicilia y Puglia, compuesto principalmente de patata, huevo y queso. Su forma recuerda a la de las croquetas. (N. de la T.)

dos huelen a aquellas tardes de verano, de fresa, naranja, fritanga, crema, humedad, café, mar y piedra volcánica. Casi tengo la sensación de haber sido feliz, como si aquella mocosa con trenzas hubiera sido una niña como tantas otras, y no un ser que cada día luchaba para no mostrar a las dos mujeres y al mundo entero lo que llevaba dentro, bajo sus ojos vivaces: los hematomas que se habían formado a fuerza de recibir tantas pataditas de la vida.

Aquellos moratones me obligan hoy a ser como soy. Porque, por desgracia, únicamente podemos dar a los demás lo que hemos recibido; y a quien solo ha recibido mordiscos, no le quedan ni ganas de andarse con tantos miramientos, así que lanza sobre la mesa lo poquito que ha podido ir guardando, sin hacer distinción entre lo bonito y lo feo.

Que guste o no.

UN OVILLO DE DESILUSIONES

En cualquier caso, sigo en la calle, disfrutando de la brisa marina que me cosquillea las mejillas y me enreda el pelo, escuchando a dos extraños que ni siquiera me parecen extraños, que hablan y se cuentan su vida. En realidad, el que habla es sobre todo don Vittorio, que a la luz del sol me parece incluso menos viejo. Ahora, por ejemplo, le está explicando a Kevin cómo y por qué nacieron los Quartieri que nos escoltan a nuestra izquierda a lo largo del paseo por vía Toledo.

—¿Sabes por qué se llaman Quartieri Spagnoli? —pregunta más bien a sí mismo—. Nacieron en mil quinientos, por deseo del rey español, que los hizo construir para alojar a los soldados que debían reprimir posibles revueltas del pueblo.

Pero Kevin ni siquiera lo escucha y hunde la cara en el algodón de azúcar, mientras Alleria tira de la correa y lo obliga a caminar encorvado. Empujo la silla de ruedas, miro al pequeño y me pregunto una vez más cómo es posible que haya salido tan educado y amable en aquella familia tan fuera de la regla. Pero no me da tiempo a responder, porque mientras tanto Perro Superior se ha vuelto a parar delante de la estatua viviente, que también está aquí hoy, pintada de verde e inmóvil en su habitual pose soldadesca. Pero ¿dónde encontrará las fuerzas para pintarse todo el cuerpo cada mañana? Yo, que para hacerme la raya del ojo me acuerdo de todos los santos del paraíso. A lo mejor no se lava, se mete en la cama así, pintado de verde.

Kevin se deja llevar por Perro Superior y se acerca, mientras que el viejo y yo nos quedamos mirando la escena desde lejos.

—Es un buen chico… —comenta él, que todavía no ha terminado de restregarme el algodón de azúcar bajo la nariz.

—Ya. Me pregunto cómo puede ser hijo de aquella mujer…

—Bah, por suerte en algunos casos las enseñanzas parecen no causar efecto…

—¿No le hace daño el azúcar a su edad? —pregunto entonces, mirándolo a los ojos.

—Sí, creo que sí —responde cándidamente, y después vuelve a lo que le interesa, a hablar de Kevin—. Ese pequeño es el ejemplo claro de que venimos al mundo con un carácter bien definido y que, a veces, por suerte, los padres no pueden hacer nada. De tanto en tanto nace un niño que, a saber por qué, está dotado de anticuerpos especiales frente a los cuales los terribles virus que la humanidad tiende a replicar con meticulosa paciencia y orgullo no consiguen producir sus devastadores efectos. Hablo de la obediencia.

Debería reír, y lo haría si no fuera porque, justo al término de su frase, mi mirada se posa en una escena incomprensible; una de esas que te hacen parpadear, alargar el cuello, balbucear, abrir los ojos como platos y girar la cabeza a derecha e izquierda para comprobar que todo está bien, que el mundo sigue ahí y que la alucinación no ha desaparecido.

—Creo que nos encontramos ante uno de esos casos raros en los cuales es el niño el que educa a la madre.

Pero yo ya no escucho a don Vittorio, porque lo que atraviesa mis pupilas es real, tan real que siento sus efectos en mi cuerpo: en el tiempo que don Mimì (un viejo que vendía alcachofas a la brasa en vía Toledo los días de fiesta) encendía las brasas (pocos segundos), las mejillas se me ponen precisamente del color del carbón encendido, me empiezan a zumbar los oídos y me da vueltas la cabeza. Me agarro como puedo a la silla y me doy cuenta de que las palabras de don Vittorio se alejan cada vez más, junto al eco de la salva del soldado artista, a las risas de los niños, al tormentoso ladrido de Alleria y a la voz apasionada de Kevin que, estoy casi segura, me está llamando repetidamente para invitarme a ir y ver la estatua viviente que no se mueve, pero que, no querría equivocarme, me mira justamente a mí.

—Voy —siento pronunciar a mis labios, pero solo es un débil susurro.

Doy tres pasos y llego delante del soldado (que sí, en efecto, parece no quitar ojo a la aquí presente), agarro la manita de Kevin, después vuelvo a mirar la escena absurda que se desarrolla a pocos metros de mí, y apenas tengo tiempo de darme cuenta de que estoy a punto de hacer la mayor cagada de mi vida, porque un segundo después mi pie izquierdo se atasca en el borde de la acera y me caigo al suelo. Justo en los brazos del hombre pintado.

Cuando comprendo lo que ha pasado, me encuentro con este arbusto que me mira sorprendido.

De cerca, el soldadito me recuerda al Increíble Hulk, aunque este no tenga nada de increíble, ningún músculo bombeado al estilo Manuel, para entendernos, ninguna camisa hecha jirones y, sobre todo, me mira con expresión bastante distendida. Parpadeo un par de veces para recuperarme del apuro, pero no encuentro valor para levantarme y me dejo acunar por el artista que me ciñe como si fuera su niña.

Es la mano de Kevin la que me trae de nuevo a la realidad.

—Luce, ¿estás bien? —pregunta.

Sí, a decir verdad, nunca he estado mejor, aunque me encuentre tirada en la acera de la calle más transitada de Nápoles en brazos de un hombre que, pequeño detalle, me habrá puesto la ropa perdida de verde, y a pesar de que a mi alrededor haya decenas de individuos que miran intrigados la escena.

—¿Estás mejor?

La voz del soldado es seductora y no tiene nada de militar. Es más, tengo la sensación de estar en medio de un cuento de hadas donde todo es de colores y sabe a mazapán. ¿Se puede sentir un flechazo por un soldadito? ¡Maldita Luce, que nunca te gustan las cosas sencillas!

—¿Quieres beber? —pregunta él.

Estoy a punto de responder que sí, que quiero beber, pero no porque me sienta fatal, sino porque me da la sensación de que tengo la boca pastosa, y no es precisamente lo mejor encontrarse cara cara con un hombre que consigue hacerte sentir idiota simplemente gracias a sus ojos y su sonrisa, y dejarlo KO con el aliento pesado de quien casi ha perdido el conocimiento. Solo que después interviene Alleria, que no soporta verme abrazada a otro, y se me echa encima para lamerme el cuello. En ese momento me veo obligada a levantarme entre las risas de la gente y, en medio del caos, discierno a don Vittorio que me mira con aire intrigado, escondido detrás de un grupito de niños emocionadísimos con la escena a la que acaban de asistir.

—Estoy bien —le grito guiñando el ojo.

Solo después me vuelvo hacia el soldado que, mientras tanto, ha cogido una botella de la mochila y me la está ofreciendo.

—¡Muchas gracias! —digo, dando un buen trago, aunque en el plástico haya el mismo olor fuerte a pintura y yeso que en su piel.

Aprovecho mientras bebo para encontrar una respuesta válida a la pregunta que, como ninguna otra, me ronda la cabeza desde hace al menos dos minutos: ¿de verdad has perdido la cabeza por un desconocido que te sonríe?

Después recuerdo el motivo por el que he hecho el ridículo: a pocos pasos de mí estaba mi madre. Y no estaba sola. Me vuelvo para buscarla inútilmente, estiro el cuello e inspecciono la calle, pero, al parecer, ha desaparecido. Quizá se haya tratado de una alucinación.

—Encantado —dice de pronto la estatua, tendiéndome la mano—, *je suis* Thomàs.

Caramba, el artista es francés, y cuando habla parece que canta. Si me quedo aquí diez minutos más, el tipo me fríe como un lenguado empanado. Le devuelvo el apretón sin lograr pronunciar una sílaba, porque solo ahora me doy cuenta de que sus ojos son verdes como la piel que se pinta, mientras que sus labios son de un rojo bermellón que resalta el blanco brillante de los dientes.

—¿Cómo te llamas? —dice.

—Luce...

—¿Luce? ¿Como la luz? *Lumière?* ¡Que nombre más bonito!

Entonces sonrío, aunque debería llorar. Te pasas la vida construyéndote una armadura, malla tras malla, de manera que puedas ir por ahí a salvo, y basta un francesito que, fíjate tú, trabaja de artista urbano justo debajo de tu casa, para apuñalarte en el único punto que habías dejado al descubierto.

—*Le chien est le votre?*

—*Le chien?*

—¿Es tuyo el perro?

—Ah, sí, sí, perdona. Todavía estoy un poco trastocada...

—*Et l'enfant?*

—*L'enfant?*

—El niño...

Me vuelvo y me doy cuenta de que Kevin se ha colgado de mi camisa y ha colado la cabeza bajo mi brazo.

—No, no —me apresuro a responder—, es el hijo de una amiga...

Quizá lo digo con demasiado énfasis, como si quisiera librarme de su presencia; y quizá Kevin se da cuenta, aunque no dice ni hace nada, porque los niños lo notan todo, se dan cuenta de todo, tanto de una palabra fuera de lugar como de una entonación equivocada, o de un gesto imprudente. Se adueñan del pequeño disgusto y lo encapsulan muchas veces sin ni siquiera darse cuenta, quedándose mudos; de manera que él, el disgusto, se une a otros muchos y con el tiempo contribuye a formar aquella especie de ovillo de desilusiones que a los adultos les gusta llamar «madurez».

—Habría apostado que era *ton fils, il est beau, tu es belle!*

A ver, yo he nacido en los Quartieri Spagnoli, mi abuela no hablaba ni una palabra de italiano, solo dialecto, mi madre trabajó de sastra toda su vida, mi padre duró lo que dura un suspiro, mi hermano nunca quiso abrir un libro y se diplomó solo porque si no mamá lo molía a palos. Y yo, bueno, soy la única que ha creído en el estudio, en la lectura, en crecer entre las palabras y la cultura, la única que hizo sentirse orgullosa a nuestra desastrosa familia. Y aun así, a pesar de la licenciatura, nunca he salido de aquí (sí, con el colegio fui una vez a Tarquinia y otra a Alberobello), no conozco la tierra natal de este francés que me habla con voz seductora, no conozco otra forma de vida que no sea estar continuamente luchando, día tras día, para esquivar las continuas zanjas que se nos presentan delante. Mi vida es, desde siempre, una carrera de obstáculos por una calle adoquinada con *sampietrini*[12] que, a la primera gota de lluvia, explotan como palomitas; que si estuviéramos en un país normal, en un mundo normal, los agujeros los habrían tapado inmediatamente, porque desde siempre ha sido instintivo en el hombre rellenar los huecos. Pero aquí no se tapan los agujeros y te ves obligado a esquivarlos; y así aprendes, por decirlo de alguna forma, la regla básica de este lugar: que nadie irá delante de ti para sellar los agujeros que se presentarán en tu camino, tendrás que ser tú el que sepa esquivarlos, uno tras otro. Y si incluso así, al final tuvieras que acabar dentro, no pasa nada; porque, en cualquier caso, gracias a un *sampietrino* saltado, la vida te ha enseñado no tanto a esquivar las zanjas, como a saber amortiguar el golpe.

Sí, he divagado. En realidad quería subrayar el hecho de que yo, en la frase que acaba de pronunciar el soldado francés, solo he comprendido la palabra *belle*, que creo que se parece a la napolitana. Por suerte, él se ríe de mi cara maravillada y se arrodilla delante de Kevin para darle la mano.

—¿Te gustan *les soldats*? —pregunta a continuación. El niño oculta su cara tras mi espalda—. ¿Los soldaditos, te gustan?

Le alboroto la melenita e intervengo:

—Venga, pequeño, responde. Thomàs te ha hecho una pregunta.

---

[12] *Sampietrini*: adoquinado típico de Roma, de gran resistencia, que por sus juntas deja pasar el agua. (N. de la T.)

Kevin asiente sin dejar de mirar preocupado al hombre de la cara pintada. Este se da cuenta de que el niño se ha quedado un poco subyugado por su aspecto, así que coge la botella de agua y se la echa por la cabeza, después saca una toalla de la mochila y se lava la cara. En los pocos segundos que dura la operación, me da tiempo a girarme hacia don Vittorio, que ahora parece disfrutar de la escena desde la retaguardia, con la pipa en la boca y una mueca arrugada en los labios. Mientras tanto la gente, comprendiendo que no hay nada que cotillear, se ha alejado y mezclado con el caos general. Vuelvo a mirar ante mí en el instante exacto en el que la cara de Thomàs surge de la toalla, y casi se me para el corazón. Sus facciones libres de color parecen esculpidas por sus ojos y por su boca. Su pelo es rizado y rubio, y refleja los pocos rayos de sol que han conseguido llegar hasta aquí abajo. En sus mejillas tiene un poco de barbita que parece haber sido mojada en un tarro de miel. No puede tener más de treinta años, seguro que es más joven que yo. ¡Dime tú a mí si semejante adonis tenía que aparecer justo debajo de mi casa! ¿No podía quedarse en Francia, y así mis hormonas continuaban tan tranquilitas como siempre?

—Gracias por haberme recogido —consigo decir por fin—, siento haberte estropeado tu día de trabajo.

Él ríe:

—¿Trabajo? ¡Esto no es trabajo! Ser empleado es trabajo.

—¿Eres de París?

—Oh, no, de Marsella. ¿Conoces Marsella?

—Sí, de nombre...

Mientras hablo, me paso de vez en cuando las manos por la cara, las meto en los bolsillos, dirijo la mirada a cualquier parte menos a la suya, me mezo y sonrío sin ningún motivo. Sucede cuando tienes que lidiar con la empatía, que es una cosa extraña que ni siquiera sé explicar y que, sin embargo, es muy parecida a la magia, que te envuelve y te vuelve del todo idiota frente a la otra persona, incapaz de aguantar su mirada y escucharla; y entonces piensas que no te han hecho bien, con dos brazos que nunca sabes dónde poner y con unos pies que ni siquiera intentan quedarse quietos. Después de varios segundos de silencio, declaro:

—Bueno, pues entonces adiós… Encantada de haberte conocido…

Él me coge de la mano y dice:

—No, *encore un moment!*

No sé si será el batacazo en la cabeza que me han dado Thomàs y su belleza, o la escena chocante de mi madre (de la cual, lo juro, hablaré después), pero casi tengo la impresión de entender francés. El soldado quiere que me quede y yo no estoy en condiciones de decirle que no, que haga conmigo lo que quiera. Me paso la lengua por los labios secos, que la vergüenza ha teñido de rojo óxido, un color que recuerda a las cosas abandonadas; mientras reflexiono sobre el hecho de que creía ser una marimacho que se reía de los hombres y de su ingenuidad, y en lugar de eso estoy aquí balbuceando y sonriendo como un sapo, a la espera de que mi príncipe azul me bese y me transforme en princesa.

—¿Dónde vives? —me pregunta.

No respondo de inmediato, sino que me quedo ahí, como una boba, preguntándome por qué un chico tan guapo y joven ha decidido perder el tiempo conmigo, que tengo poco o nada de feliz en la cara.

—Aquí arriba…

Y una mano se apresura a indicar el callejón que sube por la colina.

—¿En los Quartieri?

—Sí…

Ahora debería darle mi dirección, por lo menos mi número de teléfono; pero, en cambio, sigo mirándolo sin pronunciar palabra. Él, evidentemente, se convence de que estoy medio pirada y se da la vuelta. Así que ya estoy lista para volver también yo a mi vida y a mi día con Kevin (que no sé qué tiene que ver con mi vida) y con Vittorio (que también es raro que forme parte de mi vida), cuando Thomàs se me acerca y me aprieta la mano derecha con la izquierda. Su derecha, en cambio, sostiene un boli. Acerca la punta a mi muñeca y empieza a grabar un número. Y la piel se me llena de relieves, como si fuera piel de gallina, dirían muchos; aunque a mí no se me pasa por la cabeza una gallina, sino una ola invisible y mágica capaz de agitar por un instante la superficie, potente como un terremoto. Finalmente escruta el resultado y asiente satisfecho antes de decir:

—Yo siempre estoy aquí. Al menos algún día más. *Si tu veux passer.*

—¿Qué?

—¿Me vienes a buscar?

—*Oui* —respondo instintivamente.

Y muestro una expresión maravillada en la cara, porque, efectivamente, ¿quién cojones ha pronunciado alguna vez una palabra en francés? Lo único, es que el acento de este chico, unido a su aspecto, me hacen sentirme víctima y cómplice, y por eso me parece que no puedo dejar de hablar como él que, como ya he dicho, casi canta. Sin hablar de esas dichosas erres francesas que le hacen aún si cabe más atractivo y que me provocan un vuelco al corazón cada vez que brotan de su boca. Vamos, que el chico me gusta mucho, así que me da por imitarlo, un poco como me pasa con los romanos, que si paso dos días en su compañía me pongo a hablar como ellos y no se me quita hasta que estoy en casa.

—Ese es mi número —dice señalando con la mirada la muñeca que su mano todavía no ha abandonado. Después se acuclilla para dirigirse a Kevin—. ¿Quieres un regalo?

El niño asiente, así que Thomàs recoge el casco del suelo y se lo cala en la cabeza. Kevin no parece creer que el casco sea para él y mira al soldado callejero sin saber qué decir, pero con un esbozo de sonrisa que le ilumina las pupilas. «Este cabroncete francés sabe cómo conquistar el corazón de una mujer», pienso.

A mí, de niña, no vino nadie a plantarme un casco en la cabeza para hacerse aceptar, nadie se tomó nunca la molestia de preocuparse por lo que estaba pensando. No sé si mi madre estuvo alguna vez con alguien, lo que está claro es que a nosotros nunca nos dijo nada. Una vez, tendría unos once años, salí del colegio una hora antes y encontré en casa a un señor con bigote y con la camisa abotonada hasta el cuello que, con su perfume dulzón y nauseabundo, había nublado el salón. Inmediatamente, mamá hizo como que le tomaba la medida de los pantalones, pero se veía de lejos que aquel no era un cliente. A lo mejor me asusté, a lo mejor era solo un amigo; el caso es que él apenas me dirigió una mirada apurada y a los pocos minutos salió por patas.

Durante algunos días no hablé, y quizá ella se preocupó de que me hubiera traumatizado, porque fue mucho más amable y atenta que de costumbre. En realidad, era la desilusión la que hacía que no abriera el pico. No era la presencia de aquel tipo la que había hecho que me cabreara. Lo que me había hecho sentirme mal era que no se hubiera parado, que ni siquiera hubiera intentado hacerse aceptar por mí. Solo esperaba eso, que un adulto se diera cuenta de mi presencia. Han pasado casi treinta años y, a pesar de que hago de todo para demostrar lo contrario, todavía sigo en busca de un adulto que no huya despavorido.

—¿Cómo te sientes, Luce?

—Bien.

—Pero ¿se puede saber qué ha pasado?

—Nada, don Vittò, nada, un descuido...

Él me analiza con aire interrogativo, pero no dice ni una palabra y dirige la mirada a Kevin, el cual sonríe y alza continuamente las pupilas para volver a mirar su casco.

—¡Estás guapísimo! —comento.

Por toda respuesta, el niño sonríe y me tiende la mano.

Si este niño con melenita fuera realmente mi hijo, ahora me sentiría satisfecha al cruzarme con sus ojos felices que portan en su interior un fulgor cegador, un resplandor de confianza en la vida, en el futuro y, sobre todo, en sí mismo.

Esa luz es el único y auténtico gran regalo que puede y debe hacernos un padre.

El resto sobra.

166

COSTUMBRES

El portal se abre de sopetón y regurgita un señor gordo con bigote y cara simpática que lleva de la correa un perro. Es un tipo del quinto, y su amiga de cuatro patas se llama Dorothy, una bonita hembra de braco. Él levanta la mano y saluda, yo le devuelvo el saludo con una sonrisa de circunstancias mientras intento mantener a raya a Alleria, que cuando ve a Dorothy se le dispara la testosterona y no atiende a razones. Incluso le he explicado que no merece la pena perder el tiempo con ella, que es un perro de raza y se lo tiene muy creído; conque figúrate si se va a entregar a él, que es un *chuchejo*, como decimos nosotros, con el pelo enmarañado y las orejas de cocker. Pero Alleria no quiere saber nada de lo que le cuento y continúa pasando olímpicamente de las estúpidas reglas humanas. Así que mientras ella siga paseándose delante de sus narices, él intentará conquistarla con gemiditos, movimientos de rabo y ladridos seductores. Y puede que tenga razón.

En cualquier caso, es extraño que el señor simpático con el perro bonito no sepa nada de mí y de mi vida, y que para él todo sea como hace unos meses, cuando no tenía ningún perro al que sacar de paseo, sino un hombre con el que irme a dormir. Cada existencia, si lo piensas, es un intrincado y complejo ecosistema en el que viven en equilibrio neuras, penas, frustraciones, novedades buenas y malas, traumas, dolores, pequeños momentos de felicidad y muchos de aburrimiento. Y aun así, a los ojos de los demás nuestra vida parece siempre igual. A mis ojos, los días de ese señor trascurren tranquilos, como siempre, con un bonito perro que le hace compañía, la mujer que los espera en el sofá delante de la televisión, una hija en la otra punta de la ciudad que dentro de poco llamará por teléfono para darles las buenas noches y hacerles que escuchen la voz de su nieto preferido. Y en cambio, a mí me da que algunas veces también el dueño de Dorothy se habrá encontrado afrontando una tempestad, y que su vida que trascurre lenta se habrá transmutado en agua que remolinea y rompe los diques. Puede que ocurra mañana, la próxima semana o quizá ya haya ocurrido. Sucede todos los días, dentro de cada portal, y no me entero, no nos enteramos; y continuamos saludándonos desde lejos como si la vida estuviera ahí esperándonos, como si bastara con levantar una mano para decir a los que conocemos que todo va bien, que todo sigue igual.

Sí, lo sé, algunas veces se me va la pinza y me pongo a hacer razonamientos extraños. Me meto en el ascensor y me doy cuenta de que estoy pensando en el capullo, como no me ocurría desde hace tiempo. A esta hora ya habrá vuelto a casa (ya, ¿pero a qué casa?), a lo mejor ha hecho pis y después irá a la cocina a prepararse al cena, aunque nunca haya sabido cocinar. ¿Comerá solo? ¿O habrá invitado a un amigo? ¿O habrá una mujer a su lado? ¿Cómo hace la gente para cambiar de vida de un día para otro? ¿Cómo se hace para cambiar nuestras propias costumbres sin sentir un nudo en la boca del estómago?

El capullo, durante dos años, cada noche, ponía la mesa y me preguntaba qué había para cenar. Y después, en el sofá, se tumbaba de manera que yo pudiera meter los pies fríos bajo sus piernas. ¿Quién le meterá ahora los pies bajo las piernas? ¿Dónde encuentra la fuerza para no llamarme y decirme: «Por favor, Luce, ya no te quiero, pero la vida parece no tener sentido sin tenerte a mi lado para calentarte los pies»?

Dicen que las costumbres nos vuelven esclavos. Sí, es verdad, somos esclavos inconscientes y felices del propio destino, como gladiadores que se lanzan altivos a la arena y van hacia la muerte sin rebelarse. Dicen que el hombre, para sentirse realmente libre, debe vivir cada instante como si fuera el último y hacer que ni un solo día sea como otro. Dicen también que el tiempo cura las heridas, que de pronto una mañana te despiertas y te das cuenta de que has dejado de sufrir y de que ya no necesitas las viejas cadenas que te laceraban las muñecas sin que tú te dieras cuenta de ello. Sé que antes o después llegará también para mí esa mañana, pero también sé que hasta ese día lo único que podré hacer es sacudir la cabeza y dejar de pensar en las mil pequeñas cosas que me faltan.

Todos anhelamos una vida llena de grandes aventuras, amores imposibles, sueños que perseguir e ideas que defender. Todos nos morimos de ganas de lanzarnos con los brazos abiertos al mundo para mostrar nuestras capacidades, para que nos digan que valemos, para llamar la atención de los otros y encontrar un sentido a esta cosa inmensa, y al mismo tiempo pequeñita, que llamamos vida. Por la noche, sin embargo, todos volvemos a casa y nos ponemos cómodos en el sofá, esperando que alguien meta sus pies fríos bajo nuestras piernas y que nos diga que la mesa está puesta. No lo llamaría simplemente costumbres, sino una forma de hacer que el cielo que hay sobre nosotros sea menos imponente, para sentir que tenemos un lugar donde bastan nuestros pequeños gestos cotidianos de siempre para que funcionen las cosas.

Ser rutinario no quiere decir ser un fracasado.

Los niños son rutinarios. Y los perros.

Y son lo mejor que hay en el mundo.

MELOCOTONCITO

En mi frigo hay solo un paquete de jamón cocido y dos huevos. Pongo el aceite en la sartén, después el jamón desmenuzado, y empiezo a darle vueltas con el tenedor al tiempo que dejo escapar un bostezo. Ha sido un día un poco pesado: cuando Carmen ha venido a recoger a Kevin, eran ya las diez. El niño se había dormido en el sofá de don Vittorio (con Alleria al lado, con el hocico apoyado en sus piernas), después de haberse tirado toda la tarde ocupándose del cachorro de golondrina (ya lo he dicho, no sé cómo se llaman los hijos de las golondrinas), y después de haberle puesto también un nombre, algo en lo que ni el viejo ni yo habíamos pensado. Se llamará Primavera, porque es una golondrina y, por tanto, es chica (así nos lo ha explicado Kevin); y porque ahora es primavera, y las golondrinas llegan precisamente en primavera. A decir verdad, es un nombre un poco extraño para una golondrina o, mejor dicho, para cualquiera; pero esto, obviamente, no se lo he dicho. En cualquier caso, el pajarito está mucho mejor, ha comido como loco e incluso se ha puesto a cantar.

He descubierto que los pájaros no se alimentan de croquetas para perros y tampoco de leche. Don Vittorio le ha preparado una mezcla de pan rallado y huevos, algo parecido, que después le ha metido en el pico con una jeringuilla. Lo gracioso es que por la tarde, en cuanto ha visto la jeringuilla, Primavera se ha puesto a canturrear

171

más fuerte y a batir las alas toda feliz, justo como hace Alleria, que cuando huele la comida ni canta ni vuela, pero se pone a mover el rabo.

Don Vittorio ha sentenciado que en unos días nuestra amiga estará lista para volar y podremos volver a ponerla en libertad.

—¡Yo también quiero estar! —ha gritado Kevin—, ¡quiero ayudarla a volver con su mamá!

—¡Está bien, serás tú el que la empuje para que vuelva con su mamá! —le he dicho para contentarlo.

En realidad, yo creo que la mamá de Primavera ya estará lejos. No creo que las mamás golondrinas sean como las humanas, que a veces malgastan su vida por la de los hijos, aunque después se lo echen en cara. Pero me habría adentrado en un discurso difícil, así que he dejado el tema.

—Y pensar que hasta hace nada la casa olía a viejo, a recuerdos y apatía, y ahora, en cambio, hay un muchacho durmiendo acurrucado en mi sofá junto a un perro. Y, sobre todo, estás tú, que has abierto las ventanas y has ventilado —ha dicho don Vittorio en determinado momento.

No me esperaba una frase parecida, así que le he regalado una sonrisa apurada desde el sillón de enfrente del sofá, mientras las notas del disco de *jazz* de siempre provenientes del tocadiscos inundaban el ambiente y parecían pintarlo todo de color mostaza. Él ha continuado:

—Creo que ahora ya no se nota ese olor a rancio. —Y ha terminado de oler el aire—. A veces, como ves, la peste a humedad desaparece simplemente abriendo la ventana. No hace falta irse a vaya usted a saber dónde.

Después me ha devuelto la sonrisa y ha añadido:

—Estoy intentando darte las gracias, aunque no se me dé muy bien.

—Don Vittò —he respondido—, ¡usted no es bueno dando las gracias y yo no soy buena recibiendo cumplidos! ¡Así que es mejor que nos callemos!

Se ha rascado la barba y me ha preguntado si tenía hambre. He dicho que no con la cabeza y he mirado la pantalla del móvil. Había tres SMS sin leer. El primero era del abogado Geronimo y decía: *Ey, chavalilla, ¿qué es de tu vida?* El segundo, en cambio, era de mi hermano, que me preguntaba si había hablado con nuestra madre. El tercero era de Manuel: *¿Todo bien, melocotoncito?*

—¿Melocontoncito? ¿Te conozco? ¿Cómo se permite ese payaso emperifollado tomarse semejante confianza?

Don Vittorio se ha echado a reír y me he dado cuenta de que lo había comentado en voz alta.

—Bueno, «melocotoncito» no es para nada una palabra fea, al contrario... —ha declarado—. El durazno, el melocotón, es un fruto jugoso, dulce, suave, rojo y redondo.

—A mí me gustan los albaricoques, son más duros —he rebatido, mientras pensaba qué respuesta dar al cachitas.

—En mi opinión, tiene razón él, ¡eres un bonito melocotón!

Le he lanzado una mirada de refilón y he añadido:

—Ya debería conocerme, soy de todo, menos dulce...

—Bah, eso te gusta hacer creer.

Luego Alleria ha resoplado y Kevin ha dicho algo incomprensible. Los dos estaban soñando.

—Las casas necesitan niños y perros para no envejecer —ha declarado entonces él.

—Para lo del perro ya me las he apañado, ¡pera lo del niño ni se me pasa por la cabeza!

Vittorio Guanella no ha respondido, mientras el sonido de una vieja trompeta continuaba saliendo melodioso del tocadiscos, intercalada de tanto en tanto por el ruido de una moto tuneada que pasaba a diez metros bajo nuestros pies. No me apetecía discutir con Manuel, así que he apoyado el móvil en la mesa y he continuado la relajada conversación:

—Y pensar que de niña hacía una lista de todas las cosas que debería hacer cuando fuera mayor, antes de morir y...

—¿Ya pensabas en morir? —me ha interrumpido él.

Estaba quieto en su silla de ruedas, en medio del cuarto de estar, con las manos entrelazadas sobre el vientre y la pipa apagada en la boca.

—Bueno, no, no lo sé. De hecho, sí, vamos que... Ni idea.

—Entonces no debes de haber tenido una gran infancia —ha concluido.

—Francamente, las hay mejores...

—¿Y qué había en la lista? Oigamos...

—Ahora no lo recuerdo con precisión. Como decía, estoy segura de que estaba el perro. Y una casa que daba al mar... montar a caballo, darme un baño por la noche... ah, sí, también quería ser diseñadora... y tener tres niños: dos chicos y una chica.

—Bueno, mientras tanto, el perro ya lo tienes —ha comentado divertido.

—Sí, uno de los puntos lo he conseguido. Y me he dado un baño por la noche. En cuanto al resto, me parece difícil...

—Bueno, pero los sueños están para no realizarse, si no, no se llamarían sueños. Además, ¿quién te dice que no? A lo mejor no tendrás nunca una casa en la playa, ¡pero para los niños todavía estás a tiempo! Tienes toda una vida por delante, no empieces ya a hacer listas y balances. Cuando llegan los balances, llegan también los arrepentimientos, y con estos poca broma... ¡son buenísimos para hacerte sentir un viejo inútil!

Y ha reído durante un buen rato, hasta que una tos convulsa le ha obligado a parar.

—En cualquier caso —ha retomado después—, yo creo que mientras estamos aquí comiéndonos el coco con la historia de buscar nuestro camino y seguir nuestros sueños, de vivir realmente la vida que queremos y otras mil ideas un poco banales, nuestro instinto, el Yo, llámalo como quieras, trabaja para nosotros y nos indica el camino. Es verdad, de vez en cuando también él se equivoca, se deja llevar por la comodidad y por el ocio, cuando en realidad querría emprender sendas más arduas, aunque la mayoría de las veces nos ciega. Vamos, que espulgando estas famosas listas de cosas hechas y no hechas, a menudo nos damos cuenta de que son pocos los motivos por los cuales arrepentirse realmente.

—Yo no me arrepiento de nada —he contestado orgullosa.

—Y haces bien, porque todo lo que hemos hecho es lo que podíamos hacer en ese preciso momento de nuestra vida. Yo creo que al final lo que realmente somos está escrito en lo que ha sido nuestro recorrido. El resto de las cosas que escribimos en las listas simplemente no eran parte de nosotros, son falsos objetivos que ponemos ahí para sentirnos mejores. En realidad, podríamos perfectamente no tomar nunca ninguna decisión en nuestra vida y dejarnos llevar por el instinto. Es más, estoy seguro de que estaríamos todos menos estresados si nos dejáramos llevar por el flujo de las cosas sin tener la presunción de poder cambiar este o aquel recorrido. Y estoy seguro de que viviríamos la misma e idéntica vida que hemos vivido. Lo que somos está en nuestro interior, el resto es todo superestructura. Superfluo. Somos maestros en rodearnos de cosas superfluas.

Le he dejado tiempo para que tomara aliento y he dicho:

—Hoy por la tarde, en vía Toledo, he visto a mi madre con un hombre, uno que conozco desde hace mucho y que creía que era un cliente. La estaba mirando a ella cuando me he caído.

—Bueno, no me parece nada raro, has dicho que está sola...

—Siempre he pensado que no necesitaba a nadie a su lado.

—Todos necesitamos a alguien que nos haga sentir especiales. Yo, volviendo al tema de las listas, he llevado una vida plena, quizá no aquella que me había imaginado, pero sí una rica en un montón de cosas y experiencias. Y mi único verdadero pesar es que no he tenido a nadie con quien compartir todas estas buenas cosas.

Inmediatamente se me ha venido a la cabeza la fotografía de encima de la campana.

—¿Quién es aquella señora de la foto de la cocina?

Por un instante, ha entornado los ojos y ha contestado:

—Es una larga historia...

No le apetecía hablarme de ella, era evidente, así que he vuelto a lo mío.

—Iban cogidos de la mano y mamá parecía feliz, tenía una mirada extraña que nunca le había visto, una luz que le iluminaba la cara.

—Podría tratarse de un amigo.

—Con un amigo no vas de la mano y no sonríes como una adolescente enamorada.

—¿Ella no te ha visto?

—Creo que no. Estaba de perfil y se estaba yendo.

Don Vittorio se ha masajeado la mejilla y al rato ha añadido:

—Es algo bueno, para ella en primer lugar y para ti, porque así ya no tienes que soportar todo el peso y la responsabilidad.

—Me pregunto por qué no ha hablado de ello y desde cuándo sucede.

—¿Cómo era él?

—Un hombre distinguido, pelo blanco, elegante, alto, bastante mayor.

Alleria ha abierto los ojos. Había alguien en el corredor. A los pocos segundos han llamado a la puerta. Carmen se ha colado en casa y se ha quedado paralizada frente a la escena de su hijo durmiendo abrazado al perro.

—¡Pero mira qué monos! —ha susurrado sin ni siquiera saludar.

Entonces ha sacado su *smartphone* (que, por cierto, estaba revestido por una carcasa cubierta de brillantes y con dos orejas a lo Bugs Bunny) del bolso y se ha puesto a hacer fotos. Solo después se ha presentado al dueño de la casa y lo ha besado con fervor, como si lo conociera de toda la vida.

—Kevin me ha hablado de usted por teléfono, ¡le ha llamado abuelo Vittorio!

Y ha reído divertida. Después ha estrechado en sus brazos al pobre viejo con un abrazo convulso y le ha plantado media teta bajo las narices. Don Vittorio se ha quedado inmóvil mirándome con ojos asustados.

—Se ha portado fenomenal —he dicho para devolver la respiración a mi inocente vecino.

176

Ella se ha dado la vuelta hacia mí:

—Muchísimas gracias, de verdad —ha añadido con voz dulce, mientras con una mano se colocaba un mechón de pelo detrás de la oreja—, habéis sido muy amables...

Y ha cogido en brazos a su hijo, que continuaba durmiendo.

Alleria ha proferido un sonoro bostezo y se ha lanzado del sofá.

—¿Cuánto te debo? —ha preguntado entonces.

Yo he aprovechado para decirle lo que tenía que decirle.

—Nada, no me debes nada.

Carmen me ha mirado sorprendida. Entonces he dado un suspiro y he añadido la frase que había preparado gracias a la ayuda de don Vittorio.

—Te acompaño, tengo que hablar contigo...

UN COMPRIMIDO EFERVESCENTE

He seguido a Carmen por la calle con la intención de contarle cómo estaban las cosas, explicarle la verdad y punto.

«Oye, tengo que confesarte algo», estaba a punto de soltar, pero ella se me ha adelantado.

—Luce, yo no sé de dónde has salido, si eres un ángel y te ha enviado con nosotros el Padre Eterno. No lo sé y no lo quiero saber, pero te quería decir que has sido fundamental, que Kevin te conoce desde hace pocos días y habla de ti como si fueras su mejor amiga; y que cuando me ha llamado hoy y me ha hablado del perro, su voz era como la de un pajarito que canta. Y después me ha contado lo del algodón de azúcar y lo del abuelo Vittorio, y entonces me he echado a llorar. —Tenía los ojos brillantes—. Porque Kevin no tiene a nadie aparte de mí. O sea, sí, tiene al padre, ¡pero ese no vale para nada! Y quizá tampoco yo sea muy buena como madre, no lo sé, a veces no me siento a la altura, ni siquiera lo entiendo cuando habla. Y querría decirle cosas, pero no lo consigo…

He intentado no titubear y he respondido con sinceridad:

—Yo creo que eres una buena madre.

Carmen se ha parado y me ha mirado, mientras una lágrima se le escapaba por la mejilla. Kevin dormía feliz, con la cara hundida en su poderoso pecho y con las piernas colgando; y Alleria se empeñaba en buscar a saber qué importante rastro en el adoquinado.

179

—Eres realmente una buena muchacha —ha declarado después—. No sé, contigo siento que puedo decir lo que sea, porque tú me entiendes.

En ese momento debería haber hablado, confesar mis culpas e interrumpirla para decir lo que tenía que decir. Y en lugar de eso, hemos llegado bajo su edificio.

—Tú no tienes hijos, ¿verdad? —He dicho que no con la cabeza, aunque ya me hubiera hecho la pregunta—. ¿Y cómo haces para ser tan buena madre?

En realidad, no me parecía haberlo hecho bien, no había hecho nada especial, solo intentar ser amable. Ella, como si hubiera intuido mis pensamientos, ha añadido:

—¿Sabes qué me dijo Kevin la otra noche? Que le gustaría que vivieras con nosotros.

He dirigido la mirada hacia el pavimento, apurada, y me he metido las manos en los bolsillos. Solo entonces he intentado decir:

—Escucha, Carmen, en realidad…

Pero ella no me escuchaba, parece que no lo hace nunca con nadie, y ha continuado:

—Yo quiero marcharme de aquí, Luce, quiero que Kevin crezca con gente diferente, personas como tú, que han estudiado, que no son ignorantes como yo, o como su padre. Quiero que sea abogado, ingeniero… Pero ellos no quieren.

—¿Ellos quién?

—¿De verdad no lo has entendido? —No sabía qué decir, así que me he quedado en silencio—: Mi marido es un delincuente, de los que llevan «pipa». Toda su familia son gente de la calle. Hace unos años era boba y ni sabía lo que quería. Y, pues eso, él me parecía fuerte, decidido, decía que me protegería; y luego llevaba siempre un montón de dinero en el bolsillo, me hacía llevar una vida fácil. Me gustaban todas esas cosas porque yo nunca había tenido nada, mi padre murió cuando éramos pequeñas y solo nos dejó deudas. Por eso también mamá me empujó a ello, decía que así tenía la vida resuelta, que la teníamos resuelta todos.

Una moto ha pasado despacio a nuestro lado y se ha marchado. Ella ha esperado unos segundos, ha abierto el portal y me ha empujado dentro.

—Perdona, es que me estoy obsesionando, creo que manda que me espíen. Va diciendo que no soy una buena madre, que bebo y que me voy con hombres, ¡porque quiere quitarme a Kevin!

En aquel momento me ha quedado claro que había esperado demasiado para confesar.

—¿Quieres subir? —ha preguntado después.

Al secarse la cara con el dorso de la mano se ha dejado una línea de rímel en la mejilla.

Instintivamente me ha salido quitarle a Kevin de los brazos, como para protegerlo de toda aquella mierda con la que habían pintado su pequeño mundo; y ella me ha dejado que lo hiciera. En casa me ha acompañado hasta la habitación de su hijo, mientras Alleria se tumbaba en la alfombra del salón.

—Ha comido, ¿verdad?

—Don Vittorio le ha pedido una *pizza*.

—A Kevin le vuelven loco las *pizzas*, sobre todo la…

—… marinera. Sí, nos lo ha dicho —he terminado la frase con una sonrisa.

Carmen se ha disculpado y ha corrido al baño. Habría tenido que meter a Kevin en la cama, pero me he quedado ahí, de pie, con su rostro en el hueco de mi hombro, oliendo su cuello sudado. Después he pasado al pelo y he apoyado la nariz en sus pestañas. Y entonces he pensado en mi sobrino Arturo, que ha venido al mundo y ni siquiera le he visto la cara; y en cómo es posible no conocer el rostro de una persona que será tan importante para el resto de tu vida. Como cuando llegó Antonio, que mamá se iba escondiendo por ahí porque, según me dijo después, no quería que yo tuviera celos. Papá, en cambio, me llamaba para que fuera a tocarle la barriga y decía lo siguiente: «Ven, mi niña, ven a ver este capricho, ¡cómo se mueve!».

Yo apoyaba titubeante la mano sobre el vientre de mamá y me

quedaba escuchando hasta que llegaba una patada, y después otra; y bajo las yemas de los dedos notaba el movimiento de un codo, de una rodilla, y casi me parecía que lo podía tocar; y me preguntaba como sería su pelo y de qué color tendría los ojos. Y cuando mamá se alejaba, me quedaba allí parada, frente a mis preguntas sin respuesta; sin comprender cómo un ser humano con manos, rodillas, pies y todo lo demás podía vivir en esa especie de burbuja llena de agua (como la había llamado papá), empujando todo el día para hacerse algo de sitio. Quizá sea ahí donde se forma realmente el carácter de una persona, en ese instante que a nosotros nos parece feliz y que, sin embargo, para quien está dentro no lo es en absoluto, porque él está absorto en dar patadas con todas sus fuerzas para hacerse algo de sitio. Y a saber si no es justo entonces cuando aprendemos también a no hacerlo, a no dar patadas para reclamar, quiero decir. A saber si todo lo que después no conseguimos ser en la vida, una vez fuera de allí, no se deba a ese fatídico momento, a nuestra primera auténtica lucha para la afirmación.

Finalmente, Carmen ha tirado de la cadena, así que he vuelto en mí y he metido a Kevin entre las sábanas, intentando tapar el malestar que me subía por dentro. Me sentía culpable de la paradójica situación en la que me había metido, y además no me gustaba nada el hecho de notar cómo crecía tan nítidamente en mi interior un deseo hasta entonces desconocido.

—Qué bonito, ¿eh? —ha dicho ella, de vuelta.

—Dan ganas de comérselo —he bromeado.

Carmen ha respondido sin mirarme.

—No me refería a Kevin, decía que es bonito sentirse madre, que es algo bonito. Tú aún no lo eres, pero en tu interior ya sabes lo que significa, lo leo en tu cara.

Me he dado la vuelta y me la he quedado mirando como si delante tuviera un gurú, algún personaje iluminado llegado de Asia, de esos con el puntito rojo en la frente; y no una mujer sin ni siquiera segundo de Secundaria, que siempre ha vivido en un callejón de Nápoles. Ella había entendido antes que yo lo que era esa sensación, el chisporroteo lento y silencioso que me parecía oír cómo subía por mi barriga, como cuando pones un comprimido efervescente en agua para que se disuelva. Al final he asentido y he respondido:

—Tengo un sobrino al cual todavía no he visto, me preguntaba cómo sería.

—Yo también me preguntaba cómo sería Kevin cuando estaba dentro de mi barriga. Esperaba que fuera guapete, ¡pero no me podía imaginar que iba a salir esta obra de arte!

—Es curioso que se empiece a querer a una persona sin ni siquiera conocer su cara. Es la única vez que ocurre en la vida.

—¿Lo ves? Eres una mujer especial, piensas cosas especiales. Y eres un persona noble. ¡Hazme caso, date prisa y ten un hijo!

Para Carmen, y para muchos como ella, lo que separa a cada persona de un deseo es solo la voluntad de actuar, como si la vida estuviera ahí cortando billetes para permitirte entrar en su gran teatro para disfrutar del espectáculo.

En el salón me ha ofrecido un cigarro y me ha dado cincuenta euros. Los he cogido sin rechistar, porque ahora, ¿qué podía decirle, que era abogada, abogada del marido, y que había entrado en su casa engañándola para ver si, como sostiene él, no se ocupa del niño? He agarrado el dinero y he pensado simplemente que al día siguiente informaría por fin a Geronimo de que renunciaba a la causa y de que no volvería a ver a la señora Bonavita y a su hijo. Pero ella se ha acordado de mi frase de un poco antes y me ha preguntado:

—¿Qué tenías que decirme?

—¿Qué tenía que decirte? —he repetido mientras se me ocurría cómo eludir la pregunta.

—Has dicho que tenías que hablar conmigo…

He hecho una mueca con la boca y he respondido:

—No me acuerdo, no sería nada importante.

Nos hemos quedado fumando un rato, antes de que me acompañara al rellano. Allí me ha cogido la mano y me ha preguntado:

—¿Mañana estás libre?

Estaba a punto de responderle que no, pero Carmen, como siempre, se ha adelantado:

—¿Podrías ir a recoger a Kevin al colegio? Yo tengo un compromiso. Total, está a dos pasos, es el colegio de aquí arriba...

—Sé cuál es —he respondido—, lo que pasa es que mañana...

—Te lo pido por favor —me ha suplicado—, no nos abandones. Te doy el doble. ¿Cuánto quieres? No hay problema. Claudia, la chica de antes, no puede venir, ¡y yo necesito ayuda!

—Pero ¿tu marido no ve nunca a su hijo?

—¿Mi marido? Pues dime tú, a ese se la trae todo al fresco, ¡solo quiere quitármelo, para hacérmelo pagar!

—¿Hacerte pagar qué? —Me ha salido espontáneamente preguntarle, antes de darme cuenta de que me había pasado de la raya.

Ella se ha aflojado y se ha apoyado en el marco de la puerta de su casa. Entonces me ha vuelto a meter y ha susurrado:

—Luce, tú te mueves por aquí, a pocos pasos de mí y de Kevin, has crecido aquí, pero eres de otro mundo. Conozco a tu madre, quién no la conoce, ha metido los bajos de los pantalones a todo el barrio, es una buena mujer, tú eres una buena muchacha. Hemos nacido y crecido a pocos metros de distancia, y aun así nuestro día a día no puede ser más distinto. A lo mejor, quién sabe, tú y yo habríamos sido amigas en otra vida... —La he mirado sin contestar y ella ha ido al grano—: En mi mundo, Luce, una mujer no puede hacer lo que yo he hecho. No se rebela, no pide el divorcio y, sobre todo, ¡no amenaza... con hablar!

He prestado más atención y ella ha proseguido:

—Si solo estuviera yo por medio, te juro que habría sido buena y me habría quedado callada, como hacen tantas otras. Pero a Kevin no lo tiene que tocar, nuestro hijo es diferente, ¿lo ves?, es inteligente, sensible, es curioso, le gustan los documentales —fíjate tú—, ¡incluso los cómics! Las maestras me han dicho que es muy inteligente y que tiene que estudiar, ¡porque tiene el futuro asegurado! Kevin no tiene nada que ver con el padre y con los cerdos como él, ¡y así debe seguir! A él, en cambio, le gustaría que su hijo creciera en la calle, y que el día de mañana estuviera a su lado. Así que le he dicho que si no me concedía el divorcio y no dejaba tranquilo a Kevin, ¡iría a los *carabinieri*!

En ese momento he notado cómo un extraño hormigueo recorría mis brazos. He conseguido mantenerme al margen de esta mierda durante treinta años, incluso viviendo en ella; la he esquivado cada día, a cada momento, gracias también y sobre todo a mi madre y a la abuela; y, en cambio, me estaba dando cuenta de que estaba dentro, enfangada en una historia que me viene grande, con un pie en una parte y el otro en otra. Carmen se confesaba y yo sentía cómo el miedo me subía por la barriga.

—Desde aquel momento empezó la guerra entre él y yo, entre ellos y yo. Porque esa palabra, *carabinieri*, nunca la debes pronunciar aquí. Yo la dije solo para salvar a nuestro hijo, y él lo sabe. Pero ahora quiere castigarme igualmente, y me quiere quitar a Kevin.

He agachado la cabeza, temiendo que pudiera detectar el sentimiento de culpa en mi cara, y ella ha aprovechado para añadir:

—Mañana tengo que ir al abogado, por eso te he pedido que te ocuparas de él. Kevin está bien contigo, y además se ha obsesionado con tu perro. También me ha dicho que tenéis un pajarito…

—Está bien, ya me ocupo yo, no te preocupes —he cedido finalmente.

Ella me ha dado un beso en la mejilla. Después, antes de cerrar la puerta, ha repetido:

—Sí, en otra vida habríamos sido amigas.

Cuando he salido a la calle, una ligera llovizna se abría paso entre los edificios del barrio y el empedrado húmedo brillaba bajo el amarillo de las farolas. Alleria tiraba para volver a casa y yo observaba el cielo plúmbeo sobre el que se reflejaban las luces rojizas de la ciudad; y mientras tanto, intentaba ignorar aquella extraña sensación, el chisporroteo que no había cesado, sino más bien al contrario, me había subido a la garganta.

Y ahora estoy aquí, en mi cocina iluminada por una bombilla blanca que carbura despacio y te sumerge en una luz aséptica, como la de los hospitales. He dejado que me convenciera mi madre, que siempre ha estado pendiente del ahorro; y no he pensado que si vives sola, y comes sola, no puedes tener una luz fría haciéndote compañía. Necesitas calor, y todos los colores y olores posibles.

Por la noche, cuando bajo con Alleria, a menudo me pierdo en las fachadas de los edificios que hay a mi alrededor, y los encuentro llenos de ventanas amarillas que me ayudan a imaginar que detrás de cada una de ellas hay una familia que come y se cuenta cómo le ha ido el día. Por eso por la mañana voy a comprarme una de esas viejas bombillas, esas con el hilo dentro, que apenas das al interruptor y ya están listas para difundir su luz amarillenta por la habitación; esas que te hacen sentir en casa, porque las casas desde siempre se han iluminado de amarillo, que es la tonalidad con la que, desde que somos niños, coloreamos el sol.

Termino de comer la tortilla, me soplo de dos tragos una Peroni caliente, suelto un pequeño eructo y después me dedico a mi Alleria, que me acerca el hocico. Y es justo ante él cuando decido sacarme por fin esa espina que desde hace más o menos una hora parezco tener clavada en las amígdalas. Lo miro y digo:

—¿Sabes cuál es la verdad, Perro Superior? Que para intentar olvidar las cosas feas del pasado, te arriesgas a olvidar también las importantes.

Él inclina la cabeza para intentar entender algo y me lame los labios. Acerco la boca a su oreja y susurro:

—Tengo que confesarte un secreto… —Sus ojos dulces prestan atención—. La verdad es que yo ya he tenido un hijo…

DOS CORAZONES EN MI INTERIOR

Tenía dieciocho años y él diecinueve. Se llamaba Nicola, pero yo lo llamaba Nic, porque a esa edad no entiendes que un nombre es solo un nombre, y la normalidad te parece algo horrible de lo que hay huir si quieres disfrutar la vida y no desperdiciarla como ha hecho tu madre y, antes incluso, tu abuela. Y como hacen tus vecinos, que se meten sigilosos en el ascensor en cuanto te ven aparecer en el vestíbulo. O tus compañeros del instituto, que se quedan con el codo clavado en los pupitres, sosteniéndoles su cara de sueño, sin comprender que es justo ahí, en ese instante de aburrimiento, cuando la vida se les está yendo de las manos; incapaces de entender que lo que querrías que fuera un mañana, lo estás decidiendo hoy; y que si no comienzas a labrar la tierra y a sembrarla, te encontrarás muy pronto con un campo lleno de maleza.

—¿Pero por qué te empeñas tanto en parecer extraña? —preguntaba siempre mi madre cuando me veía ir por ahí con las botas militares y los petos, o con la cresta.

—La normalidad me da asco o, mejor dicho, miedo, porque es justo en las personas normales donde anida la maldad de todos los días, la peor —respondía orgullosa.

Entonces ella resoplaba y retomaba su costura. Estudiaba, ya que pensaba que era la única forma de librarme de media vida con mi madre, que sabía remendar la ropa de los demás pero no tenía

187

ni idea de cómo arreglar su vida hecha jirones y la nuestra, la mía y la de Antonio, que se apoyaba inevitablemente en la suya, y que por eso existía el riesgo de que terminara tan inestable como la de ella, porque si el terreno está blando, las raíces no te sostienen. Y en cambio, mi vida crecía bien y mis raíces se agarraban cada día más al terreno, que era mi barriga, donde custodiaba los sueños, las esperanzas, el amor no recibido y el que aún podía ofrecer, las oraciones nunca dichas y los encuentros por venir, como las frases nunca escuchadas. Ahí dentro estaba aún mi vida no vivida.

Hasta el día que descubrí que estaba embarazada.

Recuerdo que me hice el test en el baño del instituto, y que cuando volví a clase no sabía dónde me encontraba, me parecía que el mundo se hubiera derretido como un tiramisú y se me estuviera cayendo encima. El profesor explicaba y yo me agarraba la barriga y me clavaba las uñas en la carne, como si así pudiera librarme de aquel extraño que había venido a apoderarse de mi terreno cultivado con tanto cuidado. No tiraría mi vida por la borda, no me sentía capaz de tener un niño, no me sentía capaz de ser madre. Pero no sabía con quién hablar y la noche la pasé en la cama, con la cabeza hundida en la funda de la almohada húmeda por las lágrimas, repitiéndome que conseguiría salir de esa, y luchando contra las ganas de levantarme e ir a despertar a Antonio. En más de una ocasión apoyé los pies descalzos en el suelo para pedirle ayuda, pero después me volví bajo las mantas. No era más que un jovencito que ya tenía sus problemas, ¿cómo habría podido ayudarme?

Con mamá era impensable hablar, necesitaba alguien que me quisiera, pero que al mismo tiempo no me obligara a tomar decisiones que no quería tomar. Así que me armé de valor y fui a casa de la abuela. Era invierno y su silla estaba en letargo, escondida en el interior de su bajo, inmerso en el olor de sopa de verduras.

Ella me escrutó:

—Nena, ¿qué pasa? Ha pasado algo, ¿verdad? —dijo.

No había terminado la frase, cuando me eché a llorar como una Magdalena. Entonces hizo que me sentara a su lado, me abrazó y me acarició la cabeza hundida en su enorme pecho. Aún recuerdo sus dedos callosos empastados de harina, el olor de masa quebrada impregnado en su delantal anudado al vientre, y también recuerdo sus caricias que duraron un tiempo infinito, las manos que me acariciaban el pelo y secaban mis lágrimas. Empecé a hablar a los pocos minutos, aunque las lágrimas y los mocos me obligaran a pararme cada dos palabras. Ella escuchó en silencio, sin parar de acariciarme la cabeza; y cuando hube terminado se apartó, se fue a la cocina para poner una tetera al fuego, esperó que el agua hirviese, luego metió una infusión de manzanilla y trasvasó todo a una taza que me tendió con su sonrisa de siempre cargada de amor. La miré y me sentí protegida, segura de que nunca podría ocurrir nada en el mundo mientras ella estuviera a mi lado. Aquella mujercita a la cual no le había bastado una vida para aprender a leer decentemente, pero que, ahora lo sé, le había bastado una vida para comprender que si quieres tener que ver con el amor, tienes que tener valor, y que si no lo tienes, te toca encontrarlo; porque si hay un solo elemento en esta pequeña pelota llena de odio que llamamos Tierra capaz de mostrarnos la belleza de todo lo que nos rodea, este es el amor.

—Nena —dijo al volver a mi lado—, yo sé que eres joven y que tienes una vida por delante, y que ahora no estás pensando para nada en un hijo, porque tienes mil proyectos en la cabeza. Pero también sé que cuando te sucede algo tan grande, tan tan grande como tener que lidiar con la vida, pues hay que echar cuentas con ese algo, aunque no apetezca.

Yo intenté rebatirla, ella me pasó un pañuelo que guardaba en el sujetador y continuó:

—A veces se necesita un poco de paciencia, hija mía.

—¿Qué quieres decir?

—Que tienes que dejarte llevar por la vida y no decidir tú por ella, porque mañana podrías arrepentirte.

—No quiero acabar como mi madre.

La abuela Giuseppina me respondió resoluta:

—Nena, ¡si hubo un día en el cual vi feliz a mamá, fue precisamente cuando nacisteis tú y tu hermano!

Me llevé la mano a la boca y empecé a comerme las uñas.

—Recuerda: los hijos nunca quitan nada —continuó ella—, en todo caso añaden. ¡Hazme caso, no hagas tonterías!

Le prometí que me lo pensaría, pero no lo hice, porque en mi interior tenía un único objetivo: no hacer lo que mi madre, que se había inmolado por nosotros. ¿Dónde estaba escrito que el amor de un padre deba ser sacrificial? Yo sentía la necesidad de seguir llenándome de experiencias, de pasiones, de emociones. Ni siquiera se me pasó por la cabeza que, quizá, las pasiones, la experiencia, las emociones estuvieran precisamente encerradas en mi vientre.

A Nic se lo dije el domingo, en nuestro banco de siempre, por el simple placer de castigarlo.

—Estoy esperando un niño —le solté con voz gélida en cuanto lo tuve cerca.

Él abrió los ojos como platos y por poco se echa a llorar.

—No te preocupes, no tengo ninguna intención de arruinarme la vida —añadí inmediatamente después.

Nic estudió mi mirada.

—¿Y cómo haremos?

—Cómo haré. ¡Lo voy a matar, eso es lo que haré!

—No digas eso —murmuró turbado.

—¿Por qué, te fastidia escuchar lo voz de la verdad?

—Esta bien, en el fondo todavía no es un niño, no es nada... ¡solo un amasijo de células!

—Ya, no es nada —dije sin mirarlo.

Después di media vuelta y lo dejé allí.

Nunca más lo he vuelto a ver. Mejor, si no habría tenido que gritarle a la cara lo que pensé aquella mañana y todas las mañanas sucesivas; es decir, que aquel «nada», aquel simple amasijo de células, probablemente había comenzado a latir.

Dos días después, la falsa seguridad ya me había abandonado y se iba abriendo camino en mi interior una extraña sensación que entonces no podía descifrar, pero que es la misma que me ha vuelto a visitar en cuanto mi hermano me ha hablado de Arturo. En un momento dado, bien entrada la noche, apoyé las manos en mi regazo y sentí un calor inesperado que hizo que se me erizara el vello de los brazos. Entonces me puse de lado y me encogí, en posición fetal. No sé cuánto me costó volver a dormirme. Lo que sí recuerdo es que en aquellos instantes se abrió paso en mí la convicción de que estaba a punto de cometer el error más grande de mi vida.

A la mañana siguiente me levanté con cólicos muy fuertes. Corrí al baño y me senté en el váter, presa de espasmos.

No era el colon.

Por un breve periodo de tiempo, tuve dos corazones que latían en mi interior. Y no les hice caso. Y no tuve el valor de protegerlos.

Por un pequeño e infinitesimal lapso de vida, la belleza anidó en mí.

Y no supe llevarla dentro de mí.

entonces no podía descifrar, pero es la misma que me ha vuelto
a visitar en cuanto mi hermano me ha hablado de Arturo. En un
momento dado, bien entrada la noche, apoyé las manos en mi regazo y sentí un calor inesperado que hizo que se me erizara el vello
de los brazos. Entonces me puse de lado y me encogí, en posición
fetal. No sé cuánto me costó volver a dormirme. Lo que sí recuerdo
es que en aquellos instantes se abrió paso en mí la convicción de
que estaba a punto de cometer el error más grande de mi vida.

A la mañana siguiente me levanté con cólicos muy fuertes. Corrí al baño y me senté en el váter, presa de espasmos.

No era el colon.

Por un breve período de tiempo, tuve dos corazones que latían
en mi interior. Y no les hice caso. Y no tuve el valor de protegerlos.

Por un pequeño e infinitesimal lapso de vida, la belleza anidó
en mí.

Y no supe llevarla dentro de mí.

CHISPEA

Ciengramos me mira de reojo mientras resoplo apoyada en mi escritorio, a la espera de que el abogado Geronimo me conceda el gran honor de recibirme. Estoy nerviosa porque, de pronto, me siento totalmente fuera de lugar en este sitio y en este trabajo.

—¿Qué pasa, Pasquà —digo en determinado momento, enojada—, me tienes que pedir algo?

Él para, sorprendido, y responde:

—No, ¿por qué?

—¡Porque cada vez que levanto la testa de la pantalla me estás mirando!

—No, para nada, perdona… —dice titubeante, llevándose la mano peluda a la garganta.

Pasquale Acanfora es una bellísima persona, pero de una fealdad que casi roza la descortesía. Es calvo, pero con una densa corona que le sirve para hacer un emparrado; tiene los brazos e, imagino, la espalda llenos de pelos; lentes gruesas sobre ojos pequeños, y labios finos que desaparecen en su enorme cara. Es flaco y escuchimizado, pero tiene la cara desproporcionada con respecto al resto del cuerpo, con dos mofletes regordetes y poblados de una barba negrísima y rasposa que se afeita todas las mañanas sin grandes resultados.

Para explicar quién es realmente Pasquale Acanfora, basta con decir que en verano desenvaina un set completo de camisas de manga corta, bajo las cuales se endosa también la camiseta interior, de las que sobresalen unos cuantos pelánganos blancos. Pero, como decía, es una buena persona, una de esas que, a pesar de los numerosos reveses de la vida, todavía no ha entendido que el mundo es un viejo bar clavado en un callejón del puerto, un lugar de mala muerte lleno de matones que huele a orina.

No me cuesta imaginar que en el colegio los mayores se las hicieran pasar canutas, con su cara de bueno y su mirada miope. Por otra parte, ahora que tiene casi cincuenta años, sigue pareciendo el estudiante modelo sentado en el primer pupitre, el que se lleva collejas en cuanto se permite pasar cerca de algún delincuente sentado en la última fila. Quizá sea porque, de algún modo, a mí los inadaptados me gustan, pero Pasquale y yo tenemos una buena relación, aunque haya tenido que batallar mucho para ganarme su confianza. Pues sí, porque los tipos como Pasquale, los martirizados por la vida, la mayoría de las veces no aprenden a sacar las uñas y a pelear cuando son adultos, no; aprenden más bien a no volver a fiarse de los seres humanos, de manera que si la vida en determinado momento, casi por piedad, decide regalarles algo bonito también a ellos, muchas veces ni siquiera se dan cuenta. Son esos que te miran siempre de soslayo, con un gesto de antipatía pintado en la cara, que no entran en confianza contigo, que no te abrazan, que por nada del mundo te besan y que en lugar de la mano te tienden una chuleta disecada. A ojos desatentos, Ciengramos podría pasar por un ratón de biblioteca que incluso se lo tiene creído; y sin embargo no es así, nunca lo es, porque generalmente semejantes personajes tienen poderes ocultos que muchos ni siquiera imaginan. En primer lugar, está preparadísimo (razón por la cual ocupa un lugar especial en la consideración de Arminio Geronimo), y, lo más importante, tiene un mundo interior que sería la envidia de un niño. Pasquale Acanfora, en realidad, es un niño, como lo son todos aquellos que todavía conservan un territorio incontaminado hecho de cuentos de hadas, de sueños no alcanzados y, quizá, inalcanzables.

Y puede que sea justo esto lo que hace que me caiga bien, a pesar de que no tenga ni el más mínimo sentido del humor y de que no se ría casi nunca: el hecho de que a su edad forme parte aún de esa porción de humanidad que cada día espera que se haga realidad uno de tantos deseos que lleva en su interior. La porción restante está compuesta de quienes han sustituido los sueños por las certezas; y son precisamente estas, las certezas, las que mandan al garete el pequeño mundo en el cual estamos obligados a vivir juntos, los unos con los otros.

Pasquale no tiene mujer, no tiene hijos y vive con su anciana madre octogenaria. Es como si llevara puesto perennemente un impermeable sobre el cual las emociones fluyen por un momento y luego se escurren. Y, sin embargo, en el corazón atrofiado de esta rata de oficina brilla una chispa: el amor no correspondido por Giovanna Forino.

Y es justo ella la que entra en la habitación.

—Luce, el abogado está libre. Ha dicho que tiene que llamar un momento a su mujer, y que ya puedes entrar.

Una bocanada de perfume barato me roba una mueca de disgusto. Me vuelvo y veo a Pasquale que, en cambio, como embriagado por el olor, ha despegado las patitas del teclado, se ha quitado las gafas y ha ensanchado los agujeros de la nariz en un intento de inhalar la mayor cantidad posible del aroma de su musa. Ella, claro está, ni siquiera le concede una mirada, se gira sobre sus talones y se lleva su poderoso culo fuera de nuestra órbita.

—¡Pasquà! —digo. Pero él ni siquiera me escucha, sino que mira atontado el punto que poco antes ocuparan las nalgas de Forino—. ¡Pasquà!

—¿Sí?

—¡Sí, me pareces un imbécil que no haya visto nunca un culo! Él abre los ojos como platos y rebate:

—¿Pero qué dices?

—Nada, Pasquà, nada. Solo que, parafraseando a mi madre, «la vida a veces sabe comportarse como una puta», y a fuerza de aporrear ese maldito teclado, pasa silenciosa a tus espaldas, a ras de la pared, y tú ni siquiera te das cuenta. —Pasquale se queda mirándome con aire titubeante—. Te estoy diciendo que deberías darte prisa con Giovanna y con todo lo que todavía te queda por conseguir.

El ratón se pone las gafas y vuelve a la pantalla.

No le gusta el discurso.

—¿Has encontrado casa?

—Aún no.

—Hace un año que buscas…

—Ya…

—¿Pero por lo menos le has dicho ya a tu madre que quieres irte a vivir solo?

—Luce, ¿pero no tienes nada que hacer esta mañana?

—No, como ves, estoy esperando. Por eso puedo estar aquí tocándote las pelotas. —Él no protesta—. Mira que lo hago por tu bien. Si alguien no está detrás de ti, eres capaz de pasarte la vida tamborileando ese maldito teclado a la espera de que, antes o después, llegue a saber qué y cambie la situación.

Pasquale continúa escribiendo.

—Gracias por tu preocupación, de verdad, pero ya soy mayorcito, sé apañármelas solo.

Nos quedamos en silencio, él escribiendo, yo mirando el cielo, hasta que llega la llamada de Arminio. Puedo ir donde está y decirle lo que pienso. Pero antes tengo una última cosa que referir a mi compañero.

—En realidad, yo tendría una casa… —Ciengramos alza por fin los ojos y se me queda mirando con curiosidad—. Está por mi zona, unos edificios después del mío… en medio de los Quartieri. Cuesta poco y estás a dos pasos de vía Toledo.

Pasquale se pone las gafas.

—¿Está amueblada?

—Sí, sí, claro.

En realidad no tengo ni idea, pero la tentación de fastidiar al capullo me mola bastante.

—Si te parece, hablo hoy con este amigo. En el piso vive su hermana.

Pasquale parece pensárselo demasiado, así que me veo de nuevo en la obligación de echarle la bronca.

—¿Y te lo piensas? Quieres tirarte toda la vida con mamaíta, ¿eh?

El roedor agacha la mirada.

—Y si de verdad consiguieras conquistar a Giovanna —le susurro entonces—, ¿qué haces, la llevas a casa de mami?

La perspectiva, evidentemente, parece despertarlo, ya que vuelve a levantar la cabeza y contesta de sopetón:

—Vale, tienes razón, habla con tu amigo. Quizá sea el destino quien me llama.

—Eso es —digo, dándole una palmadita en la espalda—, es el destino. Y cuando es él quien llama, no hay nada que hacer.

Pasquale sonríe contento, así que le guiño un ojo y me dirijo hacia el abogado. Que, por otro lado, ya me imagino yo a Pasquale en manos de esa arpía de Giovanna, ¡pobrecito! Pero es así como funcionan las cosas, a menudo los tipos como Pasquale acaban con mujeres como Giovanna, que hacen de ellos lo que quieren y se los meten en el bolsillo cuando les da la gana (como he hecho yo hace un minuto). Pero también es verdad que sin semejantes ejemplares de mujer, todos los Pasquale que hay por ahí sueltos se pasarían la vida obedeciendo a una madre opresiva y aprensiva.

Al menos así, de vez en cuando, echan un polvo.

El abogado viene hacia mí con una sonrisita bribona que inmediatamente hace que se me revuelva el estómago, y me hace una especie de besamanos de abajo a arriba. Porque un detalle interesante de Armino Geronimo es que sus ojillos avispados me llegan justo a la altura de las tetas, motivo por el cual, cuando estoy en su presencia, sucede lo que no me ocurre nunca: me siento una macizorra.

—Luce, tesoro, ¿qué tal? Manuel me ha contado. Ven, siéntate.

Ya el hecho de que me haya llamado «tesoro» me pone de los nervios. Además, muestra una atención y una zalamería que conmigo nunca funcionarán. Dejo caer mi pandero en el sillón de piel color caca y espero que él haga lo mismo. Me mira y continúa sonriendo. Yo, en cambio, tengo cara de bulldog encabronado, con los mofletes que casi me cuelgan a ambos lados de la cara.

—Y bien, he sabido que has conseguido conocer a la señora Bonavita…

Cruza sus patitas y por un instante se quita la alianza. Parece uno de esos gnomos de los libros de Tolkien.

—Sí…

—¿Y qué te parece?

—El problema no es ella, sino el marido.

El abogado se acomoda en el sillón.

—Ya, tienes razón —dice—, nos hemos metido en un buen lío.

—Carmen es la típica mujer de mi barrio, con una infancia asquerosa, criada y educada en la calle, una que no tenía otra alternativa y que ha acabado en la vida que el destino le había deparado.

Geronimo se toma su tiempo para pensar y después dice:

—Luce, una vez me dijiste que de niña hiciste de monaguilla, ¿verdad?

—¿Y qué tiene que ver?

—Tiene que ver, tiene que ver, porque se ve que tienes una visión cristiana de la vida. Aunque hagas todo lo posible para parecer mala, ¡a veces eres toda una meapilas!

Jopé, y yo que esperaba no tener que montar una escena…

—Abogado, pero qué meapilas ni qué meapilas. Estamos hablando de humanidad que, por suerte, no es patrimonio exclusivo de los cristianos. Al contrario, muchos católicos convencidos carecen de ella. Es algo que se tiene o no se tiene.

Él me regala una sonrisa de pervertido. Puede que mi nerviosismo le excite; o puede que en su cerebro agusanado se esté imaginando cómo consumamos una violenta escena de sexo en su escritorio de cristal.

—¿Usted tiene? Humanidad, quiero decir... —le pregunto entonces para provocarlo.

Pero no cae en la trampa.

—Eh, Luce, no me hagas perder el tiempo con tus jueguecitos. La humanidad no te da de comer, ¿lo sabes o no? Además, has descrito a esa mujer como si fuera una pobrecita que se ha visto obligada a casarse con un delincuente.

—Yo no he dicho eso.

—Tú también has nacido ahí, y tú tampoco, por lo que sé, has llevado una vida fácil. Y a pesar de ello te encuentras al otro lado de la trinchera respecto a la señora Bonavita.

Me quedo mirando su rostro de Gargamel satisfecho que ha capturado a Papá Pitufo y por primera vez no sé qué decir.

—Siempre tenemos elección —concluye un segundo después.

No puedo dejarle la última palabra, aunque tenga razón. Me doy cuerda y comienzo:

—Abogado, esa bonita frase a lo *new age* le iría bien a alguien como Manuel Pozzi, pero no a alguien que ha crecido en un callejón mohoso, sin ningún ejemplo a seguir. Yo he tenido la suerte de tener dos ejemplos. La verdad es que, para empezar, deberíamos poder elegir dónde nacemos. Y de quién. Es una cuestión de segundos, si ocurre en la barriga equivocada, ya tienes el destino medio marcado.

El abogado querría replicar algo, pero no le dejo hablar y continúo:

—El hecho es que entre una vida mal aprovechada y otra un poquito decente, cabe un palillo. Y para dar con el palillo adecuado, querido abogado, ¡hay que haber nacido con una flor en el culo, ni más ni menos!

Justo en ese momento entra Giovanna, que nos saluda e informa de que se va a comer. Miro el reloj: se está haciendo tarde y tengo que ir a recoger a Kevin al colegio.

—Esta bien, Luce, hablar contigo del bien y del mal es bastante complicado y me cansa, y no puedo cansarme porque hoy tengo una día a tope. Así que, vayamos al grano: según tú, ¿la señora es buena madre?

—Sí.

—¿Bebe?

—Un poco —digo esperando no traslucir ni una pizca de indecisión.

—¿Maltrata al hijo?

—No, al contrario, es amorosa.

—Entonces, me estás diciendo que nuestro cliente se lo está inventando todo.

—¡Nuestro cliente es un delincuente que quiere castigar a su mujer por haberla cagado y haber hablado! —replico con gesto duro.

Arminio Geronimo agacha la cabeza pensativo y empieza a juguetear con los pulgares. En la habitación se hace el silencio, mientras fuera pequeñas gotas de lluvia puntean el cristal de la ventana.

—Chispea —comento.

Él levanta distraído la mirada hacia el cielo y continúa sin hablar. Así que lo hago yo, porque no puedo quedarme callada.

—«Chispear» es una palabra que me gusta mucho, es uno de esos términos solo nuestros que dice más de lo que parece. Me identifico con él. —Geronimo me mira como si estuviera loca—. Quiere decir que llovizna, esa llovizna que no termina nunca, como esta, que te da la sensación de que puede tirarse así días. No hace sol, pero tampoco es un temporal. Es algo intermedio, ni feo ni bonito.

—¿Y qué tiene eso que ver, explícame?

—Nada, es que todos somos algo intermedio, ¿no le parece?

—…

—Bueno, por lo que sé y por lo que veo, ni siquiera usted es precisamente un hombre feliz.

—¿Y qué sabrás tú de mí? —pregunta con tono brusco.

—Poco o nada, pero estoy casi segura de que también usted se encuentra bajo una llovizna. No tiene cara de quien recorre un camino soleado que le lleva al mar, pero tampoco me parece que se encuentre bajo el temporal. Chispea también para usted, abogado, ¿verdad?

Parece muy nervioso por el giro que está tomando la conversación. Se levanta y se acerca a la ventana, con las manos entrelazadas detrás de la espalda.

—Geronimo... —continúo provocándolo—, como el gran jefe apache. Un nombre pesado con el que cargar... la comparación es difícil.

Y sonrío.

Finalmente, el abogado se gira con aire malhumorado y exclama:

—Nena, bonita, ¿pero es que hoy quieres volverme loco?

—Entonces voy al grano. Pues eso... que yo había decidido marcharme. —Esta vez el gnomo se me queda mirando un buen rato y en su mirada consigo leer un hilo de tristeza—. Este trabajo no está hecho para mí, soy una mujer que piensa demasiado con el corazón, y a quien no le sirve el corazón, le sirve el cerebro.

Arminio da la vuelta al escritorio con pasitos rápidos y se sienta en el sillón libre que tengo enfrente. Entonces acerca su cara a la mía y dice:

—Ey, pero no digas tonterías, eres buena y llegarás a ser una abogada sobresaliente. Solo tienes que aprender a distanciarte de las cosas, necesitas tener un poquito menos de escrúpulos.

—Eso es, bravo, tiene razón, justo lo que no quiero, ¡falta de escrúpulos!

Geronimo resopla y me agarra la mano.

—Luce, escúchame, ahora estás confusa. Me he equivocado yo al meterte en todo este lío...

—No, abogado, es que yo no soy como usted, o como Manuel. A mí no me interesa el dinero, yo tengo una cosa extraña dentro de mí que se llama moral, y que sé que en el mundo no te hace llegar

201

muy lejos; pero qué se le va a hacer, yo soy así, mi mamá es así y mi abuela era así. A lo mejor soy la persona adecuada en el lugar inadecuado, o inadecuada en el lugar adecuado. En cualquier caso, como ve, no me encuentro. Por eso necesito saber qué hacer con esta vida...

El gnomo debería al menos sentirse humillado y ofendido por haberlo involucrado en un discurso sobre la moral. En cambio, empieza a sudar.

—Mira, hagamos una cosa: nos tomamos esta noche para pensar y mañana decidimos.

—La cuestión es que siento la necesidad de cambiar algo... puede que incluso de ciudad.

A estas palabras, como fulminado por mi discurso semiexistencialista, el abogado se inclina y acerca aún más su nariz de halcón a mi cara.

—Nena, por casualidad, ¿no estarás pensando todavía en aquel estúpido que se largó? —pregunta entonces con ojillos astutos.

Ahora tengo tres alternativas: le estampo algo en la cabeza y llamo a la ambulancia; doy media vuelta y me voy sin contestar o admito su talento leyendo las situaciones y le doy la enhorabuena, para después desentrañar mis ansiedades por el futuro, por la llegada de un sobrino al que ni siquiera conozco y por las extrañas e inesperadas ganas que me han entrado de tener un hijo.

Pero él se anticipa a mi jugada y añade:

—Te voy a explicar una cosa: estos nos llegan a todos —y hace el gesto de los cuernos—, lo importante es no perder la cabeza. Que no hay para tanto, antes o después encontrarás a otro... no te preocupes, todavía te queda todo el tiempo del mundo.

—En realidad no me ha puesto ningún tipo cuernos —tengo que precisar.

Arminio Geronimo entiende que ha dado en el blanco y continúa por el camino trazado un segundo antes.

—Sí, vale, es verdad. En cualquier caso, tienes que estar tranquila. Todas las mujeres, llegadas a tu edad, empiezan a preocuparse por el paso del tiempo… No pienses en ello, también te llegará a ti el príncipe azul.

¿Pero por qué he acabado hablando de mi vida privada con este zopenco? Tengo que hacer algo.

—Abogado, aparte de que si este fuera el problema, sin duda no vendría a hablarlo con usted, y de que me estaba refiriendo al trabajo, a mi vida en general; la verdad es que siento la necesidad de marcharme. Tengo miedo de que quedándome demasiado tiempo en una realidad que no me gusta pueda suceder lo irreparable: que me acostumbre.

Geronimo exclama:

—Ah, entonces es algo más serio. Explícate, anda.

Y se deja caer en el respaldo del sillón.

Ya, «explícate», como si fuera fácil. Pues que estoy harta de oír hablar de «accidentes de coche», de pasarme el tiempo con abogados de tres al cuarto que en todo momento están pensando en cómo joder al prójimo. Me gustaría dedicarme a algo distinto. En el fondo creo que soy mejor que muchos de mis colegas, que presumen de haber dado un sablazo a las aseguradoras y de hacer engordar los ya de por sí gordos bolsillos de Geronimo.

—Nada, es que… —suelto un profundo suspiro y prosigo—: No me gusta este trabajo.

Ya está, lo he dicho. Gargamel pilla un toscano de la chaqueta y lo enciende. Después se me queda mirando con una sonrisita plantada en la cara.

—¿A quién le gusta el trabajo?

Ya, a quién le gusta. Algún afortunado hay.

—Pero explíqueme, ¿y a usted qué más le da si me quedo?

El abogado decide ir al grano, se vuelve a acercar, apoya una mano en mi muslo y afirma:

—Sé que te había dicho que seríamos amigos, Luce; pero yo, no me malinterpretes, por favor te lo pido. Pues eso, tú me gustas mucho, y aunque tengamos que ser solo amigos, pues eso, vale, pero… Pues eso, que no verte más…

Debería darle una torta en esa cara de dibujo animado gruñón, pero no me sale. Así que él continúa:

—Sí, tienes razón, podría ser tu padre. Y sí, también para mí chispea, en el sentido de que las cosas no van mal, pero está claro que no soy feliz. Porque por la tarde vuelvo a casa y me toca soportar a mi mujer, que está deprimida y además se ha puesto fea, Luce, muy fea. Entonces me encierro en el baño y me quedo media hora mirándome en el espejo. ¿Y sabes qué veo? —Le aparto la mano de mi muslo y digo que no con la cabeza—. Veo a un viejo con la mirada apagada, eso es lo que veo. Yo tengo necesitad de ti, pero también de Manuel, de gente alegre, de jóvenes a mi lado; porque tú, vosotros, me hacéis sentir bien. Cuando te veo…

Vuelve a acercarse.

Cierro la mano en un puño, lista para golpear, pero justo en ese instante irrumpe Manuel Pozzi en la habitación sin llamar a la puerta. El abogado da un saltito hacia atrás y yo aprovecho para ponerme de pie. Manuel nos mira con expresión incómoda y durante unos segundos no dice nada. Por eso, es Geronimo quien rompe el silencio:

—Pozzi, ¿pero tú nunca comes?

—Sí, abogado, justamente estaba bajando, cuando me he acordado de que tenía que decirle algo… —balbucea—, pero hablamos de ello después.

Entonces desaparece por el pasillo y a los pocos segundos oímos cerrarse la puerta de la oficina.

—Entonces, Luce, volvamos a lo nuestro… —dice él.

Lo interrumpo de inmediato.

—¡Abogado, basta de comedias patéticas! Además, tengo que irme, se me ha hecho tarde. Escúcheme: sepárese de su mujer, o búsquese una amante, pero una que no sea yo, una del tipo de Giovanna Forino, por ejemplo…

—¡No, por favor, esa es un loro!

—Es verdad, pero tiene dos buenas te… —estoy a punto de decir, antes de darme cuenta de que me he metido en una sórdida conversación con el número uno de los viejos verdes—. Resumiendo, dele usted también un buen vuelco a su vida. Yo me voy. Que le vaya bien, y gracias.

—¡Espera! —grita.

—¿Y ahora qué quiere?

—¿Quieres que renuncie al encargo? ¿Es eso lo que quieres?

—Claro, me encantaría. Pero no por mí, sino por esa pobre mujer, que ya está sola…

—Ahora veo qué podemos hacer, hablo también con Manuel…

—Sí, vale, pero…

—Nada de peros, Luce —rebate dando dos pasos hacia mí—. O mejor, hagamos esto: pienso un poco y te doy otra causa para que te ocupes de ella, algo importante, pero que muy importante. ¿Eh, qué me dices? Eres buena, lo sé.

Yo no soy una mujer guapa, y el que está delante de mí no es un hombre guapo, ni un emprendedor de éxito ni un actor famoso. Es solo un viejo abogado un poco chanchullero, un liante que ha llegado donde está gracias a turbias amistades, un personaje mísero y astuto. Y aun así, verlo humillarse de esta manera para hacer que no me vaya me excita un poco, me hace sentir una mujer importante. Por eso no contesto y espero que sea él quien haga el siguiente movimiento.

—Piénsalo con calma y házmelo saber. Si acaso, te doy solo causas de separaciones, te quito de los siniestros de coches. ¿Qué me dices?

—Bueno, me lo pienso —respondo, más que nada porque llego tardísimo.

—Estoy contento. Tienes que venir a hablar siempre conmigo —dice satisfecho.

Entonces me aferra el brazo, se agacha y me vuelve a hacer un besamanos salivoso.

—Abogado, ¿pero todas las veces tiene que hacer este gesto?

—Luce, yo a las mujeres, modestamente, las sé tratar con educación, como se merecen. ¡Soy siempre un señor!

Y suelta una carcajada.

Podría discutir durante horas sobre el hecho de que Arminio Geronimo sea un señor, pero tengo que irme. Me restriego la mano en los pantalones en un intento de borrar las huellas de su boca babosa y desaparezco. Fuera llovizna, voy con la Vespa y dentro de poco Kevin sale del colegio. En resumen, vaya lío, más que nada porque también tengo que pasar por casa de don Vittorio para recoger a Alleria que, pobrecito mío, una meadita tendrá que echar. Me pongo el casco, miro el reloj y suelto un taco. Entonces meto la primera y me alejo echando humo. No soy una experta, pero creo que la agitación que me invade tiene que ver más con lo de ser madre que con lo de ser niñera.

EN UNA SILLITA

Apenas llego al colegio, cómo no, me topo con Kevin que se está peleando con un compañero. Cubro corriendo la distancia que me separa de la escena (también porque Alleria empieza a tirar como un psicópata) y agarro por la mochila al delincuente de bolsillo que acaba de dar una torta a mi niño. En el patio se expande un «Oooh» de admiración.

—¿Y bien? —digo entonces.

Una horda de pequeños y pillines se arremolina a nuestro alrededor. Kevin tiene la cara roja, pero no llora. El agresor, en cambio, me mira enfurecido. Tendrá ocho años, es delgado como una anchoa, de piel oscura, con el pelo engominado pegado al cráneo, dos brillantitos en las orejas y una cicatriz junto al ojo. Si no tuviera la edad que tiene, podría decir que me he metido en un buen lío.

—¿Y tú qué quieres? —dice con aire desafiante.

—Eh, mocoso —replico inmediatamente—, no te pongas chulito conmigo…

Él abre los ojos de par en par y se queda petrificado. No esperaba encontrarse con alguien a su altura. Si hubiera respondido en un italiano cuidado, habría perdido para siempre su respeto, y a lo mejor me habría tocado salir por patas. Ahora, en cambio, su mirada casi trasluce admiración. Truquitos que uno aprende rápido cuando crece entre la piedra volcánica de este dédalo de callejones mohosos.

—¡Ha empezado él! —dice entonces con expresión ceñuda y de improviso infantil.

Kevin me tira de un brazo, quiere que lo deje. Me libero de la presa y me acerco al golfillo que instintivamente da un paso atrás.

—Pide perdón —digo, mirándolo directamente a los ojos.

Él parece indeciso, pero no agacha la mirada. El patio enmudece. Hago un gesto a Kevin para que se acerque.

—Adelante, pídele perdón.

El chico me vuelve a dedicar una mirada cargada de odio y finalmente agacha la cabeza y susurra un pequeño «perdón».

—Y tú, Kevin, ¿qué has hecho para enfadar a tu compañero?

—Nada.

—Está bien, ahora daos la mano —ordeno.

Kevin tiende el brazo de inmediato.

El pequeño delincuente no devuelve el gesto, así que mi chico se queda con el brazo en alto, lo cual desencadena una gran carcajada entre los idiotas que nos rodean.

—Nene —me veo en la obligación de repetir—, a lo mejor no me he explicado. Si no le das la mano y retiras esa mirada de abusón de la cara, ¡de aquí no te mueves!

El niño aprieta los dientes y responde:

—¡Ahora llamo a papá y vas a ver!

—Llama a quien quieras, ¡pero primero tiende la mano!

Él mira a su alrededor para comprobar si le han perdido el respeto y solo entonces obedece. Finalmente se da la vuelta y huye corriendo. Una maestra, con un vestido de flores y gafas de colores, sale de entre las últimas filas y se interpone entre Kevin y yo. Por como va vestida, parece una mezcla de Amélie, la del fabuloso mundo; y Arisa que, efectivamente, es un poco más triste que Amélie[13].

---

[13] Amélie y Arisa: Amélie hace referencia a la protagonista de la película de Jean-Pierre Jeunet, y Arisa es una cantante italiana. (N. de la T.)

—Hola, me llamo Luciana, y he llegado justo a tiempo para asistir a la parte final de la escena. ¿Sabe?, quería darle la enhorabuena… aquí no todo el mundo tiene valor. Aquí, si intervienes, te arriesgas a meterte en un lío.

Como todavía tengo un tanque de adrenalina dando vueltas en mi interior, me resulta terriblemente difícil no preguntar a la amable docente por qué no ha dado señales de vida hasta ahora. Pero entonces mi mirada se posa en Alleria y Kevin, que se hacen arrumacos, y me calmo: ¡ningún cabreo puede superar a Perro Superior meneando la cola! Por eso simplemente digo:

—He nacido aquí. Y, de todas formas, no se trata de valor, sino de *freva*, que me sale cada vez que tengo que enfrentarme a uno de estos míseros personajes hechos con el mismo molde.

La mujer sonríe complacida por la respuesta y pasa a hacerme una lista de todos las virtudes de Kevin, de lo que vale, de lo inteligente que es, de lo estudioso, de lo cumplido —según sus propias palabras—, de lo que se merece estudiar y tener un futuro diferente y mejor respecto a la media de los chicos de la zona. Como ya no hay ningún enfrentamiento real o supuesto, la multitud no tarda en retirarse, así que me quedo sola frente a la profesora alegre y colorida, que no sé por quién me ha tomado, pero que continúa alabando las glorias de Kevin con contagioso entusiasmo. Tanto es así, que por unos minutos me olvido de mi papel y me deleito escuchando todos aquellos elogios, como si Kevin fuese realmente mi hijo.

Y es justo esto lo que cree la mujer que tengo delante, porque en determinado momento se para y dice:

—Debo darle la enhorabuena. El papel vuestro, el de los padres, es fundamental, sobre todo en un contexto tan difícil. Es principalmente mérito suyo, y de su marido, obviamente, que Kevin sea un buen chico; y esto me consuela, porque me ayuda a seguir con mi teoría de que aquí no todos son como aquel delincuente al que ha puesto en su sitio; que también hay gente como usted, familias decentes que luchan cada día para conquistar el respeto y no dejarse pisar.

—Mire, se está equivocando… —intento decir.

Pero mi interlocutora continúa como una locomotora:

—Vamos, que como se suele decir, ¡de tal palo, tal astilla!

Y sonríe complacida.

Un segundo después, para mi suerte, mira el reloj, abre de par en par los ojos y grita que tiene que irse corriendo. Me tiende la mano diciendo que ha sido un placer conocerme, una mamá tan joven, guapa y deportiva. Alborota el pelo a Kevin, que asiste a la escena divertido y un poco apurado, y se marcha corriendo como el conejo de Alicia, pero con unas bailarinas fucsias que resuenan en el adoquinado y algunas redacciones arrugadas bajo el brazo.

—Creo que me ha tomado por tu madre —digo volviéndome hacia Kevin—. Y eso que somos bastante diferentes... —bromeo.

Pero él está demasiado ocupado con el perro para responderme.

—Ey, que también existo —declaro entonces con media sonrisa.

Kevin se levanta y me abraza también a mí.

—Es nueva —responde entonces, refiriéndose a la maestra—, llegó hace unos meses.

—Ah, es por eso.

—Pero me alegra que te haya tomado por mamá.

Lo dice con naturalidad, mientras sigue acariciando a Alleria, que mira al horizonte (un edificio a diez metros) con la lengua fuera. Me doy la vuelta y él se siente en el deber de aclarar:

—No, que mamá es guapa. Pero bueno, eso, que no habla precisamente bien italiano, y a veces me avergüenza.

Mira tú lo que tenía que pasarme en la vida: intentar dar la respuesta adecuada a un niño con dudas. Yo, que nunca he tenido una maldita respuesta adecuada ni siquiera para mí. Me pongo en cuclillas y lo miro a los ojos.

—Cuando era pequeña, mamá trabajaba todo el día, así que a veces venía mi abuela a hablar con los maestros. —Kevin presta atención—. Ella no hablaba ni papa de italiano, solo dialecto y, con frecuencia, ni siquiera entendía lo que le decían los profesores. Pero daba igual, porque también en mi caso eran solo cumplidos, y ella lo sabía bien. Por eso se quedaba ahí asintiendo todo el tiempo y sonriendo. Y cuando luego en casa le preguntaba qué habían dicho, se inventaba que era la mejor, que ganaría premios importantes, que haría carrera y que me esperaba un futuro radiante.

—¿Qué significa radiante?

—¿Radiante? Significa espléndido, luminoso, como los rayos de sol.

—Como tu nombre.

—Eso, justo como mi nombre —respondo—. La abuela me acariciaba el pelo y me repetía estas palabras, como si las hubieran pronunciado los profesores: «Nena, te espera un futuro radiante». A saber dónde había oído aquella palabra, pero decía justamente eso.

Me pongo de pie y le agarro la mano.

—No sé si alguno le dijo alguna vez que no valía nada, que no me esforzaba y que a lo máximo que podría aspirar sería a un diploma. Pero sé que fueron sus invenciones, aquello que me contaba en casa, lo que me dio fuerza para continuar creyendo en mí, para hacerme estudiar, incluso cuando no tenía ganas. Es mérito suyo si me he licenciado, aunque ella no lo haya podido ver.

—¿Por qué no lo ha podido ver?

—Porque se fue volando al cielo antes —explico, y un segundo después me siento bastante ridícula—. Sea como sea, lo que quiero decir es que no importa si tu madre habla bien el italiano, lo que importa es que crea en ti, que te haga sentir especial. ¿Te hace sentir especial?

Él asiente.

—Entonces tienes una supermamá.

Nos ponemos en marcha pegados el uno al otro, con Alleria justo un paso por delante, mientras dos motos nos pasan al lado a velocidad supersónica y una mujer mayor que tiende la ropa en un bajo nos saluda con la cabeza. Y es justo en ese momento cuando un rayo de sol consigue abrirse camino entre la presa de los edificios y se desenrolla a nuestros pies, como para indicarnos el camino a casa.

—¡Tú también serías una supermamá! —comenta él al rato, antes de que Perro Superior le obligue a acelerar el paso.

Siempre he creído en el cuento de hadas (un poco ofensivo, para ser sinceros) de que antes o después en la vida conocería a un hombre, como decía siempre mi padre, que me haría sentirme realmente mujer, realmente realizada.

Y, en cambio, ha llegado un niño.

Abro la puerta de casa, me lanzo a la cama y entorno los ojos en busca de un poco de paz. En el portal nos ha venido al encuentro Carmen, que detrás de su sonrisa de siempre escondía una mirada triste. No me ha dicho nada y no le he preguntado nada, no era el momento. Además, estaba delante Kevin. Por eso ha sido precisamente de él de quien hemos hablado en esos cinco minutos. Ella ha mirado a su hijo jugar con Perro Superior un poco más allá, y en un italiano forzado me ha comentado:

—No sé de quién lo ha podido coger. Cada día me maravillo de cómo es. —He sonreído y ella ha continuado—: Nunca dice una palabrota, solo habla perfecto italiano. Es más, me regaña si no lo hago también yo. Es tan diferente a mí, que a veces me pregunto si es realmente hijo mío.

He continuado sonriendo, pero a ella no le apetecía.

—¿Sabes, Luce? —ha susurrado—, a veces pienso que no me merezco un hijo así. Él es demasiado para mí, y yo demasiado poco para él.

Mi madre habría respondido que tenemos lo que nos hemos ganado. Yo, en cambio, no creo que exista un dios que distribuya penas y méritos. Es simplemente la vida, que coge de algunos y da a otros, como una ola que se abate sobre la playa y se lleva consigo un molde abandonado en la arena para después entregárselo a un nuevo niño sentado en la orilla de la parte opuesta de la costa.

—Eres una madre sobresaliente —he dicho.

Pero creo que esta vez no me ha creído, aunque me haya abrazado y me haya dado un beso en la mejilla.

En el camino de vuelta he notado que volvía a tener un nudo

en la boca del estómago, como si hubiera comido algo demasiado deprisa, sin masticar. A lo mejor ha sido el reencuentro con mi abuela; o quizá la intervención fuera del colegio en defensa de Kevin me haya vuelto a traer a la mente a ella, a la infancia, cuando me interponía para proteger a mi hermano Antonio, a quien de niño no se le daba precisamente bien defenderse. Un día fui a buscarlo al colegio y vi a un compañero suyo alto y gordo que lo empujaba, que le daba patadas y tortas; y él ahí, sin abrir el pico, casi sin apartarse. También entonces me hirvió la sangre y eché a correr para agarrar a aquel patán por el pelo. Este empezó a lloriquear, pero yo no solté la presa; al contrario, le di un par de patadas en el culo. Tuvieron que intervenir las bedelas y un profesor para quitármelo de las manos. Desde entonces, mamá me prohibió ir a recoger a Antonio, pero yo me empeñé en ir a escondidas, incluso si mi hermano decía que no me tenía que entrometer, que era su vida y que yo era chica, que él hacía el ridículo. Habrá hecho el ridículo, pero desde aquel día dejaron a Antonio en paz y le dejaron crecer cómodamente. Sí, lo sé, nos hacemos adultos cuando aprendemos a apañárnoslas solos, desde niños; porque cuanto más avanzas, más gente te encuentras por tu camino que te empuja, te toma el pelo y se aprovecha de ti. Pero también es verdad que no todos somos iguales, cada uno tiene sus tiempos, cada uno tiene su pasado más o menos traumático, cada uno elige el camino que le va mejor para salir de ese gran embudo que es la infancia. Cada uno lleva su paso, y ese paso debe respetarse. A quien se queda atrás ni se le ayuda ni se le empuja, solo se le espera. Yo intervine para permitir a mi hermano ejercer su derecho a ser esperado.

Un concepto muy simple que, sin embargo, a saber por qué, en el colegio, como en la vida, nadie nos explica.

Suena el móvil. Miro la pantalla: es Vittorio Guanella.

—Diga, don Vittò…

—Ey, Luce, ¿qué haces, no vienes a comer?

—Estoy en mi casa, cinco minutos y voy. Mamá ha preparado pasta a la siciliana.

—Ah, perfecto. ¡Venga, muévete, que tengo un hambre de lobo!

Cierro la conversación con una sonrisa en los labios. Debería levantarme y salir corriendo hacia la alegría contagiosa de don Vittorio, pero creo que me quedaré un minuto más tumbada aquí (con Perro Superior que, mientras tanto, se ha acurrucado a mis pies), mirando el techo y pensando.

Recordando.

Una vez, la abuela intentó explicarme, a su manera, cómo funcionaban las cosas. A los trece años todavía no había dado el estirón y miraba con envidia y estupor a mis amigas, que ya tenían las curvas al punto. Había una chica llamada Jessica que tenía un culito con forma de mandolina y dos tetas que le explotaban bajo la camiseta, y todos los chicos se volvían locos cuando pasaba; y ella, en cambio, no hacía caso a ninguno y fardaba, movía el culo y caminaba como si fuera una estrella por los pasillos del colegio. En realidad era la reina de las horteras, que en italiano significa simplemente «vulgar», pero en dialecto, en cambio, se convierte incluso en una clasificación social. Siempre iba maquilladísima, llena de rímel y de base, con un color de labios supersubido y el contorno de los labios tatuado con el perfilador. Y a pesar de ser una chabacana, era estupenda, e incluso los hombres adultos se daban la vuelta por la calle para mirarla. Pero cuando abría la boca solo podías salir corriendo, como cuando te equivocas de baño en el bar de carretera y no te queda más remedio que seguir tapándote la nariz y rezando para que tu vejiga se vacíe rápido. Pues sí, porque nuestra querida Jessica usaba el mismo lenguaje que un descargador de puerto (no sé por qué se habla siempre de los descargadores de puerto, pero me da lo mismo), y con el mismito tono de voz, para ser sinceros. Y aun así, este pequeño detalle parecía no importarles a los hombres, que pululaban a su alrededor como moscones sobre una caca, motivo por el cual era venerada por el resto de las chicas del instituto, incluida esta servidora. Y no tanto por el montón de chicos dispuestos a servirla, sino por sus formas generosas que hacían palidecer. Mi culo, de hecho, parecía el de una niña (aún no habían hecho acto de presencia mis famosas almohadillas, que se convertirían en una constante solo un año después); y en lo que respecta al pecho, bueno, hay poco que decir: plano como el mar de Nápoles al alba de un bochornoso día de julio.

Una tarde, había vencido mi vergüenza y había preguntado a mamá. Ante la pregunta, había levantado la cabeza de la máquina de coser, se había puesto las gafas desorientada y, finalmente, había respondido:

—Luce, no todas somos iguales, cada una tiene sus tiempos, no te preocupes, verás como pronto tú también te harás mujer. Pero, además, ¿por qué tanta prisa? Mira que después no es tan bonito ser adulto.

Pero a los trece años no te imaginas para nada que crecer sea tan cansado, si no, no habría hecho la pregunta y me habría quedado con el pecho plano y con mis pocas certezas en los bolsillos. Y, en cambio, poco después también a mí empezaron a despuntarme los promontorios; y entonces me pasaba el día mirándome en el espejo aquellos pezones de mujer formada, de mujer hecha, imaginándome el día en el que también yo podría lucir palmito por los pasillos del colegio para sentir encima las miradas. Pero mis promontorios nunca se transformaron en montañas escarpadas y mi pequeña revolución terminó incluso antes de empezar. Incluso hoy, cuando me miro en el espejo después de la ducha, me quedo observando por un instante aquellas suaves alturas y me vienen a la cabeza las palabras de la abuela, en cuya casa me refugié después de intuir que yo nunca sería como Jessica.

—Nena —dijo—, yo a esa Jessica no la conozco, pero esos cuerpos tan bonitos con frecuencia están vacíos. El señor se olvida de darles también un alma. A ti, en cambio, Dios te ha dado alma, ¡y te la ha dado resplandeciente como el sol! Y también te ha regalado un cuerpecito gracioso y proporcionado, ¿qué más quieres?

Solo tienes que esperar, tienes que aprender a tener paciencia, amor mío...

—No, yo no tengo paciencia para esperar —respondí ceñuda—, entre otras cosas porque tengo la sensación de no hacer otra cosa. Espero que me crezcan las tetas, volverme mayor, espero en la cola cuando voy a hacer la compra, espero a mamá que no puede hacerme caso porque tiene que coser, espero a mi hermano fuera del colegio, espero enamorarme y besar, y hacer un largo viaje, espero ver un lugar nuevo que me deje con la boca abierta, espero tener un nuevo padre. ¡Yo solo espero, abuela, y ahora se me han hinchado las narices!

Estas fueron más o menos mis palabras. Ella sonrió e inclinó la cabeza antes de dedicarme una mirada llena de amor.

—¡Mecachis en la mar, ven aquí!

Y me hizo un gesto para que me acercara. Cuando estuve entre sus minúsculos brazos, añadió:

—Tú eres demasiado inteligente para tu edad, siempre lo digo, ¡ese es problema! Pero nena, escucha a tu abuela que no entiende nada: es mejor esperar siempre algo. La espera es como la esperanza, como un sueño, te mantiene en pie. Cuando has terminado de esperar algo, terminas como yo, en una sillita mirando la vida de los demás sin sentir ya interés por la tuya.

Era la primera vez que se confesaba de manera tan directa, que se lamentaba de su condición. Nunca antes la había oído hablar de ella misma de ese modo. Solo que con trece años tenía demasiados pensamientos estúpidos en la cabeza, y no me parecía que tuviera tiempo para seguir también las vicisitudes de una abuela que, a mis ojos, llevaba una vida tranquila. Así que deje pasar el tema:

—Bueno, entonces eso quiere decir que seguiré esperando. Puede ser que, mientras tanto, me crezcan las tetas.

—Esa es mi niña, espera —respondió ella—, ¡que de esperar nunca ha muerto nadie!

Y soltó una carcajada de las suyas.

Y, sin embargo, se equivocaba, porque ella murió justo a fuerza de esperar. La esperanza, querida abuela, crece en el pecho y echa raíces en el corazón. Ahora lo sé. No le hicieron la autopsia porque era vieja, si no estoy segura de que en su pequeño gran corazón habrían encontrado la explicación a su improvisto final: estaba tan colmado de espera y esperanza, que al final se rompió.

Espera y esperanza de volver a ver a su hija.

A mi madre.

«CAMORRA» ES UNA PALABRA QUE AQUÍ NO SE USA

—¡Luce!

El que me llama es Sasà, que fuma plantado fuera de su bar. Voy hacia él y me paro a los pocos pasos. Hoy también llevo puestas las Converse (porque ahora se llaman así, aunque no sé por qué, puesto que cuando era niña se llamaban All Star) con unos vaqueros ajustados; y tengo que estar atenta a dónde meto los pies, porque esta mañana hay un montón de charcos que, a decir verdad, reflejan una pizca de cielo azul y vuelven luminosos también estos callejones en perenne penumbra.

—Ey, Sasà, ¿cómo va?

Él da una calada al cigarro:

—Todo bien —dice—, mi hermana ha hablado con tu colega y han llegado a un acuerdo.

—Entonces, ¿Pasquale se queda con la casa?

—Eso me ha dicho.

—Bueno, me alegro.

—¿Pero de verdad te pensabas que tu ex iba a venir aquí, justo bajo tus narices?

—Yo no me pensaba nada, ¡lo dijiste tú!

—Pero mira tú si ese iba a volver aquí… Es tonto, ¡pero no está loco! —responde con una sonrisa astuta.

—¿Por qué?

219

—¿Por qué qué?

—¿Por qué loco?

—Perdona, pero ¿no decías que no lo querías ver?

—Sí, pero qué tiene que ver. ¿Por qué has dicho que si volviera estaría loco?

Tira la colilla al suelo.

—Pues bueno, Luce, que si yo fuera tu ex, me habría mantenido lejos de ti...

—¿Tanto miedo doy?

—Un poco sí, de hecho... Y, en mi opinión, tienes también la mano un poco suelta.

—Oye, cambiando de tema, ¿tú sueles hablar con mi hermano?

—¿Antonio?

—¿Conoces otro hermano mío del que yo no sé nada?

—De vez en cuando. ¿Por qué?

—¿Y sabías que su pareja esperaba un niño?

Sasà rehuye la mirada y se mete las manos en los bolsillos. Luego dice:

—Escucha, Luce, yo no sé nada y no quiero saber nada. Son asuntos vuestros...

—Eso es, muy bien, respondes como hacen todos en este lugar de mierda. No digo que tengas que venir a contárnoslo, pero al menos podías intentar hablar con ese cabeza de chorlito, convencerlo para que nos explique cómo le va todo.

—¿Y según tú no lo he hecho ya? Pero ya conoces a Antonio, sabes que no escucha a nadie. Es cabezota. ¡Será algo de familia!

—Sí, ya, efectivamente me da que sí, que en eso nos parecemos mucho...

—¿Y qué ha decidido, baja?

—Y yo qué sé, espero que sí.

Mientras tanto hemos entrado en el bar y estoy esperando a que me prepare un café. Me acerca la tacita con el azucarillo en el plato y dice preocupado:

—En cualquier caso, Luce, tengo que confesarte algo...

—¿Qué quieres? —digo echando azúcar al café.

—Pero yo no quiero saber nada. Yo no te he dicho nada.

—¿Todavía con esas, Sasà? ¿Todavía no quieres saber nada? Además, tú no querrás saber nada, ¡pero te enteras de todo!

Sasà acerca el cuerpo al mostrador y mira furtivamente a la entrada. Luego susurra:

—El otro día vino uno buscándote…

—¿El capullo?

—No, qué capullo: un maleante.

Se queda mirándome con aire grave, y casi me dan ganas de reír, porque su carita amable no parece estar hecha para las preocupaciones. Sasà, a pesar de sus casi treinta años, todavía parece un chiquillo. Se da cuenta de mi expresión divertida y continúa:

—Te lo estoy diciendo en serio, ha venido uno preguntando por ti. Quería saber dónde vivías y cómo te ganabas la vida.

—¿Y tú qué le has dicho?

—Pues qué le voy a decir, que vivías por aquí, pero que no sabía dónde, y que eras abogada.

—¿Eso le has dicho?

—¿Y qué tenía que hacer?

Termino de dar vueltas al café y me lo bebo de un trago. Solo entonces replico:

—Está bien, no te preocupes, has hecho bien.

Ya estoy saliendo cuando me para.

—Mi niña… —Me giro de golpe—. ¿Pero qué estás liando con la señora Bonavita?

—Nada, Sasà, nada —y sonrío—. Total, tú no quieres saber nada, ¿no? Y sigue así, hazme caso.

«Camorra» es una palabra que aquí no se usa, no se puede pronunciar. Aquí como mucho se habla de Sistema, entendiendo por este término algo organizado. Aquí, incluso puedes hacer como que no ves a la Camorra, si es que lo consigues. Ella camina a tu lado, te acaricia como una ligera brisa primaveral y te alborota un poco el pelo. Distraídamente alargas una mano para atrapar el mechón rebelde y devolverlo detrás de la oreja y vuelves a tu vida. Porque, total, ¿qué puedes hacer, cabrearte con el viento? Un amigo del padre de Kevin me habrá visto rondar alrededor del niño y habrá querido preguntar por ahí.

—Mamá, soy yo.

Ella abre el portal sin responder. Está en la cocina, pero esta vez no tiene la cabeza encima de la máquina de coser. Está de pie, con la mirada hacia la ventanita, y me da la espalda.

—Ey —suelto.

—Ey —dice sin darse la vuelta.

El aire pestilente a berza se mezcla con el típico olor presente desde hace treinta años en esta habitación: olor a tela cortada, mordisqueada, hecha trozos y vuelta a coser, olor a vapor proveniente de la tabla de planchar de la esquina, de pegamento para tejidos, del hierro del dedal que todavía lleva puesto mamá como si ahora formara parte de ella, como si ya ni siquiera supiera que debajo tiene piel. Y después está el perfume del café que, hasta cierto punto, no tiene nada que ver con las sastrerías; porque en treinta y pico años la cocina ha engullido en sus paredes ya amarillentas millones de cafés que ahora están ahí, para recordarme tantas tardes de mi infancia y de mi adolescencia, cuando estos eran también mis aromas, y cuando el silbido de la cafetera seguía siempre al del timbre, avisándome de la llegada de un nuevo cliente que venía a tomarse las medidas.

—¿Qué pasa? —pregunto, apoyando el bolso en la mesa.

Ella no responde de inmediato y su silencio me incomoda. En realidad, no es tanto la ausencia de palabras la que me desorienta, sino la falta de todos esos ruidos que, como los olores, hacen siempre de fondo a nuestras oxidadas conversaciones.

—Sabes bien lo que pasa.

No oigo el sonido de las tijeras que se abren y se cierran, por ejemplo.

—No, la verdad es que no sé de que hablas.

222

Finalmente, se da la vuelta y me mira con aire firme.

Ni siquiera está el ruido del pedal de la máquina de coser.

—Te vi en vía Toledo y tú me viste —afirma entonces.

En este profundo silencio podría oírse sin dificultad el ruido de uno de tantos alfileres que caían en las baldosas y que no te permitían arrodillarte porque mamá decía inmediatamente: «¡Eh, levanta, que hay alfileres y te haces daño!».

—¿Ah, sí? Bien —respondo, porque no sé qué más decir, mientras ante mis ojos vuelvo a ver a la niña ovillada en el suelo recogiendo con el índice todos los hilos de algodón sueltos por la habitación, como lombrices de colores.

—¿No tienes nada que preguntarme?

Me siento. Ella, en cambio, se queda de pie, con un brazo en el pecho y el otro en la cara, con la mano cubriendo media mejilla.

—En realidad tendría un montón de cosas que preguntarte, pero no sé por dónde empezar.

No silba ninguna cafetera y el silencio continúa contaminando el aire.

—Lo has reconocido, ¿verdad?

Asiento.

—Es el caballero Bonfanti —declara después de una espera que me parece infinita.

Me levanto para preparar el café. No puedo soportar este silencio.

—Durante mucho tiempo, Luce, solo pensé en ti y en Antonio. Pero después, en determinado momento, vosotros os hicisteis adultos y yo me encontré con esta vida con la que no sabía qué hacer...

—Mamá —la acallo mientras desenrosco la cafetera—, puedes hacer lo que quieras, puedes incluso casarte con el bueno de Bonfanti, ¡pero tienes que parar de decir que tu vida ha sido un desastre por nuestra culpa!

Frente a mi voz de mala leche asume la actitud de víctima.

—¿Quién ha dicho nunca eso? —pregunta.

—Tú, y varias veces. Pero no quiero ponerme a hablar de ello. Más bien, ¿el caballero no tiene familia?

—No, vive solo desde siempre.

—Ah.

Nos quedamos mirando las lenguas de fuego que salen del fogón. Después, cuando el moca empieza a borbotear, mamá encuentra valor para proseguir:

—La verdad es que nos queremos mucho desde hace tiempo.

—Es decir, ¿desde cuándo?

No responde. Apago el fuego, echo tres cucharaditas de café en la cafetera y le doy vueltas. He aquí otro ruido familiar —el metal del cubierto golpeando contra la jarra— que basta para hacerme sentir mejor y de nuevo a gusto. Vierto el líquido en las tacitas y se lo acerco. Los movimientos habituales me ayudan a no pensar demasiado y a actuar instintivamente, porque cuando pongo de por medio el instinto normalmente las cosas se vuelven a enderezar.

—Me acuerdo de Bonfanti cuando era jovencita —digo mientras soplo la bebida—, siempre elegante, distinguido, con modales amables. Siempre con el pecho fuera, postura erguida. Viéndolo parece un coronel, un general, un... ¿y quién es? ¿A qué se dedica?

—Está jubilado, trabajaba en la Seguridad Social.

—¿En la Seguridad Social? ¿Y por qué es caballero?

—Que no, que no es realmente caballero. Es que yo lo llamo así por sus modales amables.

—Ah, vale.

Sorbo despacito el segundo café del día.

—Y en todos estos años no nos has contado nada. ¿Por qué?

Ella esboza una sonrisa más relajada.

—Me corteja desde hace mucho. Por otro lado, lleva solo desde siempre, es un buen hombre y ha sido un buenísimo cliente. Pero yo, ya sabes, no me llevo muy bien con el amor, así que siempre he rechazado sus proposiciones. Sobre todo porque estabais vosotros y no lo digo para echaros la culpa. No quería haceros daño. Y así han pasado los años. Después, un día, frente a la enésima invitación para cenar, me encontré sin excusas. Y acepté.

—¿Hacernos daño? En lo que a mí respecta, habría aceptado al caballero inmediatamente. Es más, habría dado la bienvenida a cualquier hombre que te hubiera hecho feliz. Y tú esto nunca lo has entendido.

Mamá alarga su mano hacia la mía. Hace tanto que no realiza un gesto similar... El apuro es tal, que no puedo seguir. Por suerte, enseguida vuelve a hablar.

—La otra tarde, nada más verte, me di la vuelta y aceleré el paso... ¡me daba apuro!

—Era demasiado tarde...

—Ya... Y, de hecho, él quería que volviéramos atrás para saludarte. Apenas te conoce, y aun así lo sabe todo de ti.

—Y yo nada de él...

El apuro vuelve a entrometerse por un instante, así que me lanzo y digo:

—Podrías organizar una cena. ¿Qué me dices?

Y aparto mi mano de la suya.

—¿Con él?

—Sí, con él, y también con Antonio y su pareja, cuando bajen a Nápoles. Es una buena idea, ¿no te parece?

De improviso, los ojos se le llenan de lágrimas y agacha la cabeza. Y yo, en lugar de hablar, me quedo pensando desde hace cuánto no lloro, y por qué no consigo hacerlo.

—¿Qué pasa? —pregunto un siglo después.

—Nada, soy feliz...

—Bueno, ¿y por qué lloras? ¡Llora cuando estés triste, no cuando estés feliz!

Mamá sonríe y saca un pañuelo del pecho (justo como hacía la abuela) para secarse. Solo entonces dice:

—Ahora solo faltas tú.

Y me mira.

—¿Para qué?

—Para sentar la cabeza....

—Anda ya... —digo distraídamente, tirando el café.

—Hija mía, estoy preocupada. Ya tienes una edad, deberías

encontrar un hombre bueno. Hace un año que lo dejaste con aquel. ¿Es posible que no te guste ninguno nunca?

—Mamá, no me fastidies con los discursos de siempre. ¡Un hombre bueno! ¡Y dónde se encuentra este hombre bueno, a ver, dime! Y, además, quién quiere a ese hombre bueno...

El silencio, como la niebla que cae de pronto, vuelve de nuevo la habitación sorda y taciturna. Mamá me mira fijamente, pero yo no le devuelvo la mirada. Es más, hago ademán de levantarme. Entonces ella se me adelanta y me hace una pregunta que me descoloca:

—Nena, di la verdad a tu madre, ¿no será que eres lesbiana? ¿No te gustan realmente los hombres?

Me vuelvo de golpe y me quedo mirándola como atontada. Mi primer impulso es gritar. Después pienso en marcharme sin responder, ¡que piense lo que le dé la gana! Pero en lugar de eso, estallo en carcajadas, pero de las fuertes, tanto que me veo obligada a doblarme en dos. Ella sonríe aliviada. Espera a que me haya calmado para añadir:

—No es que para mí cambie algo, ¿eh? Es solo que no quiero que me escondas nada...

Le agarro la mano.

—Pero la pregunta deberías habérmela hecho hace muchos años, ¿no crees?

Sus ojos se agazapan en sus órbitas. No entiende y, sobre todo, tiene miedo de la verdad, aunque haga todo lo posible para parecer serena.

—No me gustan las mujeres, no te preocupes —digo entonces—, pero tampoco me gustan los hombres...

Y me quedo así, disfrutando de la incertidumbre de su rostro. Le quito el dedal y le observo detenidamente el pulgar martirizado por el cansancio.

—Es decir —añado—, no me gustan los hombres que se comportan como hombres. Me gustan los hombres a los que se la trae al fresco ser hombres...

Mamá parece ahora preocupada. Me dan ganas de reír porque dice:

—No te entiendo...

—Lo sé, cómo podrías. Yo soy la primera que no me entiendo...

Ante su silencio interrogativo, me esfuerzo en explicarle:

—¿Tú te acuerdas de papá? —Echa para atrás el cuello y hace una mueca—. ¿Te acuerdas de cómo era?

—¿Y cómo voy a olvidarlo?

—Era un cabeza de chorlito, eso es verdad, pero me hacía reír. Y, además, siempre estaba alegre, confuso, lleno de dudas que cubría con falsas certezas. A veces me parecía un payaso, a veces un amiguito, y solo a veces un padre... —Mamá intenta decir algo, pero yo no he terminado—: Pues eso, que no sé si habrá sido su ejemplo el que me ha hecho así, pero me siento como él, un poco payaso, un poco niña, un poco chico y un poco chica. Es por eso por lo que todavía estoy sola, porque los hombres o saben solo reír o saben solo llorar. ¡Pocos son capaces de hacer las dos cosas!

Cuando termino la larga explicación, ella parta su mano de la mía y se suena la nariz antes de preguntar titubeante:

—En resumen, ¿te gustan los hombres?

—Sí, mamá, me gustan los hombres, tranquila. Solo que me gusta un tipo de hombre muy especial, que no se encuentra fácilmente...

Por un momento estoy tentada de hablarle del soldadito francés, pero ella me sorprende al decidir hablar de papá.

—No hablo nunca de tu padre, lo sabes. Incluso cuando he podido hacerlo, lo he evitado, porque no quería que tuvierais un mal recuerdo de él. Pero... pues eso, era un hombre del que no te podías fiar, un hombre con el que no se podía construir nada.

—Pero, mientras tanto, te dio dos hijos. No me parece precisamente no construir nada...

—Sí, y después tuve que criarlos yo sola...

La pausa que sigue la ocupa el fúnebre tañido de la campana de la iglesia que colinda con nuestro edificio.

—Pero qué diablos —comento—, ¿es que cada mañana hay un funeral?

—¿Y qué te pensabas?

—Y yo que sé, ¡pero cuando era pequeña no era así!

—Eso es porque no te acuerdas…

—Sea como sea, don Biagio es muy triste, como si se deleitara con el clima fúnebre, se entiende…

—Para ya…

Y me da un cachete en la mano.

—Piensa qué bonito sería si por la mañana desde la iglesia, en lugar de este tañido de muerte, proviniera una bella sinfonía… yo qué sé, Mozart, Beethoven… ¡incluso un poco de sano *rock*!

—Siempre has sido un poco rara…

—En todo caso, un poco demasiado normal, querrás decir. Es esto lo que me ha causado problemas. En realidad, había venido para pedirte una cosa: ¿qué piensas de la señora Bonavita?

—¿La señora Bonavita?

—Carmen… la que vive aquí atrás.

—Ah…

—Sí…

—¿Por qué?

—Por nada, estoy llevando la causa entre ella y su marido.

—Estate muy atenta con esa gente, Lù.

—¿Ella cómo es?

—Bueno, siempre es amable, sonriente. El hijo, por su parte, no parece suyo, de lo educado que es…

—¿Pero?

—Pero, vamos, que el marido sabemos quién es…

Y baja el tono de voz, como si alguien pudiera oírnos.

—¿Por qué hablas en voz baja?

—Es una familia de delincuentes, lo sabe todo el mundo.

—Ya, él. Pero ¿qué te parece ella, según tú es buena madre?

—Qué te puedo decir, el hijo va a catequesis conmigo y es un niño fuera de lo normal. ¡No parece hijo suyo!

—Lo sé, es un amor. Si alguna vez tuviera que tener yo un hijo, me gustaría que fuera como Kevin… —Me dejo llevar, antes de darme cuenta de haberme metido en un túnel donde no se ve la luz.

—Además sería el momento… —dice inmediatamente.

—El padre quiere la custodia del pequeño —le explico entonces para volver al tema..

—Sé que fue ella la que pidió el divorcio.

Continúa susurrando, tanto que me cuesta seguir la conversación.

—Pero ¿por qué hablas tan bajo? ¿Quién nos puede oír?

—Nunca se sabe —responde—. Además, estoy acostumbrada, no me sale hablar normal. En cualquier caso, mantente alejada de ella, de ellos, tesoro, ¡no te he criado para verte relacionada con esa gentuza!

—Es trabajo —digo seca.

—Estate atenta entonces.

Me levanto, le doy un beso es la cabeza y agarro el bolso. Ella me sigue por el pasillo.

—Yo creo que si no fuera una buena madre, no habría podido tener un hijo así… —añado a la salida.

—No siempre es tan claro, a veces los hijos son mejores que los padres…

Se refiere a la madre. A su madre. La miro abatida antes de comentar:

—Te pidió perdón dos veces…

—Era demasiado tarde…

Resoplo y me doy la vuelta para marcharme. Luego, un segundo antes de lanzarme escaleras abajo, añado:

—Lo bueno es que en tu iglesia enseñan el perdón.

—No es tan sencillo.

—¿Qué es lo que es tan difícil, a ver?

Alzo la voz y vuelvo atrás, a un paso de ella, que retrocede asustada.

—No puedo olvidar lo que me hizo —dice, volviendo a cerrar la puerta tras de mí.

—Pensaba que era lo correcto. Es verdad que la abuela no era una pedagoga. Pero, en cualquier caso, te buscó, incluso te pidió perdón…

—Yo también soy ignorante, Luce; yo tampoco he estudiado, solo me he matado a trabajar. Estaba sola, pero ni por un segundo se me pasó por la cabeza traicionar vuestra confianza.

—No te pido que olvides, solo que perdones… Al menos ahora que ya no está.

Me mira un momento y después dice:

—¿Tú has perdonado a tu padre?

—¿Y qué tiene que ver?

—Responde.

—Claro, hace mucho.

—Pues yo, en cambio, no creo que realmente lo hayas perdonado.

—¿Pero qué sabrás tú de lo que yo pienso?

—Porque, Dios me perdone, tendré solo segundo de Secundaria y seré sastra, pero he entendido que se perdona de verdad solo cuando ya no nos importa nada. Todos los otros perdones, por desgracia, no son verdaderos, y solo hacen un montón de daño. A mí todavía me importa mi madre… como a ti te importa que tu padre no haya estado.

Me quedo mirándola boquiabierta y, por un instante, pienso en responderle que no es verdad; que el perdón es un acto de valor que se hace, en primer lugar, por uno mismo; que sirve para pasar página y seguir adelante. Pero de pronto estas palabras me parecen vacías y privadas de significado, y ella se debe de dar cuenta porque sonríe con amargura y concluye:

—Escúchame, Luce, se perdona realmente cuando se deja de amar. Por eso casi nunca perdonamos a los padres.

ABRAZO PODRIDO

Era una tarde de diciembre cuando me enteré de que mi padre había muerto. Tenía once años y en aquel momento, me refiero justo a aquel fatídico instante, poco antes de que mamá se acercara para hablarme, había metido los pies helados bajo el agua hirviendo del bidé.

Siempre iba por ahí con ropa demasiado ligera, a pesar de que nuestra madre, cada invierno, se empeñara en tejernos un nuevo jersey. El problema es que sus creaciones no me gustaban, tan abultadas, y, además, me hacía sentir desgarbada y vieja. Por eso en invierno iba siempre poco equipada, con jerseicitos aptos para entretiempo, regalados por alguna pariente lejana; abrigos usados y consumidos; y zapatos inadecuados. Y es precisamente la palabra «inadecuada» la que mejor describe aquel periodo de mi vida. Nunca he dado valor a la riqueza. Incluso me encogía de hombros delante de aquellos compañeros estúpidos que, en cambio, se presentaban cada día con nueva ropa de marca. Pero, en el fondo, en el fondo, si tuviera que explicar qué es la pobreza —y no hablo de miseria, obviamente—, respondería que es justo aquello en lo que a veces ni siquiera te das cuenta de encontrarte, una condición habitual donde siempre falta algo pequeño, y no necesariamente indispensable, que te hace sentir fuera de lugar. Mi adolescencia ha sido una perenne «pequeña» falta. Hiciera lo que hiciera, me vistiera como me vistiera, siempre había algo equivocado, bien fuera un jersey demasiado grande o demasiado ligero, un abrigo viejo al que le faltaba un botón y que no se cerraba en el cuello, una media con una carrera que te hacía estar alerta para no hacer movimientos repentinos, o zapatos sin forro en los que se te quedaban helados los pies.

Aquel día llevaba precisamente unos zapatos así, por eso estaba con los pies en remojo y la mirada perdida en los azulejos blancos de nuestro baño cuando mamá abrió la puerta. Enseguida entendí que sus ojos cargaban con el peso del dolor.

—¿Qué pasa? —pregunté preocupada.

Ella se apoyó en la caldera que funcionaba a medias, agachó la cabeza un instante como para encontrar fuerzas y después se animó y emitió una especie de boqueada mientras soltaba estas palabras:

—Tengo que darte una mala noticia…

Pensé en la abuela. No se me pasó ni un instante por la cabeza que le pudiera haber ocurrido algo a mi padre, que se había marchado hacía dos años y en esos dos años no había vuelto a saber de él. Decían que estaba en el extranjero, pero para mí, una chiquilla que no había salido nunca de los Quartieri Spagnoli, el extranjero era algo intangible, algo en lo que apenas podía pensar. Era como decir que mi padre se encontraba en un mundo paralelo. Para mí no existía más que mi pequeña e imperfecta vida; mi intento de resistir a la angustia que me atormentaba por dentro sin que ni siquiera lo supiera; mi intento de no tener miedo, como él me había enseñado.

—Tu padre… —balbuceó mamá.

Y entonces lo entendí. Lo único es que, a saber por qué, cuando entendemos necesitamos igualmente preguntar otra cosa, como si el fluir de las palabras nos permitiera hacer tiempo y mantener un poco más al margen el dolor.

—¿Qué? —pregunté entonces.

No sé cuantificar el momento. Viéndolo desde aquí, después de tantos años, me parece infinito, como si entre mi pregunta y la

232

respuesta definitiva de mamá hubiera pasado una eternidad y se hubiera abierto un gran agujero temporal. En aquellos instantes de puro silencio e inmovilidad, en los cuales nuestras respiraciones dejaron por un momento de mezclarse con el aire, la escena fue robada por el incómodo goteo del grifo del lavabo, que papá decía siempre que arreglaría antes o después. Por eso, en cuanto llegó la respuesta de mamá, aquellas dos palabritas que me trepanaron el cerebro –«ha muerto»–, lo primero que pensé fue justamente que teníamos que arreglar el grifo; que nuestra casa necesitaba, por una vez, una mano de pintura; y que mi vida necesitaba algo bonito que no me hiciera sentir «inadecuada».

—¿Por qué no llamas a alguien para que arregle esta mierda de lavabo? —respondí de golpe.

Mamá abrió los ojos como platos y se quedó mirándome sin respiración antes de encontrar el valor para preguntar:

—¿Has entendido lo que te he dicho?

—¡No, la verdad es que no he entendido una mierda! —grité, sacando los pies fuera del bidé.

Agarré la toalla y empecé a frotarme de manera convulsa.

Ella me miraba y no decía nada.

—¡Me he hartado de esta casa donde nunca funciona nada y siempre hace frío! Y me he hartado de no tener nunca nada bonito que ponerme, del grifo que gotea, de la luz de la entrada que no funciona, del papel de mi habitación hecho jirones, del mando a distancia que nunca tiene pilas, de los enchufes que se salen de la pared, de las baldosas del pasillo que tiemblan bajo nuestros pies, y también de esa mancha de humedad en el techo. —Y señalé hacia arriba—. ¡No aguanto más vivir así, somos una familia podrida que vive en una casa costrosa!

Mientras hablaba me encontré de pie. Ni siquiera me di cuenta de lo que estaba gritando, ni siquiera vi que mi hermano había aparecido hipando en el baño, y que mamá me había cogido por los brazos para intentar calmarme. No vi nada, no oí nada, y seguí gritando toda mi rabia hacia una vida que me parecía injusta y que se divertía tomándome el pelo y quitándome las pocas cosas bonitas que tenía.

—Luce... —seguía repitiendo nuestra madre.

Y a fuerza de repetirlo, y a fuerza de sujetarme por las muñecas, y a fuerza de escuchar mis frases que se habían transformado en gritos sin sentido, se echó de nuevo a llorar; y mientras tanto susurraba mi nombre, pero yo no conseguía sentir nada, solo un puño en el interior de mi estómago que apretaba y apretaba y apretaba, hasta dejarme sin respiración.

Entonces Antonio dio un paso al frente, con su cara de niño descompuesta por el llanto y por el dolor, apartó con un solo gesto a nuestra madre, me clavó las pupilas y me abrazó con una fuerza que a su edad no debería tener. Y entonces mis ojos volvieron a ver y mi cuerpo a sentir, y noté cómo mamá nos miraba aterrorizada, y después me di cuenta del espejo que había roto en mil pedazos, y sobre todo oí la afanosa respiración de Antonio, que me había abrazado con todas sus fuerzas en busca de un poco de calor. Me quedé inmóvil y en el pequeño baño se hizo de nuevo el silencio. Una vez más el maldito goteo.

Nos quedamos no sé cuánto tiempo así, Antonio y yo abrazados, y mamá apoyada en el lavabo, con las manos cubriéndose el rostro. Finalmente alargué un brazo y la animé a que se uniera a nosotros, en un visceral abrazo de familia podrida que, eso sí, se quería mucho.

Cuando nos separamos, arranqué un trozo de papel higiénico y me soné varias veces la nariz. Por último los miré y esbocé una frágil sonrisa.

—No os preocupéis —dije—, el grifo lo arreglo yo.

SÁBANAS REVUELTAS

Me subo a la Vespa y arranco de una sola patada. Generalmente necesito el caballete para completar la nada sencilla operación, pero esta vez todo parece fácil. Es que el bonito discurso de «yo lo sé todo» de mi madre ha vuelto a hacer que me cabree.

Cada día lucho contra mí misma y contra mi pasado, contra lo que soy y contra lo que he sido; para intentar llegar por la noche y arroparme con la manta de mis pocas certezas, que siempre es demasiado corta; y cada día hay alguien que se toma la molestia de revolverme las sábanas. Esta vez le ha tocado a mi madre, y cuando una madre se mueve es más fácil tener que vértelas después con un cúmulo de escombros que hay que quitar con la pala.

Porque odiar a papá no me sirve de nada. Estuvo poco y a su manera; pero a pesar de ello no guardo malos recuerdos de él, nada que de verdad pueda ayudarme a odiarlo o, al menos, a olvidarlo.

Salvo uno.

Era el verano de la feria y del algodón de azúcar. Había decidido no hablar de ello, pero ahora estoy encabronada y me siento en la obligación de hacerlo; a pesar de que el aire suave que llega del mar me traiga a la cara tufaradas de pulpo mezclado con alquitrán, el mismo olor de mis veranos de niña, cuando estaba obligada a jugar delante de la casa de la abuela, porque mamá trabajaba y, claro está, no podía llevarme a la playa. Con los amigos de entonces, los días más cálidos trepábamos hasta los tejados, desde donde se conseguía vislumbrar un hilillo de mar lejano, justo a los pies del Vesubio. Y nos quedábamos allí horas, tumbados en el aislante que nos manchaba de negro las manos y las rodillas, disfrutando de la brisa marina que portaba el mismo aroma agridulce que hoy. No es verdad que el mar sea para todos, al menos en Nápoles no es así. Aquí hay que conquistarlo, a menudo tienes que conquistarlo con esfuerzo y sudor, haciéndote cinco pisos a pie solo para admirarlo de lejos, para no tirarte otro día más viendo pasar ante tus ojos la típica piedra volcánica, el empedrado, los charcos, las tuberías del agua que trepan por las paredes, o una alcantarilla oxidada que se hunde en el asfalto.

Pero aquel verano no tenía que conquistar el mar, lo tenía a tres pasos. Papá y yo partimos con una furgoneta destartalada y llena de cosas, porque aparte del cacharro que hacía algodón de azúcar, él se había llevado consigo no sé cuántos muñecos hinchables de esos que tanto gustan ahora: el Hombre Araña, El Vengador, Mazinger Z y así. Aún recuerdo el olor del plástico y del tubito para cerrar la válvula, que siempre se me escapaba de la mano. No teníamos inflador, así que estaba obligado a inflar cada muñeco, mientras que yo era la encargada de cerrar la válvula. Llegamos a aquella localidad balnearia de Cilento de la que no recuerdo el nombre y aparcamos la furgoneta en el paseo marítimo, donde ya había otros puestos. Era el final del verano, porque me había llevado los libros y los cuadernos para los deberes veraniegos; aunque seguía haciendo un calor insoportable, tanto que papá, apenas aparcamos, se quitó la camiseta, me subió a hombros y dijo:

—¡Mi niña, antes que nada, nos damos un baño!

Antonio era todavía demasiado pequeño para venir con nosotros, así que ese día casi me sentí única, la única hija en el mundo con un padre así, siempre alegre, extravagante, divertido, nunca una bronca o un tortazo. De eso, en realidad, se encargaba mamá, que nos crio a base de tortas, sobre todo a Antonio, ¡como aquella vez que descubrió que había hecho novillos y lo molió a palos!

En cualquier caso, aquella tarde me di el mejor baño de mi vida. Ahora que lo pienso, estábamos en ropa interior (dime tú si a papá le iba a importar), y yo tampoco me sentí incómoda ni por un segundo. Por la noche parecía un pimiento, con el pelo desgreñado, descalza y con una camiseta de tirantes sucia del helado de chocolate que papá me había comprado por la tarde. Me quedaba a su lado vendiendo algodón de azúcar, caramelos y globos a las personas que me miraban de soslayo. Quizá se preguntaran quién era y por qué me encontraba allí, pero luego él era tan simpático con todo el mundo que la gente dejaba de pensar y pasaba a otra cosa.

El recuerdo es tan nítido, que todavía tengo ante mis ojos su figura colorida: papá llevaba una camiseta «verdeoro» del equipo de fútbol de Brasil, una gorra roja de la que salían unos largos mechones, un bañador azul y unas zapatillas agujereadas en varios sitios. Porque no teníamos dinero y además a él se la traía al fresco la ropa. Estaba demasiado concentrado en sus miles de proyectos sin sentido y le bastaba estar acompañado, fumar (¡lo que fumaba!), beber cerveza y esas cosas. El primer día fue muy bien y por la noche estaba muy contento y hacía planes.

—A tu madre le quiero comprar un bonito collar, y también un traje, ¡pero de auténtica señora! —decía.

Dormíamos en la parte de atrás de la furgoneta, en un colchoncillo, uno al lado del otro, uno encima del otro. Aquella noche nos quedamos dormidos jugando al juego de los eructos, a ver quién los hacía más grandes. Como es obvio, ganó él: ¡se había ventilado una caja entera de cervezas!

Por la mañana me desperté sola. Bajé de la furgoneta y miré a mi alrededor. Papá ya estaba en la playa y me hacía señales desde lejos para que me uniera a él. En efecto, la feria empezaba hacia las siete de la tarde, así que el resto del día lo teníamos libre. Corrí hacia él y me lo encontré trasteando con una caña de pescar.

—¿Qué haces? —pregunté.

—Pesco —fue su sencilla respuesta.

Nunca lo había visto pescar, ni me había hablado de esa pasión suya.

—¿Y de dónde has sacado la caña?

—La he comprado donde Luigi, el puesto de al lado del nuestro. También he pillado el taburete, los gusanos, y mira cuántos anzuelos, y la red. ¿Te gusta?

Papá sonreía como un niño, a pesar de que hubiera gastado buena parte del dinero que habíamos ganado la noche anterior en comprar un equipo profesional de pesca que usaría medio día. Yo puse mala cara, porque pensaba en mamá y en el collar que nunca recibiría, pero él ni siquiera se dio cuenta, estaba demasiado inmerso en su nueva pasión. En toda la tarde solo pescó una lubinita que aparcó dentro de un cubo con agua; y mientras él miraba al horizonte, como el más experimentado de los pescadores, yo me quedaba de cuclillas junto al cubo, con las rodillas pegadas al pecho, mirando cómo el pez giraba en redondo y se paraba para boquear. Entonces empecé a sentir pena por él, que un segundo antes estaba en el mar, lo más grande y libre y especial que existe en el mundo, y un segundo después se encontraba dentro de una prisión de plástico, algo de hombres, que de prisiones saben mucho, pero de mar y de libertades mucho menos. Y cuanto más miraba a la lubina, más pensaba que no debería morir, sobre todo porque su paraíso no podría ser ciertamente más bonito que el mar. Así que agarré por las muñecas a papá y le rogué que la liberara.

Él me miró con aire piadoso y me dijo:

—¡Pero es lo único que hemos cogido!

Después, ante mi cara de desilusión, vació el cubo en el mar.

—¿Estás contenta ahora? —preguntó.

Y yo me eché a reír.

Mientras volvíamos a nuestra furgoneta para prepararnos para una nueva tarde de algodón de azúcar, comentó:

—La verdad es que yo no entiendo la pesca. ¿Qué tiene de divertido tirarse todo el día esperando? Bah…

—A mí me dan pena los peces… —dije yo en cambio.

—Ya, tienes razón —contestó guiñando un ojo.

Entonces metió todo el arsenal detrás de la furgoneta y se olvidó para siempre de su nueva y brevísima pasión.

También aquella noche fueron bien las cosas y vendimos un montón de algodón de azúcar. Lo único es que yo empezaba a aburrirme y a menudo me quedaba mirando las atracciones llenas de luces de colores que brillaban un poco más allá. Papá se dio cuenta y, en determinado momento, dijo:

—¿Qué pasa, mi niña, estás cansada?

—Un poco…

Sacó cinco mil liras que guardaba hechas un ovillo en el bolsillo del bañador y señaló las atracciones con la mirada. Le dediqué una gran sonrisa y me fui corriendo.

—¡Y ten cuidado! —gritó.

Pero yo ya estaba lejos.

Me quedé más de una hora, aunque a los veinte minutos ya me hubiera gastado el dinero. Por eso me quedé mirando a los demás subir y bajar de las naves espaciales y de los caballitos, y también me paré delante de un espectáculo de marionetas con el que me divertí un montón. Cuando volví, la feria ya había terminado y papá no estaba. Me senté en la sillita detrás del mostrador y esperé a que volviera. Pero después de un cuarto de hora me entró sueño y pensé en tumbarme dentro de la furgoneta. Lo esperaría allí. Abrí la puerta y ante mis ojos se formó la escena que cambiaría para siempre mi infancia.

La vida está hecha de pocos momentos importantes de los que, a menudo, ni siquiera conseguimos darnos cuenta mientras los vivimos. Ellos nos siguen siempre un paso por detrás, y cuando te das la vuelta ya está todo hecho, irremediablemente comprometido, para bien y para mal.

Papá se detuvo y se quedó mirándome como atontado. Yo, en cambio, cerré la puerta y corrí hacia la playa, con el corazón que parecía negarse a latir regularmente y con el resuello que no me dejaba respirar. Me dejé caer en la orilla, a pocos pasos del mar que resoplaba despacio el cansancio acumulado durante el día. Allí me quedé no sé cuánto tiempo, admirando la luna que estriaba el agua, hasta que llegó él y me apoyó la mano en el hombro sin decir una palabra, ni una sola palabra.

Era demasiado pequeña para comprender la importancia de lo que había visto, demasiado niña para comprender que uno de aquellos pocos momentos importantes que te cambian para siempre acababa de ocurrir a mis espaldas.

QUERIDO PAPÁ

Tumbada en la cama, con un cigarro en la boca y una cerveza vacía en la mesilla, hago girar entre mis dedos el casete con la voz de papá. Dentro están todas las respuestas a las preguntas que, durante años, han rondado mi cabeza; por qué se escapó de pronto y el porqué de aquella maldita escena a la que asistí en la furgoneta.

La grabó para nosotros cuando estaba ya en Sudamérica y después se la envió a la abuela rogándole que nos la diera. Pero la abuela Giuseppina no tuvo fuerzas para secundar su petición y decidió confiar el casete a mamá, convencida de que solo ella podría saber cuándo estaríamos listos nosotros para escucharla.

Una tarde, no obstante, la abuela me llevó cerca del aparador que ocupaba buena parte de su cuarto de estar y sacó de un cajón una hoja blanca. Mientras me la entregaba, dijo:

—Nena, he pensado una cosa: ¿por qué no intentas escribirle una carta a tu padre?

La miré sin entender y me puse a observar la hoja que ya salía arrugada de sus dedos débiles.

—Cuando vuelva, le hará ilusión leer lo que le dices.

—¿Por qué, vuelve? —fue la única pregunta que se me pasó por la cabeza hacerle.

Ella sonrió.

—Yo eso no lo sé, pero sé que a los papás les gustan mucho las cartas de las hijas. Intenta hablar con él, explícale cómo te sientes...

Cogí la hoja con dos dedos, casi con miedo a que pudiera desintegrarse, y me quedé mirando a la abuela. Ella me dio el típico pellizquito debajo de la barbilla y añadió:

—Y prométeme una cosa...

—¿Qué?

—Que aunque no vuelva, no la tirarás... —Y miró la hoja—. Se deben respetar los recuerdos...

Se lo prometí y me metí el trozo de papel en el bolsillo. Por la noche, en la cama, intenté probar con la escritura, pero me bloqueé inmediatamente tras la primera frase: «Querido papá». ¿Qué podía decirle, que lo quería mucho? ¿Qué lo echaba de menos? Sí, era verdad, pero por dentro notaba cómo hervía una sensación a la que no conseguía poner nombre, pero que ahora sé que era rabia, frustración, sentimiento de injusticia. Estaba aprendiendo a relacionarme con el odio, que siempre es pasajero y sirve sobre todo para enseñarnos a resistir, para permitirnos olvidar más deprisa a quien queremos, a quien nos hace sufrir.

Desde aquella noche han pasado veinticinco años, y la carta nunca acabada sigue aquí conmigo, en algún cajón, sepultada bajo otros recuerdos que ya no sirven. No la he tirado porque hice una promesa, pero aquella misma noche la arrugué; y en otra ocasión, al volver a intentarlo, le eché Coca-Cola encima. Pero estoy contenta de no haberlo hecho, de no haberla tirado, porque aquella hoja amarillenta, aquella frase arrugada y manchada, son las únicas palabras que he conseguido dedicarle en todos estos años. Y hoy puedo decir que así ha estado bien, que no había necesidad de añadir nada más. Lo que siento al pensar en él, todo lo que aconteció después en el curso de los años, lo que he descubierto sobre su vida, no habría sabido o podido explicárselo mejor.

Estaba y todavía está encerrado en aquellas dos sencillas palabras: querido papá.

MEJILLONES, LAPAS Y ALMEJONES

Llaman al telefonillo y Alleria se levanta de un salto con un ladrido. Resoplo, apoyo el casete en la mesilla que tengo al lado y voy a responder. Esta noche esperaba que me dejaran en paz.

—¿Quién es? —pregunto con voz molesta.

—Luce.

—Sí…

—Hola, ¿te acuerdas de mí?

—Perdona, pero si no me dices quién eres, ¿cómo hago?

—*Je suis Thomàs…*

Joder, el soldadito francés, guapo como el sol, está aquí, debajo de mi casa, ¡y por poco me lío a palabrotas con él!

—Thomàs, hola —digo con voz impostada en un perfecto italiano.

—¿Te apetece bajar?

—¿Bajar?

—¡A comer algo!

Alejo el auricular de la oreja y entorno los ojos. Hace días que no me lavo la muñeca para no borrar su número, días que no me decido a llamarle. Y ahora él está aquí.

—Sí, cómo no, me apetece comer *quelque* no sé qué… ¡Espérame, cinco minutos y bajo!

Corro al baño; me lavo los dientes; me peino mientras Alleria

243

me mira perplejo desde el marco de la puerta del baño; me pongo un top con unos vaqueros o, mejor dicho, me quito el sujetador y cojo un *push-up*, que siempre queda bien, sobre todo cuando, como yo, te encuentras con dos punzones en lugar de pechos; me paso por encima un poco de base y el perfilador de ojos; un poco de perfume; zapatillas de gimnasia; *et voilà*, estoy lista para mi velada romántica con el francés salido de la nada. Salgo al descansillo y llamo al timbre de don Vittorio. Llega al rato, abre la puerta lentamente y me mira de abajo a arriba:

—Madre mía, Luce, qué guapa estás esta noche. ¿Qué, encuentro romántico?

De su piso llega la melodía conmovedora de siempre, por eso me sale espontáneo ondear un poco la cabeza, y casi le pido que coja la trompeta y que toque por una vez para mí en directo esta puñetera canción. Después me acuerdo de que él ya no toca y de que, sobre todo, abajo me espera Thomàs. Por eso digo:

—Algo así, don Vittò. Pero no haga que piense en ello, que no salgo con un chico desde hace no sé cuánto, y si lo pienso demasiado se me revuelve la tripa, y no es lo más bonito en la primera cita.

Él ríe. Yo, en cambio, dejo sitio a Alleria.

—¿Podría quedarse con él?

—Si no me vas a tutear, por lo menos añade el «usted». A veces no entiendo a quién te estás dirigiendo.

—Sí, lo sé, soy la única que tiene esta extraña costumbre… Qué se le va a hacer, tiene que tener un poco de paciencia.

Y guiño un ojo.

—Venga, venga —responde—, que nosotros nos quedamos viendo un poco de aburrida televisión.

Me agacho para acariciar la cabeza a Perro Superior y doy un beso en la mejilla a mi vecino.

—He tenido mucha suerte al encontrarle. —Él sonríe apurado y no dice nada—. ¿No me desea buena suerte?

—¡No hace falta, estás guapísima!

—Sí, venga ya, ¡eso es porque me quiere mucho! ¡Nos vemos luego!

Me lanzo escaleras abajo y me topo con Patrizia, que fuma y canturrea una horrible canción melódica fuera de su casa.

—Oh, madre mía, Lulù, ¿qué te has hecho? ¡Estás guapísima, estás hecha un bombón! —exclama en cuanto me ve, agitando las manos en el aire de modo convulso por la euforia y para subrayar su evidente estado de *shock*.

A lo mejor tendría que cabrearme, porque mujer siempre soy, también en el día a día; y esto de que lo subraye solo esta noche no me parece demasiado bien. En cambio, me echo a reír y me dejo coger de la mano para conducirme en un breve desfile por el recibidor.

—¿Cómo estoy? —pregunto siguiendo el juego.

—Una joya —dice, y apoya la barbilla en los nudillos para analizarme—, si no fuera por esos zapatos…

Y dirige la mirada a mis pies.

—¿Por qué? —pregunto ingenua—, ¿qué tienen que no pegan?

—Lulù —dice ella con tono de reproche—, una mujer siempre tiene que llevar tacones, ¡esta es la regla número uno!

Entonces me coge por la cintura y me hace girar como a un calcetín.

—¿Lo ves? Sin zapatos se te baja incluso el pandero. —Y me agarra el trasero con ambas manos para empujarlo hacia el cielo—. ¡Un par de tacones y esto subiría que es una maravilla!

—No sé andar con tacones.

No es la primera vez que Patty me da lecciones de moda y feminidad. Por otro lado, ella siempre va por ahí con tacones de doce centímetros que solo con mirarlos te da vértigo. También ahora lleva unos zapatos fucsia que parecen de látex de los brillantes que son, con unos tacones tan altos como el pie de una copa de *spumante*, y con unos vaqueros ajustadísimos. Vamos, que no es precisamente una finura, pero igual da.

—Bueno, así también está bien —y me da un azote en el culo—, pero la próxima vez pregúntame.

Y me empuja fuera, donde está esperándome el maravilloso Thomàs, que nada más verme abre los ojos como platos, como si delante tuviera una pedazo de mujer que te mueres, para decirlo al estilo Patty.

—Hola —dice tendiéndome la mano tímidamente.

—Hola, Thomàs.

Y se la doy.

Sin pintura encima, brilla en todo su esplendor, con sus rizos rubios que cincelan un rostro que inspira confianza y alegría.

—¿Te apetece ir a mirar el mar?

—¿Perdona?

—El mar.

—Ah, el mar, cómo no.

Sonríe, se mete la mano en el bolsillo y camina a mi lado mirando al suelo. Por sus movimientos me doy cuenta de que es tímido, quizá por eso de día se esconde detrás de una máscara.

—¿Cómo has hecho para encontrarme? —pregunto entonces para romper el silencio.

—He preguntado un poco *autour*…

—¿*Autour*?

—Por ahí…

—Ah, eso.

—Me gusta Nápoles, la gente es *chaud*, cálida… humana.

—Sí, en efecto… quizá demasiado…

Paseamos y él habla sin parar de su vida en Francia, de que trabajaba en el negocio de su padre, y de que un buen día se hartó de la monotonía y se marchó.

—Y tu padre, ¿cómo se lo tomó?

—*Mon père* es *un buon père*… —«Entonces puedes decir que eres un hombre afortunado, mi querido Thomàs»—. Y tú, *tu fais quoi dans la vie?*

—¿Que qué hago en la vía?

—En la vida…

Y sonríe.

Mecachis con él y con su sonrisa, que si no fuera tan fascinante lo mandaría a freír espárragos; porque un hombre que empieza tan pronto a hacer preguntas, no me inspira demasiada confianza. En lugar de eso, respondo:

—Bah, no sé, soy abogada, al menos eso creo. Y también soy la dueña de Alleria, mi perro; hija de madre sola; y quizá niñera...

—Él me mira divertido y entonces me dejo llevar—. Vamos, que no lo sé, es un periodo en el cual no estoy convencida del rumbo que ha tomado mi vida. Me siento confusa. Por un lado siento la exigencia de cambiarlo todo, de marcharme, como tú, de huir de todo este estatismo, probar a tener una existencia diferente. En el fondo, ¿cuántas vidas podemos vivir cada uno de nosotros? Si no lo probamos, no lo sabremos nunca...

No sé por qué me parece justo revelarle al francesito verdades y dudas que, hasta ahora, he intentado esconder incluso a mí misma.

—Y entonces te vas...

—No es tan fácil...

—*Pourquoi?*

Y se me queda mirando.

—Porque, porque... Bueno, yo he nacido y crecido aquí, tengo mis costumbres, mi madre, un amigo al que quiero mucho y que no querría perder...

—Tienes miedo *alors...*

Me quedo bloqueada.

—Sí, puede ser. ¿Por qué, qué tiene de malo tener miedo?

Él sonríe y en su sonrisa veo esta vez cierta seguridad que no me gusta, la convicción de que puede explicarme cómo funcionan las cosas.

—¿Sabes cuanta *gens comme vous* he conocido?

—¿Qué?

—Personas como tú...

Y arrastra la erre todavía más que de costumbre.

—¿Qué quieres decir?

247

Y me llevo los brazos al pecho. Me da que en breve Thomàs conocerá mi peor lado.

—Digo que los pájaros que nacen en una jaula ni siquiera saben *pouvoir voler*, que pueden volar…

—Escucha —y le apunto con el índice—, ¿y por qué no te tiras todo el rato sonriéndome en lugar de salirme con estas puñeteras frasecitas?

Él no entiende, o quizá sí entiende, pero no sabe si reírse u ofenderse.

—Me tocan las pelotas los que creen que han entendido cómo gira el mundo. Yo no sé si marcharme o quedarme, qué es mejor para mí, y solo para mí. ¡Pero está claro que no creo que quien se quede, quien intente arreglar las cosas, quien se rompa los cuernos todos los días para cambiar su pequeño trocito de mundo sea menos valiente que quien manda todo a tomar viento!

Thomàs pone un expresión perdida y da un pasito atrás, así que me doy cuenta de que he entrado en modo «perro salchicha encabronado», con el ceño fruncido, la mandíbula inferior hacia fuera (más a lo bulldog, efectivamente) y los agujeros de la nariz dilatados. Estoy ladrando al único chico que me gusta desde hace un año. ¡Bravo, Luce!

—*Excusez-moi!* —exclama, esbozando una sonrisa con las manos abiertas en el aire bochornoso de este callejón rancio—, no te cabrees, que te pones *laide*…

—¿Qué significa *laide*?

—Fea.

Me quedo en suspenso un momento, sin saber si contestar o continuar atacando. Su discursito no me ha gustado nada de nada, e incluso ahora me parece que su sonrisita le sirve para esconder cierta arrogancia.

—Francesito de las narices, no vuelvas a intentar ofrecerme verdades absolutas —le digo entonces devolviéndole la sonrisa—, que no me creo que tú te marcharas precisamente por la monotonía, como tampoco me creo que tu padre se lo tomara tan bien. Si quieres viajar toda la vida, vale, hazlo; pero no pienses que puedes venir aquí, con tu bonita sonrisita, a decirme que todos los que no lo hacen, los que no escapan de la responsabilidad, son gilipollas. ¡Y ahora vayamos a ver ese maldito mar!

Y le paso el brazo bajo el suyo.

De camino, Thomàs no dice una palabra, con la mirada fija en el adoquinado, aunque me dé la vuelta un par de veces para buscar sus ojos. Maldita yo, que no consigo no tener la última palabra.

—Perdona —digo al rato—, es que estos discursos me traen a la cabeza a mi padre...

Y no añado nada más.

—*Désolé que vous*, perdona, no quería...

—Esta bien, ahora paremos, que si no se nos va a pasar la noche...

Y río.

Él me sigue el juego y pregunta:

—¿Tienes hambre?

Estoy a punto de responderle que, en realidad, me he metido entre pecho y espalda una rebanada de pan con Nutella poco antes de que llamara al telefonillo; pero Thomàs me agarra de la mano y entonces, de pronto, ya no tengo tiempo ni ganas de hablar, porque noto cómo algo por detrás de mi nuca se funde y siento el ímpetu del viento primaveral que parece haber venido para soplarme a la cara y desordenarme el pelo y las ideas. Intento volver en mí y decir algo sensato, pero él es más rápido y me arrastra hacia un quiosco que vende *taralli*[14] con manteca y pimienta. Me mira para ver si le doy mi consentimiento, pero yo solo puedo pestañear como una adolescente estúpida que acabada de hacerse con un hueco en el asiento más deseado del colegio, el de la moto del macho codiciado

---

[14] *Taralli*: *snack* típico napolitano (también de otras regiones italianas), parecido a una rosquilla, que se hace con una masa de harina, agua, aceite, sal y levadura y se hornea. (N. de la T.)

por todas las hembras del barrio. A mí, realmente, no me gustan ni las motos ni las mujeres que tienen sueños tan mezquinos; y aun así, con mi mano en la suya, no consigo comportarme como una persona seria. Thomàs, en cambio, parece igualmente contento, compra una bolsa de *taralli* y un par de cervezas y me lleva a las rocas, donde el viento no se topa con obstáculos.

Nos sentamos a orillas del mar y pienso que a saber desde cuándo no hacía algo parecido. Es más, ahora que lo pienso, nunca he estado sentada en las rocas comiendo *taralli*.

Y, de hecho, si no fuera porque el soldadito no es napolitano y porque tiene carita de ángel, y porque cuando sonríe, a pesar de su arrogancia, hace que sienta un extraño cosquilleo, como si de golpe me estuviera creciendo el pelo, ya le habría mandado a freír espárragos, a él y a sus *taralli* con manteca. También porque con este siroco que trae el mar bajo tus narices y la sal en la cara, con la luna que ahora se recorta allí, libre y poderosa, unos pisos por encima del Vesubio, el primer pensamiento que me se me pasa por la cabeza, obviamente, es que dentro de poco, de poquísimo, Thomàs se me pegará como una lapa y me chupará como si fuera una almeja grande y jugosa. Y no es precisamente bonito dejarse llevar por el amor si todavía tienes la boca empastada de manteca y pimienta.

En cualquier caso, la escena que acabo de describir queda confinada solo en mis obscenos pensamientos, porque el francesito es incluso demasiado educado para mi gusto y se pasa todo el tiempo dando tragos, comiendo *taralli*, mirando el puerto que con sus luces amarillas y los embarcaderos parece cortar en dos el golfo, y hablando. Thomàs habla de todo: de las experiencias de sus viajes, de su pasión por los disfraces, de la vida del artista callejero, de Francia y de Nápoles, de su primera novia, incluso de su madre. Y yo me quedo allí, a pimplar cerveza sin llenarme el estómago, mirando su boca carnosa contorneada de pelillos rubios que se abre y se cierra. Yo también debería contar algo más de mi vida. De mi madre, por ejemplo, que con sesenta años se vuelve a encontrar con un caballero a su lado; pero que por mí valdría también un escudero, basta con que se cuide un poco a sí misma, que cuidados ha recibido bien pocos en la vida. O podría hablarle de mi hermano, al cual no veo desde hace tanto y que ahora tiene un niño; y que ese niño, sin quererlo, ha hecho que todo se desmorone bajo mis pies y me haya vuelto vieja, pero que muy vieja. Porque yo, caray, quiero un hijo, aunque no soporte los de los demás, aunque cuando lloren me den ganas de darles un tortazo, y cuando se ríen a mí no me hacen reír, porque hacen reír a los padres, que empiezan a emitir ruidos grotescos y a poner muecas ridículas y morritos. Podría hablarle de don Vittorio y de cómo saber que se encuentra en la casa de al lado me hace sentir en casa. O de Kevin, ese curioso niño tan perfecto que ha invadido mi vida y, con su pequeñez, me la ha llenado de presente, sí, de presente, que, por otro lado, es lo único que cuenta realmente. Carmen me dijo una noche que, desde que tiene al niño, ya no tiene tiempo de preocuparse por estupideces. Y creo que precisamente esta sea la mayor magia inventada por la naturaleza o por Dios, no sé por quién; es decir, que en determinado momento llegue un enano a tu vida que te obligue a pensar en la papilla, los gases y las cacas, de manera que no te comas el coco por el pasado o por el futuro. Porque Dios (o la naturaleza) sabe bien que a cierta edad la cabeza está siempre, efectivamente, dándole vueltas al pasado o al futuro. Como los animales, o justo como los recién nacidos, que son libres y felices por inconscientes y no viven más que el presente, hasta el infinito. Eso es, yo también querría vivir el presente hasta el infinito. Me tiraría todo el tiempo en esta roca viendo hablar a Thomàs, esperando un beso suyo. Y aunque esto no sucediera, no me cabrearía, no podría cabrearme, porque yo siempre estaría ahí, en mi presente, en aquel instante que se repite continuamente, en el que la ilusión de que este dichoso francés demasiado educado me bese todavía no se ha desvanecido.

Dicen que la conciencia del hombre es la prueba de que Dios existe. Yo, en cambio, no consigo ser tan egocéntrica y estoy convencida de que Dios, en realidad, se manifiesta en la inconsciencia. Está claro que no puedo decir que sea una mujer de fe, y aun así es justo frente a las pequeñas formas de vida inconscientes cuando creo sentir el eco de su voz, en la tierna mirada de un perro más que en la trayectoria extraordinaria de una luciérnaga. En una conversación con un humano consciente, la única presencia que advierto, en cambio, es el aburrimiento.

Esta conversación no es aburrida, no podría serlo, pero igualmente siento la necesidad de interrumpirla. Será porque en casa ya había bebido y empiezo a estar piripi, o será porque a saber cuándo vuelvo a verme en una situación así. El caso es que soy mucho más maleducada que el francés, y por eso me lanzo sobre su boca y me pego a él como una lapa a la roca. Por un instante, retrocede desorientado. Después se lanza al ataque y me mete la lengua en la boca, y entonces tengo la sensación de que me voy a ahogar, porque nunca he sentido una lengua tan grande. Así que ahora soy yo la que retrocede, por lo que él se calma y empieza a besarme despacio, con menos ardor y más dulzura. Y entonces sí que me parece que me acabo de teñir el pelo, de lo que me quema el cuero cabelludo, y además noto como se me eriza el vello de los brazos y entonces... ¡Nooo!

Abro los ojos y me encuentro su cara a un palmo de mi nariz, con los ojos cerrados y la boca abierta. En efecto, desde tan cerca incluso el francés pierde parte de su atractivo. Debería cerrar deprisa y corriendo los ojos, y disfrutar del momento, de este instante hasta el infinito; pero en lugar de ello no consigo dejar de pensar que la noche terminará por fuerza de una manera diferente a como un minuto antes me la había imaginado. Vamos, que me he lavado los dientes, he evitado picar *taralli*, me he peinado y me he perfumado, incluso me he puesto el *push-up* para parecer una mujer pechugona, ¡y voy y me olvido de depilarme! El clásico error de la fracasada que siempre piensa: «Bah, hay tiempo, no tardo nada. Total, nadie me va a mirar...».

Y aquí estás, querida Luce, rebatida. Esta noche la vida ha decidido enseñarte algo nuevo, y es que las cosas bonitas llegan de improviso, la noche de un martes cualquiera, y no te llaman antes para avisarte; así que siempre te conviene estar alerta, siempre a punto, como decimos nosotros, maquillada y vestida elegante, siempre lista para cuidarte, para respetarte y quererte, para vivir y no sobrevivir, para sonreír y no estar siempre quejándote de tu mala suerte; porque así puedes estar segura de que cuando por fin la belleza decida llamar también a tu puerta, podrás guiñarle un ojo y responder: «Justo te estaba esperando».

Sea como sea, este beso será el máximo gesto erótico de la noche y quiero disfrutarlo. Le echo los brazos al cuello y él me atrae hacia sí y empieza a empujar con la cadera. Y entonces ya no, jopé, tengo que parar el presente y pensar en el futuro, al francés que me pasa una mano por el muslo y se encuentra con la pelambrera maléfica. Me aparto y vuelvo a respirar. Tengo las mejillas tan calientes como la estufa de gas que la abuela encendía solo tres veces al año, los últimos días de enero, y necesito aire. Él, en cambio, sonríe y sigue a mi lado, relajado y medio encima de mí. Alarga el índice sobre mi cara y sigue el contorno de mis labios, como si tuviera un lápiz en la mano. Tiene la luz cobalto de la luna que le riega la cara y la amarilla del puerto que le aclara sus rizos rubios despeinados por el viento del sur. ¡Virgen santa, qué guapo es! Le sonrío y apreso su dedo entre los dientes.

—*Tu est très belle!* —exclama.

Y entonces aprendo que la belleza es belleza en todas partes, y se dice siempre de la misma manera, tanto en Francia como en Nápoles.

—Escucha, has bebido demasiado —respondo, haciéndole reír de nuevo.

—Aquel niño del otro día… *c'est ton fils?* —Lo miro sin comprender, así que lo repite en italiano—. ¿Es tuyo?

«En realidad ya me lo ha preguntado», pienso, y me apresuro a responder que no.

—Qué pena… —replica.

—¿Qué pena?

—*Oui, c'est un beau bébé!*

—¿Ah, sí? Si fuera mi hijo, habría también un padre con nosotros, ¿no te parece?

—Bueno, no siempre es así. ¿Hay alguien contigo, aunque no sea padre?

Admiro sus labios carnosos y respondo:

—No hay nadie.

Me parece que le brillan los ojos, pero puede que la luna me engañe. Nos incorporamos y Thomàs saca un porro. Lo enciende y me lo ofrece. Entonces vuelve a hablar y me cuenta que una vez en Bilbao, un chico le escupió a la cara y que entonces le bautizó con el cubo de pintura en la cabeza. Obviamente no dice que le bautizó, pero el significado es el mismo. Fumamos y disfrutamos del momento, de la pequeña intimidad que parece instaurarse después de besarse y que te hace reír sin motivo, como niños estúpidos. Fumamos y hablamos o, mejor dicho, él habla. En efecto, habla quizá demasiado mi maravilloso francés; y me imagino que será por el canuto, porque, efectivamente, no para. Pero en el fondo, qué más da, que hable toda la vida mientras yo me quedo admirándolo y haciéndome la guay, reflexionando sobre por qué semejante pibón que, un paréntesis, ni es idiota ni huele mal ni parece un asesino en serie, ha decidido ligarme justo a mí, que con treinta y cinco añazos sigo todavía en busca de algo que me haga sentir guapa e irresistible ante el espejo y ante mis ojos, que nunca me perdonan nada. Y en lugar de eso, en determinado momento también Thomàs se calla, y lo hace porque yo ya no lo sigo, sino que miro un punto delante de mí, en el muelle que hay a unos metros.

—¿Qué pasa? —pregunta.

—Al lado del quiosco —respondo bajando el tono de voz y sin continuar. Él se da la vuelta e intenta comprender—. Ese niño...

—¿Qué?

—Es Kevin.

—¿El niño *avec toi* del otro día?

Pero no me da tiempo a responder, porque tengo que correr donde está él, el pequeño Kevin, que no entiendo por qué se encuentra allí solo, en vía Partenope, de noche.

—Perdona...

Y salgo a grandes zancadas hacia mi chico, que mira a su alrededor pensativo.

Mientras cubro la distancia, me da tiempo a pensar que el amor por un hijo debe de ser precisamente algo muy parecido a lo que estoy sintiendo yo en este momento. Cierto, un millón de veces más fuerte, pero el calambre en el estómago que me ha dado en cuanto he visto su carita desorientada me da que es igual. En mi interior hay una extraña energía, innata y ancestral, que ni siquiera sabía que poseía y que me lleva a probar un sentimiento de protección hacia aquella criatura; la misma fuerza atávica que nos empuja a la conservación de la especie cuando frente a un recién nacido empezamos a hacer gestos sin sentido y a hablar como dementes, como si conociéramos el lenguaje que tenemos que usar delante de una criaturita que necesita determinados estímulos sensoriales. Es el instinto el que nos guía, siglos de mutaciones y luchas por la supervivencia de la humanidad.

Por eso, mientras corro con los brazos abiertos hacia mi Kevin, me doy cuenta de que no estoy haciendo otra cosa que secundar la energía que me corrobora y que me obliga a sonreír y a acelerar el paso. Yo también estoy contribuyendo, con mi pequeña aportación, a la perpetuación de la especie. Al menos, eso me gusta pensar. En realidad, si queremos verlo de manera menos romántica, no soy más que una mamá que lucha para proteger a su hijo. O mejor, si queremos verlo como realmente es, no soy más que una mujer que se está pegando de modo un poco morboso al niño de otra porque así sacia el hambre de maternidad que empieza a asomar. Traer al mundo un hijo no es un acto de amor, es la satisfacción de una necesidad que viene de lejos y que nos dirige. Más que un don, seguir adelante con un embarazo es algo profundamente egoísta. Y que me perdonen mi madre y sus amigas meapilas.

En cualquier caso, sigo pegando brincos en dirección a Kevin, y en nada lo llamaré y él se dará la vuelta de golpe y me reconocerá, y después nos abrazaremos y me llenará de besos, y finalmente lo llevaré a la roca con Thomàs, que nos mira desde lejos, y esta noche, si acaso, podría pedirle a Carmen que lo deje dormir en mi casa, y después... Y después me quedo parada a unos metros de él y vuelvo hacia atrás sin darme la vuelta, como hace una gamba. Porque a su lado ha llegado un hombre, uno con la cara fea, pero con unos modales que no parecen demasiado rudos. Se arrodilla ante Kevin y le ofrece un cucurucho de helado, mientras a su derecha aparece también una *macizorra* con melena rubia y los pómulos operados. El hombre lleva unos pantalones piratas con una camisa blanca ajustada, de la que salen unos bíceps redondos y tatuados con dibujos tribales. Ella, en cambio, lleva vaqueros con zapatos de cuña morados. Le oigo reír. No entiendo lo que dicen, pero ahora Kevin parece divertirse y se le ha quitado de la cara la expresión desorientada y el morro de hace poco, también porque ahora el adulto le está dando pellizquitos y palmaditas afectuosas mientras chupa el helado. Luego, de pronto, el zopenco se sube a Kevin a hombros como si fuera un globo sin peso y lo hace girar en redondo, y entonces el niño empieza a gritar y a reír y a retorcerse. Y a mí, que continúo asistiendo a la escena desde lejos, se me escapa una risita, porque será verdad que hay algo de irreal en un niño educado y un criminal con tatuajes tribales que juegan y bromean, pero también es verdad que me parece evidente que los dos se quieren y que existe un fuerte vínculo entre ellos.

Padre e hijo.

Tan diferentes, pero padre e hijo.

Continúo retrocediendo y espero a que los tres se suban en una gran moto aparcada a unos metros. El muy chabacano arranca y empieza a jugar con el manillar del acelerador, de manera que todo el mundo (que en su cerebrito se limita a lo que él conoce, su estúpido barrio y este paseo marítimo) pueda conocer la potencia de su motor y, sobre todo, de su miembro (las dos cosas están siempre estrechamente relacionadas para cierta categoría de hombres). En pocos segundos la pareja, con Kevin en medio, se aleja con un derrape y un ruido seco, y hasta el mar que dormitaba parece encresparse de golpe.

—El caso... —susurro cuando ya el monstruo se ha alejado.

Thomàs me espera todavía sentado en la roca. Venga, sí, mejor que vuelva con mi Poseidón, porque, total, no puedo hacer nada para suavizar la desagradable sensación que me atenaza el pecho, una mezcla de celos y envidia por dos padres ignorantes que, a decir verdad, no se merecen semejante hijo. Por eso me dirijo hacia mi francesito, que también me roba una sonrisa y que, sin embargo, no consigue amortiguar el sentimiento de injusticia que se abre paso después de la envidia; como si fuera culpa de alguien que Kevin no fuera mi hijo; culpa de alguien que a los treinta y cinco años esté todavía en una roca fumándome un porro; culpa de alguien que aquellos como yo, con una infancia de mierda oculta bajo la piel, salgan siempre en la última calle de la pista y encima con retraso, cuando el eco del disparo ha desaparecido y el resto del mundo está ya en la primera curva.

No es culpa de nadie.

Por eso la tomo con todos.

EN TAILANDIA HACE DEMASIADO CALOR

Hace un par de días le pregunté a Thomàs desde cuándo llevaba en Nápoles y por cuánto tiempo pensaba quedarse aún. Sonrió y respondió: «*Je ne sais pas*, ¡cuando te hartes de mí!».

Yo también sonreí, aunque en realidad me di cuenta de que mentía. No tengo la presunción de pensar que un tipo como Thomàs pueda decidir detener su rara y aventurera existencia por mí y por esta ciudad. Por otro lado, como decía, tampoco sé si a mí me apetecería pasar toda la vida aquí, aunque fuera con este francesito que me ha hecho perder la cabeza. Por eso he pasado a otro tema. Total, sé que de pronto un día, mañana o dentro de seis meses, me dirá que tiene que marcharse. Total, sé que las cosas bonitas duran poco y se derriten justo un instante antes de transformarse en costumbres.

Hace una semana que no voy al bufete y no lo echo en falta, a pesar de un par de llamadas de teléfono del abogado, una de Manuel y una de Ciengramos. No sé qué haré con mi vida y qué será de estas extrañas ganas que me entran de vez en cuando de coger y marcharme lejos, de partir hacia una meta indeterminada. Por ahora me parece haber encontrado un extraño equilibrio que me hace sentirme bien. Ahora hago de niñera a tiempo completo. He sustituido a la chica anterior y me paso las tardes con él: le ayudo a estudiar; le preparo la merienda; le acompaño a casa de algún amiguito o pasamos el tiempo coloreando, leyendo, contándonos historias. Carmen lo trae por la tarde y viene a recogerlo por la noche, a veces después de cenar. No sé lo que tendrá que hacer siempre, pero a mí me va bien así. Don Vittorio me mete presión para que le diga la verdad a Carmen; mientras mamá sostiene que estoy loca, que he hecho todos esos sacrificios para estudiar y que me encuentro haciendo de niñera, que tengo una edad...

A Thomàs lo vemos todos los días. O vamos nosotros, y por nosotros quiero decir yo, Kevin y Alleria, a ver cómo trabaja (Kevin se lo pasa muy bien). O viene él cuando ha terminado. Ayer por la noche me llamó Carmen para decirme que volvería tarde, así que don Vittorio aprovechó para invitarnos a los tres a cenar, alegando que Agata hacía la mejor pasta con guisantes del sur (lo dice de todos los platos que prepara), y que no aprovecharse sería indecoroso. Por eso nos hemos encontrado todos a la mesa, como si fuéramos una familia; en realidad la más extraña de las familias, ya que ninguno de nosotros tiene especial confianza en las relaciones. Y a pesar de todo hemos estado bien, nos hemos reído y nos hemos contado un poco de nuestras vidas. Será porque Thomàs siempre tiene mil anécdotas de sus viajes o porque don Vittorio tiene la capacidad de hacerse escuchar, o, quizá, porque entre nosotros había un niño curioso que tiene el don de poner de buen humor a la gente, no lo sé; pero por un instante, por un instante solo, me he quedado maravillada admirando el mantel de rombos en el que apoyábamos el vino y el pan, elementos que parecían unirnos en una privada forma de liturgia inconsciente: don Vittorio que escuchaba divertido, con la pipa apagada colgándole de la boca; las absurdas historias de Thomàs, el cual medio hablaba, medio acariciaba a Alleria, medio reía y medio bromeaba con Kevin; y después él, el niño prodigio que interrumpía cualquier discurso para hacer una de sus preguntas, para no escuchar luego la respuesta, porque estaba demasiado ocupado acariciando a Perro Superior o a Primavera, nuestra golondrina, que crece día tras día y ahora revolotea de un mueble a otro.

Cuando ha llegado Carmen, Kevin le ha dicho que subiera, que nos estábamos divirtiendo. Entonces ella se ha sentado con nosotros y ha bebido y reído a su manera, de forma grosera; ha levantado la voz cuando no venía a cuento; ha interrumpido a los demás; ha continuado hablando cuando nadie la escuchaba. Pero al final ha alzado el vaso y ha pedido hacer un brindis por la maravillosa familia que Dios había querido mandarles a ella y a su hijo. Habría querido intervenir para decirle que en aquella cocina había poco de familia, pero me he callado porque he pensado que, en realidad, yo no sé qué es lo que mantiene unida a una familia; lo que sé seguro es que no es la sangre, ni siquiera los problemas. Dicen que cuando llegan los problemas, a quienes encuentras cerca son única y exclusivamente los familiares. Será verdad, pero me pregunto: ¿por qué en los momentos de pura emoción, en aquellos fotogramas que pasan ante nuestras pupilas cuando cerramos los ojos, si nos fijamos bien, a nuestro lado había siempre alguien que tiene poco o nada que ver con nuestra familia?

Alleria levanta la cabeza y ladra. Es el telefonillo. Cojo el auricular y una voz familiar invade mi oído. Una voz del pasado que creía pasado para siempre.

—Lù, soy yo...

Alejo el auricular y me quedo mirando la pared atontada, a pesar de que me doy cuenta de la curiosidad con la que me miran los ojos de Alleria.

—Lù... —repite la voz.

Pasa un siglo antes de que encuentre fuerzas para responder.

—¿Qué quieres? —digo.

Él se queda sorprendido, ya que por un instante no responde. Suelta una tos y lo vuelve a intentar.

—Lù, escucha, querría hablar contigo un segundo. ¿Puedo subir?

—Aparte de que me llamo Luce y no Lù, que Lù me lo puede

llamar solo quien pasa sus días junto a mí, ¿subir para qué? ¿Qué tenemos que contarnos todavía?

—Un minuto...

—¿Qué pasa —le apremio—, en Tailandia hace demasiado calor? ¿Demasiada humedad?

—¡Venga, Luce, no te hagas la niña traviesa, como siempre!

Me entran ganas de gritar, pero si lo hiciera, Alleria se podría a ladrar como un loco.

—Espera ahí.

Y cuelgo.

Agarro las llaves de la repisa y cierro la puerta tras de mí. Por las escaleras pienso en lo que tendré que decir, al comportamiento que adoptaré, a la mejor manera de dirigirme al capullo. ¡Me ha llamado niña traviesa, no me lo puedo creer! Incluso aunque, en efecto, la comparación me parezca acertada. Sí, soy una niña que hace travesuras y saca la lengua, ¿y qué? Ocultar los sentimientos es cosa de adultos. Yo, en cambio, no lo consigo, y si quiero a alguien, se lo tengo que gritar a la cara; y si lo odio y me siento herida, me pongo a lloriquear y me tomo la revancha. No me gusta quien consigue mantenerse a flote siempre y en cualquier situación, quien ama sin decirlo, folla sin entregarse, quien no grita de rabia y se deja corroer por dentro, quien devuelve un abrazo con una palmadita en la espalda. Hay que ser adultos hay que vérselas con el valor, la responsabilidad, la educación y el trabajo. Pero cuando se habla de sentimientos, me da que es mejor jugar a hacerse los niños.

Abro la puerta del portal y me lo encuentro delante, idéntico a cuando lo dejé, hace casi una era, quizá solo con el pelo un poco más largo. Viene hacia mí sonriente y me acerca la mejilla. Lleva puesta una cazadora de cuero totalmente fuera de lugar con el calor que hace, una boina y, por si fuera poco, un pañuelo de seda gris al cuello. Me quedo parada en la entrada y con una pierna mantengo abierta la puerta del portal, dándole a entender que no tengo tiempo que perder, mientras aparto la cara y le tiendo la mano, que el capullo agarra un poco ofendido.

—¿Todavía encabronada?

Parece muy seguro de sí mismo, se ve que se gusta mucho.

—¿Por qué, no debería estarlo?

—Dicen que las heridas se curan con el tiempo…

—No tengo buena cicatrización.

No contesta y soy yo la que dice:

—Y bien, ¿qué quieres?

—Nada, es que…, bueno, me apetecía verte, quería saber cómo estabas.

—Estupendamente, gracias —contesto con voz glacial.

Su seguridad ahora parece haberse desvanecido.

—Pues eso, ¿cómo te va, qué estás haciendo? —me apremia.

—Nada que te interese.

—Luce, venga, no nos vemos desde hace un año, ¿y todo lo que se te ocurre es esto? Oye, que no te dejé por otra…

Cruzo los brazos sobre el pecho.

—Justo, peor todavía. Si hubieras perdido la cabeza por alguien, habría encontrado una razón. En cambio, ha sido mucho más difícil aceptar que has escupido en una relación de dos años para fumarte algún que otro canuto en libertad con los amigos.

—Venga —dice riendo—, no es por eso por lo que me marché…

—¿Y qué cojones tiene de gracioso? —pregunto acercando amenazadora el cuerpo.

Él retrocede y balbucea:

—No sé lo que se me pasó por la cabeza, de pronto me sentí prisionero, enjaulado en una vida que no había elegido, como si mi futuro ya lo hubiera decidido alguien que no era yo… Y me entraron ganas de marcharme…

—¡Qué bonitas palabras!

—Te lo juro, Luce, fui un cobarde, pensé que en breve me pedirías que me casara contigo, que tuviéramos niños, y tuve miedo. En resumen, no me sentía preparado y…

—Sí, muy bien, lo he entendido. Pero ahora ¿qué quieres?

Él agacha la cabeza y se queda mirando los *sampietrini*, con las manos en los costados. Alleria, con la cabeza entre los barrotes de la barandilla, ladra encima de nuestras cabezas.

—Escucha —digo arrugando la nariz—, te he querido, de verdad, y durante un tiempo pensé que quería pasar la vida contigo. Pero luego tu gesto me hizo comprender que me equivocaba, que no podía tirar mi futuro al váter. Porque contigo es así cómo terminaría. A pesar de ello, puedo entender lo que me dices, de verdad, lo comprendo. Todavía no tienes la madurez para dar un vuelco a tu vida, eres un niñato. Ahora se dice así, ¿verdad? Pero ¿sabes cuál es la novedad?

Él levanta la mirada y clava sus ojos esperanzados en los míos.

—Es que tu paso me ha dado que pensar. Tenías razón, no estábamos preparados para aquella vida, ninguno de los dos la quería realmente. Quizá ni siquiera nos quisiéramos y ni nos dábamos cuenta…

—No —me interrumpe—, yo te quería… o mejor dicho, ¡te quiero!

Me echo a reír en su cara y él se queda chafado.

—Tú ni siquiera sabes lo que es el amor, créeme. Has vuelto de tu bonito viaje, has vivido tus experiencias, te has puesto hasta el culo de hierba, incluso habrás follado con alguna tailandesa, y ahora te sientes solo. Eres un cobarde y punto… un cobarde que ni siquiera ha conseguido largarse… —Luego le susurro al oído—: No te preocupes, solo es miedo a la soledad, un sentimiento común a mucha gente y que con frecuencia te lleva a pronunciar ese «te quiero» carente de sentido. Si resistes, o si encuentras a otra, verás cómo se te pasa. Si, en lugar de eso, te perdonara, volveríamos juntos y sería una catástrofe, créeme. Nuestra relación está muerta, caducada, está podrida. ¡Hay que desecharla!

—Es verdad, sí que sabes ser ácida.

Y levanta la cabeza hacia Perro Superior, que continúa mirando en silencio la escena.

—¿Has construido una bonita familia? —pregunta después con tono irónico.

No necesito alzar la cabeza para contestar:

—Es mucho más familia que tú.

El capullo encaja el golpe.

—¿Sabes? Me había creído nuestro cuento de hadas —prosigo—, nosotros construyendo algo bueno ahí arriba, en lo que creíamos que era nuestro nido de amor. En cambio, te marchaste de pronto, y entonces comprendí que había poco que construir y que aquel nido no era más que una casa mohosa de los Quartieri, y que no había ningún hada, al contrario, todo era demasiado apestoso y amargo, solo como la realidad sabe serlo.

—Yo también creía en nuestro cuento de hadas... —apunta él.

—No es verdad... nunca has creído. Los cuentos de hadas tienen una moraleja y siempre terminan bien. Tú, en cambio, eres un cuento de hadas mal leído.

—¿Un cuento de hadas mal leído?

—Sí, has oído bien, un cuento de hadas mal leído.

El vecino del quinto piso, el de bigotes y Dorothy con correa, aparece por el portal y se detiene un segundo a mirarnos sorprendido. Creo que se había acostumbrado a no ver al capullo a mi lado y ahora no entiende nada.

—No se preocupe, no hemos vuelto juntos —preciso—. Es solo que él no tiene huevos para llegar al fondo de una decisión. Vosotros, los hombres, no es que seáis precisamente un ejemplo de valor, ¿no le parece?

El hombre esboza una sonrisita idiota y se queda como disecado entre nosotros, pensando, quizá, en cómo salir de esta sin causar daños.

—A todos se nos da bien enfrentarnos a las olas —añado entonces—, basta con nadar y seguir la corriente. El problema es cuando pasa la tormenta y te encuentras flotando en un mar calmo. Ahí debes ser hábil para moverte lo menos posible.

—¿Pero qué dices? —interviene el capullo con voz resentida.

El pobre vecino aprovecha mi pausa para largarse, también porque, mientras tanto, Perro Superior ha empezado a lanzar desde el balcón los típicos gemiditos amorosos para intentar conquistar al braco clasista.

—Digo que no sabes hacer frente a la cotidianidad, que es mucho más sutil que la crisis; que te da miedo vivirla solo; y que, probablemente, te mata de aburrimiento. Digo que eres uno de esos que se va a mitad, los peores…

Él se acerca y me agarra una mano.

—Déjame —digo apretando los dientes.

—Ya te has olvidado de mí. Hay otro, ¿no es así?

Podría hablarle del estupendo francesito y de cómo me pongo roja cada vez que me mira o me da un beso. O también podría confesarle lo que siento cuando me roza el cuello o cuando me vuelvo y lo encuentro mirándome. Podría incluso hablarle de esta cosa absurda que es disfrutar de una familia improvisada, donde ninguno ocupa realmente su lugar, y donde, sobre todo, ninguno se quedará ahí para siempre. En lugar de eso, respondo:

—¿Y a ti qué leches te importa?

—Es verdad, sí que sabes ser una cabrona…

Es un hombre con suerte, no se puede decir que no, porque siempre consigue salir del atolladero sin demasiados daños. Estaba a punto de escupirle directamente a la cara, sin importarme un pito que el vecino del bigote siga cotilleando desde lejos o la señora asomada del primer piso que no se aparta del balcón. Pero un segundo antes del escupitajo, el móvil que tengo en la mano izquierda se ha puesto a sonar. Es Manuel. Estoy a punto de rechazar la llamada, pero después se me ocurre una idea genial. Aprieto la tecla verde y respondo.

—Amor.

Silencio.

—Amor, ¿estás ahí?

—Luce, soy Manuel…

—Hola, ¿qué tal? —respondo con voz seductora.

Silencio.

—Claro, cómo no —prosigo—, esta noche. Esta bien, ¡no veo el momento!

—¿Te has dado un golpe en la cabeza?

—Sí, sí, no te preocupes, me pongo guapa.

El capullo me mira boquiabierto. Manuel, en cambio, responde:

—No sé a quién tienes cerca y no me interesa, pero impresiona un poco ser tratado con respeto por ti... Casi estoy por aprovechar y divertirme también yo. ¿Eh, qué me dices, amorcito mío?

—Ni se te ocurra...

—Total, sé que siempre me has querido...

—Lo llevas claro —respondo instintivamente. Después intento remediarlo y vuelvo a mi sitio—: Bueno, amor, tengo que dejarte. Entonces, ¿nos vemos esta noche?

—Amorcito, espera, no cuelgues. Quería decirte que te está buscando urgentemente el abogado.

—¿Y qué quiere?

—No me lo ha dicho, pero creo que quiere hablar del caso Bonavita. Finalmente hemos cedido en que no hay supuestos para emprender una acción judicial contra la señora. Me imagino que te querrá decir esto.

—¿En serio? —pregunto, escapándoseme una sonrisa.

—Sí, el abogado Geronimo me ha anunciado que renunciará a la orden oficialmente. El problema será explicárselo al cliente, pero esto a nosotros no nos incumbe.

—Estoy contenta.

—¿Has visto que tu Manuel sabe siempre cómo hacerte feliz? —bromea él, para acto seguido añadir—: ¿Qué me dices de una cenita romántica para celebrarlo?

—Adiós, cariño, hablamos luego.

Y cuelgo.

El capullo sigue ahí esperando y no dice nada.

—Bueno, ahora tengo que marcharme...

—¿Me llamas?

—¿Cuándo?

—Cuando te apetezca...

—Entonces no...

Los ojos se le hacen pequeñitos pequeñitos, como los de los hámsteres, y un segundo después me empuja como un endemoniado dentro del portal y contra la pared. Entonces me inmoviliza un brazo e intenta besarme. Aprieto los labios y me encuentro su lengua en la barbilla y en el cuello. Y entonces sucede lo que esperaba que no sucediera: me hierve la sangre.

Él está tan ocupado frotándose contra mi cuerpo e intentando meterme la lengua en la boca, que ni siquiera se da cuenta de que mi mano está bajando. Cuando lo entiende, es demasiado tarde y sus testículos yacen indefensos en la palma de mi mano, que aprieta como una tenaza. Como si nos hubiera oído, Patrizia sale de su estudio, maquillada que da asco y con un vestido de lentejuelas que la hace parecer una de esas bolas que cuelgan de las discotecas. Lo primero que salta a la vista, a pesar de su culo mandolina, las medias de rejilla y el vestidito ceñido, es su nariz aguileña, que un día me confesó que se operaría antes o después. Mi vecina se queda como disecada frente a la escena que tiene delante.

—Te sugiero que no grites, que des un paso atrás y que salgas de este portal y de mi vida para siempre. De no ser así, te arranco las pelotas y se las doy para cenar a mi perro —digo como si ella no estuviera.

El capullo querría también responder, pero el dolor es demasiado fuerte, y además creo que está muerto de vergüenza. Por eso intenta alejarse y me suplica con la mirada que lo deje. Suelto la presa y lo empujo lejos. Él se me queda mirando con odio, y estaría a punto de contestar algo, si yo no me adelantara:

—No pongas esa cara, que sé que no eres malo. Piensas demasiado en ti mismo como para desearle mal a nadie.

Le dedica un rápido vistazo a Patrizia, que está en el rincón. Entonces resopla y hace como que se marcha. En el umbral se lo piensa mejor y dice:

—Estaba equivocado, pensaba que eras una buena chica...

Me río y salto como un resorte:

—Te has quedado un poco anticuado. Ahora, las buenas chicas solo las encuentras en las novelas del siglo diecinueve.

El capullo desaparece en la oscuridad que engulle el callejón nada más salir del portal, y en el silencio que sigue consigo escuchar el corazón que me late en las sienes, la respiración afanosa y los movimientos irregulares de mi pobre intestino.

—Lulù —dice solo entonces Patty, acercándose—, ¿todo bien? Asiento.

—¿Me necesitas?

Y me acaricia la mejilla, un gesto que me sorprende. Su perfume me sube por las fosas nasales y me roba una arcada.

—Todo bien, Patty —afirmo para librarme de su presencia—, de verdad.

Ella se me queda mirando unos instantes y en sus ojos logro vislumbrar disgusto y solidaridad. Aparta el brazo y añade:

—No sé qué te haya podido hacer, pero has hecho muy bien en plantarle cara. Los hombres que no tienen huevos se ven a la legua, ¡y ese nunca ha tenido huevos! Si me necesitas, ya sabes dónde encontrarme.

Entonces me planta un beso en la mejilla y me deja un kilo de pintalabios en la piel antes de lanzarse a la calle.

En el portal vuelve el silencio. Me enciendo un cigarro y me doy cuenta de que estoy temblando. Entonces me apoyo sobre la piedra volcánica a mis espaldas, esperando que mientras tanto no entre nadie, porque si no me tocaría dar explicaciones por el cigarro, como ocurre cada día con Patrizia.

Me siento tan cansada que casi se me cierran los ojos.

¿Cuánto nos cuesta intentar ser valientes?

PERSONAS ESPECIALES

Todavía sigo apoyada en la piedra volcánica del edificio, cuando a la pantalla del teléfono me llega un SMS de Carmen. Dice: *Ven inmediatamente, te lo pido por favor.*

Y ahora, ¿qué habrá pasado? Subo a coger a Perro Superior y me lanzo escaleras abajo. ¡Vaya nochecita!

Esta vez, esperando fuera del portal me encuentro una cucaracha que trota veloz de un lado a otro de la calle, feliz, quizá, por disfrutar del aire nocturno y de la humedad que sube de los *sampietrini* viscosos. En pocos minutos estoy debajo de la casa de Carmen, donde Kevin, apoyado en el portal de piedra, tiene la cabeza pegada al *smartphone*.

—Ey —suelto a un paso de él.

—Luce —dice abrazándome.

Miro a mi alrededor, pero no hay ni sombra de Carmen.

—¿Qué haces aquí?

—Mamá está arriba con papá.

—¿Con papá?

—Sí, llevan una hora peleando, él grita como loco e incluso ha roto un florero. Así que mamá me ha dado diez euros y me ha dicho que baje, que ya llegabas tú.

Miró instintivamente hacia arriba, hacia la ventana iluminada de la casa Bonavita, pero no veo nada y no oigo nada.

—Pero ¿qué hace aquí tu padre?

—Bah, de vez en cuando ocurre. Se pasa, empiezan a pelear y después se va —dice seráfico, mientras pulsa convulsivamente una tecla del teléfono para pasar de nivel en el videojuego.

—¿Siempre hace lo mismo?

Kevin levanta solo un segundo la mirada:

—Creo que a papá le gustaría que me fuera a vivir con él, una vez incluso me lo pidió.

—¿Y tú qué le respondiste?

—Que quiero mucho a mamá.

—Bravo.

—Pero también quiero mucho a papá, aunque sea un tipo extraño, y con frecuencia no lo entienda, ni él me entienda a mí. Porque yo sé que él también me considera extraño y diferente a él. Sé que le gustaría que fuera más… Pero yo soy así, y punto. Papá no es realmente malo, y siempre me hace un montón de regalos, de vez en cuando me deja conducir la moto. Además, ha sido el primero en llevarme al estadio, aunque a mí no es que me guste tanto el fútbol.

—Entonces es un buen padre —me lanzo.

Kevin parece pensárselo. Después asiente y precisa:

—Solo es antipático con ella, se transforma y empieza a gritar. En cambio, cuando mamá no está, es simpático, aunque me haga quedar mal un montón de veces porque vive… así, sin preocuparse demasiado por los demás.

—Sí, puedo entender a lo que te refieres —respondo—. En cualquier caso, ¿estás seguro de que tu madre está bien? ¿No deberíamos llamar a alguien?

Kevin me vuelve a mirar.

—¿A quién deberíamos llamar?

Me paso las manos sudadas por los vaqueros y vuelvo a hablar:

—Vale, entonces, ¿qué hacemos?

—Bueno, yo tengo un poco de hambre…

Son las diez de la noche y a esta hora un niño debería estar en la cama. Kevin, en cambio, todavía no ha cenado. Suspiro y agarro su móvil.

—Vale, ahora basta con este chisme, que te estás atontando. Vamos a comer, esperemos que a Sasà le quede todavía alguna *focaccia*. Si no, nos tocará bajar a vía Toledo.

Él deja que le coja la mano y viene conmigo en silencio. A los pocos pasos dice:

—En cualquier caso, yo nunca me casaré.

Me vuelvo hacia él.

—¿Y por qué?

—Porque no me gustan las familias…

Ahí queríamos llegar.

—No digas eso…

—Es verdad…

—La familia es importante, te darás cuenta de ello cuando encuentres la mujer apropiada.

—No, no. Total, luego discutiremos siempre, y a mí no me gusta discutir. Yo odio los gritos.

Debería decir algo, intentar defender la familia ante los ojos de un niño, pero no me sale ninguna respuesta, aparte de que yo también odio los gritos. Finalmente, consigo responder:

—La familia no es un lugar donde se grita siempre, es solo que tus padres no estaban hechos para estar juntos. Cuando te toque enamorarte, presta atención, que la mayoría de la gente elige a su pareja como si estuviera decidiendo qué baldosas poner en el baño.

Solo un segundo después me doy cuenta de que he dicho unas palabras poco acertadas, cuando me doy la vuelta y me lo encuentro riendo.

—Me podría casar contigo… —dice él.

Se me escapa una sonrisa y Kevin añade:

—Sería un marido estupendo, ¿eh? Yo nunca gritaría, y no me enfadaría, porque no me sale lo de enfadarme. Y además te haría siempre un montón de regalos, y te llevaría a cenar y también al cine. Papá no llevaba nunca al cine a mamá, y tampoco a mí, para ser sincero. Pero a mí me gusta el cine, podríamos ir incluso todas las noches.

Me echo a reír y me acuclillo para mirarlo bien a la cara. Tiene la melenita que le cae por las cejas, la piel de la cara brillante como las cerezas y los labios en forma de corazón. Es tan guapo que casi me entran ganas de morderle un moflete, también porque me clava sus ojos avellana y prosigue:

—O también alguna vez podríamos ir a Edenlandia, que me gusta mucho, y también a mamá. A ella le encantan las montañas rusas, y cuando está arriba ríe y grita como loca. ¿También a ti te gustan las montañas rusas?

—No —respondo con expresión divertida—, tengo vértigo. Además, ya no creo que haya.

—Entonces no vamos. Podríamos ir a los troncos, y después te compraría palomitas o, mejor, te compraría un muñeco de esos que ganas disparando. Yo soy muy bueno, y una vez conseguí un peluche para mamá. O también al zoo…

—Kevin… —intento decir, pero él no para.

—De vez en cuando podríamos llevarla también a ella, a mamá, ¿qué me dices? Al cine o al parque de atracciones, quiero decir, o al zoo. Total, sois amigas.

Por fin para. Pero solo un momento, al instante me mira y vuelve a preguntar:

—Entonces, ¿me esperas a que me haga grande?

De verdad que te esperaría si pudiera, Kevin, porque eres un niño excepcional y porque estoy segura de que serás un hombre igualmente maravilloso. Porque es justo a tu edad cuando nacen y se forman las mejores personas, aquellas de gran corazón que el día de mañana serán buenos compañeros, maridos y padres. Son simples niños como tú, privados del derecho fundamental de creer en el más bonito de los cuentos de hadas, que es que la vida sea algo fantástico. Se dice que el dolor ayuda a crecer más rápido, y es verdad. Pero hay algo que nos hace adultos aún antes: la decepción. Tú, querido Kevin, como yo, serás un adulto sensible y siempre un poco infeliz, porque la vida, por desgracia, te ha dado un pellizco un poco antes que a los demás.

—¡Pues claro que te espero, cómo no! —respondo agarrándole el brazo—. ¡Pero te apuesto que serás tú el que ya no me querrás!

—No es verdad —prorrumpe ceñudo—, yo siempre estaré esperándote. ¡Y también a Alleria!

Y se da la vuelta para mirar a Perro Superior que, mientras tanto, cansado de nuestros discursos incomprensibles, se ha sentado para disfrutar de la brisa nocturna que llega desde el Tirreno.

Tiro de Kevin hacia mí y le doy un beso en la mejilla antes de añadir:

—Vamos a hacer esto: si dentro de muchos años, pero que muchos años, todavía no has encontrado a la mujer de tu vida, nos casamos tú y yo.

—¿Y tendremos también hijos?

—Bueno, no sé, ¿te gustan los niños?

—Para ser sincero, no mucho. ¡Pero me gustan los abuelos!

—¿Los abuelos?

—Bueno, quiero decir, no todos los abuelos. Los míos, por ejemplo, no son muy simpáticos. ¡Pero don Vittorio es un abuelo perfecto!

Me entran ganas de reír solo de pensar en don Vittorio haciendo de abuelo.

—Sí, efectivamente, no sería un mal abuelo.

«A saber por qué a veces los mejores padres y abuelos son justo los que no lo han sido», pienso mientras nos dirigimos de nuevo hacia el bar de Sasà, cuyo cartel de neón salpica de blanco el edificio de enfrente.

—Pensándolo mejor, también podríamos irnos a vivir todos juntos: tú, yo, mamá, Thomàs, don Vittorio y Primavera. ¡Seríamos una bonita familia!

—¿Pero no habías dicho que no te gustaban las familias?

—¡Y qué tiene que ver, la nuestra sería una familia especial!

—Bueno, de eso no cabe duda.

Kevin me da los cinco, yo los choco y pregunto:

—¿Te gusta la *focaccia*?

Sus ojos se iluminan.

—Sasà hace unas *pizzitas* estupendas. ¡A mí me encanta la de champiñones! ¿Y a ti?

Alza la mirada al cielo negro y responde:

—A mí me gusta la de patatas fritas y salchichas de Fráncfort.

—¡De patatas fritas y salchichas de Fráncfort!

—¡Síííí! —dice él soltando mi mano para colarse en el bar.

Las familias especiales no existen, Kevin.

Existen las personas especiales.

Con un poco de suerte, alguna vez se encuentra una.

Y ya es mucho.

UN CONJUNTO DE ABANDONOS

Quella autostrada è un muro, pieno di felicità, e io rimango sveglio, cercando qualcuno che vuole fumare a metà...

He vuelto a casa hace menos de una hora y ya ha pasado medianoche cuando llaman a la puerta. No me doy cuenta de inmediato porque llevo los cascos en las orejas y estoy canturreando la estrofa de *A testa in giù*; pero al cuarto timbrazo lo entiendo y me lanzo a abrir, preocupada por la hora avanzada. ¡Esta noche parece no querer terminar!

Ante mí está Carmen.

Le sonrío y casi me entran ganas de abrazarla, ya que tengo una buena noticia que darle, una fantástica noticia, y justo por la mañana iba a pasar por su casa para, si acaso, contarle todo y pedirle perdón. Lo único es que Carmen no parece demasiado contenta. Es más, ahora que la miro con más atención, parece triste. No, triste no: cabreada como una mona. Y dos líneas de rímel corrido le cruzan las mejillas.

—¿Qué ha pasado? —pregunto alarmada.

—¿Pero tú quién eres, de dónde has salido? ¿Y qué quieres de mí y de mi hijo?

Se me descuelga la boca y retrocedo espontáneamente, mientras la letra de Pino Daniele proveniente de los auriculares del teléfono hace de fondo.

277

Mi sconvolgo sempre un po', per gridare qualche nome che ho inventato e non lo so, ma che vuò...

Alleria se acerca gruñendo.

—No te entiendo —consigo responder.

—Ah, ¿no me entiendes? —Y mete un pie en casa. Está agresiva como nunca la había visto, y con su tono de voz creo que está despertando a todo el vecindario—. ¿Qué quieres, quién te ha mandado, aquel mierda?

Una bocanada de calor me sube por el pecho.

—No entiendo —repito con el mismo tono.

Sin embargo, entiendo demasiado bien, sobre todo que ella está a punto de pegarme, así que doy otro paso atrás. Carmen, en cambio, avanza con las manos por delante de su cara deformada por la rabia.

—¿Eres abogada, Luce, es así? —Estoy jodida. Agacho la cabeza para intentar al menos parar la música, pero ella me atosiga—. ¿O ni siquiera te llamas Luce?

Me tiemblan las manos y no consigo apagar el teléfono.

Il feeling è sicuro, quello non se ne va, lo butti fuori ogni momento, è tutta la tua vita e sai di essere un nero a metà...

Si no hago algo, corro el riesgo de acabar en el hospital. Me da la sensación de que a la señora Bonavita no se le da mal lo de manejar las manos.

—Puedo explicártelo... —digo en voz baja.

—Explica —replica ella—, ¡pero date prisa, porque si no te zurro!

—Sí, soy abogada —admito—, pero, bueno... ya no lo soy. He renunciado al caso y he dejado el bufete.

—¡Y a mí qué coño me importa! Yo lo que quiero saber es por qué te has colado en mi casa. ¿Qué querías? ¿Quién te ha mandado, aquel mierda?

Ahora grita, y su voz se expande y retumba por todo el patio interior del edificio, tanto que desde la ventana del rellano frente a mi puerta noto un par de persianas que se abren y algunas cabecitas que se asoman para saber qué está sucediendo.

—Pasemos —digo entonces empujándola a casa.

Me apoyo en la pared y me quedo mirando cómo se mueve por la habitación como una endemoniada, delante y detrás, mientras cada dos segundos se lleva las manos a la cara. Alleria se queda inmóvil en una esquina controlando la escena y lanza un gruñido de advertencia que, de alguna forma, me hace sentir protegida.

—¿Cómo lo has sabido? —pregunto.

—¿En serio pensabas poder esconderme algo así? ¿Aquí? ¡La gente habla, deberías saberlo!

Mentre il buio se ne va, ti ritrovi a testa in giù...[15].

Agacho la cabeza y, por fin, apago la música. En el silencio que sigue llego a oír su fuerte respiración.

—¿Dónde está Kevin?

Ella se da la vuelta con un gesto de maldad en la cara:

—¿Y a ti qué coño te importa? Duerme, no te preocupes, que yo sé criar a mi hijo, no necesito a nadie, ¡y mucho menos a ti!

—Por la mañana iba a pasar a decirte cómo estaban las cosas. El abogado ha renunciado al encargo, no defenderá a tu marido, dicen que no hay supuestos para una petición de custodia exclusiva para el padre...

Carmen se lleva las manos a las caderas. Lleva una camiseta de tirantes marrón de la que sobresalen unos hombros bronceados, unos pantalones vaqueros cortos de color claro y unas botas de cuero.

—¿Sabes que te habría zurrado por lo que has hecho?

—Déjame que te explique...

—¿Pero qué me quieres explicar, qué hay que explicar? ¡Eres una mujer que no vale nada!

Su cara está a pocos centímetros de la mía, incluso llego a ver las venas en el blanco de sus ojos y, más abajo, su pecho sudado y

---

[15] «Mientras la oscuridad se va / te encuentras cabeza abajo». De la canción de Pino Daniele *A testa in giù*. (N. de la T.)

punteado de manchas carmesí. Y entonces, de pronto, toda la rabia acumulada rompe los diques y se vierte hacia el exterior por medio de algunas gotas de llanto que comienzan a caerle por la cara sin que ella haya cambiado de expresión. Carmen se pasa el dorso de la mano por las mejillas y me da la espalda.

Espero unos segundos antes de hablar.

—Me crié con mi madre y con mi abuela. Mi padre se fue cuando tenía nueve años y murió dos años después. Nunca lo volví a ver. Solo conservo de él un casete y nada más. Soy una mujer criada por dos mujeres, sé lo que significa estar sola, sé lo que se siente y lo que siente Kevin.

—No vuelvas a nombrarlo —replica sin darse la vuelta, todavía concentrada en detener su llanto.

—Siempre he estado de tu parte, desde el principio. Pero era mi primer encargo, no tenía un sueldo, mi chico se había marchado y no quería volver con mi madre. Así que acepté seguirte para entender si eran ciertas las acusaciones de tu marido.

Finalmente se da la vuelta, con la cara deformada por el rencor y por el dolor, y grita:

—Te has metido en mi casa con engaños. ¡Me has tomado el pelo a mí, y sobre todo a Kevin, que te quiere tanto!

—Yo también quiero mucho a Kevin, no sabes cuánto... —replico.

Pero ella se lleva el índice a los labios y me hace callar.

—¡No te permitas hablar de él, ni siquiera lo debes nombrar! Y si intentas volver a acercarte a él, te mato. ¿Me has entendido bien?

Aparto la mirada hacia Perro Superior que lanza de nuevo un gruñido.

—En seguida comprendí que eras una buena madre —intento añadir entonces—, desde la primera noche. Y te juro que quise decírtelo, pero no encontré la manera, y después pasaron los días y entonces pensé que sería inútil. Por eso fui al abogado y renuncié al caso.

—Demasiado tarde... —dice ella secándose la enésima lágrima.

—Lo convencí para que no defendiera a tu marido. He luchado por ti y por tu hijo como he podido.

—Y yo que creía que finalmente había encontrado una especie de familia, una amiga...

Esta vez la voz es un susurro.

—Carmen, tienes que creerme, la amistad que ha nacido entre nosotras es sincera, como el amor que siento por...

—¡Te he dicho que no lo nombres!

Me callo y me llevo las manos al pecho. Carmen se acuclilla de espaldas a la pared y mira el cielo por la ventana. Tras un tiempo infinito vuelve a hablar sin mirarme.

—Por mí no me importa, no eres la primera persona que se aprovecha de mí, yo soy así, confío en los demás y nunca aprendo. Soy boba, me gusta creer que la gente es honesta. Si fuera por mí, te perdonaría, en serio. Hay quien me ha hecho cosas mucho peores. Piensa lo imbécil que seré, que creía que mi marido solo me tenía a mí, que solo éramos yo y él. Cuando lo conocí, era ingenua, pero que muy ingenua, una cría prácticamente. De joven siempre me imaginaba que conocería un hombre especial, que me sacaría de este lugar de mierda y que me haría ver mundo. No sabes lo que he esperado que aquel hombre pudiera ser él, y que un día me marchara de aquí.

Incluso con la cara llena de lágrimas y el maquillaje corrido, su belleza es devastadora. Su pelo rubio separado sobre los hombros musculosos, los rasgos marcados de su rostro que recuerdan un retrato cubista de Braque, las piernas armoniosas, la piel del color del desierto. Todo contribuye a hacer de ella una mujer que te roba la respiración. Incluso los labios y las tetas operadas no desentonan en conjunto. Como tampoco desentona (y mira que podría) el pequeño tatuaje que sobresale de su camiseta: una rosa que enrolla su tallo espinoso en el nombre de su hijo. Si esta mujer no hubiera nacido aquí, su vida habría sido muy distinta.

—¿Sabes lo peor que me ha hecho? —retoma, y me imagino que se refiere al marido—. Me ha robado aquella ingenuidad.

¡Siempre decía que tenía la cabeza en las nubes! Ahora ya no tengo la cabeza en las nubes, ya no creo en el príncipe azul, ni siquiera en la gente buena. Pero no por eso mi vida es mejor. Después llegaste tú y me dije: «¿Ves como al final la vida te regala algo?».

Se da la vuelta para mirarme y me hace sentir realmente como una mierda. Así que también yo me dejo caer al suelo.

—Carmen, oye…

—Si fuera por mí, Luce, te perdonaría, porque te necesito, y no solo por mi hijo. Pero a Kevin no tenías que haberlo tocado. Él es diferente, se fía de ti y de la gente, y no quiero que aprenda a no fiarse. Por eso debe vivir conmigo y no con el padre.

Después deja de hablar y se queda con la mirada perdida, sollozando de vez en cuando. Yo la miro y no abro la boca, mientras que Alleria decide por fin acurrucarse. Pasan cinco minutos antes de que ella diga:

—Me voy, Luce, que te vaya bien.

—Carmen, yo estaba de tu parte, siempre lo he estado —repito. Pero ella ni siquiera parece escucharme.

—¿Qué le contarás a Kevin? —pregunto entonces, poniéndome de pie de golpe.

—Uf —responde mirándome un instante con ojos apagados—, a lo mejor que has muerto.

Y cierra la puerta tras de sí.

Me dejo caer de nuevo en el suelo, justo al lado de Perro Superior, que se pone a lamerme el codo. Cojo un cigarro del bolsillo y lo termino en cuatro profundas caladas. A los pocos segundos vuelven a llamar. Me levanto de un salto, convencida de que será ella, que ha vuelto para decirme que me perdona y que a partir de mañana todo será como antes, que por la tarde me traerá a Kevin. En cambio, es don Vittorio, con un pijama negro de rayas rojas, y su silla de ruedas. No consigo no ofrecerle una expresión de decepción. Él me examina y pregunta:

—Nena, ¿qué ha pasado? Habéis montado tal alboroto que me habéis despertado. Y hora, según tú, ¿qué debería hacer? ¿Sabes que pasaré la noche en vela?

No entiendo si bromea o lo dice en serio, pero no me interesa.

—Carmen lo ha descubierto todo —digo.

Vittorio Guanella se rasca la barba.

—Ha venido aquí y me ha dicho que nunca más volveré a ver a su hijo.

El viejo lleva las manos a las ruedas de su silla y se empuja hacia el interior de mi casa. Acaricia a Alleria, que se ha acercado moviendo el rabo, se da la vuelta, me mira y me pregunta:

—Y ahora, ¿qué quieres hacer?

—¿Y qué debo hacer? ¿Qué puedo hacer?

—Quizá deberías dejar pasar algunos días e intentar volver a hablar con ella.

—No, continuaré con mi vida. Por otro lado, hace un mes ni siquiera los conocía. Viviré con ello, y cuando me encuentre con Kevin por la calle, lo abrazaré. Total, sé que ha sido un paréntesis, como la historia con Thomàs será otro paréntesis, como todo lo que es demasiado bonito que, precisamente por ser bonito, es un inciso. Además, en cualquier caso, dentro de un mes o dentro de un año yo también me marcharé... ¡No quiero quedarme aquí pudriéndome toda la vida, como hicieron mamá y la abuela!

Él resopla contrariado:

—¡Luce, qué cantidad de tonterías dices! En primer lugar, quién te ha dicho que la historia con el francés tenga que ser un paréntesis. A mí el chico me parece enamorado. Además, a mí esa historia del inciso no me convence. Entonces, también las cosas feas van entre paréntesis, porque también pasan. Si hay algo que me haya enseñado la vida, es que no existen ni paréntesis ni corchetes, ningún inciso o intervalo. Las cosas, por bonitas o feas que sean, te las encuentras de pronto delante, cuando pasas al renglón siguiente. Y quizá sea una suerte, porque de otro modo bastaría con evitar el paréntesis para llevar una vida serena. Solo que saltándose los incisos, la frase se acorta y enseguida se llega al punto final.

Don Vittorio sonríe satisfecho. A mí, en cambio, me entran ganas de llorar.

—Don Vittò, no tengo una noche para digresiones filosóficas...

—Está bien, es tarde, te dejo dormir.

Y se dirige hacia la puerta.

Le abro sin añadir nada más, él se da la vuelta y dice:

—Si me necesitas, sabes dónde encontrarme.

Ya está delante de la puerta de su casa, cuando preciso:

—Es que no estoy acostumbrada a la gente que se queda. O, por lo menos, a la gente que se queda convencida de su elección, feliz de haberlo hecho. He crecido con la idea de que, en determinado momento, quien está a mi lado se marchará.

—Tus experiencias pasadas son justo eso, pasadas —replica rápidamente—, la mayoría de las personas no va a ninguna parte, Luce, se queda en su sitio. Yo soy uno de esos.

Una lágrima desciende por mi mejilla mientras con la mano me apoyo en el marco de la puerta.

—Algunas veces tengo la impresión de ser solo el resultado de lo que he vivido. Soy un conjunto de abandonos —bisbiseo entonces.

Esta vez Don Vittorio parece realmente apurado y se rasca una vez más su barba desaliñada. Entonces decide comentar a su manera:

—Es divertido el jueguecito del conjunto, me hace pensar en aquellos círculos que nos hacían dibujar en el colegio cuando éramos niños, aquellos llenos de manzanas. Los tuyos estarían llenos de abandonos; los míos, en cambio, colmados de decepciones.

Esta vez también me entran a mí ganas de reír. Mientras tanto, una polilla se golpea repetidamente contra el neón colgado del techo.

—¡Ah, así que no has perdido tu sonrisa! —dice con la cara

radiante—. Siento contradecirte, pero creo que somos solo lo que hemos vivido. Nuestro pasado puede minarnos hasta cierto punto, pero siempre hay una parte que permanece íntegra, siempre nueva, lista para volver a ponerse en marcha e indicarnos nuevos caminos. Está dentro de cada uno de nosotros, aunque muchos ni siquiera saben que la tienen, y está ahí a la espera de ser utilizada para algo extraordinario.

—¿Cómo hace para ver siempre las cosas así?

—¿Así cómo?

—Bonitas.

—Es que he vivido más de lo necesario —rebate seco.

Después empuja su silla de ruedas hasta la ventana del descansillo y la abre. Luego vuelve atrás y mete una rueda en su casa.

—Por la mañana, con la luz del sol, también ella —y señala con la mirada al insecto cerca del neón— encontrará su camino. Duérmete y espera tu alba. Y que no se te ocurra volver a despertarme para soltar discursos tan estúpidos. Un conjunto de abandonos...

Y sacude a cabeza.

Tengo suerte de tener a este hombre a mi lado. Sonrío y le mando un beso antes de volver a entrar en casa.

—¿Luce?

—Sí.

Y me doy la vuelta de golpe.

—Recuerda: venimos al mundo para realizar algo maravilloso. Todos. También tú.

PARA LUCE Y ANTONIO

No son los días que se hacen más largos, el sol que madura o el viento que se vuelve ligero y perfumado los que te recuerdan que está llegando esa estación, el verano, a Nápoles. No.

Es la peste a frito.

Esta mañana me he despertado con la señora del edificio de enfrente que cocinaba la *parmigiana* de berenjenas en mi cama. Ayer por la noche tuve la osadía de dejar la ventana un pelín abierta, y el resultado es que a las siete y cuarto he abierto de par en par los ojos ya cabreada y, como un sabueso, he empezado a olfatear el aire, cosa que Alleria, en realidad, ya estaba haciendo desde hacía un cuarto de hora.

—Perro Superior, duerme —he dicho dándome la vuelta para ponerme panza abajo, con un brazo colgando.

Pero él se había sentado y me miraba. He cerrado los ojos, pero ha pasado a chuparme la mano.

—¿Qué pasa? —he preguntado entonces.

Alleria ha ladrado.

—Sí, ha llegado el verano, como todos los años. Duerme.

Un ladrido.

—Vale, tú ganas —he declarado después de diez minutos de lamentos—. O mejor dicho, ha ganado el verano. Ha ganado la señora de enfrente.

Hemos salido antes de las ocho, las tiendas todavía estaban cerradas y en los callejones se había colado una suave brisa que traía consigo olor a mar, cucuruchos y *graffe*, todo mezclado.

Con Perro Superior he dado la vuelta de siempre que prevé un primer pis cerca del palo que sostiene la señal de prohibido aparcar; un segundo a los pies del cierre metálico oxidado que no se abre desde hace siglos, donde hace tiempo había un taller mecánico; y el tercero casi debajo de casa de mi madre, para ser más precisos en la puerta de madera de una vieja parroquia secularizada. En cambio, la vuelta siempre la hacemos por el callejón Conte di Mola. Pues eso, que iba con Alleria de la correa, con los ojos hinchados de cansancio y decepción, con pantalones cortos, botas militares y una camiseta de Mickey, cuando mi mirada ha ido a parar a un cartel pegado que decía: *Se vende.*

A ver, nada extraño, aquí todo está tapizado de *Se vende* y *Se alquila.* Lo único es que el cartel estaba pegado a la que en su tiempo fue la casa de la abuela Giuseppina. Me he parado de golpe y me he acercado. No había nada escrito, solo un número de teléfono que he guardado en el móvil.

De niña la llamaba «la casa de los gnomos», porque era pequeña y se hundía al fondo de la piedra volcánica. Uno de mis juegos preferidos consistía precisamente en imaginarme que era amiga de la familia de gnomos que vivían ahí abajo. No tenía un amigo imaginario, sino una familia entera de gnomos imaginarios. El padre, que era el más viejo, con barba blanca y larga, algo menos de un metro de alto, tenía la piel toda estriada, como la madera, y los ojos azules. Se llamaba Geppo. Después estaban la mujer y dos hijos, de los cuales uno era guapísimo para ser un gnomo, con el pelo rubio, la piel dorada y los ojos cobalto. Pero los hijos casi nunca estaban en casa, porque trabajaban en las cuevas de piedra volcánica, así que me pasaba el tiempo más que nada con Geppo (la mujer no me caía demasiado bien), que era un viejo cascarrabias, pero me hacía partirme de la risa. A veces se le metía en la cabeza una idea y no había forma de convencerlo para hacer algo. Entonces perdía la paciencia y salía a jugar al aire libre, olvidándome de su existencia. No recuerdo el día exacto en que dije adiós a Geppo y a su familia, quizá no hubo un momento preciso, sino una separación lenta e indolora, al menos para mí. Un poco como ocurrió con la abuela, que durante mi adolescencia se quedó controlándome desde lejos y mandándome un beso desde su sillita cuando pasaba por ahí con una amiga o un compañero.

Cuando murió, en su casa vivió durante años un paquistaní, o algo así, pero que no estaba casi nunca, aunque era amabilísimo. Un día pasé por allí y me lo encontré fuera del bajo barriendo la acera, como hacía la abuela. Me acerqué y le expliqué que aquella había sido la casa de mi infancia, la casa de los gnomos. Creo que no me entendió, pero me invitó a entrar. Y hubiera sido mejor que no lo hubiera hecho. De hecho, apenas hube entrado, el recuerdo de la casa de los gnomos se hizo añicos y ante mis ojos se mostró la dura realidad, la de que los niños son tan buenos para eludir, modelar y colorear gracias al mayor don que poseen: la fantasía. No había ningún gnomo con barba blanca y larga allí dentro, ni huella de Geppo, de la mujer o de los hijos. Ni siquiera logré sentir aquella extraña sensación de protección. Todo se había desvanecido.

A menudo construía con mi hermano Antonio en el cuarto de estar nuestra caverna personal con los cojines del sofá, una gruta que nos daría cobijo y nos protegería de las insidias. Y todas las veces mamá venía a regañarnos, trayéndole al fresco nuestra necesidad (como la que sienten todos los niños) de sentirnos protegidos, pero negra frente a la perspectiva de desenfundar y lavar a mano el sofá entero. Pues eso, que cuando salí de casa del paquistaní, me sentí justo como después de que viniera mamá a destruirnos la caverna: indefensa y a merced de todas las miserias del mundo.

Necesitamos conservar un poco de nuestra vida infantil, aunque solo sea un recuerdo que nos ayude a transformar la realidad en algo más romántico y colorido. Algunos, de vez en cuando, lo consiguen; en cambio, muchos ni siquiera lo intentan. Solo poquísimos hacen de ello la razón de su existencia: son los soñadores, aquellos que la gente llama locos.

Mamá era más joven que yo cuando papá se marchó. Así que con tan siquiera treinta años se encontró con que tenía que criar sola a dos niños. Normal que fuera la abuela la que la ayudara, entre otras cosas porque ella cada vez tenía que trabajar más para mantenernos. De hecho, en aquellos años, papá nunca mandó ni una lira. Mamá se vio obligada a intensificar la actividad de la sastrería y se pasaba todo el día doblada sobre la máquina de coser, con los ojos clavados en el hilvanado de un pantalón, bajo el desvaído brillo amarillento de la lámpara de la cocina, en la cual la luz, incluso los días de sol, no entraba nunca.

Después del colegio me mandaba a casa de la abuela, de manera que ella pudiera ocuparse solo de Antonio. Después, por la noche, bastaba con atravesar la calle para estar en casa. Ella nunca venía a recogerme, como tampoco venía a ver a la abuela. Y la abuela, por su parte, nunca ponía los pies en nuestra casa. En aquella época no pensaba en ello, estaba demasiado ocupada pensando en la desaparición de papá. Por lo demás, mi vida me parecía solo un poco más torcida que la de otros compañeros, incluso había en clase niños a los que les iba peor que a mí, por eso no me quejaba e intentaba disfrutar del cariño de aquellas dos mujeres que, cada una a su manera, conseguían darme. No me preguntaba por qué no podía pasar tiempo con ambas, por qué no podíamos pasar la Navidad todos juntos o ir a tomar una limonada a vía Chiaia las silenciosas tardes de agosto. Aunque me planteara alguna pregunta, ya no la recuerdo. Solo que tuve que esperar a la muerte de la abuela para conocer la verdad, el porqué de mi estrafalaria infancia, sacudida un poco aquí, un poco allí, las tardes con la abuela, las noches con mamá. Como hija de padres separados, he podido disfrutar del amor de una solo cuando no estaba la otra.

El día del funeral de la abuela, la verdad me dio de lleno en la cara a través de las palabras empastadas de nuestra madre, la cual aceptó seguir el coche fúnebre solo gracias a mi llanto desgarrador.

En aquel momento tenía veintitrés años y necesidad de la verdad y de las respuestas que me habían faltado durante toda mi infancia. Aquella tarde, de vuelta del cementerio, mamá nos explicó cómo estaban las cosas, y por qué no conseguía perdonar a la abuela.

—Vosotros no conocéis toda la verdad —soltó.

—¡Y cuál es esa verdad, dínosla de una maldita vez! —exclamé.

Antonio estaba detrás de mí y miraba al suelo.

—Vuestro padre no desapareció de la noche a la mañana —confesó entonces—. Al principio se instaló en casa de la abuela. De mi madre…

Todavía recuerdo el silencio que siguió a aquellas palabras. Hasta recuerdo lo que ocupó aquel silencio: el repique del reloj de pared de siempre que teníamos encima de la campana y al cual mamá dedicaba de tanto en tanto una rápida ojeada, entre una costura y un corte. Y luego el ruido del piquito del gorrión que teníamos en aquel entonces, que masticaba su alpiste y pasaba su mísera existencia en una jaulita colgada junto a la ventana de la cocina, en busca de un rayo de sol. También del chirriar de dientes de Antonio, que había cogido la mala costumbre de apretar la mandíbula cuando se ponía nervioso, lo que ocurría cada vez con más frecuencia. Serían pocos segundos, y aún hoy consigo vivirlos como si me encontrara allí, en aquella triste tarde de finales de octubre.

—¿Qué quieres decir? —logré preguntar por fin.

—Lo que acabo de decir —rebatió ella con morros—, durante casi un mes la abuela alojó a vuestro padre en su casa, sin decirme o decirnos nada.

—¿Por qué? ¿Y cómo puede ser que no me diera cuenta?

—Solo iba allí para cenar y dormir —respondió mamá—. En cuanto al porqué, esa es la pregunta que me he hecho yo durante años. Por qué lo acogió, por qué no me dijo nada, por qué no lo convenció para que volviera a nuestra casa.

Saqué la silla de debajo de la mesa y me dejé caer en el asiento. Parecía que las piernas fueran a fallarme de un momento a otro.

—¿Y nunca le preguntaste por qué? —se entrometió Antonio.

—Claro. Un día, una cliente y amiga de aquel entonces me confesó que se había enterado de que vuestro padre se retiraba por las noches a casa de su suegra. No me lo creí, no me lo podía creer. A la mañana siguiente os acompañé al colegio y fui corriendo a su casa. Pero él ya no estaba allí desde hacía unos días, había huido para siempre. Empecé a llorar y a gritar, aunque mamá intentara abrazarme y calmarme. Preguntaba por qué me había hecho esto, por qué se había puesto de su parte, por qué, por qué, por qué. Pero ella continuaba repitiendo que no había podido hacer otra cosa, que no podía decirme la verdad y que me la tendría que haber confesado él, que lo había hecho para protegernos a mí y a vosotros. Entonces le di un tortazo y ella me dirigió una mirada sorprendida, pero no dijo ni hizo nada. Nos quedamos mirándonos un instante como dos enemigas, después me marché.

Antonio me puso una mano en el hombro, como para querer protegerme. Con veinte años creía ser el hombre de la casa y que por ello debía también cargar con mis penas, con mis ausencias, con mis cicatrices.

—No nos volvimos a hablar, aunque por vosotros teníamos que fingir que todo era normal. A lo largo de los años ella intentó el acercamiento más veces, pero yo nunca quise. No he conseguido perdonarla. Por la noche me desesperaba, en silencio, en la cama, sola y con dos criaturas pequeñas; y ella daba de comer al hombre que me había hecho todo aquello.

—¿Por qué? —la interrumpí una vez más.

Mamá suspiró, hizo una pausa, entrelazó nerviosamente las manos, miró al techo durante un buen rato, y entonces lanzó un suspiro final y desapareció por el pasillo. La oímos revolver en el cajón del aparador, donde estaban sus utensilios de trabajo, y Antonio me miró desorientado, quizá esperando de mí una respuesta que no podía darle. Mamá volvió arrastrando las zapatillas por las baldosas de la cocina, que en aquel momento todavía eran de un azul intenso, pero que ahora, después de millones de restregones, se han apagado y en algunos puntos se han moteado de blanco. En la mano tenía un casete que llevaba escrito a boli: *Para Luce y Antonio*. Nos examinó durante un buen rato, primero al uno y después a la otra, y finalmente me tendió el casete, que agarré titubeante.

—Es de vuestro padre —afirmó entonces, mirándome directamente a los ojos—, la grabó el año después de escaparse...

Abrí los ojos de par en par y respondí de golpe:

—¿Y nos la das ahora?

Mamá no pareció vacilar, quizá porque estaba preparada para ese momento. Solo apretó la mandíbula:

—Lo he hecho por vosotros, para protegeros. Erais pequeños y os merecíais tener una infancia serena. Ahí dentro hay cosas que los niños no deben saber.

—¡Nos merecíamos saber por qué nuestro padre nos había abandonado! —grité con los ojos empañados por un velo de lágrimas.

Y me levanté de un salto. Ella dio un paso atrás y Antonio uno adelante, para aferrarme del brazo. Estaba de pie frente a nuestra madre y la miraba con desprecio.

—Ódiame si quieres, pero sigo convencida de que hice bien.

Me bastó con cruzar un instante la mirada de mi hermano para calmarme y comprender que me tocaría a mí escuchar la cinta. Él tenía las mandíbulas contraídas y por ellas trepaba el rojo vivo de la ira. Entonces intenté abrazarlo, pero Antonio se soltó y salió de casa dando un portazo.

Seguía con la mirada perdida cuando ella volvió a hablar:

—Si tienes fuerzas para perdonarnos a ambos, a mí y a él, mejor para ti. Yo todavía no he conseguido perdonar a mi madre.

Después se volvió a arrastrar hacia el cuarto de estar.

Y yo metí el casete en el *walkman*.

COSAS REMENDADAS

En cualquier caso, apenas había guardado el número del vendedor de casa de la abuela cuando me sonó el móvil. Era Antonio.

—Ey…

—Hola, mi niña. —Tenía un tono de voz alegre—. ¿Qué tal?

—Acabo de enterarme que se vende la casa de la abuela.

Él se ha quedado un segundo en silencio y luego ha preguntado:

—¿La casa de la abuela?

—Sí. ¿Te acuerdas de que tenías una abuela, no?

—¿Y qué tiene que ver eso ahora?

—Me gustaría comprarla. La casa.

—¿Tú?

—Sí.

—Pero ¿y qué vas a hacer con esa casa, Luce? ¡Era una cantina!

—Una gruta —lo he corregido—, y con gnomos.

Antonio ha resoplado.

—Está bien, ¿y cómo tienes pensado hacer?

—¿Cuánto puede costar? Podría pedir un préstamo.

—Ya tienes una casa, si no me equivoco.

—No es mía.

—¿Y quieres irte a vivir a una gruta?

—La reharé.

Silencio.

—Deberías mirar hacia delante, mi niña, no hacia atrás.

—Sí, lo sé. Es solo que cuando dejas una puerta abierta tras de ti, pillas una mala corriente de aire en la garganta y entonces estás jodido.

Antonio se ha reído y yo he hecho lo mismo. A mi derecha, una señora de mediana edad, con moño y zapatillas de andar por casa, estaba abriendo la persiana metálica de un sótano que usa para vender algún detergente chino de contrabando.

—¿Cómo está Arturo? —he preguntado.

—Bien, aunque por la noche siempre llora.

—Sí, ya he oído hablar de esa cosa extraña que hacen los niños. Creo que él ha sonreído, aunque después haya cambiado de discurso.

—Ayer por la noche me llamó mamá. —He guardado silencio y él ha continuado—: ¿Quieres saber la novedad?

—¿Qué novedad?

—No te lo vas a creer, a mí todavía me cuesta cuando lo pienso...

—¿Qué?

—Me ha pedido perdón.

—¿Perdón?

—Sí. ¿Ves a nuestra madre pidiendo perdón?

—Efectivamente, me cuesta pensarlo.

—Me ha dicho que se alegra por mí, que le alegrará conocer a Raffaella y conocer a su nieto. Y después ha pedido perdón por no haber sido una buena madre.

—¿Eso te ha dicho?

—Sí. Pero ¿de qué habéis hablado vosotras dos? Solo te había pedido que la convencieras de que no montara un escándalo, no quería para nada echarle en cara el pasado.

—De nada, ¿de qué tendríamos que hablar? Sobre todo de ti, y de su nieto. Y no es verdad que haya sido una mala madre.

Alleria ha metido el morro en el hueco del empedrado y ha

plantado las patas en el suelo, así que me he visto obligada a pararme para esperarlo.

—En efecto.

—Y si no, la próxima vez hablas tú con ella, si no te parece bien lo que digo.

—¡Siempre me parece bien lo que dices, mi niña!

—Eres un pelota, Antò, siempre te lo he dicho.

Él ha reído con ganas y ha añadido:

—Y también me ha confesado que hay un hombre en su vida. En realidad, ha tardado un cuarto de hora, pero al final lo ha conseguido.

—El caballero...

—Bonfanti, sí. Yo ya lo sabía.

Tras dar un paso, me he parado en seco.

—¿Lo sabías?

—Sí, desde hace años, desde siempre, prácticamente. Una vez que volví antes del fútbol, me los encontré en la cocina abrazándose. Imagínate que ni siquiera se dieron cuenta de que estaba ahí. Me dirigí de nuevo hacia la puerta y salí.

—¿Y nunca me lo dijiste?

—No.

—¿Por qué?

—Nunca estabas, siempre estabas en casa de la abuela. Después creciste y estabas siempre en la calle. No encontré el momento adecuado.

—¡Sí, claro, no es nada fácil encontrar un momento en veinte años!

—Bueno, después, en determinado momento pensé que ya se habría acabado. Para nada me podía imaginar que la historia fuera tan seria.

Estaba a punto de responder, pero a una decena de metros estaba Kevin, con las manos detrás de los tirantes de la mochila y mirando al adoquinado. Caminaba absorto, pero en cuanto me ha visto, se ha parado un instante y después ha corrido hacia mí, con la cartera bailoteándole en la espalda, y se ha lanzado sobre Alleria.

—Bichejo —he dicho entones—, ¿a él todas las caricias del mundo y a mí ni siquiera un beso?

Él se ha pegado a mi mejilla.

—Pero ¿quién es? —he oído decir a Antonio.

—¿Qué haces solo por la calle? ¿Dónde está tu mamá?

—Voy al colegio. Mamá no se encuentra bien —ha respondido—, le duele la cabeza y no ha dormido. Pero yo no me lo creo... Yo creo que ha llorado. Y, a lo mejor, también ha bebido un poco. Cuando bebe es porque está triste.

—¿Luce?

—Espera —he dicho a mi hermano, y me he vuelto a dirigir a Kevin—. ¿Suele hacerlo? Esto de beber, quiero decir.

Él ha inclinado un poco la cabeza, como pensando, y entonces ha contestado:

—Mmm, no, solo cuando está triste.

—¿Y quién te va a buscar a la salida? ¿Quieres que vaya yo?

—No, gracias, va a ir papá. Creo que esta noche lo ha llamado ella. También lo hace cuando está triste. Pero no le digas que te lo he dicho. ¿Cómo está Primavera?

—¿Primavera? Bien.

—Oye, pero no os lancéis a liberarla sin mí, por favor. ¡Me tenéis que llamar!

—Pues claro.

Después me ha dado un beso, se ha agachado para frotar de nuevo el hocico a Alleria y se ha despedido de mí.

—¿Quieres que te acompañe? —he preguntado cuando ya estaba lejos.

Ni siquiera se ha dado la vuelta, solo ha levantado el brazo y ha dicho que no con el índice. Me he quedado como atontada hasta que ha doblado la esquina. Entonces he vuelto a mi hermano.

—¿Quién es ese niño?

—El hijo de una amiga.

—Vale, el caso es que te llamaba para decirte que este fin de semana estoy en Nápoles.

—¿Este fin de semana? —he gritado casi.

—Eso es. He aprovechado una oferta y he cogido los billetes. Así conocerás a Arturo y a Raffaella. Imagínate, mamá ha organizado una comida para todos, como hacen las familias de verdad. ¡Incluso estará el famoso caballero! Quería llamarte, pero le he dicho que lo haría yo.

Una gota me cae por la frente.

—¿Una comida de domingo juntos?

—Eso. —Silencio—. No me parece que estés especialmente contenta...

Otra gota, esta vez por la nariz. He alzado la mirada al cielo y he desvelado el arcano misterio: me había parado justo debajo de la cuerda que parecía mantener juntos los dos edificios que me rodeaban, y que en cambio solo servía para tender algún trapo de cocina. Una camiseta del Nápoles colgada hacia abajo, con el número diez y el nombre «Ciro» en la espalda, había decidido liberarse del exceso de agua goteándome encima de la cabeza, quizá para hacerme entender que no era bienvenida. Me he vuelto a poner en marcha.

—No, perdona, estoy contentísima. Es que tengo mil cosas en la cabeza...

—¿Problemas?

—Como siempre —he respondido para cortar en seco.

Él lo ha entendido y ha añadido:

—Vale, no me lo quieres decir. Entonces, nos vemos el sábado...

—Vale, un beso.

No es que no te lo quiera decir, es que no sabría dónde encontrar las palabras para explicarte lo que me pasa por la cabeza. El domingo, después de tanto tiempo, me volveré a encontrar con algo parecido a una familia. Es algo bonito y debería hacerme feliz. Lo que pasa es que hace poco me dijiste que debería mirar hacia delante y no hacia atrás. Y eso es lo que intento hacer, Antò, pero, a decir verdad, ante mí solo veo cosas remendadas. Porque tú vendrás con una pareja y un hijo, y nuestra madre tendrá al lado un hombre al que, quizá, quiere desde hace tiempo, desde siempre. ¿Y yo a quién llevo? ¿Te acuerdas cuando éramos pequeños y mamá, para que nos portáramos bien mientras hacía punto, nos ponía el ovillo en las manos y nos decía que las giráramos de vez en cuando para que no se enredara tanto? Tú te hartabas rápido, pero yo, en cambio, me quedaba ahí anudando y desanudando el ovillo durante horas. Lo aprendí tan bien que, una vez adulta, también he empezado a anudar mi vida, día tras día. Solo que en determinado momento me he debido de distraer, porque se ha formado un extraño ovillo que ya no soy capaz de desenredar.

Ahora, dime tú, Antò, cómo hacía para explicarte todo esto.

Un sábado por la noche, tendría dieciocho años, con mi chico de entonces fui a dar una vuelta por los barrios nobles de la ciudad. Me llevó a tomar un helado a Posillipo y después, en la famosa curva que da al mar, hizo que apoyara el culo en el asiento y sacó un anillo mediocre que me tendió mientras recitaba una especie de declaración mediocre, porque, para ser sinceros, no es que él fuera una persona tan romántica y profunda. E incluso así fue tal la emoción, que las mejillas se me pusieron del color de las fresas y me dejé poner el anillo temblando y sin respiración. A los dos meses me enteré de que mi hombre mediocre salía también con otra, una hortera que vivía en el callejón más arriba que el mío, y que el anillo era una falsificación, una mentira, vamos, como la historia de amor en la que había creído.

Fui a llamarle al telefonillo y esperé a que bajara con la bala en el cargador: cuando llegó a la calle con su típica sonrisita idiota, le di una patada en el culo, después saqué el anillo y lo tiré a una alcantarilla. Y así terminó nuestra relación mediocre. Pero aquella noche en la curva de Posillipo todo parecía perfecto, y el mundo me parecía como el de los dibujos animados: dulce, suave y lleno de colores tenues. Frente a su promesa y al Vesubio lleno de lucecitas que se deslizaban hasta el agua me sentí por un momento feliz o, al menos, tuve la sensación de sentirme en el momento justo. Por eso, en el camino de vuelta me agarré a sus caderas y mientras él daba muestras de su habilidad como piloto, me puse a besarle el cuello, lo que tuvo que ponerle mucho, porque me pidió que paráramos un poco en el Parco Virgiliano, que es donde van todas las parejitas para encontrar un poco de intimidad. Solo que, a diferencia de los demás, nosotros teníamos una moto y no un coche; y, además, sabía que mamá me esperaba despierta, y que como llegara tarde me tocaría aguantar su sermón durante días. Por suerte conseguí vencer la resistencia de mi hombre e hice que me acompañara a casa. Era medianoche pasada y los callejones de los Quartieri estaban oscuros y vacíos. Por eso la silueta de mi hermano Antonio (con su típica gorra de béisbol fluorescente) se perfiló ante nosotros como un retrorreflector. El chaval estaba en la esquina de una encrucijada, apoyado en un coche con las manos en los bolsillos de la cazadora.

En cualquier otro lugar, un chico que está a su aire apoyado en un coche no levantaría ninguna sospecha, pero en el corazón de los Quartieri Spagnoli, en plena noche, semejante escena solo puede significar una cosa: el chico está vendiendo hachís.

Hice que parara la moto y bajé hecha una furia. Antonio pareció deslumbrado por el haz de luz proveniente del faro de la motocicleta y no se fijó en mi mano que salía desde abajo para ir a parar detrás de su nuca. El sonido del bofetón fue tan fuerte que rebotó como una bolita de *pinball* entre una pared y otra de los edificios, para después colarse en un ensanche al final del callejón. Cuando Antonio se dio cuenta de lo que había pasado, comenzó a balbucear algo así como: «¿Pero qué quieres? ¿Pero qué quieres?» repetidamente.

Yo no estaba acostumbrada a llevar anillos, así que después de la colleja se me hinchó inmediatamente la mano, mientras en la garganta tenía la sensación de tener un sapo que graznaba rabia

301

(¿los sapos graznan?). Vamos, que estaba bastante nerviosa y fuera de mí, así que no perdí el tiempo respondiéndole y le di una patada, y después otro tortazo que le hizo retroceder casi llorando. Al final fue mi hombre mediocre el que me paró: se plantó delante de Antonio y me gritó que me calmara. Solo entonces volví a respirar y mi cólera se fue desinflando.

Mi hermano se masajeaba el cuello y tenía los ojos brillantes; pero no me dejé ablandar, me acerqué y metí la mano en su cazadora, donde estaba segura de que encontraría el trozo de costo, una china intacta. Sabía quién se la había dado, conocía a sus amigos, la gentuza que estaba empezando a frecuentar. Así que presa de una nueva oleada de furia ciega, me metí el hachís en el bolsillo y salté sobre la motocicleta.

—¿Qué haces? —preguntó el amor mediocre de mi vida.

No respondí y me subí a la moto. Había aprendido a conducir dos ruedas muchos años antes, así que me lancé a todo gas como una piloto experimentada y en un minuto llegué al ensanche donde aquellos cuatro sinvergüenzas que frecuentaba Antonio se encontraban. Al verme llegar a toda velocidad se levantaron de un salto y vinieron hacia mí con todos los sentidos alerta. Solo cuando me reconocieron se tranquilizaron. Llamé hacia mí al más grande, un tal Ciro, que todavía no era mayor de edad, y le puse en la mano la china. Después dije:

—¡Cirù, ahora escúchame bien! Antonio es un buen muchacho, no lo vuelvas a mezclar en estas cosas. Tú haz tu vida y nosotros hacemos la nuestra, ¡y todos tan contentos! —Él me miró de arriba abajo con aire arrogante, pero no abrió la boca—. ¿Nos hemos entendido?

Ciro se tomó algunos segundos para contestar, tras los cuales me dio la espalda en señal de desprecio. Metí la primera y me fui. Aquella noche me acerqué a la cama de Antonio y susurré a la oscuridad:

—Sé que eres un buen chico, por eso debes seguir tu vida y morir como una persona honrada. Como nuestra madre. Y como

302

papá. Si te vuelvo a ver con aquella gente, te juro que te mato. Te mato primero a ti y después me mato yo. Y sabes que soy capaz.

Él no respondió, pero estaba segura de que me estaba escuchando. Durante unos días evitó cruzarse con mi mirada. Después, con el paso de las semanas, todo volvió a ser como antes. No se volvió a ver con Ciro y sus otros amigos, hasta que se fue a hacer el servicio militar y yo tomé una bocanada de oxígeno. El ejército se encargaría de sacarlo de la calle durante algún tiempo.

Cuando volvió era otro. Lo había salvado. Una vez más.

En cuanto a Ciruzzo, ahora me saluda con respeto, creo que porque me considera una mujer de verdad. Si por mujer de verdad se entiende una que no acepta que la pisen y que lucha por ella y por sus seres queridos, entonces sí, soy una mujer de verdad.

MARCHARSE O QUEDARSE

El agua baja sutil y silenciosa, como si procurara no molestar. Son las cuatro de una tarde de principios de verano, y aun así el cielo está plomizo y de vez en cuando gruñe. Tanto es así, que Perro Superior, tendido a mi lado, empieza a quejarse, lo que en su cabeza debería servir para que la naturaleza deje de tocar las pelotas. Para él, la siesta de la tarde es sagrada, sobre todo cuando la casa, como ahora, está sumida en el silencio. Nos encontramos en casa de don Vittorio, más concretamente en la cocina de mi viejo vecino, él en la silla de ruedas al lado de la ventana, yo sentada detrás de la mesa con la cabeza sobre el brazo apoyado en la madera. En la campana está también Primavera, que un poco mueve la cabeza a derecha e izquierda para mirar el mal tiempo a través de los cristales y otro poco se lame bajo las alas.

—Chispea —rompe el silencio don Vittorio.

Levanto la cabeza para mirar fuera, donde un rayo de sol ha conseguido abrirse camino para llegar hasta aquí, a los pies de Vittorio Guanella. A contraluz se ve la llovizna que todavía corta el aire.

—Ya.

—Es bonito cuando llueve y hace sol —prosigue él—. ¿Sabes que en el mundo este fenómeno aparece escrito de diversos modos en el folclore? En Rusia lo llaman «la lluvia de las setas», porque esta condición sería favorable para la formación de setas. En Cataluña, en cambio, dicen que son las brujas que se lavan el pelo.

—¿Pero cómo hace para saber siempre todas estas cosas? —pregunto sin levantar la cabeza de la mesa.

—He viajado, nena, solo eso.

—Qué suerte tiene.

Él se da la vuelta para mirarme y dice:

—Deberías empezar a hacerlo. A viajar, quiero decir.

—¿Sola?

—Bueno, viajar solo ayuda a crecer. Si no, podrías seguir a tu francés por el mundo.

—Pues a lo mejor no es mala idea.

Mi vida se encuentra en una encrucijada, la enésima. Sin trabajo (aunque todavía tengo que comunicárselo al abogado Geronimo), y sin el niño que me había dado ganas de tener un niño; pero con un sobrino que, seguramente, hará que me arrepienta de no haber tenido todavía un niño; y con un hombre al lado al cual, sin duda, no puedo pedirle que me haga un niño.

—Quizá realmente debería marcharme. Podría disfrazarme también yo de estatua viviente y entregarme al arte callejero, viajar con Thomàs por Europa, un día aquí, otro allí. Podría dejar a Perro Superior con usted o, mejor, llevarlo conmigo, ya que los artistas callejeros con perro tienen más éxito. O quizá debería esperar a que las cosas sigan su curso, que el francés se largue de Nápoles para después volver al bufete Geronimo, taparme la nariz y seguir adelante con los microtimos de las aseguradoras, aceptar si acaso el coqueteo de Manuel, un compañero, e irnos a la cama, a la espera de que dé un sentido a todo. Me da la sensación de estar jugando a aquel juego en el que se necesita encontrar algo y tu compañero dice «frío» o «caliente» según lo que te acerques al objeto. Me siento a un paso de la verdad, como si hubiera una voz en mi interior que me dijera «templado», que significa que todavía no he descubierto el acertijo y no he encontrado lo que busco, pero que estoy cerca. Vamos, que tengo la sensación de estar cerca, a un paso, pero no consigo entender cuál podría ser y cómo moverme para conseguirla. Tengo miedo de equivocarme y volver a oír la voz que dice «frío».

Don Vittorio me mira con ojos brillantes y con una sonrisita apenas disimulada, pero no me rebate.

—Este fin de semana conoceré a mi sobrino —añado entonces—, y también al caballero, a la pareja de mi madre.

—Bien —comenta por fin él—, ¿estás contenta?

—Sí, claro, aunque pensaba que podría estarlo más. —Silencio. Primavera revolotea de la campana al aparador—. Me gustaría comprar la que fue la casa de mi abuela. Se vende. Lo único es que ahora estoy sin trabajo.

—Entonces es que has decidido quedarte.

—Pues, de hecho no lo sé…

—En cualquier caso, es una buena idea. ¿Sabes?, he estado pensando en lo del trabajo, y me he acordado de que tengo un amigo que es abogado. Podría llamarlo y ver si necesita una colaboradora válida.

—¿En serio?

—Bueno, no te aseguro nada, pero puedo intentarlo.

—Que te quemas… —digo al rato.

Y esta vez, él sonríe de verdad.

Don Vittorio se enciende la pipa, abre la ventana y el olor a asfalto mojado invade la cocina. Permanecemos en silencio disfrutando de las gotas de lluvia que acompañan al sol y parecen hacer germinar todos los ruidos de la ciudad antes inaccesibles. Así hasta consigo oír el canto de las golondrinas, y también lo debe de oír Primavera, porque se da la vuelta de golpe e inclina su pequeña cabeza para averiguar de dónde llega la voz familiar. Y después oímos el cucú de una tórtola, que a saber de debajo de qué cornisa se habrá resguardado, y, todavía más agudo y lejano, un zumbido, que me gusta pensar que es un abejorro que ha venido a avisar a las señoras de que abran las ventanas, que ha llegado el verano, a pesar de la lluvia, y que, en cambio, lo más probable es que sea solo el

307

ruido metálico de uno de esos chismes asquerosos con los que tapizamos nuestros edificios: los motores de los aires acondicionados. Dentro de poco podremos ir todos por ahí con un teléfono en la muñeca y, en cambio, para estar fresquitos, estamos obligados a colgar un carro armado fuera del balcón.

—A mí, en cambio, no me gusta demasiado cuando chispea —digo una vez que he recuperado el hilo de mis pensamientos—, menos aún cuando hace sol. Me hace pensar en algo indefinido, que no se decide, algo no resuelto. Como mi vida. Que te quemas…

Y sonrío.

Don Vittorio continúa mirando al cielo. Cuando hace eso, al final sale siempre con una de sus frases memorables.

—Te olvidas de algo fundamental… —sentencia entones sin mover un músculo—, y es que cuando llueve y hace sol, después casi siempre aparece el arcoíris.

Justo, eso es.

—Hoy es mi cumpleaños —dice don Vittorio después de otro silencio.

Alargo el cuello como suele hacer Alleria.

—Bueno, ¿qué pasa? Yo también tengo un cumpleaños que celebrar, ¿sabes?…

—¿Y me lo dice ahora?

—¿Y cuándo debía decírtelo?

—¿Quizá ayer? Podía haber pedido a mi madre que me preparara una tarta… o si no habría comprado un *babà*[16] y velas. Un cumpleaños sin velas es muy triste.

—¡Ay, Luce, no sabes cuántos cumpleaños sin velas llevo! A

_____

[16] *Babà*: bizcocho borracho, de forma alargada y con un extremo redondeado, típico de Nápoles. (N. de la T.)

quién le importan las velas. Además, a mí no me gusta el verbo «apagar», me suena a interrupción imprevista...

—Vale, pero al menos podía comprarle un regalo...

Él no contesta y vuelve a mirar por la ventana.

—No podemos quedarnos aquí —suelto entonces—, ¿quiere pasar su cumpleaños encerrado en casa como siempre?

Don Vittorio se gira para mirarme.

—¿Y dónde vamos?

—Pues a dar un paseo —Perro Superior levanta el pecho del suelo—, a tomar un helado, ¡a buscar a Thomàs!

—¿Qué me dices de ir al mar?

—¿Al mar?

—Sí... al mar. Este aire me está trayendo a las narices el olor del mar...

—Llueve...

—Chispea —puntualiza él.

Me lo pienso un instante y entonces, volviéndome hacia Alleria, pregunto:

—¿Qué me dices de dar un paseo?

Perro Superior se pone de pie y empieza a ladrar como un loco, así que nos vemos obligados a bajar deprisa y corriendo, antes de que algún tarado se asome a la ventana y nos mande a freír espárragos por la siestecita de media tarde que le hemos estropeado. En breve estamos en la calle, bajo una llovizna que vuelve resbaladizos los adoquines y que me obliga a zigzaguear con la silla de ruedas para evitar los charcos. Llevamos dos chubasqueros verde militar que don Vittorio me ha hecho exhumar de un viejo mueble que apestaba a naftalina, y con la capucha que me cae cada dos por tres sobre los ojos ni siquiera consigo echar un vistazo a los callejones que cortamos, de los cuales despuntan, como siempre, motos y coches a toda velocidad. Por eso es el viejo el que me guía, el que me dice que dé la vuelta cuando hay que dar la vuelta, que me pare para ceder el paso a dos matones en una moto Tuareg y a una vieja con mala leche que arrastra el carro de la compra y maldice el viento. Mientras tanto, el poco sol que todavía se pasea alegremente por la calle va cediendo paso a grandes nubarrones negros que se condensan sobre los edificios.

—¡Don Vittò —grito—, ha elegido el mejor día para que le entraran ganas de ir al mar!

Creo que él se ríe, porque no puedo mirarlo a la cara, pero no comenta nada. En breve llegamos a vía Toledo (donde algunos africanos están pendientes de cubrir con una lona de plástico los puestos en los que exponen decenas y decenas de gafas de sol) y un indio viene hacia nosotros con una colección de paraguas colgados del índice, de esos que, después de un regateo infernal, consigues comprar a tres euros y por ello te sientes grande, porque le has tomado el pelo al indio. Y, en cambio, al primer soplo de viento, tu bonito paraguas de tres euros se contorsiona y se transforma de pronto en una de esas cucarachas que bailan panza arriba y mueven sus patitas sin saber qué hacer; y tú intentas también arreglar tu bonito paraguas, mientras el agua te salpica la cara, pero te quedas con una varilla en la mano y después se rompe la tela; y entonces en la primera papelera tiras a la basura el insecto muerto que, por un brevísimo periodo de tiempo, fue un objeto; y te alejas bajo la lluvia perjurando contra los indios, los chinos, los napolitanos y todos aquellos que, mientras te timan, siguen sonriendo.

Cuando llegamos al paseo marítimo, don Vittorio ha mirado un segundo el horizonte, después se ha dado la vuelta para mirarme y ha dicho:

—Nena, sé que ahora pensarás que soy un viejo «tocapelotas», pero yo querría ir al mar, al mar mar, no a «ver el mar». Desde aquí estamos demasiado lejos.

—¿Lejos? ¡Si el mar está ahí, a diez metros!

Y he alargado la mano.

—Hay rocas de por medio...

He vuelto a mirar el cielo negro:

—Don Vittò, ¿pero no podía pedir una bonita corbata de regalo? Aquí el tiempo cada vez está peor...

—¿Te parezco el típico que de regalo pide una corbata?

La pregunta no requería respuesta, así que me he encendido un cigarro.

—Pero ¿no hay una playa por aquí? —ha preguntado él.

No, nada de playas, solo hay esta guarrería de escollera rompeolas de un blanco sucio, que mantiene alejado el mar y que, en cambio, le gusta tanto a las putas, que se resguardan entre sus recovecos.

—En el siglo diecinueve, Nápoles tenía una playa preciosa, con un montón de barquitos que regresaban al alba, y entonces los pescadores se ponían a vender su mercancía recién pescada. Y luego estaban los golfillos que se perseguían, algún mariquita que paseaba y te guiñaba el ojo... —cuenta don Vittorio pensativo.

—Todavía tenemos mariquitas —he contestado en tono bromista pensando en Patty, mientras volvía a empujar la silla con Alleria siguiéndome con paciencia y el pelo mojado.

Don Vittorio ha sacado la pipa de debajo del chubasquero y ha intentado encenderla varias veces. Mientras tanto, se ha puesto a pensar, como hace siempre que le entran ganas de fumar. Ha resoplado un par de veces y después ha soltado:

—¿Y si fuéramos a Bagnoli? Allí todavía hay playa...

—Sí, allí todavía hay playa, pero la arena está mezclada con el alquitrán y el amianto... ¿Le da igual? —he respondido de golpe.

Don Vittorio ha respondido:

—Me da igual, nena. Hay que tener valor para meter las manos en el barro si quieres encontrar oro.

Me paro a un metro del agua, con las ruedas de la silla que se hunden en la arena negra. Si no hubiera llovido y la arena no se hubiera condensado en una especie de moqueta, y una leche habríamos conseguido llegar hasta allí.

—¿Y bien? ¿Todavía más cerca? No se querrá dar un baño, ¿no? —pregunto horrorizada.

—No, quiero meter los pies en remojo, como se decía hace tiempo.

No respondo de inmediato, así que él se siente en el deber de precisar:

—Sí, me estoy comportando como un viejo tío atontado que toca los cojones hablando de recuerdos. Pero tú has hablado de regalo, y aquí estamos...

Después se da la vuelta y me guiña el ojo. Yo se lo devuelvo con una sonrisa, mientras miro a Alleria que se ha quedado atrás escarbando un hoyo en el centro del caminito dejado por las ruedas de la silla que la lluvia y esta extraña neblina parecen ya querer tragarse. Solo después empujo a mi amigo dos metros adelante y lo ayudo a quitarse los calcetines. El mar gris se abate enérgico a nuestros pies y en su interior casi me parece percibir alguna estría rojiza, quizá algas o quizá el reflejo del Italsider, de estos viejos edificios oxidados que están a nuestras espaldas, que parecen seguir en pie a duras penas y que son todo lo que queda de la gran fábrica que durante décadas dio trabajo a un barrio entero, vertiendo al mar, y a los balcones de los trabajadores, su polvo tóxico y sus miasmas.

Agarro la pierna del viejo y la apoyo en la arena, ahí donde estaba el mar hasta hace un segundo y donde volverá un segundo después. El agua oscura de Nisida devora famélica nuestras extremidades y me obliga a retirar deprisa y corriendo la mano.

—¡Joder, qué fría está! —digo.

Pero don Vittorio ni siquiera me escucha. Sonríe y mira su pie, que parece ceder inerme a la fuerza del mar.

Después se da cuenta de que miro curiosa la escena y se apresura a explicar:

—No siento nada, pero no lo necesito.

Nos quedamos en silencio mientras el viento nos seca los ojos y Alleria se lanza en persecución de dos gaviotas.

—Recuerdo perfectamente la sensación... Y me basta... —añade al rato.

Y me doy cuenta de que está temblando.

—Quizá deberíamos volver... —pruebo.

—No...

—¿Cómo sucedió?

Él se da la vuelta de golpe y me mira un buen rato. Entonces comienza a hablar:

—Una mañana, hace once años, estaba en la cubierta del barco con un amigo, Carmine, un marinero napolitano, y con otros del norte, charlando con ellos mientras desmontaban un bote salvavidas de su soporte. En determinado momento alguno hizo un movimiento equivocado y... bum... el bote se nos cayó encima, y me partió la espalda y las piernas. Pero no me quejo, podría haberme ido peor. Al pobre Carminiello le partió la cabeza en dos.

Cruzo los brazos entorno al pecho para protegerme de un imprevisto escalofrío y digo:

—Hace mucho viento, el agua está helada... y usted está temblando...

En esta ocasión, don Vittorio sonríe y contesta con aire seráfico:

—Pero ¿no eras tú a la que le gustaba el olor del mar y el sonido del viento? En cualquier caso, mejor así, generalmente es justo en un escalofrío donde se encierra nuestra pequeña vida, mi querida Luce.

Y vuelve a admirar su pie, que remolinea en el agua.

Ya, quizá sea verdad. Quizá sea un instante de pura emoción el que dé significado a todo.

Y un segundo después estás dispuesto a volver a empezar.

Si mientras tanto no has pillado un catarro.

VIENTO DEL MAR

Y ahora estamos aquí, en un largo muelle azotado por el viento que parte en dos el mar y el golfo de Pozzuoli, con Nisida a nuestra izquierda y Capo Miseno al otro lado, mirando el mar lívido y rabioso, y las gaviotas que sobrevuelan nuestras cabezas con gritos estridentes. El muelle entero (donde tiempo atrás atracaban los cargueros de hierro y carbón) está desierto. Solo estamos nosotros: yo, don Vittorio y Alleria, que ahora está acurrucado mirando Monte di Procida con las orejas que bailan al viento.

—Nunca he llegado hasta el final del muelle, hasta aquí... —digo al rato.

Don Vittorio mira hacia atrás y comenta:

—Yo tampoco. Será un kilómetro...

—Ni siquiera recuerdo que existiera cuando era pequeña.

El viejo intenta encender su pipa, pero hace demasiado viento.

—Lo mejor de mi vida ha pasado en el mar... —declara después, mientras mira el monte Epomeo, el volcán de Isquia que suelta humo despacio, abstraído por el negro del mar y de la noche que reina a su espalda.

—La chica de la foto en la campana...

Presto atención.

—Es una española, se llama Gisela. La conocí hace más de cuarenta años. Hacía poco que trabajaba en los barcos, si no recuerdo mal, era mi segundo crucero. Y, pues eso, que atracamos en Valencia y allí subió ella, que en aquella época ni siquiera tenía veinte años y estaba de viaje con sus padres y con un hermano más pequeño. Se presentó a la noche siguiente de embarcar, cuando terminé de tocar, para darme la enhorabuena. Hablaba muy deprisa y me costaba seguirla, pero me dio a entender que le había gustado mucho el espectáculo, que también a ella le encantaba el *jazz* y que tocaba el piano. Nunca había visto una chica tan joven y guapa a la que le gustara el *jazz*. Se quedó a bordo una semana, pero a los dos días ya nos habíamos enamorado. Nos veíamos en los pasillo más aislados del barco, por miedo a que los suyos nos encontraran; nos contábamos nuestra vida y nuestros sueños en la cubierta, por la noche, con el mar que resoplaba contra el casco bajo nosotros y la luna que pintaba de blanco su piel. Estudiaba arquitectura, pero su pasión era la música, el piano, eso decía. La última mañana, cuando quedaba poco para atracar, conseguí hacerla entrar a escondidas en la sala de baile. Estábamos solos en aquella gran habitación con el suelo de madera clara, y con un piano en el palco rojo de una esquina. Por el ojo de buey ya se divisaba la tierra firme que venía hacia nosotros, así que ella no perdió el tiempo, se sentó al piano y empezó a tocar la pieza que desde aquel día entró en mi vida, aquella que escuchas siempre en mi casa…

—Guau… —se me escapa mientras observo hipnotizada su rostro encrespado por el viento del mar y los recuerdos.

—En aquellos cinco días nos dijimos todo lo que teníamos que decirnos, nos contamos nuestras vidas, nuestros sueños, nuestros proyectos. Pero no nos dimos ni un beso…

—¿Ni siquiera un beso? —lo interrumpo, tirando de Alleria, que ya se ha cansado de estar a merced de esta vuelta del invierno.

—Sé que no lo vas a entender, pero… no dio tiempo, teníamos que contarnos nuestras experiencias, y encerrar todo en ese pequeño contenedor de cinco días. Cuando terminó el crucero, pensé en bajar con ella, pero Gisela respondió que me escribiría pronto.

316

Don Vittorio se calla e intenta volver a encender la pipa. No hay nada que hacer.

—¿Y le escribió?

—Sí, muchas veces, aunque después de aquel día no volviéramos a vernos más.

—¿Nunca más? ¿Y por qué?

—Y por qué… No sé por qué, quizá porque la vida se te echa encima con toda su fuerza cuando todavía no eres adulto, cuando no tienes la madurez para entender determinadas cosas. Nos escribimos durante más de un año, Gisela estudiando en Valencia, yo subiendo y bajando de barcos. Nos contábamos nuestros días, nos hacíamos compañía con nuestras cartas. Ella me describía su habitación, los amigos de la universidad, me hablaba de los exámenes, de los problemas de casa, del padre que no estaba. Y yo le hablaba de mis viajes, de lugares siempre distintos pero, en el fondo, siempre iguales, de mi vida vista desde un ojo de buey y, sobre todo, de la música. Intercambiábamos impresiones, juicios, consejos. Yo le decía que escuchara una pieza y ella, en la carta siguiente, me hablaba de un álbum que la había cautivado…

—Es una historia preciosa —decido interrumpirlo.

—Sí, aunque me deje un extraño sabor de boca. ¿Me enciendes un cigarro?

—¿Fuma cigarros?

—No, ¡pero esta maldita pipa ha decidido que hoy no funciona!

Está nervioso como nunca lo he visto. Enciendo el cigarro y se lo paso.

—Después, un día, me volví a encontrar en Valencia. No sabía nada de Gisela desde hacía al menos tres meses, pero conservaba su dirección. Cogí tres autobuses y, al final de la tarde, llegué a su casa. Todavía recuerdo cómo me latía el corazón cuando leí su apellido en el telefonillo, y cómo me temblaba la mano mientras apretaba la tecla. Me respondió la madre, que no entendió nada de mi discurso, pero me dijo que la hija se había trasladado a Madrid desde hacía un mes para completar sus estudios.

317

—¡No! —Se me escapa, cada vez más metida en la historia.

—Sí. Me vi perdido, no sabía nada de aquella novedad y no tenía ni idea de cómo hacer para hablar con ella. Volví a subir al barco y no le dirigí la palabra a nadie durante días, hasta que de vuelta de aquel largo viaje me encontré su carta, enviada una semana antes de mi llegada a Valencia, en la que me explicaba que se había marchado a la capital porque ya había empezado a colaborar con un importante estudio de arquitectura, que era feliz, que en seguida había hecho nuevas amistades y que compartía casa con un compañero de estudios. No hizo ninguna alusión a la música. Creía que me volvía loco: sentía que la mujer que amaba desde hacía casi dos años, a la que no había visto desde entonces, a la que ni siquiera había besado, se estaba alejando de mí. Por eso cogí papel y pluma e hice la mayor estupidez de mi vida…

—¿Es decir? No me diga que cortó…

A nuestro alrededor, Nisidia, Isquia y Procida, sombras ahora oscuras a merced del Mediterráneo, empiezan a maquillarse para la noche con un montón de lucecitas que brillan a lo lejos.

—Quizá deberíamos volver —dice él—, está oscureciendo.

—Primero termine la historia —respondo decidida.

Él suspira y prosigue:

—Sí, claro. Le escribí que entre nosotros se había terminado, que no había futuro en aquella relación, que no conseguía aceptar que ella viviera lejos de mí, con otro hombre en la misma casa. Que aquello empezaba a ser ridículo.

—¿Ridículo? ¿Qué tiene de ridículo dos personas que se quieren?

—La verdad es que me ha hecho falta una vida en el mar para aprender a dejar pasar las cosas. De joven no era capaz, por desgracia. A Gisela le afectó muchísimo y me escribió otras tres cartas, pero yo ya no le respondí.

Después se calla y termina de mordisquear el último trozo de cigarro.

—¿Cómo hacéis para fumar esta asquerosidad? Nunca lo he entendido… —comenta por fin.

—¿No se volvieron a ver? —pregunto, acariciando a Perro Superior, que parece suplicarme con los ojos que volvamos al calor de nuestro estudio mohoso.

—Hace trece años... un día llamó a la puerta una chica joven, muy guapa, de unos veinte años, con un hombre más alto que ella al lado, uno con poco pelo y perilla. Eran españoles y no perdieron demasiado tiempo en preámbulos: querían saber si era Vittorio Guanella. Asentí perplejo y entonces ella me saltó al cuello y me abrazó. ¡Imagínate, era la hija de Gisela! Y el que iba a su lado, su pareja. Me dijo que su madre, sabiendo que iba a ir a Nápoles, había decidido contarle su gran amor de cinco días con un guapo napolitano que tocaba la trompeta.

—Pero ¿cómo hicieron para encontrarlo?

—Gisela había conservado mi vieja dirección. Una vez allí, a los chicos les había bastado con hacer algunas preguntas por ahí para que les dirigieran hacia mí. Por otro lado, en los Quartieri la gente me conoce...

—Increíble.

—Fueron ellos los que me trajeron esa vieja foto descolorida que conservo en la campana. Se la había sacado su hermano aquellos días del crucero, y Gisela la había guardado durante todo ese tiempo.

Mientras tanto, el viento, abrumado por la noche, parece vencer su propia timidez y baja su intensidad.

—La llamaron desde mi cuarto de estar y, mientras su hija marcaba el número, yo pensaba en todas las veces en que había esperado poder hablar con mi Gisela. Al principio se quedó en silencio, creo que lloraba, porque sollozaba. Fue una emoción grandísima, aunque estuviéramos poco tiempo al teléfono. Sin embargo, desde entonces, no nos volvimos a perder.

—Pero ¿ella está casada?

—El marido murió el año pasado.

Lo miro como diciendo: «Bueno, ¿y no sería el caso de ir donde está ella, hacer que venga aquí, que se encuentren por fin?».

Él sonríe y añade:

—Una tarde, unos años después, recibí una llamada. Era ella. Me dijo que se encontraba en la estación de Nápoles, pero que estaba a punto de marcharse y que no se había atrevido a llamarme antes, a venir a buscarme. Añadió que tampoco el marido sabía nada, pero que ya no le importaba, que quería bailar por última vez conmigo. Dijo justo esto: «Ven a hacerme bailar como aquella noche de mi juventud, Vittorio».

Me doy cuenta de que tengo los ojos perlados de lágrimas, así que me paso el dorso de la mano por la cara y guardo silencio.

—¿Y yo qué debía hacer? Le dije que me esperara, que no cogiera el tren, que llegaría y que bailaría una última vez. Pero ya estaba en esta cosa —y da un pequeño puñetazo en el reposabrazos de la silla de ruedas—, y prepararme me llevó una vida. Llegué a la estación más de una hora tarde y no la encontré, el tren se había marchado.

—No... —digo con arrebato.

—No nos volvemos a ver. Nos amamos desde la distancia todo este tiempo y nunca nos besamos. Ella ni siquiera sabe de mi accidente, no he tenido valor para decírselo, me gusta que Gisela pueda pensar que un día retomaremos aquel baile.

Esta vez a mis lágrimas se la traen al fresco mi resistencia y se precipitan con ímpetu. Alleria, como buen Perro Superior, como siempre que me ve llorar, empieza a gimotear y me salta encima con la intención de lamerme la cara y comerse de esta forma mi dolor.

—¿Ves como tenía que guardarme para mí esta historia? —dice él—. Conmueve a un viejo sapo como yo, imagínate a una romanticona como tú.

—Entre todas mis virtudes, don Vittò, no creía que se encontrara la de ser romántica.

—Lo eres, lo eres, Luce, como todas las personas que tienen los bolsillos llenos de sueños y esperanzas.

Mientras deshacemos el camino del muelle, con las siluetas oxidadas de los edificios de la vieja fábrica que se perfilan enfrente, y a nuestra izquierda las playas balneario aún dormidas que dan la espalda al mar, vuelvo a pensar en la gran historia de amor vivida por don Vittorio, que en realidad no ha vivido nada de nada, y se me pasa por la cabeza si siempre merece la pena luchar por nuestros sueños o si quizá a veces no será más «romántico» contentarse con esperar pacientemente, como decía la abuela Giuseppina. En resumen, si no será mejor emborracharse de esperanza y después... que sea lo que tenga que ser.

—Eh, nena, ya conoces la historia. Pero de ahora en adelante ya no hablaremos más de ella, que luego se me pone siempre un nudo en la garganta y no se me quita. ¿De acuerdo?

Asiento mientras empujo la silla de ruedas, aunque tenga una pregunta en la punta de la lengua. Eso quiere decir que me la tendré que guardar. Una pena, porque con gusto le habría preguntado si por casualidad él sabía dónde iban a parar todas las vidas que habrían podido nacer de los amores no vividos, de estos encuentros apenas rozados.

Si en alguna parte existe un lugar mágico habitado por historias que nunca empezaron.

UNAS GANAS LOCAS DE VIVIR

He tenido que llevar a Alleria a la peluquería, a pesar de que el tiempo siga dando asco y amenace tormenta. Es que con toda la lluvia que nos cayó ayer, se le había quedado el pelo como esos cojines viejos de la abuela, rellenos de lana auténtica que se hacía un montón de pelotillas.

Por eso, cuando salgo al rellano, el ascensor todavía huele a talco, el perfume en espray con el que han rociado el lomo del pobre Perro Superior. Cierro las puertas y un bostezo muere en mi boca: ante mí está Carmen Bonavita llorando. No me da tiempo a decir nada, porque ella da un paso adelante y se me echa encima. Retrocedo y me pongo en posición de defensa, con las manos delante de la cara, porque lo de pegarme no es que sea lo mío; y eso que de pequeña, en la parroquia, nos hicieron participar en un par de clases de kárate con un maestro, un tal Alessio, un tipo sin pelo, pequeñín y con cara de *cazzimma*, que tenía fama de que si se encabronaba, era mejor huir. Intento recordar sus directrices y me posiciono con una pierna delante de la otra, a la espera del movimiento del adversario, porque eso decía siempre Alessio, que el kárate sirve para defenderse, no para atacar.

Lo único es que el ataque de Carmen es muy diferente de cómo me lo esperaba: se me echa encima con los brazos abiertos y se me ancla al pecho. Después aprieta fuerte. Me tiro más de un segundo para entender que se trata de un abrazo y me quedo en la posición de kárate más de la cuenta. Ella, en cambio, no se rinde y continúa apretando mientras llora. Llegado ese punto mando a la mierda las artes marciales y a Alessio, me abandono, aunque tampoco es que sea una gran experta en abrazos. Alessio debería habernos dado también alguna lección de cómo defendernos de los abrazos, pero da lo mismo.

—¿Qué pasa? —consigo por fin preguntar. Pero Carmen hipa con la cara pegada a mi hombro y, para intentar responder, me pringa la camiseta de moco—. Carmen, ¿qué ha pasado?

Su aliento apesta a alcohol, el llanto le ha dejado la cara como la de un muñeco de plastilina y tiene el pelo sucio recogido con una goma amarilla fluorescente. Entre hipidos y sollozos, consigo percibir un nombre:

—Kevin… —repite tres veces.

Y entonces, de pronto, se me eriza el vello de los brazos como militares en un desfile y una descarga de adrenalina me golpea detrás de la nuca.

—¡Qué ha hecho, Carmen, responde! —grito zarandeándola.

Don Vittorio está un poco sordo, pero incluso así su puerta se abre de golpe.

Entonces ella deja de llorar, se lleva las manos a los ojos y se limpia antes de decir:

—Perdonadme.

—¿Perdonarte qué? —pregunto—. ¡Dinos qué ha pasado!

Carmen se aparta, suelta una tos, un largo suspiro, después mira a don Vittorio, finalmente a mí, y dice:

—Me lo han quitado.

—Vamos, que ha ido a recogerlo al colegio y no me lo ha traído a casa. Entonces lo he llamado y me ha dicho que no soy una buena madre y que nuestro hijo ahora se queda con él…

Carmen detiene su relato para dejar de llorar.

—Hay que llamar a los *carabinieri* —interviene don Vittorio, que lleva a Primavera posada en su hombro.

Estamos los tres en la cocina.

—Ha dicho que ya que la justicia no funciona, ¡se la toma el por su mano! —retoma Carmen.

—Qué paradoja, tu marido hablando de justicia… —comento.

—¿Has hablado con el niño? —interviene don Vittorio.

—No, me ha dicho que estaba jugando.

—Hay que llamar a los *carabinieri* —repite entonces el viejo.

—Nunca le hará daño. Quiere mucho a Kevin.

—¡Sí, pero esto es un secuestro! —digo yo.

—Ayúdame a recuperarlo —me suplica Carmen.

Siento un nudo en la garganta y el corazón me va a mil. Pensar en esa pobre criatura de aquí para allá, objeto de una guerra de mierda, me da náuseas.

—Quizá deberíamos realmente ir a los *carabinieri* —intento decir.

—Me gustaría hacerle entrar en razón…

—¿Cómo?

Carmen se suena la nariz y dice:

—Luce, escucha, yo he venido aquí porque tú eres abogada. ¿Es así, no? ¿No puedes hablar tú con él y convencerlo de que dé marcha atrás? Y en caso de que se lo digas y no nos entregue a Kevin, ¡vas a la policía!

A continuación se enciende un cigarro y aprovecho para pedirle uno:

—Yo no soy la abogada de tu marido, Carmen, yo no soy nadie. Es lo que intentaba decirte el otro día. Soy una colaboradora, una empleada, una que empieza desde abajo, vam…

Ella no me deja ni terminar.

—Me importa una mierda lo que hagas ahí, Luce. Si quieres a Kevin, y sé que lo quieres, ¡me tienes que ayudar!

Miro el reloj: son las cuatro de la tarde. Apago el cigarro que acabo de encender y me levanto.

—¿Qué haces? —pregunta ella.

—¿Qué haces? —repite don Vittorio.

—Lo que me has pedido, me ocupo de Kevin.

Alleria se levanta conmigo.

—No, Perro Superior, tú te quedas aquí protegiendo a mis amigos —digo apretándole el hocico entre las manos—, que vuelvo pronto.

—¿Dónde vas? —vuelve a preguntar don Vittorio.

—A hablar con el abogado Geronimo. Es él quien me ha metido en este lío y es él quien me tiene que sacar. Será él el que hable con «su» cliente y el que le explique a qué se atiene si no da marcha atrás. Estamos hablando de secuestro de un menor.

—¿Y el abogado tiene huevos para hacer una llamada de ese tipo a mi marido?

—El abogado Geronimo es un buitre y hace solo lo que le merece la pena. Me da que tendré que levantar un poco la voz, pero hará lo que debe hacer… —respondo dirigiéndome al pasillo.

—¡Voy contigo! —grita Carmen corriendo tras de mí.

—No, tu espérame aquí, no puedes dejar que te vean en estas condiciones. Se nota desde aquí que has bebido. No les demos a esos cabrones más motivos para que duden de ti.

Ella me mira directamente a los ojos y declara:

—¡No soy una alcohólica, como quiere hacer creer mi marido! Bebo cuando me siento mal, y nunca delante del niño. Y hago que no le falte de nada. ¡Y lo quiero con locura!

—Lo sé —afirmo dirigiéndome a la puerta.

—Luce, te lo pido por favor, ¡no hagas tonterías! —alza la voz don Vittorio desde la cocina.

Agarro el bolso del perchero y salgo al rellano. Carmen llega tras de mí y me agarra por un brazo.

—Luce, quería decirte que… Pues eso, que siento lo del otro día. Quizá fui demasiado impulsiva, espero que me comprendas…

—Soy yo la que me equivoqué.

—Sí, pero me pediste perdón, y yo no estoy acostumbrada a

que me pidan perdón. Lo volví a pensar en casa y, bueno, creo que no lo hiciste con mala fe. Por eso debería haberte llamado, pero tengo esto del orgullo que nunca me deja hacer nada. Pero te hemos echado de menos, y Kevin ha preguntado por ti. Y cuando hoy ha pasado esto, he pensado inmediatamente en ti, porque yo nunca he tenido una amiga con tus pelotas, una que haya estudiado y que sea abogada. Por eso me gustaría que volvieras a ayudarme con Kevin, ahora cuando vuelva. Pues eso, esto es lo que te quería decir.

Sonrío.

—Me parece estupendo.

Carmen me abraza y me besa en la mejilla.

—Pero ha llegado el momento de que tú me respondas a una pregunta… —añado soltándome de sus brazos.

Ella me mira perpleja.

—¿Se puede saber por qué demonios se te ocurrió llamarlo Kevin?

—Por Costner, el actor, ¿sabes? Es rubito con los ojos azules. Me gustaba mucho hace tiempo… Ahora he aprendido a desconfiar también de los rubitos…

Sonrío por no llorar y me lanzo escaleras abajo. No sé lo que podrá acarrearme esta amistad con Carmen, si lo que realmente quiero es ocuparme de Kevin o si es pedir a la vida demasiado poco. No sé si estas ganas que siento de marcharme son realmente el deseo de una nueva vida o solo miedo a quedarme. Pero creo que necesito tiempo, esperar que los acontecimientos sigan su rumbo, siento la necesidad de guiarme por instinto y confiar en las pequeñas cosas que en este último periodo me han hecho sentirme bien. Siento que tarde o temprano algo cambiará y me hará comprender qué camino tomar. Ahora falta poco para el próximo cruce.

Que te quemas…

Finalmente llega la lluvia para ratificar un día de mierda. Pues sí, porque me encuentro en vía Diaz, con las posaderas en la mítica

Vespa naranja sin chasis año «milnovecientosochentaidos», esperando a que los coches atascados sin vía de escape se aparten un poco para dejarme pasar, mientras delante de mí un tipo macizo en un Tmax aprieta a fondo el acelerador y toca el claxon como loco, como si haciendo eso los coches pudieran despejar la calzada para permitirnos a nosotros, pobres motorizados, encontrar un balcón bajo el cual cobijarnos del tap tap del agua que se nos viene encima.

Alzo la mirada de mi guardabarros y me topo con sus ojos para nada conciliadores.

—Venga, vamos, ¿a qué esperas? —dice él invitándome a retroceder no sé dónde.

Doy marcha atrás hasta donde puedo y espero nuevas instrucciones, pero ya ni me mira y se lanza como si delante tuviera un circuito de carreras todo para él. Su poderosa rueda pasa a un milímetro de mi guardabarros abollado y su espejo retrovisor me roza el ojo derecho. Podría decirle algo, pero el tipo es mucho más rápido que yo y en un santiamén pierdo su pista. Considero la posibilidad de lanzarme a la derecha, tras un autobús colmado de gente que me observa con compasión y un Fiat Punto blanco conducido por todo un caballero absorto en inspeccionar su agujero nasal derecho con su meñique, pero entiendo rápidamente que no tengo vía de escape, que estoy peor que al principio.

Si algún cerebrito confrontara mi cociente intelectual con el del prototipo de la Camorra del Tmax, estoy segura de que no habría competición posible. Y eso que creo tener una inteligencia media. Pero si el mismo cerebrito decidiera usarnos como conejillos de Indias para un experimento sobre la capacidad de adaptación al medio que nos rodea, pues bien, el hombre del Tmax sería el ratoncito ganador.

—Madre mía, Luce, ¿qué ha pasado? —pregunta Giovanna Forino apenas se abre la puerta.

Estoy empapada de arriba abajo, con mi poco pelo pegado a la cabeza que me gotea sobre los ojos; la camiseta, de la cual, me doy cuenta solo ahora, despuntan dos pezones turgentes, ni que el francesito acabara de besarme el cuello; las Superga que hacen chof chof; y el casco en la mano, con el cual, por un momento, pienso atizar en la cabeza a Forino en respuesta a su estúpida pregunta.

Ella, al contrario, brilla en toda su feminidad: vestidito ajustado con escotazo que, honestamente, me roba incluso a mí una mirada de admiración (si no de envidia), zapatos de tacón, pelo recogido, maquillaje a lo *vamp* y miraditas de secretaria perversa. Dicho así, podría parecer un *pibón*. En realidad no tengo tiempo para indagar pero, como suelen decir esos grandes caballeros que tengo al lado de compañeros, la Forino es un cuadro de lejos. Si te acercas para verla mejor, tiene el culazo plano y caído, los tobillos como los de un jugador de *rugby*, los brazos cubiertos de vello largo y negro y la piel flácida en algunos puntos fundamentales. Y, a pesar de todo, en este momento, frente a ella, me siento como el patito feo. Maldita mamá, que se ha pasado la vida enseñándome buena educación, moral y la importancia de tener cultura, y se le ha olvidado explicarme que sin un poco de sana autoestima la educación y la cultura sirven para poco.

Una vez discutimos furiosamente y me salió esta frase que, en su momento, me pareció muy moderna: «Mamá —dije—, tienes que dejar de hablar de conciencia y de moral. Tengo unas ganas locas de vivir, no tengo tiempo que perder, ¡y tú me hablas de moral!».

Ella me miró como si tuviera delante a Satanás, inspiró un kilo de aire en los pulmones, se llevó las manos a la boca y huyó. Pensando de nuevo en la escena, se me escapa una risita que no viene a cuento. De hecho, Giovanna me mira perpleja antes de volver a su sitio. Me dirijo al que fue mi despacho, cuelgo el casco del perchero y solo después me doy la vuelta para mirar el escritorio. Sentado detrás hay un chico de unos veinticinco años, todo tieso, como si tuviera un palo metido por el culo, vestido con un traje azul, corbata celeste, camisa blanca en la que asoman las iniciales F. S., y con gafas a la moda.

—¿Y tú quién eres, el jefe de estación? —pregunto.

Creo que él no pilla la broma. Se levanta de golpe y me tiende la mano.

—Hola, señora, me llamo Fabrizio Schirri, soy el nuevo colaborador del abogado Geronimo.

Si no estuviera goteando como un viejo pino en el abrasador agosto, si no estuviera lista para un duelo a muerte con Geronimo, si Kevin no hubiera sido secuestrado por su padre, y si el pipiolo con granos no se hubiera encargado de llamarme «señora», no respondería como estoy a punto de hacerlo:

—Muchacho, señora se lo llamas a tu madre. Serás todo lo joven y *fashion* que quieras, pero nadie te ha dado confianza para…

Él se pone del mismo color que el vino de botella de dos mil liras que compraba papá a un amigo de Pianura y balbucea:

—Pero, realmente…

—Vale, déjalo. Más bien, dime tú, querido F. S., ¿qué haces ahí detrás? —El chico mira a su alrededor alucinado—. Quiero decir, detrás del escritorio que durante un tiempo fue mío.

Abre los ojos como platos y no responde.

—No te preocupes —añado entonces—, no me interesa, te lo puedes quedar. Y siéntate, que me haces sentir una vieja que acaba de subir al autobús.

En ese momento hace acto de presencia en el despacho Pasquale Acanfora con un legajo en mano.

—Ey, Ciengramos —digo.

—Luce —dice él esbozando un amago de sonrisa—, ¿qué haces aquí? Pensaba que ya no volvías…

—He venido a saludaros.

Pasquale apoya el legajo y se me coloca delante. También hoy lleva puesta una de sus típicas camisas celestes a media manga.

—Ciengramos, escucha, ahora ya no nos vamos a ver, podría pasar y dejarlo estar, pero creo ser tu amiga, de verdad… —Él me mira intrigado—. Pues eso, que tengo que ayudarte. Pasquà, ¡tie-

330

nes que librarte de estas camisas, que pareces un revisor! ¡Si te miro de soslayo hasta me sale enseñarte el billete!

El chico de detrás de mí suelta una risita.

—No, eso no está bien. No te puedes reír de Ciengramos, tienes que respetar los roles. Ahora acabas de llegar y tienes que romperte los cuernos a trabajar, tienes que someterte, es así como funciona. Pero dentro de un añito tú también puedes empezar a tomar el pelo a Pasquale, si mientras tanto no ha tirado estas camisas.

—Mira a F. S. —añado después dirigiéndome a Ciengramos—, mira que guapetón que está con la camisa con sus iniciales. Que tampoco es que se entienda para qué sirven estas iniciales. Mamá hacía muchas camisas de ese tipo, así que un día le pregunté por qué la gente hacía que le cosieran el nombre en la barriga. Y ella, ¿sabéis lo que me contestó? —Y miro a ambos—. Que, evidentemente, la gente estaba todo el día tan liada que podía ocurrir que se olvidara de su nombre.

Pasquale ríe, e inmediatamente después también F. S. se deja llevar por la hilaridad general.

—No la escuches —dice entonces Ciengramos—, ¡a Luce siempre le gusta bromear! ¡Menudas ideas se le ocurren!

—Sí, muchas —replico—. Pero cambiando de tema, Geronimo está, ¿verdad?

—¿Y dónde iba a estar? Ya sabes que no tiene vida privada.

—Ya —respondo, aunque me gustaría decir: «Mira quien habla».

—¿Quieres saludarlo?

—Digamos que sí…

Ya estoy fuera del despacho cuando Acanfora me vuelve a llamar.

—¿Qué pasa? —pregunto.

—Al final he cogido la casa en los Quartieri —declara satisfecho.

—Sí, lo sé…

—Es bonita, aunque sea pequeña y vieja. Pero con una mano de pintura y algún retoque, puede quedar de maravilla.

—¡Bravo, Ciengramos, un primer paso hacia la edad adulta!

Paso por delante del escritorio de Forino, que intenta decir algo, pero ni lo escucho. Llamo a la puerta de Arminio y entro sin esperar respuesta. El abogado está ocupado hablando por teléfono, con los pies en el escritorio y los dedos en la nariz. Apenas me ve, abre como platos esos ojillos de buitre que tiene, saca el índice del agujero de la nariz y baja rápidamente los pies al suelo. Entonces hace un gesto de saludo, sonríe y con su mano regordeta abierta en el aire me ruega que espere. También hoy, los dos penachos de pelo blanco y despeinado que le salen de las sienes consiguen vencer la gravedad y se mantienen suspendidos en el aire como las alas de un *jet*.

Giovanna se precipita en el despacho con sus tres buenos kilos de tetas y dice:

—Abogado, he intentado decirle que estaba ocupado, pero ya conoce a Luce, ¡ambos la conocemos!

Y me mira. Le devuelvo una sonrisa idiota, un movimiento de párpados y un beso sensual. Ella retrocede horrorizada y cierra la puerta.

A los dos minutos le hago un gesto al abogado para indicarle que ya es tarde y que tengo que hablar con él. Asiente y se enciende un puro. No recuerdo a Arminio Geronimo sin su famoso puro entre los dedos. Le sirve para sentirse importante, al estilo de los *boss* americanos, Al Capone, para entendernos; o el personaje de *Dallas* que no recuerdo cómo se llama, el que le gustaba tanto a la abuela. Por suerte, después de otros dos minutos el abogado decide colgar, se levanta (lo que no cambia demasiado respecto a cuando estaba sentado) y viene hacia mí para besarme. Conociéndolo, me preparo y pongo las manos detrás de la espalda. Incluso así, me toca aguantar sus patitas de viejo verde en los brazos.

—¡Ey, Luce, qué alegría verte! ¿Al final te has decidido? ¿Te quedas con nosotros? Si es así, al *pijales* de ahí fuera lo saco de inmediato al pasillo ¡y te devuelvo tu escritorio!

—No, abogado, no doy marcha atrás.

Él se pone a la defensiva.

—Ah —dice, sentándose en el sillón de enfrente, al otro lado del escritorio—. ¿Entonces qué? No me digas que quieres dinero, ¡porque no es el mejor día!

—De verdad...

—No, Luce, yo te quiero mucho, y lo sabes, ¡pero no me toques los cojones con las gilipolleces del finiquito y esas chorradas, que entonces me cabreo!

—Abogado, ¿pero qué finiquito? He venido por el caso Bonavita.

—Ah —dice de nuevo él, más relajado—, ¿qué pasa? Hemos renunciado, te lo ha dicho Manuel, ¿no?

—Sí, me lo ha dicho. Pero se ha liado gorda. —La rata me dedica una mirada entre intrigada y aburrida—. El padre del niño, su cliente, ha secuestrado al hijo.

Arminio Geronimo se queda escudriñándome veinte segundos largos, y finalmente me viene con esta frase:

—¿Pero qué has hecho? Te veo diferente...

—Me ha pillado la lluvia —respondo, justo mientras noto cómo una lágrima del pelo se esconde entre mis omóplatos.

—No, eso qué tiene que ver. Tienes una expresión diferente, más alegre. Y los ojos te brillan.

Trago saliva para vencer el apuro. Arminio Geronimo es un cabrón, pero conoce bien a los seres humanos. Es su trabajo. El buitre acerca su testa a la mía y sonríe con sorna.

—Nena, mi niña, ¿no te habrás enamorado?

Me ataca al orgullo, reacciono a la desesperada:

—Abogado, en primer lugar: «mi niña» me lo llamaba solo mi padre, y usted, por fortuna, no es mi padre. Además, explíqueme, ¿a usted qué más le da mi vida privada?

—Nada, nada, por favor. Solo que estoy contento si tú estás contenta.

—Qué bueno... —comento—. Pero estábamos hablando del caso Bonavita...

333

Él se pone serio.

—Jooo, Luce, te has marchado y sigues igual de gruñona y tocando los cojones. El señor ya no es mi cliente, qué narices quieres que intervenga. Qué puedo hacer yo si marido y mujer se sacan los ojos. ¡Total, son dos bestias!

Eso es, hemos llegado a un puno de no retorno, al que esperaba no llegar y que, en cambio, ha llegado: el ajuste de cuentas con Arminio Geronimo. Me levanto de un salto y apunto con mi índice a su cara. Él parpadea dos, tres veces, y echa para atrás el cuello, asustado.

—Abogado, así hace que me hierva la sangre, y eso no es bueno, porque yo siempre intento ser amable y comprender al prójimo, ¡incluso cuando el prójimo es una hiena como usted! —Por un instante, a Arminio Geronimo se le descuelga la mandíbula y está a punto de contestar algo, pero no le doy tiempo—. En primer lugar, que usted llame bestia a alguien me parece de chiste. En segundo lugar, ¿ha pensado que entre esos dos que se sacan los ojos hay un niño? ¿Eso también le importa una mierda? ¿Soy demasiado gruñona si insisto para que el hijo de aquella pareja tenga una vida más tranquila?

En la habitación se hace el silencio, roto por Giovanna Forino que vuelve a aparecer entre nosotros y que, al verme a un tris de pegar a Geronimo, con el dedo aplastado contra su cara y gesto rabioso, da un paso al frente y pregunta:

—Abogado, ¿todo bien?

—Todo bien —responde él—, ¡y cierra esa maldita puerta que nadie te ha dicho que abrieras!

Giovanna, aunque impresionada por la maleducada respuesta de Geronimo, hace una especie de reverencia y se aleja caminando hacia atrás, al estilo de los japoneses. Me vuelvo a sentar y continúo mirando a mi interlocutor.

—Eres demasiado moralista, y eso te amarga la vida —sentencia el abogado después de permanecer estudiándonos mutuamente durante algunos segundos.

Entonces se levanta y vuelve detrás del escritorio para coger su agenda.

—Por otro lado, si lo hubieras sido menos –moralista, quiero decir–, la situación entre nosotros habría sido distinta, ¿no te parece? —Y empieza a rebuscar entre sus contactos—. Además, te tienes que endurecer, ¡déjate de tonterías! La vida está llena de injusticias, penas y tragedias. ¡Y qué le vamos a hacer! No podemos cargar con los problemas de los otros. Ese niño tiene que apañárselas solo, como hemos hecho los demás. Luce, escucha lo que te digo, cada uno debe pensar en sí mismo y punto, es la única forma de tirar para delante. El mundo está lleno de historias feas que te rompen las narices. ¿Y tú qué quieres, que cada dos por tres te salga sangre? Tira para delante, te lo repito.

Coge el teléfono y marca un número. Solo por este motivo renuncio a la idea de romperle la nariz, que conste.

—Tú y yo podríamos ser pareja aquí y fuera —continúa con el auricular al oído—, incluso podríamos habernos hecho socios, porque tú tienes un par, lo que nadie aquí dentro tiene, ni siquiera Manuel. Pero eres demasiado diligente, demasiado seria, íntegra, y así la vida se vuelve insoportable. ¡Y yo necesito gente que pase de todo, que sepa tirar para adelante!

Por último me mira a los ojos y concluye con una pregunta:

—¿Tú sabes tirar para adelante, Luce?

Si no estuviera haciendo esa asquerosa llamada al marido de Carmen, cogería el auricular y se lo estamparía en la cabeza. Sí, soy moralista, diligente y seria, y, sobre todo, no me tiro a un viejo verde como tú solo para hacer carrera en este bufete de mierda. Eso le diría, si no empezara la conversación con una voz masculina que sale del auricular.

Geronimo adopta inmediatamente el papel del gran abogado y se consagra a explicar al hombre que está cometiendo una tontería, que así uno termina en la penitenciaría, que no se pueden arreglar las cosas de esa forma, y también dice:

—¡Piensa en tu hijo, que también necesita una madre!

Una frase que, escuchada de la boca de Arminio Geronimo, me roba una mirada estupefacta. Solo después de unos minutos, el abogado se calla y apunta con sus ojillos rapaces a mis pezones todavía turgentes que despuntan de la camiseta empapada. Debería decir o hacer algo, peso estoy demasiado pendiente de la conversación y dejo pasar el gesto. Finalmente se despide respetuosamente (como hace siempre con las personas «importantes»), cuelga, entrecruza las manos y continúa mirándome.

—¿Y bien? —pregunto con cierta ansiedad que no consigo enmascarar.

Ahora parece más seguro de sí mismo. Se apoya en el respaldo, se mete el puro apagado en la boca y comenta entre dientes:

—Luce, he hecho lo que querías. Ahora, a cambio, me tienes que hacer un favor tú a mí…

—¿Qué?

—No quiero verte más por aquí arriba, que yo ya tengo mis historias y necesito tranquilidad, ¡y últimamente me pones de los nervios!

—¿Qué ha dicho el padre de Kevin? ¿Se ha convencido?

—No había nada de que convencerle…

—¿Qué significa eso?

Armino Geronimo vuelve a encender su puro, me echa un par de veces el humo a la cara y replica:

—Que mi bonito discurso pedagógico no ha servido de una mierda… ¡El niño ya no está con él!

336

MY FUNNY VALENTINE

Salgo del portal del despacho mirando el móvil y no me doy cuenta de que está entrando alguien. Cuando levanto la mirada ya es tarde y acabamos chocando. Percibo de inmediato un agradable aroma a vainilla o a mandarina o puede que a menta, no sé, pero a algo femenino. La cuestión es que por la fuerza impetuosa del choque, debe tratarse forzosamente de un hombre.

—Luce, siempre con la cabeza en las nubes, ¿eh?

Manuel Pozzi.

Eso explica el porqué del perfume femenino. Manuel se cuida y se emperifolla como si fuera una puta.

—Hola, Manuel.

—¿Y esa cara? ¿Has tenido la típica discusión con Arminio?

—No exactamente...

En realidad debería advertirle de lo fea que se está poniendo la excausa Bonavita, pero contárselo me haría perder un tiempo precioso.

—¿Has cambiado de idea? ¿Quieres volver con nosotros? ¿O has venido por mí? Dímelo ya, y cancelo la cena de esta noche.

Me mira y sonríe. Qué guapo es Manuel Pozzi. Si no hubiera aparecido en mi vida Thomàs, creo que hoy sería buen día para dejarse espachurrar por este muñeco untado de cremas. Por una vez decido devolverle la sonrisa. Porque puede que sea un poco cabrón;

337

puede que, efectivamente, nunca me haya tenido realmente en cuenta como compañera de cama y que, simplemente, le divierta y le salga natural ligar con cualquier sujeto que tenga un par de tetas y ningún pelo en la cara. Y aun así, es una persona que tiene el don de insuflarte buen humor; alguien que, por un momento, hace que te olvides de que no hay tanto de lo que reírse en el día a día. Sin embargo, él ríe, sonríe, bromea. Vamos, que disfruta.

—No canceles nada —replico—, que conmigo no habrá suerte. En cambio, seguro que tu amiguita sí que te ofrece una noche de pasión. Apuesto que en estos momentos —y miro el reloj— estará decidiendo qué conjuntito sexy ponerse para la ocasión.

Manuel vuelve a reír.

—Sí, puede ser. Aun así, no creas que no siento curiosidad por verte también a ti en medias y combinación. ¡Yo creo que te quedarían muy bien!

Le ofrezco otra sonrisa (cosa que ocurre muy rara vez) y comento:

—¡Qué envidia me dan tus estúpidas ideas!

Él no se ofende (nunca lo hace).

—¿Lo has decidido ya, te vas?

Asiento.

—Entonces puedo decirte lo que pienso: haces bien. Aquí no hay futuro. Tú estás hecha para otras cosas, ni siquiera sé si lo de ser abogado es un buen trabajo para ti...

—Sí, ya, puede ser —me sale instintivamente.

Manuel me da un golpecito en la mejilla y termina:

—Me tengo que ir, llego tarde y no quiero escuchar al abogado las típicas tonterías de lo importante que es ser puntuales y esas cosas. Mucha suerte con todo.

Luego me pone una mano detrás de la nuca y me besa en la mejilla. Y entonces noto un pequeño sobresalto, porque sigo siendo mujer, y si un hombre tan bonito como el sol me pone su mano caliente detrás del cuello mientras me da un cándido beso en la mejilla, yo, aunque solo sea por un instante, pienso que aquello tiene muy poco de cándido. Así que me aparto rápidamente antes de decir:

—Que te vaya bien, Manuel. Y, por favor, no cambies nunca, pasa desapercibido, sigue siendo el maravilloso ser superficial que eres, que cambiar para mejor no te aporta realmente nada especial.

—¡Orgulloso de ser superficial! —responde él chocándome los cinco mientras me guiña un ojo.

Luego se da la vuelta y, con su paso firme y los pies un poco hacia fuera, entra en el portal.

Me quedo mirándolo un instante mientras me digo que son justamente los tíos como él los que llegan hasta la meta, los que no pesan, los que nunca se hunden o, si lo hacen, salen a flote poco después, como un corcho.

Yo, por desgracia, de un corcho solo tengo la estatura.

Meto la llave en la cerradura de la puerta y oigo el sonido de una trompeta que se difunde por el patio. Agudizo el oído y me quedo a escuchar. ¿Es posible? Doy dos pasos más e intento averiguar si el sonido viene de donde yo creo. Mientras tanto, Patrizia abre la puerta de casa. Lleva un top escotado, unos *leggings* rosas, zapatillas de andar por casa y en la mano una cajita de M&M's. Mira hacia arriba y dice:

—El viejo ha vuelto a tocar…

Abro los ojos como platos y estoy a punto de lanzarme hacia las escaleras cuando me lo pienso y me doy la vuelta.

—¿Todo bien? —pregunto.

No es solo que Patrizia vaya en zapatillas, es que ni siquiera va maquillada, algo impensable en ella.

—Todo bien, Lulù —dice esforzándose en sonreír—, es que esta tarde toca así…

—¿Así cómo? —pregunto, a pesar de que la música que sale de casa de don Vittorio me distraiga.

—Nada, no te preocupes, es que una no puede estar siempre

alegre, a veces hasta Patty tiene pensamientos negativos... Será el mal tiempo.

—Los pensamientos negativos se acaban yendo, solo tienes que aguantar un poco y tener un poco de paciencia —contesto apretando el botón para llamar al ascensor.

—Lo sé, Lulù, lo sé. Solo tengo que esperar un poco. Ya verás como mañana te vuelves a encontrar con la Patrizia de siempre.

Y me guiña el ojo.

—Cuento con ello. Y mañana quiero verte por lo menos con las cuñas, ¿eh?

Y le devuelvo el guiño antes de entrar en la cabina.

Al llegar al descansillo, me quedo parada delante de la casa de don Vittorio. No cabe duda de que la música sale de casa de mi vecino, como tampoco cabe duda de que se trata de un instrumento musical, no de un CD. Abro, y el sonido melódico y conmovedor de la trompeta me envuelve y me invita a entrar, a seguirlo por el pasillo, paso a paso, mientras a mi alrededor todo permanece inmóvil. Y de pronto, tengo la impresión de estar en una película, una de esas películas románticas americanas de los años cincuenta. La pieza es la que don Vittorio suele escuchar, la banda sonora de esta casa, de mi vida en este último periodo. Una tarde le pregunté quién era el trompetista y él me miró como si le hubiera hecho la pregunta más estúpida e ignorante. «Chet Baker, *My Funny Valentine*», dijo con un hilo de voz.

El sonido celestial llega de la cocina, y es hacia allí donde me empujan los pies; aunque con calma, como si estuvieran asustados de lo que pudieran encontrar nada más doblar la esquina. Sin embargo, está la habitación de siempre con los azulejos blancos y negros mellados y las juntas negras, el aparador demasiado largo que impide cerrar del todo la puerta. La cocina donde, desde hace meses, como entre silencios nunca embarazosos y discusiones filosóficas, entre una sonrisa y un lamento. La vieja y algo descuidada cocina que me recuerda a la mía, mi cocina, donde antaño mamá se pasaba el tiempo cosiendo. Porque, por un instante, un breve y fugaz instante, siento la misma increíble calidez de aquella antigua y agradabilísima sensación, que no era otra cosa que la confianza ciega en la vida. Porque, total, fuera podía ser el fin del mundo, que yo en casa encontraría mi cocina que olía a sopa, y a mamá con la cabeza agachada y aguja en mano.

Ahora mamá no está, pero está don Vittorio que toca y casi sonríe con los ojos mientras me mira entrar. Y está Perro Superior que menea la cola desde un rincón. Doy un paso al frente, temerosa, y veo también a Carmen sentada a la mesa, que apoya en una mano la mejilla, se da la vuelta y me hace un gesto para invitarme a que me siente a su lado. Y luego me giro un poco más a mi derecha y veo a Kevin, de pie junto al frigorífico, con la boca abierta de par en par y con Primavera en el hombro, la golondrina que mira absorta el concierto improvisado.

Apoyo el bolso en la mesa y saco una silla sin hacer ruido. Luego me quedo escuchando las notas calmas y conmovedoras que invaden el espacio y portan aroma de paz. Carmen me apoya una mano en el brazo sin apartar la mirada de don Vittorio, que ahora tiene los ojos cerrados, quizá imaginándose en su viejo crucero bailando con Gisela. Kevin da un paso y se sienta detrás de mí, y entonces Primavera, de un salto, aterriza en la cabeza de su viejo dueño.

Decido cerrar los ojos yo también y perderme en aquella música lenta que parece no terminar nunca y que te hace sentir que el momento que estás viviendo es el adecuado, en el que cada cosa está en su sitio, el momento que llevabas esperando desde siempre. Luego Kevin me abraza por la espalda y apoya la cabeza en el hueco de mi cuello. Darme la vuelta y sonreírle sería lo normal, sin embargo, le agarro la mano que aprieta mi cadera y me quedo ondeando la cabeza con los ojos cerrados, mientras me dejo acunar por la dulce nana que sale de la garganta de don Vittorio, que, no sé por qué, ha decidido volver a tocar justo hoy.

En la cocina amarillenta se expande el soplo estrangulado de una vieja voz que se sirve de una trompeta oxidada para explicarnos que cuando un instante ha sido intenso y lleno de amor, es posible revivirlo hasta el infinito, en la oscuridad de tus propios párpados.

Así que yo bailo hasta el final contigo, viejo amigo; bailo con esta especie de familia improvisada; y también bailo con la vida, que a veces sabe ser una señora y se queda esperando paciente a que dejes de hacer ruido antes de invitarte, por fin, a bailar con ella.

EL CIELO AZUL Y EL SOL DE REFILÓN

Primavera se agarra al borde de la barandilla y mira a su alrededor desconfiada, volviendo la cabeza de un lado a otro. Junto a ella está don Vittorio, que se esfuerza en sonreír y repite siempre la misma frase: «Es lo que hay que hacer, la vida nunca tiene que estar en una jaula», contestando así de forma indirecta a Kevin, que desearía que la golondrina se quedara con nosotros. Es domingo y estamos todos en casa del viejo: yo, Carmen y Kevin, Thomàs, mi madre con su caballero, y también mi hermano Antonio con Arturo y Raffaella. En cambio, la hija de esta se ha quedado en el norte con su padre.

Cuando don Vittorio se ha enterado de la comida con mi familia, ha dicho:

—¿Por qué no los invitas aquí? Le pido a Agata que prepare lasaña. ¡Agata es la reina de la lasaña! —Y ha estallado en carcajadas.

Por eso no me ha quedado más remedio que invitar a todos a casa de este viejo que ha decidido ser un poco mi amigo, un poco confesor y otro poquito abuelo. Agata ha preparado su lasaña y mamá ha traído su pastel de carne con patatas y una docena de *crocchè*, que no serán como los de la abuela, pero tienen su aquel. Thomàs, por su parte, ha traído el postre. No sabía si pedirle que viniera, no quería que se sintiera atrapado, pero él ha reaccionado con una gran sonrisa diciendo:

—*Je suis heureux* de conocer *votre famille!* —Que significa que le alegraba ver a mi madre y a mi hermano. Le he cogido de la bar-billa y le he besado con pasión, porque quería transmitirle parte de mi exceso de latidos.

Y aquí estamos todos en casa de Vittorio Guanella, hombre solitario y enamorado de la vida, un domingo soleado de principios de verano, con el típico olor a comida que entra por las ventanas, el mismo disco de *jazz* en el tocadiscos y el alboroto de las ruidosas comidas de las otras familias que se confunden con nuestras voces. Miro a mi alrededor y casi me da la risa, porque nunca he vivido algo así; nunca he tenido un lugar tan soleado donde comer todos juntos el domingo, los viejos con los niños, los hermanos y las her-manas, las cuñadas y las nueras. Mis domingos eran y siempre han sido días normales, a no ser por los *crocchè* que mamá empezaba a freír a las nueve de la mañana.

La verdad es que mi pasado me ha enseñado a no tener un gran sentido de la familia, ni a respetarla demasiado, porque las familias suelen cerrar la puerta de casa con cuatro candados y relegan el amor entre sus cuatro paredes. Pero realmente yo no necesito un refugio y no tengo intención de batallar contra molinos de viento. Solo quiero disfrutar de este raro domingo en familia que me ha traído la brisa de verano.

Ayer por la noche cené en casa de mi madre con Antonio y su familia. A las diez, Raffaella se encerró en nuestro viejo dormitorio para dormir a Arturo; y yo, mamá y Antonio nos volvimos a en-contrar juntos en aquella cocina, mirándonos de nuevo a los ojos, entre el olor de las setas que se entremezclaba con el del vapor de la plancha; de nuevo intercambiándonos palabras interrumpidas por el repique del reloj de la campana.

—Me alegro de estar aquí —comenzó él.

—Yo también me alegro de que estés aquí —contestó nuestra madre con la cabeza gacha, mirándose el dedo índice que juguetea-ba con una miga de pan.

Me serví un poco de cerveza y dije:

—¡Arturo es espectacular!

—Sí —sonrió mi hermano algo incómodo.

Luego, por un momento, el silencio se adueñó de la habitación. Y en aquel instante todo quedó claro, y entendí que el tiempo lo devora todo, incluso las familias; que si te alejas, cuando vuelves nadie te garantiza que todo siga como antes, y que tienes que estar preparado para saber colmar los silencios que, de repente, se interpondrán entre tu pasado y tú, las personas que fueron importantes y tú.

—A ver —probó Antonio—, ¿cómo te sientes de abuela?

Y se quedó a mirando a mi madre.

—Vieja —replicó ella, claramente con dificultad.

—Mamá —intervine inmediatamente—, sé que nunca has sido capaz de decir a alguien que le quieres. Pero, bueno, creo que esta vez ha llegado el momento, me da a mí que ya no puedes escapar...

Y di un largo trago de cerveza caliente. Luego me levanté, abrí el frigorífico y saqué otra Peroni helada. La abrí mientras ella replicaba a mi provocación.

—Tú siempre con tus tonterías... —dijo—. Es que tantas novedades me han aturdido, me siento confusa y feliz...

—Como la canción —comentó Antonio agarrándola de la mano y mostrándole una bonita sonrisa.

—¿Qué canción?

—Nada, déjalo...

Ellos hablaban y yo pimplaba cerveza. Antonio estaba guapo, tan sumamente guapo que no pude más y le dije:

—Antò, ¡qué guapo te has puesto!

—¡Mi niña —contestó sin dejar la mano de mamá—, siempre he sido guapo!

—Ahora no me vengas con estupideces, en la adolescencia estabas lleno de granos, con el pelo pegado a la cabeza, la mirada triste...

—La mirada es de familia...

—Sí, ya, puede ser —admití.

—Siempre ha sido guapo —dijo mamá—, los dos habéis sido siempre guapísimos. Como vuestro padre...

Abrí los ojos como platos y contuve un eructo. No le oía decir algo bueno de nuestro padre desde hacía treinta años. También Antonio se quedó helado.

—¿Y esta novedad? —preguntó.

Mamá lo miró primero a él, luego a mí, y contestó:

—Bueno, siempre he dicho que era un inútil, no que fuera feo. Es más, empiezas a parecerte mucho a él.

Y posó su mano izquierda en el pecho, como si no supiera dónde ponerla.

«Por eso es por lo que lo veo tan guapo, porque es idéntico a papá», pensé sintiéndome algo culpable. Y aquella verdad me obligó a ventilarme otra copa de cerveza.

—Oye, nena —dijo mamá—, que luego soy yo la que no es capaz de decir las cosas. Estás tan nerviosa que en cuestión de cinco minutos te has bebido una cerveza y media. ¡Para ya!

Efectivamente, tenía razón. El alcohol me permite tratar a palos las emociones, sentirme más fuerte que ellas, creer que puedo renunciar a ellas.

—No me vuelvas a hacer algo así —añadió luego mamá, esta vez dirigiéndose a Antonio.

—Mamá... —Estaba a punto de interrumpir la discusión desde su origen, porque aquel era precisamente uno de esos raros momentos en los que no se debe hablar.

—No te preocupes —aclaró ella— solo quiero decirle a mi hijo que ya no me tiene que tener miedo, no tiene que ocultarme nada. Porque, pues eso... me he hecho mayor, soy cabezota, orgullosa, es verdad; y a veces no entiendo vuestras conversaciones, vuestras elecciones. Pero al final siempre estoy de vuestro lado, ¡que os entre en esa cabeza dura que tenéis! —Y me miró—. Una madre, incluso cuando no entiende, se aguanta y se pone del lado de sus hijos. Siempre.

—¡Entonces aguántate un poco más a menudo! —repliqué en tono de broma.

Antonio se echó a reír, me acercó la mano y la dejó allí, en el centro de la mesa, encima del mantel bueno bordado a mano que mamá había sacado para la ocasión. Y ante este gesto, me di cuenta de que puedo beber toda la cerveza del mundo, pero si hay que lidiar con el pasado, el muy pasado, cuando eres pequeño y no cuentas nada y te sientes perdido en el mundo, pues eso, si estás frente a dos ojos que te devuelven aquella sensación, te apetece ventilarte una Peroni, dar media vuelta o fumarte un porro para quitar hierro al asunto. No hay nada que hacer, tienes que dejar de fingir que no te afecta. Por eso alargué el brazo y me uní a él, que me apretó fuerte y sonrió contento mientras me guiñaba el ojo. Luego se volvió hacia nuestra madre y le hizo un gesto rápido con la cabeza. Ella, por toda respuesta, alargó la mano izquierda y agarró mi derecha.

Y así nos quedamos, unidos, con los brazos apoyados en la vieja mesa de toda la vida, entrecruzando nuestros dedos primero suavemente y luego cada vez más fuerte, hasta que la piel se volvió más clara y casi me pareció sentir su sangre latir en el hueco de las manos. Finalmente, mamá se soltó y se le escapó una lagrima. Entonces pensé: «¡Pues claro que sí, a quién coño le importa!», y yo también me dejé llevar, como hacía mucho tiempo que no lo hacía. Y mientras me dejaba llevar, mi mirada saltaba de él a ella, y la mirada de ella saltaba de él a mí. Él, en cambio, no lloraba y no nos miraba. Estaba simplemente allí, estrechándonos, casi tirando de nosotras hacia él, con los ojos y los brazos en la mesa, mientras repetía en voz baja una sola frase, como un mantra:

—He vuelto a casa.

—¿Por qué no salta? —pregunta Kevin.

Eso, ¿por qué Primavera no emprende el vuelo? A lo mejor ha estado demasiado tiempo con nosotros, teníamos que haberla liberado antes. A lo mejor se ha humanizado. O, quizá, como decía mi padre, volar es algo bonito y las cosas bonitas siempre dan miedo, si no, no serían bonitas.

En la terracita, en segunda fila, están Carmen, Thomàs, Alleria y el caballero, todos pendientes del éxito de la operación. El resto de la familia, en cambio, está lidiando con Arturo, que llora como una Magdalena desde hace veinte minutos. Me he quedado delante de su cuna durante no sé cuánto, mirándolo embobada mientras dormía a pierna suelta. Luego, de repente, se ha despertado y ha empezado a llorar. Entonces ha llegado Raffaella, que ha sacado una teta enorme a la que el pequeño se ha pegado con gula.

—No sabes lo fuerte que tiras, me haces un daño... —ha comentado con uno de esos acentos del norte que parecen todos iguales.

—Buena señal —he contestado—, quiere decir que lleva sangre meridional. Aquí nos agarramos fuerte a las pocas cosas que tenemos...

Ella ha sonreído, así que hemos terminado por hablar de Antonio, que es un chico fenomenal que le transmite energía cada día, y que es un eterno optimista, alguien que siempre ve el vaso medio lleno. Al final se ha quedado mirándome de forma rara, tanto que he terminado por preguntarle si pasaba algo.

—No, es que te imaginaba diferente —ha dicho ella.

—¿En qué sentido?

—Bueno, tu hermano siempre te ha descrito como un volcán en constante erupción, dice que estás llena de energía. Sin embargo, a mí no me lo parece...

—¿Y eso?

—No, me pareces una mujer tranquila.

—Hoy es domingo, Raffaella, hasta el Señor descansó este día —he replicado.

Ella ha estallado en carcajadas.

Luego ha entrado Antonio, que parecía contento de vernos charlar, ha mirado a su hijo, que no paraba de mamar, y ha dicho:

—Todavía no entiendo como lo hace. El otro día lo intenté, ¡pero no sale nada!

—¿Lo has intentado? —he preguntado.

—Sí, mamar, pero no pasa nada.

—Tú estás mal de la cabeza —he contestado.

Raffaella ha asentido divertida, antes de apartar al pequeño y dármelo, como si fuera un regalo. La he mirado titubeante y ella ha preguntado:

—Le toca echar los gases. ¿No quieres tener a tu sobrino en brazos?

Me he dado la vuelta hacia Antonio, que tenía una expresión de felicidad en la cara, y he echado los brazos. Lo único es que no sé muy bien cómo hay que sujetar un bebé; y, pues eso, que algo he tenido que hacer mal, porque él se ha puesto otra vez a llorar y entonces ha llegado nuestra madre que, sin muchos rodeos, me ha quitado el pequeño de las manos y ha empezado a mecerlo por la habitación cantando una extraña nana.

Antonio se me ha acercado y ha susurrado:

—Sí, lo sé, no nos considera preparados para la vida, pero es su manera de sentirse importante, déjala…

Estaba a punto de contestarle que en treinta años todavía no he aprendido a pasar, pero luego ha llegado también Thomàs, que me ha abrazado por detrás, frente al despliegue de mi familia, y entonces la pizca de resentimiento que había asomado en mi estómago ha vuelto a rodar hacia abajo; porque la verdad es que me he enamorado de este estúpido francés sin ni siquiera enterarme. En determinado momento, me he dado cuenta de que no podía sostenerle la mirada y me ha parecido que no sabía dónde dirigir la mía, si hacia su boca, su nariz o directamente sus ojos. Pues eso, esta sensación desagradable que solemos confundir con incomodidad, suele ser nada más y nada menos que la primera chispa de la única magia verdadera al alcance del hombre: el amor.

—¡Venga, Primavera, emprende el vuelo! —continúa repitiendo don Vittorio—. ¡Eres libre, vuelve con tus semejantes!

Pero el pájaro lo mira y no se mueve ni un milímetro, con las patitas ancladas con fuerza a la balaustrada.

Kevin da un paso adelante, se acerca a la golondrina, le acaricia la cabeza y dice:

—Tú no te quieres marchar, ¿verdad? Te quieres quedar, ¿a que sí?

Interviene Carmen:

—Kevin, Primavera es un pájaro, ¡ha nacido libre y libre tiene que ser!

Pero Primavera sigue mirándonos perdida, y hasta que no se ponga a revolotear por el cielo no podremos sentarnos a la mesa. Porque hoy es el gran día para liberarla, y nadie nos lo podrá quitar de la cabeza, ni siquiera la voz de mi madre que repite cada tres minutos que la comida está lista. Afortunadamente, en determinado momento ocurre lo inesperado bajo la apariencia del caballero Bonfanti, que se ha presentado con traje oscuro y zapatos negros brillantes, ni que le hubieran invitado a una cena de gala.

Pues eso, que el hombre de bien murmura un amable «¿Me permiten?», se cuela entre Carmen y Alleria (que ahora ha metido el morro entre los barrotes), coge la golondrina y la levanta en la palma de su mano. Luego nos dirige una mirada confiada y, un instante después, lanza al pobre pájaro al vacío, robando un grito de dolor a Kevin y uno de miedo a Carmen y a mí, que cierro instintivamente los ojos porque ya me imagino cómo acabará Primavera, nacida para volar y cantar entre las nubes y estampada en los *sampietrini* de los Quartieri Spagnoli, donde pocos minutos después una moto se encargará de despachurrar lo que quede de su cuerpo.

Sin embargo, cuando vuelvo a abrir los ojos, la golondrina está volando y se alza en el cielo dando vueltas sobre sí misma, cada vez más fuerte y rápido; y mientras lo hace, parece observarnos; y luego empieza a cantar, como si quisiera dedicarnos una serenata; y entonces Carmen que, como bien sabemos, no tiene freno, empieza a aplaudir y saltar como loca; mientras el caballero la mira perplejo y Kevin la sigue gritando un continuo «adiós». En ese momento, Perro Superior también se deja llevar por la euforia generalizada y se pone a ladrar, en vista de que aplaudir no puede.

Pasados unos instantes, Primavera da otra voltereta y desaparece detrás de la terraza del edificio colindante. Nos quedamos un rato en silencio mirando aquel punto preciso, un grano de cielo azul que se mezcla con el color ferroso de la cornisa, esperando que de un momento a otro la golondrina vuelva, se detenga en el aire (como si fuera un colibrí) y nos salude, a lo mejor agitando un poco el ala. Pero Primavera no vuelve, porque es un pájaro y obviamente se la traen al fresco los pobres humanos como nosotros, obligados a asistir a su gran salto hacia la libertad desde una terracita cochambrosa que nos fuerza a estar unos encima de otros, sumidos en un callejón donde el sol solo logra entrar medio de refilón, y donde solo puedes ver la luna si no padeces de cervicales.

—Primavera no volverá —sentencia al rato don Vittorio, despeinando a Kevin, que se agarra a las rejas y sigue mirando expectante hacia arriba.

El primero en entrar es Bonfanti, que suelta una glosa filosófica al apartar la cortina:

—Las grandes acciones no necesitan valor, sino puro instinto.

Don Vittorio me dedica una media sonrisa que yo le devuelvo sin comentar. Efectivamente, el arrogante caballero es un tipo raro, parece venir del *Ottocento*; pero, en el fondo, qué más da, de uno que se toma la molestia de estar con mi madre durante tanto tiempo no se podía esperar que fuera normal.

Poco a poco volvemos todos al comedor, incluso Kevin, el más desconsolado. En la terraza se queda solo Perro Superior, que está mirando una paloma en la cornisa, y creo que se la trae al fresco Primavera. La última en sentarse a la mesa es Carmen, que resopla amargada y dice:

—En cualquier caso, ¡un silbidito de despedida sí que nos podía haber dedicado el pájaro!

Kevin ha hecho todo lo que estaba en su mano para volver a casa. Le ha dicho a su padre que se aburría y que echaba de menos a su mamá, y que no podía estar allí porque tenía que ocuparse del perro de una amiga, un tal Alleria, y de un pájaro que no sabía volar.

—¿Y él que ha hecho? —he preguntado a Carmen con una sonrisa que me cruzaba de lado a lado la cara.

—Dice que primero lo ha mirado como si quisiera regañarlo, pero que entonces él lo ha abrazado y ha añadido: «¿Por qué no vuelves a casa? Te juro que por la noche no vuelvo más a vuestra cama». Entonces el padre se ha echado a reír y ha añadido: «¡Eres un gran hijo de puta, como tu padre!», y ha sacado la moto del garaje y lo ha acompañado.

—Pero tú estabas en casa de don Vittorio...

—Sí, en un momento dado han llamado a la puerta, he abierto y me lo he encontrado delante, con su carita sonriente. ¡Lo he abrazado y no lo he vuelto a dejar! Diez minutos después ha llegado el mensaje de mi marido. Decía: *Me he cansado de batallar.*

—Mmm... ¿Entonces habéis firmado el armisticio?

—...

—Un armisticio, una tregua. Vamos, la paz.

—Es el padre de mi hijo, Kevin también lo necesita. Además, Luce, los que son como mi marido saben batallar, pero también saben hacer las paces. Porque en la paz se hacen negocios.

«Qué suerte», he pensado. A mí, sin embargo, no se me da bien ninguna de las dos cosas. Como a mi madre, por otro lado. Mira tú por dónde, al final es uno de la Camorra el que tiene que hacerte sentir imperfecto.

PETITE BELLE FEMME DU SUD

Cuando nos sentamos, mamá coloca en el centro la lasaña. A mi lado están Thomàs y don Vittorio, mientras que mi familia está sentada al otro lado de la mesa. A nuestros pies, Perro Superior roe un hueso, y un poco más allá Arturo duerme en el capazo.

El anfitrión abre la botella de vino con firmeza, mientras el caballero, por su parte, le pasa las copas. Me doy cuenta de que mi hermano Antonio me está mirando, así que le guiño el ojo y él sonríe. Luego Carmen me pasa la copa con el vino.

—Quiero brindar por este día maravilloso —toma la palabra Vittorio Guanella, levantando la copa—; brindo por quien ha encontrado valor para dar un salto al vacío y volver a su verdadero mundo; y brindo por todos nosotros, grandes y pequeños, ¡para que también encontremos el valor para emprender el vuelo y seguir nuestros deseos!

Carmen es la primera en aplaudir entusiasta (y algo molesta, a decir la verdad), seguida inmediatamente después del resto de la comitiva.

Me llevo la copa a los labios y veo, a través del cristal, cómo la mano del caballero se cierra alrededor de la de mi madre. Luego observo cómo el brazo de Antonio corre a ceñir el hombro de Raffaella que, a su vez, acuna a Arturo. Y, por primera vez en mi vida, todo me parece que tiene sentido.

—¡Quietos! —interviene de pronto Thomàs—, *je voudrais aussi faire* un brindis!

Don Vittorio se detiene con el vaso a medio camino, Carmen me mira sin entender y mi madre presta atención. El aire se cristaliza y la música de Chet Baker vuelve a protagonizar la escena.

—Yo también quería brindar por este día especial, *et à vous tous qui m'avez accueilli avec beaucoup de chaleur.* Y también quería brindar *aux deux enfants présents,* ¡que vuestras vidas estén llenas *de belles choses!* Y, para terminar, *permettez-moi* brindar *à cette femme spéciale à mon côté* —y se vuelve para mirarme—, *pleine de soleil dans les yeux,* de mar en la boca, de siroco en el pelo. A ti —y se acerca a un centímetro de mis pestañas—, *petite belle femme du sud,* te digo *merci* por haberte cruzado en mi camino.

Ya nadie habla y, ni hecho aposta, incluso *My Funny Valentine* deja de sonar. Y en el silencio irreal que prosigue, incluso consigo distinguir los colmillos de Alleria que continúan impertérritos su lucha personal con el hueso, sin importarle el hecho de que me acaben de dedicar la frase más romántica de mi vida. Por eso me pongo del mismo color del mantel (el típico con cuadritos rojos) y me suben a la garganta unas ganas irrefrenables de emparejarme con este hombre del norte (por decirlo así). Pero como esto no es posible, me vuelvo a perder con la mirada y, de repente, ya no sé dónde dirigirla, si hacia su boca que sonríe, hacia sus ojos que me miran, hacia su nariz o hacia sus rizos rubios que le enmarcan la cara limpia, todavía sin arañazos de decepción. Entonces me doy la vuelta y encuentro la mirada de mi madre, que se ha llevado una mano a la mejilla, como hace cada vez que una frase logra la difícil tarea de impresionarla; y me doy cuenta de que mi hermano también querría hablar, solo que Carmen Bonavita se le adelanta, porque las que son como Carmen se adelantan a cualquiera, y casi siempre para anunciar algo que no tiene nada que ver o que estropea el momento. Y, efectivamente, la señora Bonavita salta con esta frase:

—¡Ay, Virgen santa, qué maravilla de dedicatoria! Me has conmovido. —Y se lleva la servilleta de papel a los ojos—. ¡Hacéis realmente una buena pareja!

Y se acerca para plantarme un ruidoso beso que, sin embargo, tiene el poder de despertarme del sueño en el que me había sumido justo después de las bonitas palabras de Thomàs, que han tenido el mismo efecto del huso para la Bella Durmiente. Gracias al gesto restaurador de mi nueva amiga, me recupero y levanto la copa dedicando una mirada a la comitiva. Entonces, don Vittorio se vuelve a detener a medio camino y noto en su rostro barbudo algo de decepción, porque, jopé, como suele decir: «¡A veces hay que callarse y dejar hablar al vino!».

Pero yo no puedo, porque si no digo ahora lo que tengo que decir, no lo haré jamás, y no quiero guardarme todas estas palabras que corro el riesgo de ver cómo se consumen, cómo se oxidan, cómo las vence el tiempo, que siempre gana. Por eso, abro la boca y estoy lista para mi brindis personal, pero Kevin se me adelanta y comienza:

—A mí no me gusta el vino. Además, soy pequeño, por eso brindo con Coca-Cola. Total, da lo mismo. Pero... quería decir que me alegro de que Claudia, mi antigua niñera, encontrara un nuevo trabajo, porque así he podido conocer a Luce —y se vuelve hacia mí—, que es la chica más simpática y dulce del mundo, y que no entiendo por qué no tiene hijos. Y luego he conocido a don Vittorio, que al principio me daba un poco de miedo, y que sin embargo es el abuelo más simpático del mundo. Y he encontrado a Alleria, el perro más bonito del mundo, y también a Primavera, a la que ya echo de menos, y que ha sido la golondrina más afortunada del mundo por vivir durante un tiempo en esta casa. Porque, pues eso, a mí me gusta mi casa —y mira a su madre—, pero aquí, no sé cómo decirlo... aquí es como si hubiese todo lo que tiene que haber.

Cuando Kevin termina su discurso, flota en el aire un silencio incómodo que se alimenta de la emoción que veo en los rostros que me rodean. Carmen llora sin pudor y don Vittorio saca el pañuelo de la chaqueta para sonarse la nariz.

—Bien —dice entonces el viejo—, por fin habéis logrado que me conmueva. El problema es que yo odio a los ancianos blandengues, así que callaos un poquito y comamos, que se enfría la pasta.

Entonces mira a Kevin y añade:

—Y tú, pequeño bribón, aprende a estar en tu sitio y a portarte como un niño, ¡qué ya bastante difícil es la vida!

Todos se ríen, incluido Kevin, al que don Vittorio responde guiñándole un ojo. Parece que ha pasado el momento, y con él mis ganas de hablar, el valor de decir lo que tenía que decir. Miro a mi alrededor y todos parecen felices, todo parece perfecto; así que decido no romper la magia y repetir el discurso en mi cabeza, mientras las personas que llevan en mi vida desde siempre o desde hace muy poco saborean la pasta de Agata.

«Don Vittò, es precisamente a usted a quien van mis primeros agradecimientos —y lo miro pinchar una albóndiga con el tenedor—, a usted que sabe acompañar con ligereza la vida de las personas, como ocurre con la música que estoy empezando a apreciar. Y luego quería brindar por ti —y me vuelvo hacia Kevin, que tiene el brazo izquierdo bajo la mesa y come con la boca abierta—, mi pequeño y valiente golfillo que has venido a ponerme la vida patas arriba. Y por ti, Carmen, que conoces el significado de la palabra "confianza". —Miro a mi alrededor un momento antes de dirigir la mirada hacia Antonio—. Y por ti, hermanito, que me has hecho tía, y por la maravillosa familia que has construido. Tenéis mi admiración. Y luego estás tú, mamá. Podría decirte muchas cosas..., pero solo te diré una: gracias por haberme enseñado a no agachar la cabeza. Y luego estás tú —y me giro hacia Thomàs, que se da la vuelta de sopetón, intrigado por la mirada que clavo en él—. Por ti, que me has regalado una frase tan romántica; por ti que, si bien a veces hablas demasiado y no te entiendo, incluso si tienes la erre francesa y la piel demasiado blanca, incluso si, en el fondo, eres algo arrogante y crees haber entendido todo sobre la vida, me gustas mucho y a tu lado casi me siento torpe, y nunca sé dónde apartar la mirada. E incluso si en unos días te marchas...».

Él está a punto de abrir la boca, probablemente para preguntarme qué estoy pensando; pero le apoyo un dedo en los labios y sigo mi brindis virtual.

«No, no digas nada, no quiero saberlo; y no me interrumpas, si no, no puedo seguir hablando. Te estaba explicando que incluso si te fueras dentro de unos días, yo estaría igualmente contenta, porque ¿quién dice que las cosas tienen que durar para siempre? No es así, solo ocurre en los cuentos de hadas, y yo ni siquiera de niña he podido creer en los cuentos de hadas. Aquí las cosas duran lo que duran, una mariposa vive unos días, una orquídea se seca a los tres meses y un perro muere con quince años. Así es, y nadie puede cambiarlo. Por eso me conformaré con lo que sea, pero en ese "lo que sea" puedes estar seguro de que lo daré todo».

Sonrío a mi francés y finjo centrarme en el plato para que él pueda seguir comiendo. En realidad, todavía no he terminado el brindis.

«Por ti, abuela, que me sigues desde ahí arriba, por ti que me has enseñado a seguir sueños, ¡y no rencores! Y, luego, el último agradecimiento no puede ser para otro que para ti, Alleria –y echo un vistazo bajo la mesa–, que ahora estás comiendo un hueso y no puedes intervenir. Por ti, Perro Superior –y vuelvo a agarrar la copa de vino–, que estás obligado a convivir todos los días con esta pequeña mujer del sur algo "enfadica". Por ti, que eres como yo, como nosotros –y me vuelvo a mirar don Vittorio–, ¡uno que se queda!».

Termino de un trago la bebida y me dedico por fin a la pasta; mientras el tintinear de los cubiertos toma ventaja para propagarse por el cuarto y por el callejón, y para mezclarse con tantos otros sonidos parecidos que llegan también de otras casas y que, junto al sonido de las gaviotas, al ruido lejano de una botella descorchada, a los comentarios de fondo de un partido de fútbol, a la voz de un cantante melódico que escapa de casa de Patty, al lamento de la típica paloma en el alféizar y al olor de *crocché* fritos contribuyen a crear una obra, una sinfonía especial con sabor a vida, a familia, a mar y a sur.

Es don Vittorio quien rompe la pequeña magia, como si hubiera escuchado mi discurso. Se estira hacia mí y susurra:

—Nena, entonces a ver si lo he entendido bien… Aquella idea de marcharte, ¿se ha abortado o simplemente se ha retrasado?

Sonrío y respondo con la boca aún llena:

—No sé don Vittò, no sé. Ya veremos…

Luego lo pienso un segundo, guiño el ojo, y añado:

—Quizá mañana me quede…

PLAY

Mis amores, aquí estoy, dirigiéndome a vosotros por una cadena, en vista de que lo de escribir no es lo mío. Nunca se me dio bien en el cole, no como a vosotros, que sois listos y me llenáis de orgullo.

Silencio. Un crujido. Luego un profundo suspiro.

El hecho es que ni siquiera se me da bien hablar, sobre todo de cosas serias. Siempre he pensado que la seriedad no sirve para nada, que la vida es difícil y una risa la hace más ligera. Pero tengo que dejar las cosas claras, sobre todo contigo, Luce, que te estarás haciendo un montón de preguntas. En realidad, no sé ni por dónde empezar. Quizá por aquel día en la furgoneta. ¿Qué me dices, mi niña?

Silencio.

Era un hombre el que estaba a mi lado.

Silencio.

Pero esto tú ya lo sabes, ¿no es así? Lo que no sabes es que justo después fui corriendo a la playa precisamente para explicártelo todo, pero tú no te diste la vuelta; y entonces pensé que quizá no habías entendido, y me callé. Y me equivoqué. De todas formas, había poco que aclarar, ni niña: el amor es el amor, y nadie puede hacer nada.

Un ruido repentino, luego un ladrido. Siempre el mismo. Siempre en el mismo punto.

Nunca me he avergonzado de lo que soy y de lo que he hecho en la vida, y creo que esto es lo único que cuenta. Sin embargo, me aver-

359

güenzo de lo que no he hecho por vosotros. *Cuando entendí que mi sitio ya no estaba al lado de vuestra madre, me fui. Aquella mañana le dije que necesitaba reflexionar, que ya no estaba seguro de mis sentimientos; pero ella empezó a romperlo todo. Entonces decidí irme un par de días, el tiempo necesario para aclarar mis ideas. Pero aquel par de días se volvió tres días, luego cuatro, y al terminar la semana ya no tuve valor para volver. Además, no habría sabido qué decir, cómo explicaros todo. He sido egoísta y superficial, es verdad, pero vosotros sabéis bien que estoy un poco mal hecho, ¡y que probablemente ni me merecía dos hijos!*

Respiración entrecortada. De fondo, el chirrido de una ventana que se cierra despacio, como si solo el viento la empujara.

Sé que me consideráis un irresponsable y un inútil, como dice vuestra madre. Sé que, probablemente, no querréis ni escuchar mis palabras. Pero os tengo que decir una cosa importante, si no, no vivo tranquilo. No sé cuándo volveré y… bueno, lo que os quiero decir es que tenéis que ser valientes, porque la vida apesta y, si no se es fuerte, te quita las cosas buenas. Sin embargo, vosotros tendréis que tener una espalda fuerte y enfrentaros a las dificultades. Antò, escúchame: sé hombre, en el sentido más noble de la palabra; ayuda a tu madre y a tu hermana; y no pierdas nunca la dignidad. Luchad, no huyáis frente a las dificultades, porque estas os seguirán a todas partes. No hagáis como yo, que por huir y no mirar a la cara a la verdad, he renunciado a vosotros, lo mejor que me ha pasado.

Otro suspiro profundo.

Luce, ¿te acuerdas de lo que te dije la noche antes de aquel maldito viaje? Me llamaste porque te había entrado melancolía, y te contesté que era normal, pero que no había que dejarse vencer por el miedo, porque si no, no se consigue nada en la vida. Y hoy te digo, os digo: no os marchéis solo para huir, y no os quedéis solo porque os falta el valor para emprender nuevos caminos. Permaneced siempre abiertos al cambio, elegid un objetivo y apostad por él. Pero sabed que siempre se puede fracasar, que nadie es perfecto. Y no dejéis de ser curiosos, porque la curiosidad es una forma de valentía.

Un largo silencio al final del cual el tono de voz se hace más profundo, como si la boca se hubiese acercado al micrófono.

Y si podéis, perdonadme, porque tampoco conseguiréis nada odiándome. He sido un mal padre, es verdad, pero he hecho todo lo que he podido para que crecierais sin miedos, para enseñaros a vivir libres y alegres.

Y así querría que fuerais siempre, libres y alegres.

Como vuestro papá.

Crujido.

Stop.

AGRADECIMIENTOS

Me gusta terminar el libro con los agradecimientos, porque creo que raras veces se puede llevar a cabo un proyecto en solitario, y porque me han enseñado que nunca hay que dar por asumidas las cosas buenas.

Así que doy las gracias a la editorial Feltrinelli, que me ha acogido con gran entusiasmo. Doy las gracias a Gianluca Foglia, director editorial, por la confianza que me ha mostrado y por haberse enamorado inmediatamente de Luce y de su mal carácter. Doy las gracias a Ricciarda Barbieri, por su amabilidad, por sus consejos, por la pasión y la gran energía que me ha transmitido. Y a Carlo Buga, por su minucioso trabajo con el texto, impregnado de napolitano.

Y también doy las gracias a las personas que cada día forman parte de mi pedacito de mundo. A mi mujer Flavia, que es de las que se quedan; a mi hijo Riccardo, porque el hecho de quererme desinteresadamente es revolucionario; a mi «Perro Superior» Greta, que ha estado presente cuando la necesitaba y que, como Alleria, conoce el valor de la palabra «cariño»; a Silvia Meucci, agente y amiga, que sabe acompañar a quien lo necesita. Doy las gracias a Antonino y a Mayte, que me han regalado un fragmento de su bonita historia. Y a Gianluca, porque cada día intenta defender y difundir la belleza y la nobleza de Nápoles, y porque una vez me contó que había encontrado una golondrina y la había cuidado hasta que esta estuvo lista para volver a emprender el vuelo. Y, por último, le doy las gracias a ella, a mi ciudad, porque en lo que se refiere a resistir y salir adelante no la gana nadie.

ÍNDICE

Yo vivo aquí 11

Ganas de gritar 13

Culo inquieto 21

Al Señor se la traen al fresco los adornos 31

La *freva* 41

El soldadito de mazapán 47

Nadie puede hacer nada por nadie 53

Nunca nada es como habíamos imaginado 61

Las monjas y los angelitos 69

El depósito de monedas de Tío Gilito 77

Los católicos de los domingos 85

Cuidados 93

Hija de puta 97

¿No serás lesbiana? 109

Esta noche tengo la sensación de ser feliz 117

Apuro 129

Bandolerismo 139

La cajita de los buenos recuerdos 149

Un ovillo de desilusiones 157

Costumbres 167

Melocotoncito 171

Un comprimido efervescente 179

Dos corazones en mi interior 187

Chispea 193

En una sillita 207

«Camorra» es una palabra que aquí no se usa 219

Abrazo podrido 231

Sábanas revueltas 235

Querido papá 241

Mejillones, lapas y almejones 243

En Tailandia hace demasiado calor 259

Personas especiales 271

Un conjunto de abandonos 277

Para Luce y Antonio 287

Cosas remendadas 295

Marcharse o quedarse 305

Viento del mar 315

Unas ganas locas de vivir 323

My Funny Valentine 337

El cielo azul y el sol de refilón 343

Petite belle femme du sud 353

Play 359

Agradecimientos 363